Della stessa autrice in edizione Garzanti:
Il mio disastro sei tu
Un disastro è per sempre
Uno splendido sbaglio
Una meravigliosa bugia
Un magnifico equivoco
Un'incredibile follia
Un indimenticabile disastro

JAMIE MCGUIRE

UNO SPLENDIDO DISASTRO

Traduzione di
ADRIA TISSONI

Garzanti

Prima edizione: febbraio 2013
Decima ristampa: dicembre 2013
Ventesima ristampa: gennaio 2015
Nuova edizione: luglio 2015
Prima ristampa: luglio 2015
Seconda ristampa: settembre 2015
Terza ristampa: dicembre 2015
Quarta ristampa: febbraio 2016

Traduzione dall'inglese di
Adria Tissoni

Titolo originale dell'opera:
Beautiful Disaster

ISBN 978-88-11-67013-1

Printed in Italy

www.garzantilibri.it

UNO SPLENDIDO DISASTRO

Ai miei fan.
La vostra passione per le storie
ha trasformato un'aspirazione
nel libro che avete fra le mani

1.

ALLARME ROSSO

Tutto in quel posto mi urlava che ero dove non dovevo essere. Le scale erano malandate, gli spettatori pigiati spalla a spalla scalmanati, e l'aria puzzava di sudore, sangue e muffa. L'atmosfera si fece del tutto confusa quando i presenti cominciarono a gridare nomi e numeri, ad agitare le braccia, a scambiarsi denaro in mezzo al baccano. Mi feci largo tra la folla tallonando la mia migliore amica.

«Tieni i soldi nel portafoglio Abby!» mi gridò America. Il suo sorriso brillava persino nella luce fioca.

«Stammi vicino! Quando inizierà, sarà peggio!» urlò Shepley per sovrastare il baccano. Guidandoci in quella marea di gente, America afferrò prima la sua mano e poi la mia.

Il gemito acuto di un megafono squarciò l'aria fumosa. Quel suono mi spaventò e sussultai, cercandone la fonte. Un ragazzo in piedi su una sedia di legno teneva un rotolo di banconote in una mano e il megafono nell'altra. Lo avvicinò di nuovo alle labbra.

«Benvenuti al bagno di sangue! Se state cercando Economia 101... siete nel posto sbagliato! Ma se cercate il Cerchio, questa è la Mecca! Io sono Adam, stabilisco le regole e do inizio all'incontro. Le scommesse si chiudono quando gli avversari scendono in campo. È proibito toccare i lottatori, prestare soccorso, cambiare la posta in gioco e invadere il ring. Se infrangete queste regole, vi faremo sputare l'anima, vi cacceremo a calci in culo e ci terremo i vostri soldi. Vale anche per voi, signore! Perciò, ragazzi, non usate le vostre troiette per imbrogliare!»

Shepley scosse la testa. «Gesù, Adam!» gridò, disapprovando la scelta di parole dell'amico.

Il cuore mi batteva forte nel petto. Con il mio cardigan rosa di cachemire e gli orecchini di perle mi sentivo come un'educanda su una spiaggia di nudisti. Avevo promesso ad America che avrei affrontato qualsiasi cosa mi fossi trovata davanti, ma in quel momento provai l'impulso di aggrapparmi al suo braccio sottile come uno stecchino. Non mi avrebbe mai messa in pericolo, ma mi trovavo in un seminterrato con una cinquantina di studenti ubriachi, assetati di sangue e di soldi, e non ero del tutto certa che ne saremmo usciti illesi.

Da quando America aveva conosciuto Shepley all'orientamento matricole, lo accompagnava spesso agli incontri clandestini negli scantinati della Eastern University. Si tenevano sempre in luoghi diversi, che restavano segreti fino a un'ora prima dell'inizio. Di solito frequentavo ambienti più tranquilli, e l'esistenza del mondo sotterraneo della Eastern mi sorprese. Shepley invece lo conosceva ancora prima di iscriversi: Travis, suo compagno di stanza e cugino, combatteva da sette mesi. Correva voce che da matricola fosse stato il pugile più temibile che Adam avesse visto nei tre anni di vita del Cerchio. All'inizio del secondo anno Travis era ormai imbattibile, e con le vincite lui e Shepley pagavano agevolmente affitto e bollette.

Adam portò ancora il megafono alla bocca, mentre le urla crescevano a dismisura: «Stasera abbiamo un nuovo sfidante! L'astro della lotta Marek Young!».

Seguì un'ovazione e all'ingresso del ragazzo la folla si divise come il mar Rosso, creando un cerchio tra fischi e provocazioni. Marek saltellava, flettendo il collo con aria seria, concentrata. Il vociare del pubblico si placò fino a diventare un sordo boato, poi dalle grandi casse collocate all'altro capo del locale si riversò una musica assordante e io mi tappai le orecchie.

«Il prossimo contendente non ha bisogno di presentazioni ma, siccome mi fa una paura fottuta, lo presenterò lo stesso! Ragazzi, tremate, ragazze, attente alle mutandine! Ecco che arriva Travis "Mad Dog" Maddox!»

Il frastuono salì alle stelle non appena Travis comparve sulla soglia. Fece il suo ingresso a torso nudo, rilassato e impassibile. Avanzò con disinvoltura fino al centro del Cerchio, toccò con i pugni le nocche di Marek e i suoi muscoli sodi guizzarono sotto la pelle tatuata. Si protese in avanti e sussurrò qualcosa all'orecchio dell'avversario, che faticò a mantenere l'espressione severa. I due combattenti, vicinissimi, si guardarono negli occhi: lo sguardo di Marek era truce, mentre Travis sembrava vagamente divertito.

Arretrarono di qualche passo e Adam diede il segnale al megafono. Marek si mise in guardia e Travis attaccò. Quando la folla mi bloccò la visuale, mi alzai in punta di piedi e mi spostai di lato per riuscire a vedere qualcosa. Pian piano, mi feci strada nella calca urlante. Tra spallate e gomitate nei fianchi, fui scagliata di qua e di là come la pallina di un flipper, ma scorsi le teste dei due avversari e continuai.

Raggiunta la prima fila vidi le braccia robuste di Marek afferrare Travis, cercando di gettarlo a terra. Nel momento in cui si chinò, Travis gli diede una ginocchiata in faccia e attaccò prima che potesse riprendersi, bersagliandogli di pugni il volto insanguinato.

In quell'istante, venni strattonata all'indietro.

«Che diavolo combini Abby?» disse Shepley, con le dita strette saldamente attorno al mio braccio.

«Là dietro non vedevo nulla!» gridai.

Mi girai mentre Marek tirava un pugno poderoso. Travis si voltò e per un attimo pensai che lo avesse solo schivato, invece fece una rotazione completa su sé stesso e colpì con il gomito il centro esatto del naso dell'avversario. Il sangue mi schizzò addosso e m'imbrattò il viso e il cardigan. Marek crollò a terra con un tonfo e per un breve istante nella stanza calò un silenzio totale.

Adam gettò un panno scarlatto sul corpo inerte e la folla esplose in un boato. Il denaro passò di nuovo di mano in mano, e sui volti dei presenti comparvero espressioni diverse, alcune compiaciute, altre deluse.

Nel trambusto generale venni spintonata. Alle mie spalle America mi chiamò, ma ero ipnotizzata dalla striscia rossa sui miei vestiti, che andava dal petto alla vita.

All'improvviso la mia attenzione fu attirata da un paio di pesanti stivali neri. Alzai lo sguardo: jeans sporchi di sangue, addominali perfettamente scolpiti, un petto nudo tatuato madido di sudore e intensi occhi castani. La folla mi spinse in avanti e Travis mi afferrò appena prima che cadessi.

«Ehi! State lontani da lei!» gridò accigliato, allontanando a spallate chiunque mi si avvicinasse. Alla vista del mio cardigan la sua espressione corrucciata si distese in un sorriso. «Mi dispiace per il sangue, Pigeon», esclamò, pulendomi il viso con un asciugamano.

Adam gli diede uno schiaffetto sulla nuca. «Forza, Mad Dog! La grana ti aspetta!»

Travis non distolse lo sguardo da me. «È un vero peccato per la maglia, ti dona.» Un attimo dopo fu inghiottito dai fan e scomparve.

«Cosa credevi di fare, idiota?» urlò America tirandomi per un braccio.

Sorrisi. «Sono venuta a vedere un incontro, no?»

«Non dovresti neanche essere qui Abby», mi rimproverò Shepley.

«Neanche America.»

«Lei non ha cercato di entrare nel Cerchio!» ribatté cupo. «Andiamo.»

America mi sorrise e mi tolse le ultime tracce di sangue dalla faccia. «Sei una vera rompiscatole Abby. Dio, quanto ti voglio bene!» Mi cinse le spalle e insieme risalimmo le scale, uscendo nella notte.

America mi seguì allo studentato e sogghignò alla vista della mia compagna di stanza, Kara. Mi tolsi subito il cardigan insanguinato e lo gettai nella cesta dei panni sporchi.

«Che schifo. Dove sei stata?» chiese Kara dal letto.

Guardai America, che si strinse nelle spalle. «Sangue dal naso, a Abby capita spesso. Non lo sapevi?»

Lei inforcò gli occhiali e scosse la testa.

«Be', adesso lo sai.» Mi fece l'occhiolino e chiuse la porta dietro di sé. Meno di un minuto dopo, il mio cellulare vibrò. Come al solito, America mi aveva mandato un messaggio pochi secondi dopo avermi salutato.

Sto da shep a dom regina del ring

Gettai un'occhiata a Kara, che mi fissava come se da un momento all'altro mi dovesse sgorgare un torrente di sangue dal naso.

«Stava scherzando», esclamai.

Annuì con indifferenza e abbassò lo sguardo sul marasma di libri sparsi sul copriletto.

«Penso mi farò una doccia», dissi afferrando un asciugamano e la trousse da bagno.

«Avvertirò la stampa», rispose impassibile, tenendo la testa bassa.

L'indomani Shepley e America mi raggiunsero per pranzo. Avrei voluto mangiare da sola ma, man mano che gli studenti affluivano in mensa, le sedie attorno a me vennero occupate dai membri della confraternita di Shepley o dai giocatori di football. Alcuni erano stati all'incontro, ma nessuno accennò alla mia esperienza a distanza ravvicinata dal ring.

«Shep», chiamò qualcuno.

Lui rispose con un cenno. Voltandoci, America e io vedemmo Travis che si sedeva in fondo al tavolo. Era accompagnato da due voluttuose bionde tinte con la maglietta della Sigma Kappa. Una gli si sedette in grembo, l'altra al suo fianco e cominciò a palpargli la T-shirt.

«Sto per vomitare», bofonchiò America.

La bionda in braccio a Travis si girò. «Ti ho sentita, stronza.» America afferrò il suo panino e lo lanciò, mancando per un soffio il volto della ragazza. Prima che questa potesse ribattere, Travis abbassò le ginocchia, facendola cadere a terra.

«Ahia!» strillò lei.

«America è mia amica. Trovati altre due ginocchia su cui sederti, Lex.»

«Travis!» frignò mentre si rimetteva in piedi.

Lui non rispose e si concentrò sul suo piatto. Lex allora guardò l'amica sbuffando, e un attimo dopo tutte e due si allontanarono tenendosi per mano.

Travis ammiccò ad America. Poi, come se niente fosse accaduto, addentò un altro boccone, si scambiò un'occhiata con Shepley e iniziò a parlare con un giocatore di football che gli sedeva di fronte. Fu allora che notai un piccolo taglio sul suo sopracciglio.

Anche se molti avevano già lasciato il tavolo, America, Shepley e io ci attardammo a discutere dei progetti per il fine settimana. Travis fece per andarsene, ma poi si fermò con noi. Lo ignorai il più a lungo possibile ma, quando alzai lo sguardo, notai che mi stava fissando.

«Come dici?» chiese a voce alta Shepley portando la mano all'orecchio.

«La conosci, Trav. È la migliore amica di America. L'altra sera era con noi», aggiunse.

Travis mi rivolse quello che immaginai fosse il sorriso più affascinante del suo repertorio. Con i capelli castani cortissimi e gli avambracci tatuati, emanava sesso e ribellione. Vedendo che tentava di sedurmi, alzai gli occhi al cielo.

«Da quando hai una migliore amica, Mare?» chiese.

«Dal terzo anno delle superiori», rispose lei sorridendomi. «Non ricordi, Travis? Le hai rovinato la maglia.»

Lui ghignò. «Ho rovinato parecchie maglie.»

«Disgustoso», borbottai.

Travis girò la sedia vuota al mio fianco e si sedette appoggiandovi sopra le braccia. «Pigeon, giusto?»

«No», ribattei secca. «Ho un nome.»

Il modo in cui lo guardavo sembrò divertirlo, il che servì solo a farmi infuriare di più.

«Be'? Qual è?» domandò.

Addentai l'ultimo pezzo di mela nel piatto, in silenzio.

«Ti chiamerò Pigeon, allora», osservò con una scrollata di spalle.

Guardai America, poi mi girai verso Travis. «Sto cercando di pranzare.»

Lui raccolse prontamente la sfida. «Sono Travis. Travis Maddox.»

«So chi sei», risposi con un tono di sufficienza.

Inarcò il sopracciglio ferito. «Lo sai, eh?»

«Non montarti la testa. È difficile non notarti quando cinquanta ubriachi urlano il tuo nome.»

Si raddrizzò leggermente. «Lo fanno spesso.» Alzai di nuovo gli occhi al cielo e lui ridacchiò. «Hai un tic?»

«Un che?»

«Un tic. Continui a muovere gli occhi.» Lo guardai furiosa e lui esplose in un'altra risata. «Però sono occhi incredibili. Di che colore sono, grigi?» domandò avvicinandosi al mio viso.

Fissai il piatto, lasciando che i miei lunghi capelli color caramello creassero una barriera tra noi. Il modo in cui mi faceva sentire quand'era così vicino mi infastidiva. Non volevo essere come tutte le altre ragazze della Eastern, che arrossivano in sua presenza. Non volevo assolutamente lasciarmi condizionare.

«Non pensarci neanche, Travis. È come se fosse mia sorella», lo ammonì America.

«Tesoro», osservò Shepley, «gli ha appena detto di no. Adesso chi lo ferma più?»

«Non sei il suo tipo», ribatté lei, cercando di prendere tempo.

Travis si finse offeso. «Io sono il tipo di tutte!»

Lo guardai di sottecchi e sorrisi.

«Ah! Un sorriso. In fondo, non sono uno sporco bastardo», esclamò ammiccando. «È stato bello conoscerti, Pidge.» Girò attorno al tavolo e sussurrò qualcosa all'orecchio di America.

Shepley gli tirò una patatina fritta. «Stai alla larga dall'orecchio della mia ragazza, Trav!»

«Sono una persona socievole, lo sai!» Travis indietreggiò, sollevando le mani con aria innocente.

Alcune ragazze lo seguirono ridacchiando cercando di attirare la sua attenzione. Lui aprì loro la porta e quelle per poco non urlarono di gioia.

America scoppiò a ridere. «Sei nei guai, Abby.»

«Cosa ti ha detto?» domandai sospettosa.

«Vuole che la porti da noi, vero?» disse Shepley. America annuì e lui scosse la testa. «Sei una ragazza sveglia, Abby. Ti avverto: se ci caschi e finisci per perdere la testa, non prendertela con me e America, d'accordo?»

Sorrisi. «Non ci cascherò, Shep. Ti sembro forse una di quelle oche bionde?»

«Non succederà», lo rincuorò America toccandogli il braccio.

«Non è la prima volta, Mare. Sai quante volte mi ha incasinato la vita? Seduce e abbandona la "migliore amica" di turno, e d'un tratto frequentarmi diventa un conflitto di interesse, perché significa fraternizzare con il nemico! Abby, ti avverto», aggiunse rivolto a me. «Non ti azzardare a proibire a Mare di uscire con me solo perché ti sei lasciata abbindolare da Trav. Considerati avvisata.»

«Apprezzo il consiglio, ma è superfluo», risposi. Cercai di rassicurarlo con un sorriso, anche se sapevo che quel pessimismo nasceva da anni di scottature subite a causa di Travis.

America mi salutò allontanandosi con Shepley e io afferrai lo zaino, avviandomi in aula per la lezione pomeridiana. Socchiusi gli occhi alla luce intensa del sole. La Eastern era proprio come avevo sperato, con le sue classi piccole e tutti quei volti sconosciuti. Per me era un nuovo inizio. Potevo finalmente camminare senza essere circondata dai mormorii di chi conosceva, o pensava di conoscere, il mio passato. Mi confondevo in mezzo alle altre matricole studiose e un po' ingenue. Niente occhiate di sottecchi, niente pettegolezzi, niente pietà né giudizi. Solo l'illusione che desideravo vedessero: una Abby Abernathy normale e vestita di cachemire.

Posai lo zaino a terra e mi lasciai cadere sulla sedia, quindi mi chinai per prendere il laptop. Quando mi risollevai, vidi Travis che si era infilato nel banco accanto.

«Bene. Puoi prendere appunti per me», esordì. Masticò la

penna che aveva in bocca e sfoderò di nuovo il suo sorriso più seducente.

Lo guardai indignata. «Tu non segui questo corso.»

«Certo che lo seguo. Di solito mi siedo lassù», rispose indicando con un cenno la fila più in alto. Un gruppetto di ragazze mi stava fissando e notai una sedia vuota in mezzo a loro.

Avviai il computer. «Non prenderò appunti per te.»

Lui si chinò avvicinandosi tanto da farmi sentire il suo respiro sulla guancia. «Scusami, ti ho offeso in qualche modo?»

Sospirai e scossi la testa.

«Allora qual è il problema?»

Tenni la voce bassa. «Non ho intenzione di venire a letto con te. Lascia perdere.»

Un sorriso si allargò sul suo volto. «Non ti ho chiesto di venire a letto con me.» Spostò pensieroso lo sguardo sul soffitto. «Giusto?»

«Non sono una delle tue ammiratrici», dissi osservando le ragazze alle nostre spalle. «I tatuaggi, il fascino infantile e la finta indifferenza non fanno colpo su di me, perciò puoi smetterla con le buffonate, okay?»

«Okay, Pigeon.» Di fronte alla mia scortesia restò fastidiosamente impassibile. «Perché stasera non vieni da noi con America?» Sogghignai alla richiesta, ma lui si avvicinò di più. «Non sto cercando di scoparti, voglio solo frequentarti.»

«Scoparmi? Ma come fai a portartele a letto se parli così?»

Lui scoppiò a ridere e scosse la testa. «Vieni e basta. Non flirterò nemmeno, lo giuro.»

«Ci penserò.»

In quel momento entrò il professor Chaney e Travis si concentrò sulla cattedra. Tuttavia, sul volto gli era rimasto un vago sorriso, che accentuava la fossetta che aveva sulla guancia sinistra. Più sorrideva, più avrei voluto detestarlo, eppure quel sorriso mi rendeva impossibile farlo.

«Chi mi sa dire quale presidente aveva una moglie strabica e bruttissima?» domandò Chaney.

«Mi raccomando, annotalo», sussurrò Travis. «Mi servirà per i colloqui di lavoro.»

«Sst», dissi, scrivendo ogni parola del professore.

Lui sorrise e si rilassò. Durante la lezione, tra uno sbadiglio e l'altro si appoggiò più volte alla mia spalla per guardare il monitor. Mi sforzavo di ignorarlo, ma la sua vicinanza e i muscoli possenti del suo braccio mi creavano non poche difficoltà. Continuò a giocherellare con il bracciale di pelle nera che aveva al polso finché Chaney non terminò la lezione.

A quel punto mi affrettai a raggiungere la porta e a percorrere il corridoio. Proprio quando credevo di essere a distanza di sicurezza, Travis mi si affiancò.

«Ci hai pensato?» chiese mettendosi gli occhiali da sole.

In quell'istante ci si parò davanti una brunetta minuta con gli occhi sgranati e l'aria speranzosa. «Ehi, Travis», esclamò con voce cantilenante, toccandosi i capelli.

Mi fermai, disgustata dal suo tono mellifluo, e poco dopo la superai. L'avevo già vista nell'area comune della Morgan Hall, lo studentato in cui vivevo. In quelle occasioni parlava normalmente e mi chiesi perché pensasse che Travis avrebbe trovato seducente quella voce infantile. Chiacchierò con un tono più alto di un'ottava ancora per un po', dopodiché lui mi raggiunse.

Estrasse un accendino dalla tasca, si accese una sigaretta e soffiò uno sbuffo di fumo. «Dov'ero rimasto? Oh, sì... stavi pensando.»

Feci una smorfia. «Di che parli?»

«Hai deciso se verrai?»

«Se dico di sì, smetterai di seguirmi?»

Travis valutò la proposta e annuì. «Sì.»

«Allora verrò.»

«Quando?»

Sospirai. «Stasera. Verrò stasera.»

Lui sorrise e si bloccò di colpo. «Grande. Allora ci vediamo, Pidge.»

Girai l'angolo e vidi America e Finch davanti allo studentato. Ci eravamo ritrovati allo stesso tavolo all'orientamento matricole e avevo capito subito che Finch sarebbe diventato parte del nostro ingranaggio ben collaudato. Non era molto alto ma, visto il mio metro e sessantatré, mi sovrastava. I suoi occhi spiccavano sul volto lungo e magro, e di solito un ciuffo dei capelli decolorati gli ricadeva sulla fronte.

«Travis Maddox? Gesù, Abby, da quando peschi in acque pericolose?» disse Finch con uno sguardo di disapprovazione.

America prese la gomma che stava masticando tra due dita e la tirò fino a formare una lunga striscia. «Respingerlo significa solo peggiorare le cose. Non è abituato ai rifiuti.»

«E cosa dovrei fare? Andare a letto con lui?»

America scrollò le spalle. «Risparmieresti tempo.»

«Gli ho detto che stasera sarei andata da lui.»

Finch e America si scambiarono un'occhiata.

«Che c'è? Ha promesso che avrebbe smesso di tormentarmi se avessi accettato. Tu vai da loro stasera, vero?»

«Be', sì», rispose America. «Ci verrai davvero?»

Sorrisi ed entrai nell'edificio, chiedendomi se Travis avrebbe mantenuto la promessa di non flirtare con me. Non era un tipo difficile da capire: mi vedeva come una sfida o come una ragazza sufficientemente priva di fascino da poter essere una buona amica. Non sapevo quale delle due alternative mi turbasse di più.

Qualche ora più tardi, America bussò alla mia porta per accompagnarmi da Shepley e Travis.

«Gesù! Sembri una senzatetto!» sbottò quando mi vide.

«Bene», dissi, soddisfatta dall'effetto d'insieme. Avevo raccolto i capelli in uno chignon disordinato, mi ero struccata e alle lenti a contatto avevo preferito gli occhiali con la montatura nera rettangolare. Avanzai ciabattando nelle mie infradito, fiera di sfoggiare una T-shirt logora e un paio di pantaloni della tuta. Avevo pensato che apparire scialba sarebbe stato in ogni caso il piano migliore. Speravo di spegnere l'entusiasmo di Travis, e di porre termine finalmente a quell'assurda insistenza. E l'aspetto dimesso lo avrebbe scoraggiato anche nel caso in cui avesse voluto una semplice amica.

America abbassò il finestrino e sputò la gomma da masticare. «Sei davvero banale. Potevi completare il tuo look rotolandoti nel letame.»

«Non voglio far colpo su nessuno», risposi.

«Questo mi sembra ovvio.»

Lasciammo l'auto nel parcheggio del palazzo di Shepley e seguii America lungo le scale. Lui venne ad aprire e scoppiò a ridere quando feci il mio ingresso.

«Cosa ti è successo?»

«Non vuole far colpo su nessuno», spiegò America.

Andarono nella stanza di Shep. La porta si chiuse alle loro spalle e io restai sola con la sensazione di essere fuori posto. Mi sedetti nella poltrona reclinabile e mi sfilai le infradito.

L'estetica dell'appartamento era più gradevole della tipica casa da scapoli. Come prevedibile, le pareti erano tappezzate di manifesti di donne seminude e cartelli stradali rubati, ma la casa era pulita, i mobili erano nuovi e soprattutto non si sentiva puzzo di birra vecchia e di abiti sporchi.

«Era ora!» esclamò Travis buttandosi sul divano.

Sorrisi e mi sistemai gli occhiali sul naso, aspettando che manifestasse disgusto per il mio aspetto. «America doveva finire un saggio.»

«A proposito, hai già iniziato quello di storia?»

Non aveva battuto ciglio di fronte ai miei capelli in disordine, e la cosa mi indispettì. «E tu?»

«L'ho finito questo pomeriggio.»

«Ma è per mercoledì», replicai sorpresa.

«L'ho buttato giù. Quanto potrà essere difficile scrivere un saggio di due pagine su Grant?»

«Io sono una che temporeggia», risposi alzando le spalle. «Probabilmente non lo inizierò prima del fine settimana.»

«Be', se ti serve aiuto fammelo sapere.»

Pensavo scoppiasse a ridere o lasciasse comunque intendere che stava scherzando, invece aveva un'aria sincera.

«Mi aiuteresti davvero?» chiesi perplessa.

«Ho il massimo dei voti in storia», replicò, offeso dalla mia incredulità.

«Ha il massimo dei voti in tutte le materie. È un maledetto genio, lo odio», osservò Shepley conducendo per mano America in soggiorno.

Osservai dubbiosa Travis e lui si corrucciò.

«Cosa c'è? Pensi che un ragazzo coperto di tatuaggi che fa a pugni per vivere non possa avere buoni voti? Non sono al college solo perché non ho di meglio da fare.»

«Perché combatti, allora? Perché non hai provato con le borse di studio?» chiesi.

«L'ho fatto. Me ne hanno concessa una che copre metà delle tasse. Ma ci sono i libri, le bollette... in qualche modo li devo pagare. Dico sul serio, Pidge, se hai bisogno di aiuto, non hai che da chiedere.»

«Non mi serve il tuo aiuto. Sono in grado di scrivere un saggio.» Volevo chiudere la conversazione. Avrei dovuto chiuderla, ma quel nuovo lato del suo carattere aveva destato la mia curiosità. «Non puoi trovare qualcos'altro per mantenerti? Qualcosa di meno... sadico?»

Travis scrollò le spalle. «È un modo facile di far soldi. Non potrei guadagnare altrettanto lavorando in un negozio.»

«Essere presi a pugni in faccia non è "facile".»

«Be', ti preoccupi per me?» osservò ammiccando. Feci una smorfia e lui ridacchiò. «Non mi colpiscono tanto spesso. Se attaccano, li schivo. Non è così difficile.»

Scoppiai a ridere. «Come se non ci avesse mai pensato nessuno.»

«Quando tiro un pugno, gli avversari incassano e cercano di restituirlo. Ma non ce la fanno quasi mai.»

Alzai gli occhi al cielo. «Chi sei, Karate Kid? Dove hai imparato a combattere?»

Shepley e America si scambiarono un'occhiata, dopodiché fissarono il pavimento. Non impiegai molto a capire di aver detto qualcosa di sbagliato.

Travis tuttavia non pareva scosso. «Avevo un padre alcolista dal pessimo carattere e quattro fratelli più grandi con il gene della coglionaggine.»

«Oh...» Mi sentii le orecchie in fiamme.

«Non essere in imbarazzo, Pidge. Papà ha smesso di bere e i miei fratelli sono cresciuti.»

«Non sono in imbarazzo.» Giocherellai nervosamente con una ciocca di capelli, poi decisi di sciogliere e rifare lo chignon nel tentativo di ignorare l'increscioso silenzio.

«Mi piace questo look naturale. Le ragazze non vengono da me così.»

«Io sono stata costretta a venire qui. Non ho mai voluto far colpo su di te», obiettai, seccata per il fallimento del mio piano.

Lui sfoderò un ghigno divertito, infantile, e io m'infuriai ancora di più, sperando però che la rabbia mascherasse il disagio. Non sapevo come si sentissero le ragazze accanto a lui, ma avevo visto come si comportavano. Dal canto mio, più che infatuata, mi sentivo nauseata e confusa, e i tentativi di Travis di farmi sorridere non facevano che turbarmi.

«Ma hai già fatto colpo. Di solito non devo supplicare una ragazza perché venga da me.»

«Non ne dubito», replicai con aria indignata.

Era un presuntuoso, e della peggior specie. Non era solo spudoratamente consapevole del proprio fascino, ma anche talmente abituato a vedere le donne cadere ai suoi piedi da ritenere la mia freddezza una piacevole novità anziché un insulto. Dovevo cambiare strategia.

America puntò il telecomando verso il televisore e lo accese. «Stasera danno un bel film. Qualcuno vuole scoprire che fine ha fatto Baby Jane?»

Travis si alzò. «Stavo per uscire a cena. Hai fame, Pidge?»

«Ho già mangiato», risposi con indifferenza.

«Non è vero», disse America prima di rendersi conto dell'errore. «Oh... ehm... certo, mi ero scordata che ti sei presa una... pizza... prima.»

Feci una smorfia di fronte a quel misero tentativo di rimediare alla gaffe e attesi la reazione di Travis.

Lui attraversò la stanza e aprì la porta. «Forza. Sarai affamata.»

«Dove vai?»

«Dove vuoi. Possiamo mangiarci una pizza.»

Diedi una rapida occhiata ai miei vestiti. «Non sono presentabile.»

Travis mi studiò per un istante e fece un gran sorriso. «Stai benissimo. Andiamo, muoio di fame.»

Mi alzai e salutai America, superando Travis per scendere

le scale. Mi fermai nel parcheggio e lo guardai inorridita mentre si sedeva in sella a una moto nera opaca.

«Uh...» mormorai, piegando le dita nude dei piedi.

Travis mi lanciò uno sguardo impaziente. «Oh, sali. Andrò piano.»

«Che modello è?» chiesi, leggendo troppo tardi la scritta sul serbatoio.

«È una Harley Night Rod. È l'amore della mia vita, perciò non graffiare la vernice quando sali.»

«Ho le infradito!»

Lui mi fissò come se avessi parlato in una lingua straniera. «E io gli stivali. Monta, dai.»

S'infilò gli occhiali da sole e il motore ruggì quando lo accese. Salii in sella e cercai qualcosa a cui aggrapparmi, ma le mie dita scivolarono dalla pelle al fanale di plastica.

Travis mi prese le mani e se le mise attorno alla vita.

«Non hai niente per tenerti, solo me, Pidge. Non mollare la presa», disse spingendo la moto all'indietro con i piedi. Uscì in strada e con uno scatto del polso partì come un razzo. Le ciocche sciolte mi sferzavano il viso e mi chinai dietro di lui, sapendo che se avessi guardato al di sopra della sua spalla le lenti dei miei occhiali si sarebbero riempite di insetti.

Qualche minuto più tardi imboccò a tutta velocità il vialetto d'accesso del ristorante e, non appena si fermò, mi misi in salvo sul marciapiede.

«Sei uno squilibrato!»

Travis ridacchiò e mise la moto sul cavalletto prima di smontare. «Ho rispettato i limiti di velocità.»

«Sì, quelli di un'autostrada tedesca, che notoriamente non ne ha», replicai sciogliendo lo chignon e districando i nodi con le dita.

«Non lascerei mai che ti accadesse qualcosa, Pigeon», dichiarò aprendo la porta del locale. Un po' frastornata, lo seguii a precipizio nel ristorante, che odorava di grasso ed erbe aromatiche. Camminai sulla moquette rossa disseminata di briciole finché Travis scelse un tavolo d'angolo, lontano dai gruppi di ragazzi e dalle famiglie e ordinò due birre.

Scrutai la sala, osservando i genitori che cercavano di far mangiare i figli turbolenti, e cercando di evitare le occhiate inquisitorie degli studenti della Eastern.

«Certo, Travis», disse la cameriera annotando il nostro ordine. Quando tornò in cucina, sembrava vagamente euforica per la sua presenza.

Mi portai i capelli scompigliati dietro alle orecchie, d'un tratto imbarazzata per il mio aspetto. «Vieni spesso qui?» chiesi acida.

Lui appoggiò i gomiti sul tavolo e mi fissò con gli occhi castani. «Allora, qual è la tua storia, Pidge? Odi gli uomini in generale o solo me?»

«Solo te, credo», bofonchiai.

Scoppiò a ridere, divertito. «Non riesco a capirti. Sei la prima ragazza che mi respinge. Non ti agiti quando mi parli e non cerchi di attirare la mia attenzione.»

«Non è una tattica. Non mi piaci, ecco tutto.»

«Non saresti qui se non ti piacessi.»

Abbandonai l'espressione accigliata e sospirai. «Non dico che tu sia una persona malvagia. Solo, non mi va di essere considerata una facile preda per il semplice fatto di avere una vagina.» Fissai i granelli di sale sul tavolo finché non udii un verso strozzato provenire dalla sua direzione.

Travis spalancò gli occhi e scoppiò in una fragorosa risata. «Oddio! Mi fai morire! Dobbiamo essere amici. Non accetterò un no come risposta.»

«Okay, ma questo non ti autorizza a cercare di infilarti nelle mie mutande ogni cinque secondi.»

«Non hai intenzione di venire a letto con me. Afferrato.»

Mi sfuggì un sorriso, e il suo sguardo si illuminò. «Hai la mia parola. Non mi azzarderò nemmeno a pensare alle tue mutande... a meno che non sia tu a chiedermelo.»

Appoggiai i gomiti sul tavolo. «E questo non accadrà, perciò possiamo essere amici.»

Un sorriso malizioso accentuò i suoi lineamenti mentre si protendeva verso di me. «Mai dire mai.»

«Allora, qual è la tua storia?» chiesi. «Sei sempre stato Travis "Mad Dog" Maddox o ti chiamano così da quando sei alla Eastern?» Per la prima volta, la sua sicurezza vacillò: sembrava un po' imbarazzato.

«No. È stato Adam a inventare quel soprannome, dopo il primo incontro.»

Le sue risposte spicce cominciavano a irritarmi. «Tutto qui? Non hai intenzione di dirmi niente di te?»

«Cosa vuoi sapere?»

«Le solite cose. Da dove vieni, cosa vuoi fare da grande... cose così.»

«Sono nato e cresciuto qui e mi sto specializzando in diritto penale.»

Srotolò con un sospiro le posate avvolte nel tovagliolo, le dispose accanto al piatto e guardò al di sopra della sua spalla con la mascella contratta. Dai due tavoli della squadra di calcio della Eastern si levò una risata che parve infastidirlo.

«Stai scherzando», osservai incredula.

«No, sono di queste parti», affermò distrattamente.

«Parlo della specializzazione. Non sembri un tipo da diritto penale.»

Travis corrugò la fronte, tornando a concentrarsi sulla nostra conversazione. «Perché?»

Scrutai i tatuaggi che gli coprivano il braccio. «Dico solo che sembra ti si addica più il crimine che la giustizia.»

«Non mi caccio nei guai... Papà era piuttosto severo.»

«E tua mamma?»

«È morta quand'ero piccolo», rispose in tono freddo.

«Mi... mi dispiace», dissi scuotendo la testa. La sua risposta mi aveva colto alla sprovvista.

Travis reagì con noncuranza. «Non me la ricordo. I miei fratelli sì, ma io avevo solo tre anni quando morì.»

«Quattro fratelli, eh? Come facevi a distinguerli?» chiesi ironica.

«A seconda di chi picchiava più forte, che guarda caso era sempre il fratello più grande. In ordine erano Thomas, i gemelli Taylor e Tyler e poi Trenton. Non dovevi mai restare da solo in una stanza con Taylor e Ty. Ho imparato da loro metà di quello che faccio nel Cerchio. Trenton è il più piccolo ma è veloce, nonché l'unico che adesso riesca a colpirmi.»

Scossi la testa, sbigottita al pensiero di cinque Travis che correvano in giro per casa. «Sono tutti tatuati?»

«Tutti tranne Thomas. È dirigente pubblicitario in California.»

«E tuo padre? Dov'è?»

«Vive da queste parti», rispose. Aveva di nuovo la mascella contratta, sempre più irritato dalla squadra di calcio.

«Perché ridono?» domandai indicando la tavolata rumorosa. Lui scosse la testa, era chiaro che non ne volesse parlare. Incrociai le braccia e mi dimenai sulla sedia. «Dimmelo.»

«Ridono di me perché innanzitutto ti ho portato a cena. Di solito non è una... mia abitudine.»

«Innanzitutto?» Quando capii, Travis sussultò vedendo la mia espressione. Parlai senza riflettere. «E io che temevo ridessero di te perché ti fai vedere con una vestita così! Credono che verrò a letto con te», borbottai.

«Perché non dovrei farmi vedere con te?»

«Di cosa stavamo parlando?» chiesi, sforzandomi di controllare il calore che mi saliva alle guance.

«Di te», mentì. «Qual è la tua specializzazione?».

«Oh, ehm... cultura generale, per il momento. Sono ancora indecisa, ma propendo per ragioneria.»

«Tu però non sei di queste parti. Ti sei trasferita.»

«Sono di Wichita, come America.»

«E come sei finita qui dal Kansas?»

«Siamo state costrette a scappare.»

«Da cosa?»

«Dai miei genitori.»

«Oh. E America? Anche lei ha problemi con i genitori?»

«No, Mark e Pam sono fantastici. In pratica mi hanno allevato loro. Lei mi ha seguito, non voleva venissi qui da sola.»

Travis annuì. «E come mai avete scelto la Eastern?»

«Mi stai facendo il terzo grado?» Le domande stavano diventando troppo personali e iniziavo a sentirmi a disagio.

La squadra di calcio lasciò il tavolo, con un gran rumore di sedie. Dopo un'ultima battuta, i giocatori si avviarono lentamente alla porta. Non appena Travis si alzò affrettarono il passo, e gli ultimi del gruppo spinsero quelli davanti per darsi alla fuga prima che attraversasse la sala. Lui tornò a sedersi, controllando a stento rabbia e frustrazione.

Inarcai un sopracciglio.

«Stavi dicendo perché hai scelto la Eastern», riprese.

Mi strinsi nelle spalle. «È difficile da spiegare. Mi è sembrata la scelta più giusta da fare.»

Lui sorrise e aprì il menu. «So cosa intendi.»

2.
MAIALE

Al nostro tavolo preferito sedevano molte facce familiari. Mi trovavo tra America e Finch, mentre gli altri posti erano occupati da Shepley e dai suoi compagni della Sigma Tau. Il rimbombo sommesso della mensa rendeva difficile chiacchierare, e a quanto pareva il condizionatore era di nuovo fuori uso. L'aria era viziata, impregnata di fritto e di sudore, ma per un motivo o per l'altro tutti sembravano più vivaci del solito.

«Ehi, Brazil!» esclamò Shepley salutando il ragazzo seduto davanti a me. La sua pelle olivastra e gli occhi color nocciola facevano un bel contrasto con il cappellino bianco della Eastern Football che portava calcato sulla fronte.

«Mi sei mancato dopo la partita, sabato. Mi sono bevuto cinque o sei birre per te, Shep», rispose con un bianchissimo sorriso.

«Mi fa piacere. Ho portato Mare fuori a cena», affermò accarezzando i lunghi capelli biondi di America.

«Sei seduto sulla mia sedia, Brazil.»

Lui si girò e vide Travis in piedi alle sue spalle, poi mi guardò sorpreso. «Oh, è una delle tue ragazze, Trav?»

«Assolutamente no», dissi scuotendo la testa.

Brazil spostò lo sguardo su Travis, che lo fissò in silenzio. Scrollò le spalle, prese il vassoio e si spostò in fondo al tavolo.

Travis si sedette e mi sorrise. «Come va, Pidge?»

«Cos'è quello?» chiesi, incapace di staccare gli occhi dal vassoio. Il cibo misterioso nel suo piatto sembrava cera fusa.

Travis scoppiò a ridere e bevve un sorso d'acqua. «Le signore della mensa mi fanno paura. Non ho intenzione di criticare le loro capacità culinarie.»

I presenti ci stavano osservando di sottecchi, e la cosa non mi sfuggì. Il comportamento di Travis li incuriosiva e soffocai una risata all'idea di essere l'unica ragazza a cui, da quel che vedevano, stava ostinatamente vicino.

«L'esame di biologia è dopo pranzo», gemette America.

«Hai studiato?» chiesi.

«Dio, no. Ho passato la notte a ripetere al mio ragazzo che non saresti finita a letto con Travis.»

A quelle parole, le risate sguaiate dei giocatori di football all'altro capo del tavolo si zittirono, e subito gli altri studenti tesero le orecchie. Guardai infuriata America, ma lei restò indifferente a qualsiasi rimprovero e diede un colpetto a Shepley con la spalla.

«Gesù, Shep. L'hai presa davvero male, eh?» domandò Travis lanciandogli una bustina di ketchup. Shepley non rispose ma io sorrisi a Travis, grata per il diversivo.

America gli strofinò la schiena. «Gli passerà. Ha solo bisogno di un po' di tempo per capire che Abby non cederà alle tue lusinghe.»

«Non ho cercato di sedurla.» Travis storse il naso, apparentemente offeso. «Lei è mia amica.»

«Te l'ho detto. Non c'è niente di cui preoccuparsi», aggiunsi, rivolta a Shepley.

Alla fine lui incrociò il mio sguardo, e la mia espressione sincera sembrò tranquillizzarlo.

«Tu hai studiato?» mi domandò Travis.

Mi incupii. «In biologia non c'è studio che tenga. Non ci capisco niente.»

Travis si alzò. «Vieni.»

«Cosa?»

«Andiamo a prendere i tuoi appunti. Ti do una mano a studiare.»

«Travis...»

«Alza le chiappe, Pidge. Prenderai il massimo dei voti.»

Passando tirai una delle lunghe ciocche bionde di America. «Ci vediamo in aula, Mare.»

Lei sorrise.«Ti terrò un posto. Avrò bisogno di tutto l'aiuto possibile.»

Travis mi seguì in camera. Recuperai il foglio con gli argomenti da ripassare mentre lui apriva il libro. Mi interrogò, implacabile, poi mi chiarì un paio di cose che non avevo capito. Grazie al suo modo di spiegare, i concetti da confusi divennero lampanti.

«...e le cellule somatiche usano la mitosi per riprodursi. È allora che si verificano le fasi. Ricordano un po' un nome femminile: Prometa Anatela.»

Scoppiai a ridere. «Prometa Anatela?»

«Profase, Metafase, Anafase e Telofase.»

«Prometa Anatela», ripetei annuendo.

Mi colpì in testa con i fogli. «Ci sei. Adesso sai tutto.»

Sospirai. «Vedremo.»

«Ti accompagno in aula. Ti interrogherò per strada.»

Chiusi la porta alle nostre spalle. «Non ti arrabbierai se mi bocceranno, vero?»

«Non ti bocceranno, Pidge. Però per il prossimo esame dobbiamo metterci sotto prima», rispose camminando al mio passo.

«Come farai a seguirmi, studiare e allenarti?»

Lui ridacchiò. «Non mi alleno per gli incontri. Adam mi chiama, mi dice dove si combatte e io vado.»

Scossi incredula la testa mentre Travis scrutava il foglio che teneva tra le mani, in cerca della prima domanda da farmi. Avevamo quasi finito gli argomenti quando arrivammo all'aula.

«In bocca al lupo», mi augurò con un sorriso. Mi porse gli appunti e si appoggiò allo stipite.

«Ehi, Trav.»

Mi girai e vidi avvicinarsi un ragazzo alto e dinoccolato che sorrideva.

«Parker», rispose Travis con un cenno.

Gli occhi di Parker s'illuminarono leggermente quando mi notò. «Ciao, Abby.»

«Ciao», risposi, stupita che sapesse il mio nome. Lo avevo visto a lezione, ma non ci eravamo mai parlati.

Parker si avviò al suo posto scambiando battute con gli altri studenti.

«Chi è?» domandai.

Travis scrollò le spalle ma la pelle attorno ai suoi occhi sembrò corrugarsi. «Parker Hayes. È un mio compagno della Sig Tau.»

«Non sapevo facessi parte di una confraternita.»

«La Sigma Tau, la stessa di Shep. Pensavo lo sapessi», rispose guardando Parker al di là delle mie spalle.

«Be' non sembri il tipo da associazioni studentesche», commentai fissandogli gli avambracci tatuati.

Travis mi sorrise. «Mio padre è un ex allievo di questa università e i miei fratelli sono tutti Sig Tau. È una faccenda di famiglia.»

«E hanno preteso che seguissi le loro orme?» domandai in tono scettico.

«Non proprio. Sono brave persone», disse agitando il foglio. «Sarà meglio che tu entri.»

«Grazie per l'aiuto», esclamai dandogli un colpetto con il gomito. In quel momento passò America e io la seguii ai banchi.

«Com'è andata?» chiese.

Alzai le spalle. «È un bravo tutor.»

«Solo quello?»

«È anche un buon amico.»

Sembrò delusa e io ridacchiai vedendo la sua aria afflitta. America sognava da sempre che ci fidanzassimo con una coppia di amici, e due coinquilini e cugini sarebbero stati il massimo. Quando aveva deciso di venire con me alla Eastern, mi aveva proposto di dividere la camera, ma io mi ero opposta sperando di diventare più indipendente. Passato il malumore, si era subito concentrata sulla ricerca di un amico di Shepley da presentarmi. Il sano interesse che Travis dimostrava per me superava però ogni sua aspettativa.

Risposi facilmente e in fretta alle domande dell'esame e mi sedetti sui gradini esterni in attesa di America. Si accasciò sconfitta al mio fianco e la lasciai sfogare.

«È stato orribile!» strillò.

«Dovresti studiare con noi. Travis spiega davvero molto bene.»

America gemette e mi appoggiò la testa sulla spalla. «Non mi sei stata di alcun aiuto! Non potevi farmi un cenno o qualcosa di simile?» Le cinsi le spalle e la condussi allo studentato.

La settimana seguente Travis mi aiutò con il saggio di storia e mi diede altre ripetizioni di biologia. Mi accompagnò allo studio del professor Campbell. Sul tabellone dei voti, il mio numero di matricola era al terzo posto.

«Il terzo voto più alto della classe! Magnifico, Pidge!» esclamò abbracciandomi. Lo sguardo gli brillava per l'entusiasmo e l'orgoglio ma io, imbarazzata, feci un passo indietro.

«Grazie, Trav. Senza di te non ce l'avrei fatta», dissi tirandolo per la maglietta.

Lui mi prese in spalla e si fece strada nella folla. «Fate largo! Spostatevi, gente! Fate largo al cervello gigantesco e deforme di questa povera donna! È un fottuto genio!»

Ridacchiai vedendo le espressioni curiose e divertite dei miei compagni di classe.

Con il passare dei giorni dovemmo affrontare le voci insistenti che circolavano sul nostro rapporto. La fama di Travis, in realtà, contribuì a placare i pettegolezzi: era risaputo che le sue storie non duravano mai più di una notte, perciò, più gli altri ci vedevano insieme, più credevano – giustamente – che la nostra relazione fosse platonica. Nonostante quella situazione ambigua, però, la marea di attenzioni che Travis riceveva dalle sue ammiratrici non diminuì.

Continuò a sedersi vicino a me a storia e a pranzare con me. Non impiegai molto a capire di essermi sbagliata sul suo conto e mi ritrovai persino a difenderlo con chi non lo conosceva bene quanto me. Un giorno, in mensa, Travis mi posò davanti un succo d'arancia.

«Non dovevi. Sarei andata a prenderlo», dissi togliendomi la giacca.

«Be', adesso non ce n'è più bisogno.» Sorrise, e notai di nuovo la sua fossetta.

Brazil sbuffò. «Sei diventato il suo schiavo, Travis? Il prossimo passo sarà farle aria con una foglia di palma indossando un costume della Speedo?»

Travis gli lanciò un'occhiata assassina e io mi lanciai in sua difesa: «Fatti gli affari tuoi, Brazil. E tieni chiusa quella bocca».

«Calmati, Abby! Stavo scherzando!» replicò lui sollevando le mani.

«Solo... non parlare di lui così», dissi imbronciata.

La reazione di Travis fu di sorpresa mista a gratitudine. «Ora posso dire di aver visto di tutto. Sono stato appena difeso da una ragazza», esclamò alzandosi. Prima che se ne andasse con il vassoio, lanciò un'altra occhiataccia a Brazil, dopodiché uscì per raggiungere il gruppetto di fumatori.

Cercai di non guardarlo mentre rideva e chiacchierava. Tutte le ragazze presenti facevano a gara per conquistarsi uno spazio vicino a lui.

Quando si accorse che ero distratta, America mi diede una gomitata. «Cosa stai guardando, Abby?»

«Niente. Non guardo niente.»

Appoggiò il mento sulla mano e scosse la testa. «Sono così scontate. Guarda la rossa, si passa le dita tra i capelli con la stessa frequenza con cui batte le palpebre. Mi chiedo se Travis non si stanchi mai di queste attenzioni.»

Shepley annuì. «Lo è. Tutti pensano che sia un coglione, ma se solo sapessero quanta pazienza ha con le ragazze che credono di poterlo addomesticare... Non può andare da nessuna parte senza che lo tormentino. Se fossi in lui, sarei molto meno educato.»

«Dai che ti piacerebbe!» commentò America dandogli un bacio sulla guancia.

Quando uscii, Travis stava finendo la sigaretta. «Aspetta, Pidge. Ti accompagno.»

«Non c'è bisogno che mi accompagni sempre a lezione, Travis. So andarci da sola.»

La sua attenzione fu catturata da una ragazza in minigonna dai lunghi capelli neri che lo superò sorridendogli. Lui la seguì con lo guardo e annuì nella sua direzione, gettando il mozzicone.

«Ti raggiungo dopo, Pidge.»

«Sì», dissi spazientita mentre si affrettava a raggiungerla.

A lezione, il banco di Travis rimase vuoto e provai un vago fastidio all'idea che si fosse perso dietro a una sconosciuta. Il professor Chaney ci lasciò andare prima del solito e attraversai svelta il prato; alle tre avevo appuntamento con Finch per dargli gli appunti di musica di Sherri Cassidy. Guardai l'orologio e affrettai il passo.

«Abby?»

Parker corse per raggiungermi. «Non ci siamo presentati ufficialmente», disse tendendo la mano. «Parker Hayes.»

Gliela strinsi e sorrisi. «Abby Abernathy.»

«Ero dietro di te quando hai saputo il voto dell'esame di biologia. Complimenti!» esclamò ricambiando il sorriso.

«Grazie. Se non mi avesse aiutato Travis, sarei finita in fondo alla lista, credimi.»

«Oh, voi due siete...»

«Amici.»

Parker annuì sorridendo. «Ti ha detto che a fine mese c'è una festa alla Sigma Tau?»

«In genere parliamo di biologia e di cibo.»

Lui scoppiò a ridere. «Tipico di Travis.»

Sulla porta della Morgan Hall Parker mi scrutò con i suoi grandi occhi verdi. Sembrava quasi un modello, con la mascella quadrata e la pelle liscia e abbronzata. «Dovresti venire. Sarà divertente.»

«Ne parlerò con America. Non dovremmo avere progetti.»

«Fate parte di un pacchetto unico?»

«Abbiamo fatto un patto quest'estate: niente feste da sole.»

Annuì in segno di approvazione. «Brave.»

«In realtà ha conosciuto Shep all'orientamento, perciò non ho dovuto starle molto dietro. Non le ho mai chiesto di accompagnarmi, quindi sono sicura che sarà contenta di venire.» In quell'istante mi sentii morire. Non stavo solo balbettando: avevo anche ammesso che nessuno mi invitava alle feste.

«Splendido. Ci vediamo là», disse, sfoderando il suo sorriso perfetto.

Lo guardai allontanarsi. Era alto, ben rasato, indossava una camicia ben stirata a righine e un paio di jeans. Mentre camminava, i suoi capelli biondo scuro ondeggiavano.

Mi morsi il labbro, lusingata dall'invito.

«Lui è più il tuo tipo», mi disse Finch all'orecchio.

«È affascinante, eh?» osservai, incapace di smettere di sorridere.

«Puoi dirlo forte. Se ti piace il genere "posizione del missionario da studente bene".»

«Finch!» strillai dandogli una pacca sulla spalla.

«Hai gli appunti di Sherri?»

«Sì», risposi estraendoli dalla borsa. Lui si accese una sigaretta, la tenne tra le labbra e studiò i fogli.

«Sei una grande», commentò scorrendoli. Li piegò, se li cacciò in tasca e fece un altro tiro. «È un bene che i boiler della Morgan siano ancora fuori uso. Ti servirà una doccia fredda, visto che quel bel fusto ti ha messo gli occhi addosso.»

«Lo studentato è senza acqua calda?» frignai.

«Così dicono», rispose Finch mettendosi lo zaino in spalla. «Vado ad algebra. Di' a Mare di non dimenticarsi di me questo fine settimana.»

«Glielo dirò», borbottai guardando cupamente le vecchie pareti di mattoni dell'edificio. Raggiunsi la mia stanza, varcai la porta e gettai lo zaino per terra.

«Non c'è acqua calda», borbottò Kara seduta al suo lato del tavolo.

«Lo so.»

In quell'istante il cellulare vibrò e lo aprii. Trovai un messaggio di America che imprecava contro gli idraulici. Pochi minuti dopo bussarono alla porta.

America entrò e si buttò sul mio letto con le braccia conserte. «Roba da non credere! Paghiamo una fortuna e non possiamo neanche farci una doccia calda!»

Kara sospirò. «Smetti di lamentarti. Perché non vai dal tuo ragazzo? Tanto vivi praticamente lì.»

Gli occhi di America guizzarono nella sua direzione. «Buona idea, Kara. Il fatto che tu sia una gran stronza a volte torna utile.»

Kara tenne gli occhi fissi sul monitor del computer, ignorando la frecciata.

America estrasse il cellulare e compose un messaggio con precisione e velocità sorprendenti. Il telefono trillò e lei sorrise. «Staremo da Shep e Travis finché non ripareranno i boiler.»

«Cosa? Nemmeno per idea!» gridai.

«Oh sì, invece. Non ha senso che resti qui a farti docce gelate quando Travis e Shep hanno due bagni.»

«Non mi hanno invitato.»

«Ti invito io. Shep ha già detto che va bene. Puoi dormire sul divano... se non serve a Travis.»

«E se gli serve?»

America scrollò le spalle. «Allora dormirai nel suo letto.»

«Assolutamente no!»

Lei alzò gli occhi al cielo. «Non fare la bambina, Abby. Siete amici, giusto? Se non ci ha provato finora, non credo lo farà in futuro.»

Chiusi la bocca di scatto. In un modo o nell'altro, Travis mi era stato vicino ogni sera per settimane. Mi ero tanto affannata a far sapere a tutti che eravamo solo amici che non mi ero soffermata a pensare che fosse interessato solo a un'amicizia. Inspiegabilmente, mi sentii offesa.

Kara ci guardò incredula. «Travis Maddox non ha cercato di venire a letto con te?»

«Siamo amici!» protestai.

«Lo so, ma non ci ha neanche provato? Lo fa con tutte.»

«Tranne che con noi», precisò America. «E con te.»

Lei fece spallucce. «Be', non lo conosco. Ne ho solo sentito parlare.»

«Esatto», tagliai corto. «Non lo conosci nemmeno.»

Kara tornò al suo monitor, incurante della nostra presenza.

Sospirai. «D'accordo, Mare. Preparo i bagagli.»

«Prendi quello che ti serve per qualche giorno, chissà quanto impiegheranno a riparare i boiler», rispose, fin troppo su di giri.

D'un tratto il terrore mi attanagliò, come se stessi per entrare in un territorio nemico. «Uhm... va bene.»

America mi abbracciò saltellando. «Ci divertiremo un mondo!»

Mezz'ora dopo caricammo la Honda e partimmo, dirette all'appartamento. America non tirò quasi il fiato, tanto chiacchierò durante il viaggio. Si fermò nel solito parcheggio e suonò il clacson. Shepley scese in fretta, prese le valigie dal bagagliaio e ci seguì su per le scale.

«È aperto», disse ansando.

America gli tenne aperta la porta. Shepley grugnì mentre posava i bagagli. «Cristo, tesoro! La tua valigia pesa dieci chili di più di quella di Abby!»

Io e America restammo di stucco quando una donna emerse dal bagno abbottonandosi la camicetta.

«Ciao», esclamò sorpresa. I suoi occhi con il trucco sbavato ci squadrarono prima di posarsi sui bagagli. La riconobbi: era la moretta che Travis aveva incontrato fuori dalla mensa.

America guardò Shepley in cagnesco.

Lui sollevò le mani. «È qui con Travis!»

Questi fece la sua comparsa sbadigliando, vestito solo dei boxer. Guardò la sua ospite e le diede una leggera pacca sul didietro. «Sono arrivate le mie amiche. È meglio che tu vada.»

Lei sorrise, lo abbracciò e lo baciò sul collo. «Ti lascio il mio numero.»

«Eh... non ti preoccupare», rispose con noncuranza.

«Come?» fece lei indietreggiando per guardarlo negli occhi.

«Ogni volta!» sbottò America fissandola. «Come fai a stupirti? Lui è Travis Maddox, cazzo! È famoso per questo genere di cose, ma ogni volta si stupiscono!» esclamò voltandosi verso Shepley. Lui la cinse con un braccio e le fece cenno di calmarsi.

La ragazza studiò sospettosa Travis, poi afferrò la borsa e uscì sbattendo la porta.

Travis andò in cucina e aprì il frigo.

America scosse la testa e si avviò in corridoio. Shepley la seguì, camminando storto per compensare il peso della valigia che si trascinava dietro.

Crollai sulla poltrona e sospirai chiedendomi se non fosse stata una follia accettare quell'invito. Non mi ero resa conto che l'appartamento di Shepley fosse un porto di mare per oche giulive.

Travis mi osservava da dietro al banco per la colazione con le braccia incrociate e un sorriso stampato in volto. «Che c'è che non va, Pidge? È stata una giornata dura?»

«No, sono solo disgustata.»

«Da me?» Il sorriso era immutato. Capii che si aspettava quella ramanzina, ma quella consapevolezza non servì affatto da deterrente.

«Sì, da te. Come fai a usare una persona, a trattarla in quel modo?»

«Cos'ho fatto? Si è offerta di darmi il suo numero e ho rifiutato.»

Restai a bocca aperta di fronte a una simile mancanza di rimorso. «Fai sesso con lei ma non vuoi il suo numero?»

Travis appoggiò i gomiti sul ripiano. «Perché dovrei volere il suo numero, se non ho intenzione di chiamarla?»

«Perché vai a letto con lei se non hai intenzione di chiamarla?»

«Non prometto niente a nessuno, Pidge. Non mi ha chiesto di iniziare una relazione prima di spalancare braccia e gambe sul mio divano.»

Fissai il divano con uno sguardo carico di repulsione. «È la figlia di qualcuno, Travis. E se un giorno trattassero così tua figlia?»

«Mettiamola in questo modo: mia figlia farà meglio a non abbassarsi le mutande per un imbecille che conosce appena.»

Incrociai le braccia, ancora più infuriata dalla sua logica. «Quindi, oltre ad ammettere di essere un imbecille, stai dicendo che, per il fatto di essere venuta a letto con te, si merita di essere cacciata come un gatto randagio?»

«Dico solo che sono stato onesto con lei. È una persona adulta, è stato consensuale... E, se vuoi sapere la verità, era un po' troppo entusiasta. Ti comporti come se io abbia commesso un crimine.»

«Non mi sembrava che avesse capito del tutto le tue intenzioni, Travis.»

«Le donne di solito hanno giustificazioni fantasiose per le loro azioni. Non mi ha detto che voleva una relazione più di quanto io non le abbia detto che volevo fare sesso e basta. Che differenza c'è?»

«Sei un maiale.»

Travis alzò le spalle. «Mi hanno detto di peggio.»

Fissai il divano, i cuscini ancora ammassati e gettati di traverso. Inorridii al pensiero di quante donne si fossero concesse su quella stoffa. Che pizzicava, per giunta.

«Penso che dormirò sulla poltrona», borbottai.

«Perché?»

La sua aria perplessa mi fece perdere completamente il controllo. «Non dormo su quel coso! Dio solo sa su cosa mi stenderei!»

Travis sollevò la mia valigia da terra. «Non dormirai sul divano, né in poltrona. Dormirai nel mio letto.»

«Che di certo è ancora meno igienico del divano.»

«Nel mio letto non ha mai dormito nessuno tranne il sottoscritto.»

«Figuriamoci!» esclamai indispettita.

«Sono serissimo. Me le faccio sul divano, non le lascio entrare in camera.»

«Allora perché io ho il permesso di usare il tuo letto?»

Piegò un angolo della bocca in un sorriso malizioso. «Hai intenzione di fare sesso con me, stasera?»

«No!»

«Ecco perché. Adesso alza quel culo suscettibile, fatti una doccia calda e poi studieremo un po' di biologia.»

Lo guardai con rabbia, poi obbedii controvoglia. Rimasi fin troppo sotto la doccia e lasciai che l'acqua lavasse via l'irritazione. Mentre mi facevo lo shampoo, sospirai pensando a quanto sarebbe stato piacevole non dividere il bagno con qualcuno: niente ciabattine, niente trousse da toilette, solo acqua e vapore rilassanti.

La porta si aprì e trasalii. «Mare?»
«No, sono io», rispose Travis.
Mi coprii istintivamente con le braccia. «Cosa fai qui? Vattene subito!»
«Ti sei scordata l'asciugamano e ti ho portato i vestiti, lo spazzolino e una strana crema per il viso che ho trovato in valigia.»
«Hai frugato tra la mia roba?» strillai. Lui non rispose, ma sentii l'acqua scorrere dal rubinetto.
Mi avvolsi nella tenda di plastica e lo guardai: si stava lavando i denti. «Esci, Travis.»
Lui mi guardò con le labbra sporche di dentifricio. «Non posso andare a letto senza lavarmi i denti.»
«Se ti avvicini, ti cavo gli occhi mentre dormi.»
«Non sbircerò, Pidge», rispose ridacchiando.
Aspettai sotto l'acqua con le braccia strette al petto. Lui sputò, fece dei gargarismi e sputò di nuovo, poi la porta si chiuse. Mi risciacquai e mi asciugai il più in fretta possibile; poi m'infilai maglietta e pantaloncini, misi gli occhiali e mi pettinai. Notai la crema idratante da notte che Travis mi aveva portato e non potei fare a meno di sorridere. Era premuroso e persino gentile, quando voleva.
Aprì di nuovo la porta. «Dai, Pidge! Sto facendo la muffa qui!»
Gli lanciai il pettine, ma lui lo schivò. Chiuse la porta, e lo sentii ridere mentre andava in camera sua. Mi lavai i denti, uscii in corridoio e superai la stanza di Shepley.
«Notte, Abby», esclamò America dal buio.
«Notte, Mare.»
Esitai prima di bussare piano sulla porta di Travis.
«Entra, Pidge. Non c'è bisogno di bussare.»
Spalancò la porta ed entrai. Vidi il letto di ferro nero parallelo alla fila di finestre. Le pareti erano spoglie, tranne per un sombrero solitario appeso sopra la testiera. Mi ero aspettata che la stanza fosse tappezzata di manifesti di donne seminude, ma non vidi nemmeno la pubblicità di una marca di birra. Il letto era nero, la moquette grigia, tutto il resto bianco. Sembrava si fosse appena trasferito lì.

«Bel pigiama», commentò notando i miei pantaloncini scozzesi gialli e blu e la maglietta grigia della Eastern. Si sedette sul letto e picchiettò sul cuscino. «Be', vieni. Non mordo.»

«Non ho paura di te», dissi, gettando il libro di biologia vicino a lui. «Hai una penna?»

Lui indicò con un cenno il comodino. «Nel primo cassetto.» Mi allungai sul letto e lo aprii; dentro trovai tre penne, una matita, una confezione di lubrificante intimo e una ciotola di vetro piena di preservativi di tutte le marche. Disgustata, afferrai una penna e chiusi di colpo il cassetto.

«Che c'è?» chiese lui, sfogliando il libro.

«Hai svaligiato un ambulatorio?»

«No, perché?»

Tolsi il cappuccio alla penna, senza nascondere l'indignazione. «Hai una scorta di preservativi che ti basta per la vita.»

«Meglio prevenire che curare, giusto?»

Alzai gli occhi al cielo. Travis tornò a concentrarsi sulla biologia mentre un sorriso beffardo gli increspava le labbra. Mi lesse gli appunti sottolineando i punti principali, facendomi nel contempo qualche domanda e spiegandomi con pazienza quello che non avevo capito.

Dopo un'ora mi tolsi gli occhiali e mi sfregai gli occhi. «Sono distrutta. Non riesco a memorizzare una sola macromolecola in più.»

Lui chiuse il libro sorridendo. «D'accordo.»

Tacqui, incerta sulla sistemazione per la notte. Travis uscì, percorse il corridoio e borbottò qualcosa a Shepley prima di aprire il rubinetto della doccia. Mi infilai sotto le coperte, tirandole fino al mento, e restai ad ascoltare il sibilo acuto dell'acqua che scorreva nei tubi.

Dieci minuti più tardi, il rubinetto si chiuse e il pavimento scricchiolò sotto i passi di Travis, che entrò in camera con un asciugamano attorno alla vita. Aveva tatuaggi sotto le clavicole e un motivo tribale sulle spalle massicce. Linee e simboli scuri gli ricoprivano l'intero braccio destro; sul sinistro i tatuaggi andavano dalla spalla al gomito mentre sull'avambraccio aveva solo una scritta. Gli diedi volutamente la schiena mentre, in piedi davanti al cassettone, lasciava cadere l'asciugamano per infilarsi un paio di boxer.

Spense la luce e si stese a letto al mio fianco.

«Dormi qui anche tu?» chiesi voltandomi.

La luna piena proiettava delle ombre sul suo volto. «Be', sì. È il mio letto.»

«Lo so, ma io...» Mi bloccai: le uniche alternative erano il divano o la poltrona reclinabile.

Travis sorrise e scosse la testa. «Non ti fidi ancora di me? Farò di tutto per comportarmi bene, lo giuro.»Decisi di non mettermi a discutere, mi girai dall'altra parte e appoggiai la testa sul cuscino avvolgendomi nelle coperte per creare una netta barriera tra il suo corpo e il mio.

«Buonanotte, Pigeon», mi sussurrò all'orecchio. Sentii il suo alito che sapeva di menta sulla guancia e mi venne la pelle d'oca su tutto il corpo. Per fortuna era buio, e lui non poté vedere il rossore sulle mie guance.

Mi sembrava di aver appena chiuso gli occhi quando udii la sveglia. Mi protesi per spegnerla, ma ritrassi inorridita la mano non appena sentii un corpo caldo sotto le dita. Cercai di ricordare dove fossi. Quando me ne resi conto, restai mortificata all'idea che Travis pensasse che lo avevo fatto apposta.

«Travis? La sveglia», mormorai. Non si mosse. «Travis!» ripetei scuotendolo leggermente, ma non ottenni alcuna reazione. La trovai a tentoni e, non sapendo come spegnerla, la colpii ripetutamente, dopodiché ricaddi sbuffando sul cuscino.

Travis ridacchiò.

«Eri sveglio?»

«Avevo promesso che mi sarei comportato bene. Ma non avevamo parlato della possibilità che ti stendessi su di me.»

«Non mi sono stesa su di te», obiettai. «Non riuscivo a raggiungere la sveglia. È la suoneria più fastidiosa che abbia mai sentito, sembra una bestia agonizzante.»

Travis schiacciò un tasto. «Vuoi fare colazione?»

Lo guardai in cagnesco, poi dissi: «Non ho fame».

«Be', io sì. Vieni con me al bar? Ti porto in moto.»

«Non penso di poter sopportare le tue scarse capacità di guida il mattino presto», replicai. Sgusciai fuori dalle lenzuola, m'infilai le pantofole e mi avvicinai alla porta.

«Dove vai?» chiese.

«A vestirmi e poi a lezione. Devo fornirti un itinerario dei miei spostamenti finché sarò qui?»

Lui si stirò e mi raggiunse, ancora in boxer. «Sei sempre così permalosa, o la cosa si placherà quando ti sarai convinta che non sto architettando un piano complesso per infilarmi nelle tue mutande?» Mi posò le mani sulle spalle e sentii i suoi pollici accarezzarmi la pelle.

«Non sono permalosa.»

Allora si chinò e mi mormorò all'orecchio: «Non voglio venire a letto con te, Pidge. Mi piaci troppo».

Mi superò per andare in bagno e io rimasi lì, imbambolata. Mi tornarono in mente le parole di Kara: Travis Maddox andava a letto con tutte. Non potei fare a meno di sentirmi in qualche modo inadeguata, sapendo che non aveva nemmeno intenzione di provarci, con me.

La porta si aprì ed entrò America, sbadigliando. «Sveglia, il mattino ha l'oro in bocca!» esclamò sorridendo.

«Stai diventando come tua madre, Mare», borbottai frugando in valigia.

«Oooh... qualcuno non ha dormito stanotte?»

«Non si è azzardato neppure a respirare nella mia direzione», risposi acida.

Un sorriso d'intesa le illuminò il volto. «Oh!»

«Cosa c'è?»

«Niente», disse tornando nella stanza di Shepley.

In cucina, Travis canticchiava sommessamente una melodia mentre preparava le uova strapazzate. «Sei sicura di non volerne un po'?» chiese.

«Sicura. Grazie, comunque.»

Arrivarono anche Shepley e America, e Travis porse loro due piatti fumanti. Shepley si sedette di fianco ad America, placando l'appetito di quella che immaginai fosse stata una notte movimentata.

«Non guardarmi così, Shep. Mi dispiace, non ci voglio proprio andare», dichiarò America.

«Tesoro, la Sigma Tau organizza solo due feste per coppie all'anno», disse Shepley tra un boccone e l'altro. «E manca ancora un mese. Hai un sacco di tempo per trovare un vestito e fare tutte quelle cose che fate voi donne.»

«Certo, Shep, è fantastico... ma lì non conosco nessuno.»

«Tante delle ragazze che ci vanno non conoscono quasi nessuno», rispose, risentito.

Lei si accasciò sulla sedia. «A quelle feste vengono invitate le peggiori stronze delle confraternite. Si conoscono tutte... sarebbe imbarazzante.»

«Dai, Mare. Non costringermi ad andarci solo.»

«Be', magari... se trovassi un accompagnatore per Abby...» disse guardando me e poi Travis.

Travis inarcò un sopracciglio e Shepley scosse la testa. «Trav non va alle feste per coppie. Sono cose in cui porti la tua ragazza... e Travis non... be', lo sai.»

«Potremmo trovarle qualcun altro.»

La guardai sospettosa. «Ti ho sentita, sai.»

America mi rivolse uno sguardo da cucciolo abbandonato. «Ti prego, Abby. Ti troveremo un bel ragazzo, sveglio e divertente, e mi assicurerò che sia sexy. Ti prometto che ti divertirai! E poi, chi lo sa? Forse nascerà qualcosa.»

Travis mise la padella nel lavandino. «Non ho detto che non l'avrei accompagnata.»

«Non voglio che tu mi faccia un favore, Travis», osservai spazientita.

«Non intendevo questo, Pidge. Queste feste sono per le coppie fidanzate, ed è risaputo che a me le fidanzate non interessano. Ma almeno dopo non mi dovrò preoccupare che tu mi chieda un anello.»

«Per piacere, Abby!» rincarò la dose America.

«Non mi guardare così!» protestai. «Travis non ci vuole andare, io nemmeno... non saremmo di grande compagnia.»

Travis incrociò le braccia e si appoggiò al lavandino. «Potrebbe anche essere divertente, se fossimo in quattro», osservò alzando le spalle.

Mi fissarono tutti e io feci un passo indietro. «Perché non restiamo qui?»

America mise il broncio e Shepley si protese verso di me. «Perché io ci devo andare, Abby. Sono una matricola. Devo accertarmi che tutto fili liscio, che tutti abbiano una birra in mano, roba del genere.»

Travis attraversò la cucina e mi cinse le spalle, attirandomi al suo fianco. «Dai, Pidge. Ci verresti con me?»

Guardai America, poi Shepley e infine Travis. «Sì», risposi con un sospiro.

America gridò di gioia e mi abbracciò, poi sentii la mano di Shepley sulla schiena. «Grazie, Abby», disse.

3.
BATTUTE VELENOSE

Finch fece un altro tiro. Il fumo denso gli uscì dal naso in due sbuffi. Rivolsi la faccia verso il sole mentre mi raccontava dell'ultimo fine settimana di balli, bevute e di un nuovo amico molto insistente.

«Se ti tormenta, perché lasci che ti offra da bere?» chiesi ridendo.

«Semplice: sono al verde.»

Risi di nuovo e Finch mi diede una gomitata nel fianco quando vide Travis che si avvicinava.

«Ehi, Travis», salutò con voce cantilenante strizzandomi l'occhio.

«Finch», disse lui con un cenno, poi fece dondolare le chiavi. «Sto andando a casa, Pidge. Ti serve un passaggio?»

«Stavo per entrare», risposi sorridendogli.

«Stasera non ti fermi da noi?» chiese. Aveva un'aria sorpresa e al contempo delusa.

«No, mi fermo. Devo solo prendere alcune cose che mi sono scordata.»

«Cioè?»

«Be', per esempio il rasoio. E poi, cosa ti interessa?»

«Era ora che ti radessi le gambe!» osservò lui con un ghigno malizioso.

Finch strabuzzò gli occhi, confuso.

Feci una smorfia a Travis. «Ecco come nascono i pettegolezzi!» lo rimbeccai con una smorfia. «Dormo nel suo letto... ci dormo soltanto», aggiunsi rivolta a Finch.

«Certo», affermò lui con un sorriso compiaciuto.

Prima di spalancare la porta e salire le scale, gli diedi una pacca sul braccio. Quando giunsi al primo piano, Travis mi affiancò.

«Non ti arrabbiare. Era solo uno scherzo.»

«Tutti pensano che facciamo sesso, e tu non fai che peggiorare le cose.»

«A chi importa cosa pensano?»

«A me, Travis! A me!» Aprii la porta della stanza, riempii una piccola borsa alla rinfusa e uscii a precipizio, tallonata da lui. Ridacchiò prendendomi la borsa e lo guardai furiosa. «Non è divertente. Vuoi che tutta la scuola mi creda una delle tue puttanelle?»

Travis si accigliò. «Nessuno lo crede. E se lo credono, sarà meglio che io non lo venga a sapere.»

Mi bloccai di colpo.

«Ehi!» esclamò piombandomi addosso.

Mi girai di scatto. «Oddio! Probabilmente tutti pensano che stiamo insieme e che tu continui spudoratamente con il tuo... stile di vita. Devo sembrare patetica!» esclamai rendendomi conto della situazione. «Non credo sia il caso che resti ancora da te. Dovremmo stare lontani per un po'.»

Cercai invano di strappargli la borsa dalle mani. «Nessuno pensa che stiamo insieme, Pidge. Non devi evitarmi per dimostrare qualcosa.»

Ingaggiammo un tira e molla con la borsa, ma poco dopo mi arresi e urlai per la frustrazione. «Hai mai avuto una ragazza, intendo un'amica, ospite da te? Hai mai accompagnato una ragazza a casa, o all'università? Hai mai pranzato con una ragazza tutti i giorni? Nessuno sa cosa pensare di noi, anche se glielo spieghiamo!»

Travis s'incamminò verso il parcheggio, tenendo in ostaggio la mia borsa. «Sistemerò la faccenda, okay? Non voglio che qualcuno pensi male di te per causa mia», disse in tono afflitto. Poi i suoi occhi s'illuminarono. «Lascia che ti ripaghi in qualche modo. Perché stasera non andiamo al Dutch?»

«È un bar di biker», osservai beffarda, mentre legava la borsa alla moto.

«Va bene, allora ti porto a cena e poi al Red Door. Offro io.»

«E in che modo questo dovrebbe risolvere il problema? Se ci vedono uscire insieme è peggio.»

Travis montò in sella. «Pensaci. Io, ubriaco, in una sala piena di donne discinte. Non impiegheranno molto a capire che non siamo una coppia.»

«E io cosa dovrei fare? Sedurre qualcuno per ribadire il concetto?»

«Be', non c'è bisogno di lasciarsi prendere la mano», replicò cupo.

Alzai gli occhi al cielo e salii sulla moto, stringendomi a lui. «Porterai a casa una ragazza qualsiasi? È così che intendi ripagarmi?»

«Non sei gelosa, vero, Pigeon?»

«E di chi? Dell'oca piena di malattie veneree che scaricherai domattina?»

Scoppiò a ridere e accese il motore della Harley. Volò verso casa al doppio della velocità consentita e io chiusi gli occhi per non vedere gli alberi e le auto che ci lasciavamo alle spalle.

Una volta scesa dalla moto, gli diedi una pacca sulla spalla. «Ti sei scordato che ero con te? Hai intenzione di uccidermi?»

«Difficile scordarsi di te, se mi stritoli con le cosce.» Un sorriso soddisfatto comparve sul suo volto. «In verità, non mi viene in mente modo migliore di morire.»

«Tu sei malato.»

Avevamo appena messo piede in casa quando America uscì dalla camera di Shep. «Pensavamo di uscire. Voi che fate?»

«Avevamo intenzione di andare al sushi bar e poi al Red.»

America sfoderò un sorriso da orecchio a orecchio. «Shep!» gridò fiondandosi in bagno. «Vado a prepararmi!»

Fui l'ultima a infilarmi sotto la doccia e, quando mi presentai con un abito nero e un paio di scarpe rosa shocking con i tacchi alti, trovai Shepley, America e Travis che mi attendevano impazienti vicino alla porta.

America fischiò. «Che schianto!»

Sorrisi grata e Travis mi tese la mano. «Belle gambe.»

«Non ti avevo detto che è un rasoio magico?»

«Non credo sia il rasoio.»

Al sushi bar fummo rumorosi e molesti, e quando arrivammo al Red Door avevamo già parecchio alcol in circolo. Shepley entrò nel parcheggio e cercò con calma un posto.

«Prima di domani mattina, Shep», brontolò America.

«Ehi, devo trovarne uno largo. Non voglio che qualche ubriaco imbecille mi righi la carrozzeria.»

Parcheggiata l'auto, Travis inclinò il sedile per aiutarmi a uscire. «Volevo chiederti dei vostri documenti... sono assolutamente perfetti. Da queste parti non se ne trovano di così precisi.»

«Sì, li abbiamo da un po'. Ne avevamo bisogno... a Wichita», dissi.

«In che senso?» domandò Travis.

«È un bene avere delle conoscenze», fece America. Le venne il singhiozzo e si coprì la bocca in preda a un attacco di ridarella.

«Santo cielo, tesoro», esclamò Shepley tenendola per un braccio mentre avanzava incerta sulla ghiaia. «Sei completamente andata.»

Travis fece una smorfia. «Di che parli, Mare? Quali conoscenze?»

«Dei vecchi amici di Abby...»

«Falsificano i documenti, Trav», tagliai corto. «Devi conoscere le persone giuste se vuoi che siano fatti bene, giusto?»

A quelle parole, America distolse lo sguardo.

«Sì», annuì lui tendendomi la mano.

La afferrai, ma dalla sua espressione capii che non era soddisfatto della risposta.

«Ho bisogno di un altro drink!» esclamai con un sorriso, cercando di cambiare discorso.

«Alcol!» strillò America.

Shepley alzò gli occhi al cielo. «Oh, sì. È proprio quello che ti serve, altro alcol.»

Una volta nel locale, America mi trascinò subito in pista. I suoi capelli biondi erano dappertutto. Risi vedendo la ridicola faccia da vamp che faceva mentre si dimenava a ritmo di musica. Quando la canzone terminò, raggiungemmo i ragazzi al bar. Travis era già stato affiancato da una bionda platino fin troppo sensuale e l'espressione di America si trasformò in disgusto.

«Sarà così tutta la sera, Mare, ignorale e basta», le consigliò Shepley indicando con un cenno un vicino gruppetto di ragazze. Tenevano d'occhio la bionda, in attesa del loro turno.

«Sembra che Las Vegas abbia vomitato uno stormo di avvoltoi», osservò beffarda America.

Travis si accese una sigaretta e ordinò altre due birre. La bionda si morse le labbra a canotto, lucide di gloss e sorrise. Il barista stappò e allungò le bottiglie a Travis, e la bionda ne prese una.

«Uh... non è per te», le disse togliendogliela di mano e porgendola a me.

Il mio primo istinto fu di gettare la bottiglia nel cestino, ma la ragazza sembrava così offesa che sorrisi e bevvi un sorso. Se ne andò risentita e risi tra me, perché Travis non se n'era nemmeno accorto.

«Come se offrissi da bere a una ragazza qualsiasi in un bar», affermò scuotendo la testa. Sollevai la bottiglia e lui abbozzò un mezzo sorriso. «Tu sei diversa.»

«Nel senso che sono l'unica con cui un ragazzo senza principi non desidera andare a letto», dissi dopo aver brindato con lui.

«Parli sul serio?» chiese scostandomi la bottiglia dalla bocca. Non risposi, e lui si protese verso di me. «Prima di tutto... ho dei principi. Non sono mai stato con una donna brutta. Mai. Secondo, volevo venire a letto con te. Ho pensato almeno cinquanta modi diversi di scaraventarti sul divano, ma non l'ho fatto perché non ti vedo più così. Non che non sia attratto da te, sia chiaro, ma credo che tu meriti di meglio.»

Non riuscii a trattenere un sorriso compiaciuto. «Pensi che io sia troppo in gamba per te.»

«Non mi viene in mente un solo ragazzo di mia conoscenza che potrebbe andare bene per te», sogghignò. Il compiacimento svanì, lasciando il posto alla gratitudine. «Grazie, Trav», dissi posando la bottiglia sul banco.

Lui mi prese per mano. «Vieni!» esclamò trascinandomi fino alla pista da ballo.

«Ho bevuto un sacco! Cadrò per terra!»

Travis sorrise e mi afferrò per i fianchi. «Zitta e balla.»

America e Shepley comparvero al nostro fianco. Shepley ballava come se avesse visto troppi video di Usher. Il modo in cui Travis mi stringeva a sé quasi mi gettò nel panico. Se si muoveva a quel modo anche sul divano, capivo perché tante ragazze fossero disposte a rischiare l'umiliazione del mattino dopo.

Notai che aveva un'espressione diversa, quasi seria. Gli sfiorai il torace perfetto e l'addome muscoloso che si contraevano e si rilassavano a ritmo di musica sotto la maglietta aderente. Mi voltai e sorrisi quando mi cinse la vita con le braccia. Grazie anche all'alcol che avevo in corpo, la mia mente fu invasa da pensieri che non avevano nulla a che fare con l'amicizia.

Travis non sembrava aver fretta di tornare al bar. Avevo il collo imperlato di sudore ed ero un po' stordita a causa delle luci strobo. Chiusi gli occhi e gli appoggiai la testa sulla spalla. Lui mi prese le mani, le sollevò e se le mise attorno al collo. Poi mi accarezzò le braccia, le costole e tornò infine a stringermi i fianchi. Quando però sentii le sue labbra e la sua lingua sul collo, mi allontanai di scatto.

Travis sogghignò, un po' sorpreso. «Che c'è, Pidge?»

Non riuscii a pronunciare le parole taglienti che avrei voluto dirgli, tanto ero furiosa. Andai a prendere un'altra Corona. Travis prese lo sgabello accanto a me e alzò un dito per ordinarne una per sé. Non appena il barista mi posò davanti la bottiglia, la presi e ne bevvi metà prima di sbatterla sul banco.

«Pensi che così gli altri cambieranno opinione su di noi?» chiesi, coprendo con i capelli il punto che aveva baciato.

Lui scoppiò a ridere. «Non m'importa un accidente di quello che pensano di noi.»

Gli lanciai un'occhiataccia e mi voltai, guardando fisso davanti a me.

«Pigeon», disse toccandomi il braccio.

Mi ritrassi. «Smettila. Non berrò mai abbastanza da permetterti di portarmi su quel divano.»

Il suo viso si contrasse per la rabbia, ma prima che potesse ribattere fu raggiunto da una splendida moretta con le labbra carnose, enormi occhi blu e un solco fin troppo profondo tra i seni. Era davvero perfetta, con tutte le curve al posto giusto.

«Ma allora sei proprio tu, Travis Maddox», esclamò.

Lui bevve un sorso e mi guardò negli occhi. «Ehi, Megan.»

«Presentami la tua ragazza», disse sorridendo. Io alzai gli occhi al cielo.

Travis finì la birra e spinse la bottiglia lungo il bancone. Tutti i ragazzi in attesa di ordinare la seguirono con lo sguardo finché cadde nel bidone dei rifiuti. «Non è la mia ragazza.»

Afferrò la mano di Megan e lei lo seguì felice in pista. La palpeggiò senza ritegno per una canzone, poi un'altra e un'altra ancora. Il modo in cui Megan si lasciava toccare attirò lo sguardo dei presenti e, quando Travis si chinò su di lei, mi girai dall'altra parte.

«Sembri incazzata», osservò uno sconosciuto sedendosi al mio fianco. «È il tuo ragazzo, quello laggiù?»

«No, solo un amico», brontolai.

«Be', meglio così. Altrimenti sarebbe stato piuttosto imbarazzante per te.» Si voltò verso la pista scuotendo la testa di fronte a quello spettacolo.

«Non me lo dire», replicai ingoiando l'ultimo sorso di birra. Avevo bevuto d'un fiato le ultime due, quasi senza assaporarle, e mi sentivo la bocca intorpidita.

«Ne vuoi un'altra?» domandò sorridendo. «Mi chiamo Ethan.»

«Abby», dissi stringendogli la mano. Fece un cenno al barista e io ricambiai il sorriso. «Grazie.»

«Vivi da queste parti?»

«Alla Morgan Hall, alla Eastern.»

«Io ho un appartamento a Hinley.»

«È un po' lontano da qui... Che ci fai da queste parti?»

«Mi sono diplomato lo scorso maggio. La mia sorella minore va alla Eastern, e questa settimana mi ospita mentre cerco un lavoro.»

«Oh-oh... Com'è la vita nel mondo vero?»

Ethan rise. «Proprio come dicono.»

Presi il lucidalabbra dalla tasca e lo applicai usando lo specchio sulla parete dietro al bar.

«È un bel colore», commentò.

Sorrisi, pervasa dalla rabbia che provavo per Travis e dal torpore provocato dall'alcol. «Forse dopo potrai provarlo.»

Mi avvicinai di più e lui s'illuminò. Mi posò una mano sul ginocchio, ma la ritrasse subito quando Travis si mise tra noi.

«Andiamo, Pidge?»

«Sto parlando, Travis», dissi spingendolo via. Aveva la maglietta bagnata per il numero che aveva appena fatto in pista e mi asciugai con un gesto teatrale la mano sulla gonna.

Travis fece una smorfia. «Lo conosci, almeno?»

«Questo è Ethan», dissi rivolgendo al mio nuovo amico il mio sorriso più provocante.

Lui ammiccò, poi guardò Travis e gli tese la mano. «È un piacere conoscerti.»

Travis mi fissò finché cedetti e feci un vago gesto nella sua direzione. «Ethan, questo è Travis», bofonchiai.

«Travis Maddox», disse stringendo la mano di Ethan quasi volesse staccargliela.

Ethan sgranò gli occhi e la ritrasse goffamente. «Travis Maddox? Della Eastern?»

Appoggiai la guancia sulla mano, in attesa dell'inevitabile sequela di racconti al testosterone che sarebbe seguita. Travis allungò il braccio e si appoggiò al banco. «Sì, e allora?»

«Ti ho visto combattere contro Shawn Smith l'anno scorso, amico. Pensavo che avrei assistito a una morte in diretta!»

Travis lo guardò torvo. «Vuoi provare?»

Ethan rise, spostando lo sguardo da me a lui. Quando capì che Travis era serio, sorrise debolmente e sparì.

«Adesso possiamo andare?» mi chiese bruscamente.

«Sei davvero un coglione, lo sai?»

«Mi hanno detto di peggio», replicò aiutandomi ad alzarmi dallo sgabello.

Seguimmo America e Shepley fuori dal locale. Travis cercò di prendermi per mano nel parcheggio, ma mi divincolai con uno strattone. Lui si girò e mi bloccai di colpo, scostandomi quando si avvicinò a pochi centimetri dal mio viso.

«Dovrei darti un bacio e farla finita!» urlò. «Sei ridicola! Ti ho baciato sul collo, e allora?»

Puzzava di birra e di fumo e lo respinsi. «Non sono la tua ragazza, Travis.»

Scosse incredulo la testa. «Non ho mai detto che lo fossi! Stai sempre con me e dormi nel mio letto, ma il più delle volte sembra che tu non voglia nemmeno essere vista con me!»

«Sono venuta qui con te!»

«Ti ho trattata sempre e solo con rispetto, Pidge.»

Rimasi ferma sulle mie posizioni. «No, mi tratti come una tua proprietà. Non avevi il diritto di cacciare Ethan!»

«Sai chi è Ethan?» domandò. Scossi la testa e lui si avvicinò di più. «Io sì. L'anno scorso è stato arrestato per molestie sessuali, ma hanno ritirato le accuse.»

Incrociai le braccia. «Oh, allora avete qualcosa in comune.»

Lui socchiuse gli occhi e la sua mascella si irrigidì. «Mi stai dando dello stupratore?» disse con tono freddo, basso.

Serrai le labbra, ancora più infuriata perché aveva ragione: mi ero spinta troppo in là. «No, sono solo incazzata con te!»

«Ho bevuto, va bene? Avevo la tua pelle a pochi centimetri dal viso, sei bella e hai un profumo incredibile. Ti ho baciato, scusa tanto! Ora basta, però!»

Davanti a quelle scuse un sorriso mi incurvò gli angoli della bocca. «Mi trovi bella?»

Lui si accigliò. «Sei splendida e lo sai. Perché sorridi?»

La cosa mi divertiva e feci del mio meglio per nasconderlo, ma con scarsi risultati. «Niente. Andiamo.»

Travis allora scoppiò a ridere e scosse la testa. «Ma che...? Sei una vera rompiscatole!» esclamò guardandomi torvo. Poi scosse di nuovo la testa e mi cinse le spalle. «Mi stai facendo diventare matto. Lo sai, vero?»

Arrivati a casa, incespicammo per varcare la porta. Andai dritta in bagno a lavarmi i capelli che puzzavano di fumo.

Quando uscii dalla doccia, vidi che Travis mi aveva lasciato una delle sue T-shirt e un paio di boxer.

Mi vestii, poi mi buttai sul letto di fianco a Travis e sospirai, pensando ancora a quanto mi aveva detto nel parcheggio.

Lui mi fissò per un istante e sentii una fitta al petto. Provai l'impulso quasi incontrollabile di afferrargli il viso e di stampare la mia bocca sulla sua, ma lottai contro l'alcol e gli ormoni che imperversavano nel mio corpo.

«Notte, Pidge», sussurrò girandosi dall'altra parte.

Mi agitai, non ancora pronta per il sonno. «Trav?» dissi, appoggiando il mento sulla spalla.

«Sì?»

«So di essere ubriaca e che abbiamo appena litigato furiosamente per questo ma...»

«Non ho intenzione di fare sesso con te, perciò smetti di chiedermelo.»

«Cosa? No!» gridai.

Travis scoppiò a ridere e si voltò, guardandomi con dolcezza. «Che c'è, Pigeon?»

Sospirai. «Questo...» dissi posandogli la testa sul petto e mettendogli il braccio attorno alla vita per accoccolarmi il più possibile vicino a lui.

Travis si irrigidì e alzò le mani, come se non sapesse che fare. «Sei davvero ubriaca.»

«Lo so», risposi, troppo sbronza per provare imbarazzo.

Mi posò una mano sulla schiena e l'altra sui capelli bagnati, poi mi baciò sulla fronte. «Nessuna donna mi ha mai mandato in confusione come te.»

«È il minimo che ti possa capitare, dopo aver messo in fuga l'unico ragazzo che mi abbia avvicinato stasera.»

«Intendi Ethan lo stupratore? Al massimo sei tu in debito con me!

«Allora lascia perdere», dissi, percependo le avvisaglie di un rifiuto.

Lui mi afferrò il braccio e lo tenne fermo sul ventre. «No, dico sul serio. Devi stare più attenta. Se non fossi stato là... non voglio neanche pensarci. E vorresti che mi scusassi per averlo cacciato!»

«Non voglio che ti scusi. Non si tratta di questo.»

«Allora cosa c'è?» domandò scrutandomi il volto in cerca di un indizio. Era a pochi centimetri soltanto da me, e sentivo il suo alito sulle labbra.

Mi accigliai. «Sono ubriaca, Travis. È l'unica scusa che ho.»

«Vuoi che ti abbracci finché non ti addormenti?»

Non risposi.

Si scostò per guardarmi negli occhi. «Per principio, dovrei dirti di no», rispose inarcando le sopracciglia, «ma quando mi ricapita un'occasione del genere?»

Appoggiai la guancia sul suo petto e lui mi strinse tra le braccia, sospirando. «Non hai bisogno di scuse, Pigeon. Devi solo chiedere.»

Trasalii quando il sole entrò dalla finestra e la sveglia mi trillò nell'orecchio. Travis, ancora addormentato, era abbracciato a me. Mi protesi a fatica e spensi l'allarme, poi mi stropicciai gli occhi e lo guardai: dormiva profondamente a pochi centimetri dal mio viso.

«Oh, no», sussurrai chiedendomi come fossimo finiti così avvinghiati. Feci un profondo respiro e cercai di liberarmi dalla sua presa.

«Smettila, Pidge, sto dormendo», brontolò attirandomi a sé.

Dopo vari tentativi riuscii finalmente a sottrarmi all'abbraccio, mi sedetti sul bordo del letto e guardai il suo corpo seminudo avvolto nelle coperte. Lo osservai per qualche istante e sospirai. Il confine tra noi si stava facendo indistinto, ed era colpa mia.

Lui allungò la mano sulle lenzuola e mi sfiorò le dita. «Tutto bene, Pigeon?» domandò con gli occhi socchiusi.

«Vado a prendere un bicchiere d'acqua, vuoi qualcosa?» Travis scosse la testa e richiuse gli occhi, con la guancia premuta contro il materasso.

«Buongiorno, Abby», esclamò Shepley dalla poltrona non appena entrai in salotto.

«Dov'è Mare?»

«Dorme. Che ci fai in piedi così presto?» chiese guardando l'orologio.

«È suonata la sveglia, anche se in realtà mi sveglio sempre presto quando bevo. È una condanna.»

«Anch'io», disse.

«Sarà meglio che svegli Mare. Dobbiamo andare a una lezione tra un'ora», dissi aprendo il rubinetto e chinandomi per bere un sorso.

«Pensavo di lasciarla dormire.»

«Non farlo. Andrà su tutte le furie se salterà la lezione.»

«Oh, okay», esclamò alzandosi. Poi aggiunse: «Abby?».

«Sì?»

«Non so che cosa stia succedendo fra te e Travis, ma so che farà qualcosa di stupido che ti farà incazzare. Lo fa sempre. Non lascia avvicinare molte persone ma, per qualche motivo, a te l'ha permesso. Devi chiudere un occhio sui suoi demoni, però. Solo così capirà.»

«Capirà cosa?» domandai, stupita da quel discorso melodrammatico.

«Se avrai superato il muro», rispose.

Scossi la testa con un sorriso. «D'accordo, Shep.»

Lui scrollò le spalle e scomparve in camera. Udii un mormorio sommesso, un gemito di protesta e poi la dolce risata di America.

Versai la farina d'avena nella ciotola e aggiunsi lo sciroppo di cioccolato.

«Che schifo, Pidge», commentò Travis con addosso soltanto un paio di boxer verdi a scacchi. Si sfregò gli occhi e prese una confezione di cereali dalla dispensa.

«Buongiorno a te», dissi tappando la bottiglia.

«Ho saputo che il tuo compleanno è tra poco. L'ultimo baluardo dell'adolescenza», esclamò con un ampio sorriso e gli occhi gonfi e rossi.

«Sì... non amo molto i compleanni. Penso che Mare mi porterà a cena da qualche parte.» Sorrisi. «Puoi venire, se vuoi.»

«D'accordo», disse con un'alzata di spalle. «È tra due settimane, giusto?»

«Sì. E il tuo?»
Lui si versò il latte, inzuppando i fiocchi. «È ad aprile. Il primo.»
«Ma va!»
«No, dico sul serio», rispose tra una cucchiaiata e l'altra.
«Compi gli anni il primo di aprile?» dissi incredula.
Rise. «Sì! Farai tardi. Se mi dai un minuto ti accompagno.»
«Vado con Mare.»
Scrollò le spalle con calcolata freddezza. «Come vuoi.»

4.
LA SCOMMESSA

«Ti sta proprio guardando», mormorò America spostandosi all'indietro per sbirciare.

«Smettila, idiota, ti vedrà.»

Lei fece un cenno di saluto con la mano. «Mi ha già vista. Ma continua a guardare te.»

Esitai per un attimo e alla fine trovai il coraggio di guardare nella sua direzione. Aveva ragione: Parker mi stava osservando, e sorrideva.

Sorrisi a mia volta e finsi di scrivere qualcosa sul laptop.

«Guarda ancora?» mormorai.

«Sì», rispose America con una risatina.

Alla fine della lezione, Parker mi bloccò in corridoio.

«Non dimenticarti della festa questo fine settimana.»

«Va bene», risposi cercando di essere il più disinvolta possibile.

Io e America ci avviammo verso la mensa per pranzare con Travis e Shepley. Mare stava ancora ridendo del comportamento di Parker quando li incrociammo sul prato.

«Ehi, tesoro», disse baciando il suo ragazzo sulla bocca.

«Che c'è di tanto divertente?» chiese Shepley.

«Oh, un tizio in classe ha fissato Abby per tutta l'ora. Era adorabile.»

«Finché fissa Abby...» commentò Shepley con una strizzatina d'occhio.

«Chi era?» indagò Travis con una smorfia.

Feci per sistemarmi meglio lo zaino, ma lui me lo sfilò gentilmente. Scossi la testa. «Mare s'immagina le cose.»

«Abby! Grandissima bugiarda! Comunque, era Parker Hayes, e stava praticamente sbavando.»
L'espressione di Travis si tramutò in disgusto. «Parker Hayes?»
Shepley prese America per mano. «Dai, andiamo a pranzo. Non vorrete perdervi la cucina squisita della mensa, vero?»
America in risposta lo baciò di nuovo.
Qualche minuto più tardi appoggiai il vassoio tra America e Finch; Travis non si sedette al solito posto di fronte a me, e in quel momento mi resi conto che era stato piuttosto taciturno lungo il tragitto.
«Tutto bene, Trav?» chiesi.
«Io? Sì, perché?» disse assumendo un'aria più distesa.
«Sei silenzioso.»
Diversi giocatori della squadra di football si avvicinarono al tavolo e si sedettero ridendo. Travis rigirò il cibo nel piatto, un po' seccato dalla confusione.
Chris Jenks gli tirò una patatina fritta. «Come va, Trav? Ho sentito che ti sei fatto Tina Martin. Oggi sta dicendo peste e corna di te.»
«Sta' zitto, Jenks», replicò Travis con gli occhi fissi sul cibo.
Mi protesi verso quel gigante muscoloso che gli sedeva di fronte. «Dacci un taglio, Chris», intimai in tono fermo.
Travis mi trafisse con un'occhiata. «So badare a me stesso, Abby.»
«Mi dispiace, io...»
«Non voglio che ti dispiaccia. Non voglio che tu faccia un bel niente», ribatté secco. Poi si alzò e si diresse a grandi passi verso la porta, infuriato.
Finch mi guardò corrucciato. «Uau. Che succede?»
Infilzai una patatina e sbuffai. «Non lo so.»
Shepley mi diede una pacca affettuosa sulla schiena. «Tu non c'entri, Abby.»
«Cose sue», aggiunse America.
«Che genere di cose?»
Shepley scrollò le spalle e si concentrò sul piatto. «Ormai dovresti sapere che per essere amici di Travis bisogna essere pazienti e inclini al perdono. Lui vive nel suo mondo.»

Scossi la testa. «Quello è il Travis che tutti vedono... non quello che io conosco.»

«Non c'è differenza. Devi solo cavalcare l'onda», replicò allungandosi verso di me.

Dopo la lezione tornai all'appartamento con America. La moto di Travis non era nel parcheggio. Entrai nella sua stanza e mi raggomitolai sul letto posando la testa sul braccio. Quel mattino Travis mi era sembrato sereno, e avevamo passato insieme tanto tempo... non potevo credere di non essermi accorta che qualcosa lo tormentasse. Inoltre, mi infastidiva che America sapesse che cosa stava succedendo, mentre io ne ero all'oscuro.

Il mio respiro rallentò, sentii le palpebre farsi pesanti e di lì a poco mi addormentai. Quando riaprii gli occhi, il cielo al di là della finestra era diventato scuro. Dal soggiorno provenivano alcune voci attutite, tra cui quella profonda di Travis. Sgattaiolai in corridoio e mi bloccai sentendo il mio nome.

«Abby lo capisce, Trav. Non angosciarti», disse Shepley.

«Andrete alla festa per coppie. Che male c'è a chiederle di uscire?» domandò America.

Mi irrigidii in attesa della sua risposta. «Non voglio uscire con lei, voglio solo starle vicino. Lei è... diversa.»

«Diversa come?» incalzò la mia amica, irritata.

«Non si beve le mie stronzate, è piacevole. Lo hai detto tu stessa, Mare. Non sono il suo tipo. Tra noi non... non è così.»

«Sei più vicino al suo tipo di quanto tu non creda», replicò America.

Indietreggiai il più silenziosamente possibile e, quando le assi di legno cigolarono sotto i miei piedi nudi, chiusi la porta della camera e mi incamminai in corridoio.

«Ehi, Abby», esclamò America con un sorriso. «Com'è andato il sonnellino?»

«Ho dormito cinque ore. È stato un coma, più che un sonnellino.»

Travis mi fissò per un attimo e quando gli sorrisi venne dritto verso di me, mi prese per mano e mi portò in camera.

Chiuse la porta e sentii il cuore martellarmi nel petto. Mi feci coraggio, aspettandomi altre cattiverie.

«Mi dispiace tanto, Pidge. Prima sono stato uno stronzo», disse cupo.

Vedendo un bagliore di rimorso nei suoi occhi, mi rilassai un po'. «Non sapevo che ce l'avessi con me.»

«Non ce l'avevo con te. È solo che ho la brutta abitudine di trattare male le persone a cui tengo. È una scusa del cavolo, lo so, ma mi dispiace», ripeté stringendomi tra le braccia.

Gli premetti forte la guancia sul petto. «Perché eri arrabbiato?»

«Non ha importanza. L'unica cosa importante sei tu.»

Mi scostai per guardarlo. «Posso sopportare le tue bizze.»

Lui mi scrutò per un istante, poi un vago sorriso gli increspò le labbra. «Non so perché mi sopporti, ma in caso contrario non so che farei.»

Sentii il suo fiato, sapeva di sigaretta e menta. Guardai la sua bocca e fui percorsa da un fremito per quella vicinanza. L'espressione di Travis cambiò e il suo respiro si fece irregolare. Anche lui se n'era accorto.

Si avvicinò ancora, e un attimo dopo trasalimmo allo squillo del cellulare. Travis sospirò e lo estrasse dalla tasca.

«Sì. Hoffman? Gesù... va bene, sono soldi facili. Al Jefferson?» Mi guardò e ammiccò. «Ci saremo.» Chiuse la telefonata e mi prese per mano. «Vieni con me.» Mi trascinò in corridoio. «Era Adam, Brady Hoffman sarà al Jefferson tra novanta minuti», disse a Shepley.

Shepley annuì e si alzò, pescando il cellulare dalla tasca. Sparse rapidamente la notizia inviando messaggi ai frequentatori abituali del Cerchio. Quelle dieci persone avrebbero a loro volta mandato messaggi ad altre dieci e così via, finché ognuno fosse stato informato del luogo scelto per l'incontro.

«Ci siamo», esclamò America sorridendo. «Vado a darmi una rinfrescata!»

Il clima nell'appartamento era teso e nello stesso tempo effervescente. Travis sembrava il meno agitato. S'infilò gli stivali e una canotta bianca come se dovesse andare a fare la spesa.

America mi portò nella stanza di Travis e mi guardò corrucciata. «Devi cambiarti, Abby. Non puoi venire così all'incontro.»

«L'ultima volta avevo un maledetto cardigan e non hai detto niente!» obiettai.

«L'ultima volta non pensavo ci saresti venuta davvero. Ecco, metti questi», ordinò lanciandomi dei vestiti.

«Non la metto questa roba!»

«Andiamo!» ci esortò Shepley dal soggiorno.

«Sbrigati!» mi urlò America precipitandosi nella sua stanza.

Misi il top giallo con la scollatura profonda e i jeans aderenti a vita bassa che mi aveva dato, infilai un paio di scarpe con i tacchi, mi spazzolai i capelli e uscii in corridoio. America spuntò dalla camera con un abitino verde e un paio di scarpe alte in tinta.

Travis e Shepley ci aspettavano sulla porta.

Travis restò a bocca aperta. «Oh, no. Mi vuoi morto? Ti devi cambiare, Pidge.»

«Cosa c'è?» chiesi guardandoli.

America si mise le mani sui fianchi. «È splendida, Trav, lasciala in pace!»

Lui mi prese per mano e mi condusse in corridoio. «Mettiti una T-shirt... e un paio di scarpe da ginnastica. Qualcosa di comodo.»

«Cosa? Perché?»

«Perché con quella maglietta mi preoccuperei più di chi ti guarda le tette che di Hoffman.»

«Credevo avessi detto che non t'importa un accidente di quello che pensano gli altri.»

«È diverso, Pigeon.» Travis mi guardò il décolleté e poi negli occhi. «Non puoi indossare questo all'incontro, quindi ti prego... ti prego, cambiati», balbettò spingendomi nella stanza e chiudendomi dentro.

«Travis!» urlai. Contrariata, mi tolsi le scarpe e presi le Converse. Poi mi sfilai il top e lo gettai per terra. Misi la prima maglietta di cotone che mi capitò in mano, corsi in corridoio e mi fermai sulla soglia.

«Meglio?» chiesi ansimando mentre mi raccoglievo i capelli in una coda.

«Sì!» esclamò lui sollevato. «Andiamo!»

Ci precipitammo al parcheggio. Saltai sulla moto mentre lui dava gas e schizzammo via, lungo la strada che portava al college. Mi strinsi alla sua vita, piena d'aspettativa: la corsa per uscire di casa mi aveva procurato una scarica di adrenalina.

Travis salì sul marciapiede e parcheggiò all'ombra, dietro al Jefferson Liberal Arts. Si sistemò gli occhiali da sole sulla testa e mi prese per mano, sorridendo mentre sgattaiolavamo verso il retro dell'edificio. Si fermò davanti a una finestra aperta del seminterrato.

Sgranai gli occhi. «Stai scherzando.»

Sorrise. «Questo è l'ingresso VIP. Dovresti vedere come entrano gli altri.»

Scossi la testa mentre lui infilava le gambe e scompariva nel buio. Mi chinai e gridai il suo nome.

«Sono quaggiù, Pidge. Entra con i piedi, ti prendo io.»

«Sei del tutto fuori di testa, se pensi che salterò là dentro!»

«Ti prendo, te lo prometto! Dai, sbrigati!»

Sospirai e mi toccai la fronte con la mano. «È una follia!»

Mi sedetti e mi spinsi fino restare con metà corpo penzoloni nel buio. Mi girai sulla pancia e allungai i piedi in cerca del pavimento. Mi aspettavo di trovare le mani di Travis, ma persi la presa e lanciai un grido cadendo all'indietro. Un attimo dopo Travis mi afferrò, e udii la sua voce nell'oscurità.

«Cadi proprio come una donna», disse ridacchiando.

Mi posò a terra e mi trascinò via nel buio. Dopo una decina di passi udii gridare nomi e numeri e la stanza s'illuminò in parte. In un angolo c'era una lanterna che rischiarava il locale quel tanto che bastava per distinguere il suo volto.

«Cosa facciamo?»

«Aspettiamo che Adam faccia il suo discorso.»

Mi agitai. «Aspetto qui o vengo anch'io? Dove vado quando inizia l'incontro? Dove sono Shep e Mare?»

«Sono entrati dall'altra parte. Tu seguimi, non ti manderò da sola in quella fossa di leoni. Resta vicino a Adam: farà in modo che non ti schiaccino. Non posso badare a te e tirare pugni nello stesso tempo.»

«Farà in modo che non mi schiaccino?»

«Stasera ci sarà più gente. Brady Hoffman è dello State. Là hanno un loro Cerchio. Ci saremo noi e loro, sarà delirante.»

«Sei nervoso?»

Lui mi sorrise. «No. Tu però un po' sì.»

«Forse», ammisi.

«Se ti fa sentire meglio, non mi farò toccare. Non gli permetterò di colpirmi neanche una volta per la gioia dei suoi fan.»

«E come farai?»

Travis fece spallucce. «Di solito lascio che mi colpiscano una volta, per farlo sembrare un combattimento equo.»

«Lo fai apposta?»

«Che divertimento ci sarebbe se massacrassi qualcuno che non è riuscito neanche a darmi un pugno? Se lo facessi, nessuno scommetterebbe contro di me.»

«Che stronzata», esclamai incrociando le braccia.

Lui inarcò un sopracciglio. «Pensi che ti prenda in giro?»

«Trovo difficile credere che ti colpiscano solo quando glielo permetti.»

«Ti va di scommettere, Abby Abernathy?»

Sorrisi. «Accetto la scommessa. Penso che riuscirà a darti un pugno.»

«E se non ci riesce? Che cosa vinco?» domandò. Scrollai le spalle mentre le urla dall'altra parte del muro si trasformavano in un boato. Adam salutò la folla e ricordò le regole.

La bocca di Travis si allargò in un sorriso. «Se vinci, non farò sesso per un mese. Ma, se vinco io, dovrai restare da me per un mese.»

«Cosa? Sto già da te. Che razza di scommessa è?» gridai per sovrastare il chiasso.

«Oggi hanno riparato i boiler della Morgan», disse con una strizzata d'occhio.

Quando Adam gridò il suo nome, un sorrisetto mi addolcì il volto. «Vederti praticare l'astinenza per un mese non ha prezzo.»

Travis mi baciò sulla guancia e s'incamminò fiero, sicuro

di sé. Lo seguii ed entrai nell'altra stanza: il numero di persone stipate in quel piccolo spazio mi lasciò senza parole. Travis fece un cenno nella mia direzione e subito Adam mi posò una mano sulla spalla avvicinandomi a sé.

«Due su Travis», gli dissi all'orecchio, estraendo due banconote dalla tasca.

Era perplesso, ma allungò la mano e le prese.

«Non sei l'innocentina che credevo», commentò dandomi una rapida occhiata.

Brady era alto almeno una testa più di Travis e rimasi senza fiato quando furono uno di fronte all'altro: era massiccio, grosso due volte più di lui, tutto muscoli. Non vedevo l'espressione di Travis, ma era chiaro che Hoffman fosse assetato di sangue.

Adam mi premette le labbra sull'orecchio. «Forse è meglio che ti tappi le orecchie, piccola.»

Obbedii e lui diede il segnale. Anziché attaccare, Travis indietreggiò di qualche passo. Brady sferrò un pugno e lui lo schivò spostandosi dal lato opposto.

«Ma che diavolo...? Non è un vero incontro di boxe, Travis!» gridò Adam.

Travis assestò un pugno sul naso all'avversario, e il baccano divenne assordante. Sferrò quindi un gancio sinistro alla mascella e io mi portai d'istinto le mani alla bocca quando Brady tentò di attaccarlo, ma i suoi pugni colpirono solo l'aria. Travis gli diede una gomitata in faccia e lui cadde addosso ai suoi fan. Pensai che l'incontro fosse finito, e invece l'avversario attaccò di nuovo. Erano entrambi madidi di sudore e trattenni il fiato quando Brady mancò per l'ennesima volta il bersaglio, centrando una colonna di cemento. Si piegò in due stringendosi il polso e Travis si preparò a dargli il colpo di grazia.

Fu implacabile: dopo una ginocchiata in faccia, lo bersagliò di pugni finché incespicò e crollò a terra. Il clamore salì alle stelle non appena Adam si staccò dal mio fianco per gettare il tessuto rosso sulla faccia insanguinata di Brady.

Travis scomparve nella folla e io mi schiacciai contro il muro, cercando a tastoni la porta da cui eravamo entrati.

Temevo di essere travolta e calpestata, e raggiungere la lanterna fu un enorme sollievo.

Fissai la porta, in attesa che la folla si riversasse nella piccola stanza. Dopo diversi minuti, visto che di Travis non c'era traccia, decisi di tornare alla finestra. La gente spingeva per uscire, e aggirarsi là sotto non era molto sicuro.

Quando mi addentrai nel buio sentii dei passi sul pavimento di calcestruzzo. Travis mi stava cercando in preda al panico. «Pigeon!»

«Sono qui!» gridai buttandomi tra le sue braccia.

Mi guardò cupo. «Mi hai spaventato a morte! Per poco non ho dovuto fare di nuovo a pugni per raggiungerti... alla fine arrivo e tu non ci sei!»

«Sono contenta che tu sia qui. Non mi andava molto di cercare da sola la via d'uscita al buio.»

La preoccupazione svanì dal suo volto, sostituita da un bel sorriso. «Penso che tu abbia perso la scommessa.»

Adam entrò a grandi passi, mi guardò e fissò in cagnesco Travis. «Dobbiamo parlare.»

Lui mi fece l'occhiolino. «Resta qui. Torno subito.»

Scomparvero nell'oscurità. Adam alzò la voce, ma non riuscii a capire che cosa dicesse. Travis tornò infilandosi un rotolo di soldi in tasca e mi rivolse un mezzo sorriso. «Ti serviranno altri vestiti.»

«Davvero mi costringerai a restare da te per un mese?»

«Tu mi avresti costretto a rinunciare al sesso per un mese?»

Scoppiai a ridere, ben sapendo che lo avrei fatto. «Sarà meglio fermarsi alla Morgan.»

Lui s'illuminò. «Sarà interessante.»

Passando, Adam mi mise in mano la mia vincita e si mescolò alla folla che si stava disperdendo.

Travis inarcò un sopracciglio. «Hai scommesso?»

Scrollai le spalle. «Ho pensato di dover vivere quest'esperienza fino in fondo.»

Arrivati alla finestra lui si issò all'esterno, poi mi aiutò a uscire nell'aria fresca della sera. I grilli interruppero il loro canto al nostro passaggio, e il mughetto giapponese vicino al marciapiede ondeggiò alla leggera brezza. Non faceva né troppo caldo né troppo freddo, era una sera perfetta.

«Perché vuoi che stia da te, a ogni modo?» domandai.

Travis si strinse nelle spalle e infilò le mani in tasca. «Non lo so. È tutto più bello quando ci sei tu.»

Il calore e l'emozione che provai udendo quelle parole svanirono in fretta alla vista della sua maglietta piena di macchie rosse. «Sei tutto sporco di sangue.»

Travis si guardò con indifferenza, poi aprì la porta facendomi cenno di entrare. Passai accanto a Kara che stava studiando sul letto, prigioniera dei libri da cui era circondata.

«Stamattina hanno riparato i boiler», annunciò.

«Lo so», risposi frugando nell'armadio.

«Ciao», salutò Travis.

Lei gli osservò il corpo sudato e insanguinato e fece una smorfia.

«Travis, questa è la mia compagna di stanza Kara Lin. Kara, lui è Travis Maddox.»

«Piacere di conoscerti», fece Kara sistemandosi gli occhiali sul naso. Guardò quindi il mio borsone strapieno. «Ti trasferisci?»

«No. Ho perso una scommessa.»

Travis scoppiò a ridere e afferrò il bagaglio. «Pronta?»

«Sì. Come facciamo a portare tutta questa roba a casa tua? Siamo in moto.»

Lui sorrise e prese il cellulare. Scendemmo in strada e pochi minuti dopo si fermò davanti a noi la Charger nera d'epoca di Shepley.

Dal finestrino del passeggero comparve il viso di America. «Ciao, piccola!»

«Ciao. I boiler della Morgan hanno ripreso a funzionare. Stai ancora da Shep?»

Lei ammiccò. «Sì, stasera pensavo di fermarmi. Ho saputo che hai perso una scommessa.»

Prima che potessi rispondere, Travis chiuse il bagagliaio e Shep partì a tutta velocità, mentre America veniva sbalzata sul sedile.

Ci incamminammo verso la Harley. Travis attese che mi sistemassi in sella e, quando gli cinsi la vita con le braccia, posò una mano sulle mie.

«Sono contento che stasera fossi qui, Pidge. Non mi sono mai divertito tanto a un incontro in vita mia.»

Gli appoggiai il mento sulla spalla e sorrisi. «Sì, perché volevi vincere la scommessa.»

Lui si girò a guardarmi. «Puoi dirlo forte.» Non c'era ironia nel suo sguardo: era serio e voleva lo notassi.

«Per questo oggi eri così di cattivo umore? Perché sapevi che avevano sistemato i boiler e stasera me ne sarei andata?»

Non rispose. Si limitò a sorridere mentre accendeva la moto. Il viaggio fino all'appartamento fu insolitamente lento. A ogni semaforo mi posava la mano sulle mie o sul ginocchio. Il confine tra noi si stava di nuovo facendo indistinto e mi chiesi come avremmo potuto trascorrere un mese intero insieme senza rovinare tutto. La nostra amicizia si stava complicando in un modo che non avrei mai immaginato.

Arrivammo al parcheggio e notai che la Charger di Shepley era al solito posto.

Mi fermai sui gradini. «Odio quando Shep e Mare sono già a casa da un po'. Ho sempre la sensazione di interrompere qualcosa.»

«Dovrai farci l'abitudine. Sarà la tua casa per le prossime quattro settimane», rispose con un sorriso. Poi si voltò. «Sali.»

«Cosa?» esclamai sorridendo.

«Dai, ti porto su.»

Risi e gli saltai sulla schiena, intrecciando le mani sul suo petto mentre faceva di corsa le scale. America aprì la porta prima che arrivassimo in cima e sorrise.

«Guardatevi. Se non sapessi come stanno le cose...»

«Finiscila, Mare», esclamò Shepley dal divano.

Lei scosse la testa e spalancò la porta per farci passare. Travis crollò sulla poltrona e io strillai quando si appoggiò su di me.

«Stasera sei incredibilmente allegro, Trav. Che succede?» indagò America.

Mi protesi per guardarlo meglio. In effetti, non l'avevo mai visto così contento.

«Ho appena vinto una montagna di soldi, Mare. Quasi il doppio di quel che pensavo. Non è un buon motivo per essere contento?»

«No, è qualcos'altro», disse America osservando la sua mano che mi accarezzava la coscia. Aveva ragione: Travis era diverso. Trasmetteva un senso di tranquillità, come se fosse in pace con sé stesso.

«Mare», la ammonì Shepley.

«D'accordo, parliamo d'altro. Parker ti ha invitata alla festa della Sig Tau questo fine settimana, vero, Abby?»

Il sorriso di Travis svanì. Si girò verso di me in attesa di una risposta.

«Be'... sì. Non ci andiamo tutti?»

«Io ci sarò», affermò Shepley, distratto dalla televisione.

«Il che significa che ci andrò anch'io», dichiarò America guardando ansiosamente Travis.

Lui mi studiò per un istante, poi mi diede un colpetto sulla gamba. «Ti viene a prendere?»

«No, mi ha solo detto della festa.»

La bocca di America si allargò in un sorriso malizioso. Per poco non si mise a saltellare per l'eccitazione. «Però ha detto che vi sareste visti lì. È davvero carino.»

Travis le lanciò un'occhiata irritata e mi guardò. «Ci vai?»

«Gli ho detto di sì», risposi con un'alzata di spalle. «Tu?»

«Sì», rispose senza indugio.

A quel punto Shepley rivolse la sua attenzione a Travis. «Qualche tempo fa non sembravi così sicuro.»

«Ho cambiato idea, Shep. Che problema c'è?»

«Nessuno», bofonchiò lui, ritirandosi nella sua stanza.

America guardò corrucciata Travis. «Conosci il problema. Perché non la pianti con questi giochetti? Lo farai impazzire.» Raggiunse Shepley in camera e le loro voci si ridussero a un mormorio dietro alla porta chiusa.

Travis si alzò. «Mi faccio una doccia veloce.»

«Che succede?» domandai. Era chiaro che qualcosa non andava, anche se non sapevo di cosa si trattasse.

«No, è solo paranoico.»

«A causa nostra», azzardai. Il suo sguardo s'illuminò, poi mi fece un cenno.

«Che c'è?» domandai osservandolo sospettosa.

«Hai ragione. È a causa nostra. Non ti addormentare, okay? Voglio parlarti di una cosa.»

Scomparve oltre la porta del bagno. Presi a giocherellare con i capelli, chiedendomi se tra noi ci fosse mai stato un vero confine, se la nostra fosse davvero una semplice amicizia.

D'un tratto Shepley si precipitò fuori dalla stanza, e America lo seguì a ruota. «Shep, non farlo!» lo supplicò.

Lui guardò la porta del bagno e poi me. «Avevi promesso, Abby. Quando ti ho detto di non giudicarlo, non intendevo che ti lasciassi coinvolgere! Pensavo foste solo amici!» Il suo tono era gelido.

«È così», dissi, scossa e confusa da quell'aggressione imprevista.

«No, non è vero!» sbottò furioso.

America gli posò una mano sulla spalla. «Tesoro, ti ho detto che sarebbe andato tutto bene.»

Lui si liberò dalla sua presa. «Perché insisti, Mare? Ti avevo detto cosa sarebbe successo!»

Lei gli prese il volto fra le mani. «E io ti ho detto che non sarebbe andata così! Non ti fidi di me?»

Shepley sospirò, guardò lei, poi me e sparì in camera.

America si lasciò cadere sulla poltrona sbuffando. «Non riesco proprio a fargli capire che, comunque vadano le cose fra te e Travis, tra noi non cambierà nulla. È rimasto scottato troppe volte. Non mi crede.»

«Di che parli, Mare? Io e Travis non stiamo insieme. Siamo solo amici. Lo hai sentito prima... non gli interesso da quel punto di vista.»

«Glielo hai sentito dire?»

«Be', sì.»

«E ci credi?»

Scrollai le spalle. «Non ha importanza. Non accadrà mai. Mi ha detto che non mi vede in quel modo e non vuole una relazione. Dal canto mio, avrei serie difficoltà a trovare una ragazza, a parte te, con cui non sia andato a letto, e non tollero i suoi sbalzi di umore. Non posso credere che Shep la pensi diversamente.»

«Perché non solo conosce Travis... gli ha parlato, Abby.»

«Cosa intendi?»

«Mare?» esclamò Shepley dalla stanza.

Lei sospirò. «Tu sei la mia migliore amica. A volte penso di conoscerti meglio di quanto ti conosca tu stessa. Vi vedo insieme e l'unica differenza tra voi e me e Shep è che noi facciamo sesso.»

«Ti sbagli. Shep si porta forse a casa una ragazza diversa ogni sera? Domani andrai alla festa con un ragazzo che farà sicuramente strage di cuori? Sai che non posso lasciarmi coinvolgere da Travis, Mare. Non so neanche perché ne stiamo parlando.»

America sembrava delusa. «So di cosa sto parlando, Abby. Avete trascorso insieme praticamente ogni istante dell'ultimo mese. Ammettilo, provi qualcosa per lui.»

«Lascia perdere, Mare», intervenne Travis sistemandosi l'asciugamano attorno alla vita.

Trasalimmo al suono della sua voce e, quando incrociai il suo sguardo, ogni traccia di felicità era svanita. Imboccò il corridoio senza aggiungere altro e Mare mi rivolse uno sguardo triste.

«Penso che tu stia commettendo uno sbaglio», mormorò. «Non hai bisogno di andare alla festa per conoscere un ragazzo. Ne hai già uno pazzo di te», disse lasciandomi sola.

Presi a dondolarmi in poltrona, ripensando alla settimana appena trascorsa. Shepley era arrabbiato con me, America delusa e Travis... un momento era felice come non lo avevo mai visto, un altro tanto risentito da chiudersi nel suo silenzio. Troppo nervosa per infilarmi a letto al suo fianco, osservai le lancette dell'orologio avanzare minuto dopo minuto.

Dopo un'ora uscì dalla sua stanza e mi raggiunse in salotto. Credevo volesse chiedermi di andare a dormire, invece era vestito e stringeva le chiavi della moto in mano. Si era nascosto dietro agli occhiali da sole e prima di afferrare la maniglia si infilò una sigaretta fra le labbra.

«Esci?» chiesi raddrizzandomi. «Dove vai?»

«Fuori», rispose spalancando la porta e sbattendola alle sue spalle.

Ricaddi sbuffando sulla poltrona. Per qualche motivo ero diventata la cattiva della situazione, e non avevo idea del perché.

L'orologio sopra il televisore segnò le due e mi rassegnai ad andare a dormire. Senza Travis, però, il letto era troppo vuoto e pensai di chiamarlo al cellulare, ma scartai subito l'idea. Mi ero quasi addormentata quando udii la moto entrare nel parcheggio. Due portiere si chiusero poco dopo e sentii dei passi lungo le scale. Travis armeggiò con la serratura e la porta si aprì. Rise e bofonchiò qualcosa, poi udii non una, bensì due voci femminili. Le risatine furono interrotte da gemiti e dallo schiocco di un bacio. Mi sentii sprofondare e m'infuriai all'istante per quella reazione. Strinsi forte gli occhi sentendo strillare una delle ragazze; il rumore seguente, ne fui certa, fu quello di loro tre che si buttavano sul divano.

Pensai di chiedere ad America le chiavi della sua camera allo studentato, ma la porta di Shepley era ben visibile dal divano e non avrei potuto reggere allo spettacolo che si accompagnava ai rumori in soggiorno. Ficcai la testa sotto il cuscino e, quando la porta si spalancò, chiusi di nuovo gli occhi. Travis attraversò di corsa la stanza, aprì il primo cassetto del comodino, frugò nella ciotola di preservativi, lo richiuse e uscì. Le ragazze risero per quella che mi sembrò mezz'ora, poi calò il silenzio.

Alcuni secondi dopo l'appartamento fu pervaso da gemiti, mormorii e grida. Sembrava stessero girando un film porno in salotto. Mi coprii le orecchie con le mani e scossi la testa. Se nell'ultima settimana il confine tra me e Travis si era fatto confuso, ormai non aveva più importanza: al suo posto ora c'era un muro di pietra invalicabile. Cercai di scacciare quei pensieri ridicoli e di rilassarmi. Travis era Travis e noi eravamo amici, ecco tutto.

Le grida e gli altri suoni disgustosi cessarono dopo un'ora, seguiti dai lamenti e dai brontolii delle ragazze che venivano congedate. Travis si fece una doccia e si buttò sul letto dandomi la schiena. Anche dopo essersi lavato, puzzava come se avesse in corpo abbastanza whisky da sedare un cavallo. Il solo pensiero che avesse guidato in quello stato mi faceva impazzire.

Svanito l'imbarazzo e placata la rabbia, non riuscii comunque a dormire. Quando il suo respiro divenne profondo e regolare, diedi un'occhiata alla sveglia. Il sole sarebbe sorto in meno di un'ora. Scostai bruscamente le lenzuola, andai in corridoio e presi una coperta dall'armadio. L'unica prova del ménage à trois erano due involucri vuoti di preservativi, per terra. Li scavalcai e mi stesi sulla poltrona.

Chiusi gli occhi. Quando li riaprii, America e Shepley erano seduti in silenzio sul divano a guardare la televisione con il volume al minimo. Il sole illuminava l'appartamento. Feci per stiracchiarmi, ma la mia schiena protestò.

Un attimo dopo, America era al mio fianco. «Abby?»

Mi scrutò attentamente. Si aspettava rabbia, lacrime o un altro sfogo.

Shepley sembrava demoralizzato. «Mi dispiace per ieri sera, Abby. È colpa mia.»

Sorrisi. «È tutto a posto, Shep. Non devi scusarti.»

Si scambiarono un'occhiata, poi lei mi prese la mano. «Travis è andato al supermercato. Lui è... oh, non importa. Ti ho preparato i bagagli e ti porterò allo studentato prima che torni, così non dovrai vederlo.»

Solo allora mi venne da piangere: mi stava cacciando. Mi sforzai di parlare con voce ferma. «Ho tempo di farmi una doccia?»

America scosse la testa. «Andiamo e basta, Abby. Non voglio che tu lo veda. Non si merita di...»

La porta si spalancò e Travis entrò, carico di sacchetti. Andò dritto in cucina e si mise furiosamente all'opera per sistemare lattine e scatole negli armadietti.

«Quando Pidge si sveglia, ditemelo, okay?» disse parlando a bassa voce. «Ho preso spaghetti, pancake, fragole e quella merda di farina d'avena con il cioccolato. Le piacciono i cereali Fruity Pebbles, giusto, Mare?» chiese voltandosi.

Fu allora che si accorse della mia presenza e restò di sasso. Dopo un silenzio imbarazzato il suo volto si addolcì. «Ehi, Pigeon», esclamò con tono affettuoso e sereno.

Se mi fossi svegliata in un paese straniero, non avrei potuto sentirmi più disorientata. Non capivo più nulla. All'inizio avevo pensato di essere stata buttata fuori, poi Travis era rientrato pieno di borse con i miei cibi preferiti.

Fece qualche passo nervoso, con le mani in tasca. «Hai fame, Pidge? Ti preparo i pancake. Oppure c'è uh... la farina d'avena. Ti ho preso un po' di quella schiuma rosa del cavolo con cui voi ragazze vi depilate, un asciugacapelli e un... un... aspetta, è qui», disse precipitandosi in camera.

La porta si aprì, si chiuse e un istante dopo Travis tornò in salotto, bianco in volto. Fece un profondo respiro e corrugò la fronte. «La tua roba è in valigia.»

«Lo so», dissi.

«Te ne vai», aggiunse frustrato.

Guardai America, che lo fissava come se volesse ucciderlo. «Credevi davvero che sarebbe rimasta?»

«Tesoro...» mormorò Shepley.

«Non cominciare, Shep. Non osare difenderlo con me», esclamò fremendo di rabbia.

Travis sembrava disperato. «Mi dispiace tanto, Pidge. Non so neanche cosa dire.»

«Forza, Abby», esclamò America. Si alzò e mi prese per un braccio.

Travis fece per avvicinarsi, ma lei gli puntò contro un dito. «Che Dio mi aiuti, Travis! Se cerchi di fermarla, ti cospargo di benzina e ti do fuoco mentre dormi!»

«America», intervenne Shepley, anche lui con un tono vagamente disperato. Vedevo che era in conflitto, diviso tra il cugino e la donna che amava, e provai una gran pena per lui. Si era creata proprio la situazione che aveva cercato fin dall'inizio di evitare.

«È tutto a posto», sbottai, esasperata dalla tensione.

«Che significa?» domandò Shepley con una nota di speranza nella voce.

Alzai gli occhi al cielo. «Ieri sera Travis si è portato a casa un paio di donne dal bar, e allora?»

America mi guardò preoccupata. «Stai dicendo che ti sta bene quello che è successo?»

«Travis può portare a casa chi vuole. L'appartamento è suo.»

Lei mi fissò come se fossi uscita di senno, Shepley aveva un mezzo sorriso e Travis stava peggio di prima.

«Non hai fatto tu i bagagli?» mi domandò.

Scossi la testa e guardai l'orologio. Erano le due passate del pomeriggio. «No, e adesso dovrò disfarli tutti. Devo ancora mangiare, fare la doccia, vestirmi...» dichiarai dirigendomi in bagno. Quando la porta si chiuse, mi appoggiai contro di essa e scivolai a terra. Ero sicura che America ce l'avesse a morte con me, ma avevo fatto una promessa a Shepley e intendevo mantenerla.

Sentii bussare leggermente. «Pidge?» chiese Travis.

«Sì?» risposi, cercando di controllarmi.

«Resti?»

«Posso andarmene se vuoi, ma una scommessa è una scommessa.»

La porta vibrò per la sua testata. «Non voglio che tu te ne vada, ma capirei se lo facessi.»

«Stai dicendo che la scommessa non vale più?»

Ci fu un lungo silenzio. «Se dico di sì, te ne andrai?»

«Be', sì. Non vivo qui, stupido», risposi con una risatina forzata.

«Allora no, la scommessa è ancora valida.»

Scossi la testa, sentendo le lacrime pizzicarmi gli occhi. Non sapevo perché stessi piangendo, ma non riuscivo a smettere. «Adesso posso farmi una doccia?»

«Sì...» disse lui con un sospiro.

Sentii America avvicinarsi con passo pesante. «Sei uno schifoso egoista», gridò a Travis sbattendo la porta della camera di Shepley.

Mi rialzai, aprii il rubinetto della doccia, mi svestii e tirai la tenda.

Travis bussò di nuovo e si schiarì la voce. «Pigeon? Ti ho portato alcune cose.»

«Posale sul lavandino. Le prenderò io.»

Lui entrò e chiuse la porta. «Ero furioso. Ti ho sentita spiattellare ad America tutte quelle cose su di me e mi sono incazzato. Volevo solo uscire a bere qualcosa e riflettere, ma prima che me ne accorgessi ero ubriaco marcio e quelle due...» Tacque un attimo. «Stamattina mi sono svegliato e non eri a letto. Quando ti ho trovato sulla poltrona e ho visto le confezioni per terra, mi sono sentito uno stronzo.»

«Non avresti dovuto comprare tutte quelle cose al supermercato.»

«I soldi non m'interessano, Pidge. Avevo paura che te ne andassi e non mi parlassi più.»

Trasalii a quelle parole. Mi aveva sentito dire che non era l'uomo adatto a me, e ormai la situazione era troppo complicata per sistemare le cose.

«Non volevo ferirti», dissi sotto il getto della doccia.

«Lo so. E so di aver incasinato tutto, come sempre, e che tutto quello che potrei dire ora non avrebbe importanza...»

«Trav?»

«Sì?»

«Non guidare più da ubriaco, d'accordo?»

Rimase in silenzio per un minuto, poi fece un profondo respiro

«Sì, d'accordo», disse chiudendosi la porta alle spalle.

5.
PARKER HAYES

«Entra», dissi sentendo bussare.

Travis restò impietrito sulla soglia. «Uau.»

Sorrisi e mi guardai il vestito. Corpino bustier e minigonna. Era indubbiamente la mise più audace che avessi mai indossato. Parker sarebbe venuto alla festa e avevo tutte le intenzioni di farmi notare.

«Sei magnifica», esclamò Travis mentre mi infilavo le scarpe con il tacco.

Approvai con un cenno la sua camicia bianca elegante e i jeans. «Anche tu stai bene.»

Aveva le maniche arrotolate e gli intricati tatuaggi sugli avambracci bene in vista. Si mise le mani in tasca e notai che aveva al polso il suo braccialetto preferito di cuoio nero.

America e Shepley ci stavano aspettando in soggiorno.

«Parker perderà la testa quando ti vedrà», osservò America ridendo nel parcheggio.

Shepley aprì la portiera dell'auto e io mi sistemai sul sedile posteriore accanto a Travis. Non era la prima volta che viaggiavamo vicini, ma d'un tratto mi sentii in imbarazzo.

La strada davanti alla sede della Sigma Tau era tappezzata di auto; alcuni avevano parcheggiato persino sul prato anteriore. L'edificio sembrava sul punto di scoppiare e altri studenti stavano arrivando a piedi. Shepley posteggiò nello spiazzo d'erba sul retro, poi tutti e quattro entrammo.

Travis mi portò un bicchiere rosso di plastica colmo di birra e mi sussurrò all'orecchio: «Non accettare da bere da nessuno tranne che da me e Shep. Non voglio che qualcuno ti versi qualcosa nei drink».

Alzai gli occhi al cielo. «Nessuno mi verserà qualcosa nei drink, Travis.»

«Promettimelo, d'accordo? Non sei più in Kansas, Pidge.»

«Questa non l'avevo ancora sentita», osservai sarcastica bevendo un sorso.

Era passata un'ora e ancora Parker non si vedeva. America e Shepley stavano ballando un lento quando Travis mi tirò per la mano. «Vuoi ballare?»

«No, grazie», risposi.

Lui sembrò deluso.

«Sono solo stanca, Trav», spiegai toccandogli la spalla.

Posò una mano sulla mia e iniziò a parlare, ma in quel momento intravidi Parker. Travis vide la mia espressione e si voltò.

«Ehi, Abby! Ce l'hai fatta!» esclamò sorridendo Parker.

«Sì, siamo qui da un'oretta», risposi lasciando la mano di Travis.

«Sei uno splendore!» gridò per sovrastare la musica.

«Grazie!» Sorrisi lanciando un'occhiata a Travis. Aveva le labbra serrate e la fronte corrugata.

Parker indicò con un cenno la sala. «Vuoi ballare?»

Arricciai il naso e scossi la testa. «No, sono un po' stanca.»

«Pensavo non saresti venuto», disse a Travis.

«Ho cambiato idea», rispose lui irritato.

«Lo vedo», commentò Parker guardandomi. «Ti va una boccata d'aria fresca?»

Annuii e lo seguii lungo le scale. Si fermò e mi prese per mano mentre salivamo al primo piano. Arrivati in cima, spalancò una portafinestra che dava sul balcone.

«Hai freddo?» chiese.

«Un po'.» Sorrisi quando si tolse la giacca e mi coprì le spalle. «Grazie.»

«Sei qui con Travis?»

«Siamo venuti insieme.»

Parker sfoderò un gran sorriso e scrutò il prato. Alcune ragazze camminavano tenendosi sottobraccio per combattere il freddo. L'erba era cosparsa di carta crespa e lattine di birra, e qua e là c'era qualche bottiglia vuota. In mezzo ai rifiuti i membri della confraternita stavano ammirando il loro capolavoro: una piramide di fusti di birra decorata con luci bianche.

Parker scosse la testa. «Domani mattina questo posto sarà un disastro. La squadra di pulizia avrà parecchio da fare.»

«Avete una squadra di pulizia?»

«Sì», rispose con un sorriso. «Si chiamano matricole.»

«Povero Shep.»

«Lui non ne fa parte. Ha un trattamento speciale perché è il cugino di Travis e non vive qui.»

«Tu sì?»

Lui annuì. «Da due anni. Però devo trovarmi un appartamento, mi serve un posto più tranquillo per studiare.»

«Fammi indovinare... specializzazione in economia?»

«In biologia, e anatomia come materia secondaria. Mi resta ancora un anno, poi farò il test di ammissione a medicina e se tutto va bene andrò a Harvard.»

«Sei molto ottimista.»

«Be', mio papà è andato a Harvard. Voglio dire, non lo so con certezza, ma è un ex allievo molto generoso, se capisci quello che intendo. Ho una buona media, ho ottenuto un buon punteggio al test attitudinale e a quello di ammissione al college. Ho tutte le carte in regola.»

«Tuo papà è medico?»

Lui confermò gentilmente. «Chirurgo ortopedico.»

«Notevole.»

«E tu?» chiese.

«Non ho ancora deciso.»

«Tipica risposta da matricola.»

Feci un sospiro teatrale. «Suppongo di essermi bruciata ogni possibilità che tu mi consideri speciale.»

«Oh, di questo non ti devi preoccupare. Ti ho notata fin dal primo giorno di lezione. Cosa fai a calcolo tre se sei una matricola?»

Sorrisi e mi passai distrattamente le dita tra i capelli. «Adoro la matematica, la capisco al volo. Alle superiori mi divertivo da matti a lezione e ho seguito due corsi estivi alla Wichita State.»

«Questo sì che è notevole», osservò.

Rimanemmo sul balcone per ore a parlare di un'infinità di argomenti, dai ristoranti della zona a come ero diventata buona amica di Travis.

«Non dovrei dirlo, ma a quanto sembra siete sulla bocca di tutti.»

«Splendido», mormorai.

«È strano, in genere Travis non fa amicizia con le donne. Il più delle volte se le fa nemiche.»

«Oh, non saprei. Ne ho viste parecchie che soffrono di amnesia, o sono troppo inclini al perdono.»

Parker scoppiò a ridere. I suoi denti bianchi brillarono sul suo viso abbronzato. «Nessuno capisce il vostro rapporto. Devi ammettere che è un po' ambiguo.»

«Mi stai chiedendo se vado a letto con lui?»

Lui ghignò. «Se così fosse, non saresti qui con lui. Lo conosco da anni e so bene come si comporta. Però la vostra amicizia mi incuriosisce.»

«È quello che è», dissi con una scrollata di spalle. «Usciamo, mangiamo, guardiamo la TV, studiamo e discutiamo. Tutto qui.»

Scoppiò in una sonora risata e scosse la testa di fronte alla mia onestà. «Avevo sentito dire che sei l'unica persona che possa mettere in riga Travis. È una qualifica importante.»

«Non è cattivo come tutti pensano.»

Il cielo virò al porpora e poi al rosa quando il sole spuntò all'orizzonte. Parker guardò l'orologio e lanciò un'occhiata al prato, dove la folla si stava diradando. «Sembra che la festa sia finita.»

«Vado a cercare Shep e Mare.»

«Ti dispiace se ti riaccompagno io a casa?» chiese.

Cercai di controllare l'eccitazione. «Per niente. Lo dico ad America.» Varcai la porta, poi mi bloccai. «Sai dove vive Travis?»

Lui inarcò le folte sopracciglia. «Sì, perché?»

«Sto lì», dissi preparandomi alla reazione.

«Stai da Travis?»

«Ho perso una scommessa, perciò sto lì per un mese.»

«Un mese?»

«È una lunga storia», aggiunsi imbarazzata, scrollando le spalle.

«Ma siete solo amici?»

«Sì.»

«Allora ti porto là», concluse sorridendo.

Corsi giù per le scale e passai accanto a Travis. Era scuro in volto, e sembrava infastidito dalla ragazza ubriaca che gli stava parlando. Mi seguì nell'atrio e mi raggiunse proprio quando tirai America per il vestito.

«Voi andate pure. Parker mi ha offerto un passaggio.»

«Cosa?» America aveva uno sguardo malizioso negli occhi.

«Cosa?» fece Travis infuriato.

«È un problema?» gli domandò America.

Lui la guardò in cagnesco, poi mi trascinò dietro l'angolo con la mascella contratta. «Non lo conosci neanche.»

Liberai il braccio dalla sua presa. «Non sono affari tuoi, Travis.»

«Lo sono, eccome. Non ti lascio andare a casa con un emerito sconosciuto. E se ci prova?»

«Magari! È un tipo affascinante!»

Sul suo volto, la sorpresa cedette il posto alla rabbia e io mi preparai mentalmente a quello che avrebbe potuto dirmi. «Parker Hayes, Pidge? Sul serio?» ripeté con sprezzo. «Che razza di nome sarebbe, poi?»

Incrociai le braccia. «Smettila, Trav. Stai facendo la figura dell'imbecille.»

Lui si protese verso di me, apparentemente agitato. «Se ti tocca, lo uccido.»

«Mi piace», dissi, sottolineando ogni parola.

Parve sbigottito dalla mia confessione, ma un attimo dopo riacquistò un contegno. «Molto bene. Se finisce per sbatterti sul sedile posteriore della sua macchina, non venire a piangere da me.»

Spalancai la bocca, offesa e infuriata. «Non ti preoccupare, non lo farò», replicai, dandogli una spallata mentre lo superavo.

Travis allora mi prese per un braccio e sospirò. «Non volevo, Pidge. Se ti fa del male, se anche solo ti fa sentire a disagio, fammelo sapere.»

D'un tratto la rabbia svanì e mi rilassai. «So che sei in buona fede, ma devi controllare questo atteggiamento iperprotettivo da fratello maggiore.»

Lui scoppiò a ridere. «Non faccio il fratello maggiore, Pigeon. Neanche per sogno.»

Parker ci raggiunse e si infilò le mani in tasca offrendomi il braccio. «Tutto a posto?»

Travis serrò la mascella e io mi spostai per evitare che Parker notasse la sua espressione. «Sì, andiamo.» Gli presi il braccio e feci qualche passo prima di voltarmi a salutare Travis, che stava fissando furioso la nuca di Parker. Spostò fulmineo lo sguardo su di me e si rasserenò. «Smettila», gli dissi seguendo Parker fino alla macchina.

«È quella argento.» I fari si illuminarono due volte quando premette il tasto sulla chiave.

Aprì la portiera del passeggero e io scoppiai a ridere. «Hai una Porsche?»

«Non è semplicemente una Porsche. È una Porsche 901 GT-3. È diverso.»

«Non dirmi che è l'amore della tua vita?» chiesi, citando le parole di Travis sulla moto.

«No, è una macchina. L'amore della mia vita sarà una donna che porterà il mio cognome.»

Abbozzai un sorriso cercando di non mostrarmi troppo colpita dal suo modo di pensare. Mi tese la mano per aiutarmi a salire, poi si mise al volante e appoggiò la testa al sedile, sorridendo.

«Cosa fai stasera?»

«Stasera?»

«È mattina. Vorrei invitarti a cena prima che qualcun altro mi batta sul tempo.»

Sfoderai un ampio sorriso. «Non ho programmi.»

«Ti vengo a prendere alle sei?»

«Okay», risposi mentre intrecciava furtivamente le sue dita alle mie.

Mi portò dritto da Travis rispettando il limite di velocità e tenendomi la mano. Parcheggiò dietro alla Harley e venne ad aprirmi la portiera. Quando raggiungemmo il pianerottolo, si chinò per darmi un bacio sulla guancia.

«Riposati. Ci vediamo stasera», mi mormorò all'orecchio.

«Ciao», dissi girando la maniglia. La porta si aprì di scatto e caddi in avanti.

Travis mi afferrò per un braccio prima che finissi a terra. «Tranquilla, bellezza.»

Mi voltai e vidi Parker che ci fissava a disagio. Si protese per scrutare l'appartamento. «Niente ragazze umiliate e a piedi a cui posso dare un passaggio?»

Travis lo guardò furioso. «Non cominciare.»

Lui sorrise e ammiccò. «Gli rendo sempre la vita difficile. Ma non ci riesco più tanto spesso da quando ha capito che è più semplice se vengono con la loro auto.»

«Dev'essere più facile, così», osservai ridendo.

«Non è divertente, Pidge.»

«Pidge?» fece Parker.

«È solo un soprannome. Non so neanche da dove sia saltato fuori», spiegai. Era la prima volta che mi sentivo in imbarazzo per il nomignolo che Travis mi aveva affibbiato la sera in cui ci eravamo conosciuti.

«Se lo scopri, fammelo sapere. Sono curioso», osservò sorridendo. «Notte, Abby.»

«Non volevi dire buongiorno?» replicai guardandolo mentre scendeva le scale.

«Anche», rispose sorridendomi con dolcezza.

Travis sbatté la porta e dovetti spostare in fretta la testa per non prenderla in faccia.

«Che c'è?»

Lui scosse la testa e andò in camera. Lo seguii saltellando su un piede per togliermi le scarpe. «È simpatico, Trav.»

Lui sospirò e mi si avvicinò. «Ti farai del male», disse cingendomi la vita e gettando nell'armadio le scarpe che tenevo in mano, prima di togliersi la camicia e avvicinarsi al letto.

Aprii la cerniera del vestito e me lo sfilai, lanciandolo in un angolo con i piedi. Misi una maglietta e mi slacciai il reggiseno estraendolo dalla manica. Quando mi raccolsi i capelli in uno chignon, notai che lui mi stava guardando.

«Sono sicura non sia niente che tu non abbia già visto prima», esclamai spazientita. Sgattaiolai sotto le coperte e appoggiai la testa sul cuscino.

Lui aprì la cintura e si tolse i jeans, poi rimase immobile per qualche secondo. Io restai in attesa; gli davo la schiena e mi domandai che cosa stesse facendo in silenzio accanto al letto. Il materasso s'incurvò quando infine si sedette e un attimo dopo mi irrigidii sentendo la sua mano sul fianco.

«Stasera ho rinunciato a un incontro», disse. «Adam mi ha chiamato. Non ci sono andato.»

Mi voltai. «Perché?»

«Volevo essere sicuro che arrivassi a casa sana e salva.»

Arricciai il naso. «Non devi farmi da baby-sitter.»

Mi sfiorò il braccio, scatenando un'ondata di brividi lungo la mia schiena. «Lo so. Forse mi sento ancora in colpa per l'altra sera.»

«Ti ho detto che non importa.»

Si appoggiò su un gomito con un'aria cupa, dubbiosa. «Per questo hai dormito sulla poltrona? Perché non importava?»

«Non riuscivo a dormire dopo che le tue... amiche se ne sono andate.»

«Ma hai dormito benissimo in soggiorno. Perché non potevi dormire con me?»

«Vuoi dire accanto a un uomo che puzzava ancora delle ragazze che aveva appena spedito a casa? Che egoista sono stata!»

Lui trasalì. «Ho detto che mi dispiace.»

«E io ho detto che non importa. Buonanotte», dissi girandomi dall'altro lato.

Passarono vari secondi di silenzio. Allungò la mano sul cuscino e la posò sulla mia. Mi accarezzò la pelle delicata tra le dita e mi premette le labbra sulla testa. «Temevo che non mi avresti più parlato... ma trovo che la tua indifferenza sia ancora peggio.»

Chiusi gli occhi. «Cosa vuoi da me, Travis? Non vuoi che

sia infuriata per quello che hai fatto, ma vuoi che m'importi. Dici ad America che non vuoi uscire con me, ma ti incazzi quando io dico la stessa cosa, poi esci e ti sbronzi da far schifo. Non ha alcun senso.»

«Per questo hai detto quelle cose ad America? Perché ho detto che non sarei uscito con te?»

Strinsi i denti. Aveva appena insinuato che stessi facendo dei giochetti. Pensai in fretta a una risposta. «No, ero convinta di quello che ho detto, ma non era un'offesa.»

«Io ho parlato così perché», replicò grattandosi nervosamente i capelli corti, «non voglio rovinare niente. Non saprei neanche cosa fare per essere degno di te. Stavo solo cercando di capirlo.»

«Qualsiasi cosa significhi, devo dormire un po'. Stasera ho un appuntamento.»

«Con Parker?» domandò mentre la rabbia gli si insinuava nella voce.

«Sì. Per favore, posso dormire?»

«Certo», disse alzandosi di scatto dal letto e sbattendo la porta dietro di sé. La poltrona cigolò sotto il suo peso e un attimo dopo dal corridoio sentii il suono attutito della TV. Mi sforzai di chiudere gli occhi e di calmarmi per dormire anche solo qualche ora.

Quando mi svegliai, l'orologio segnava le tre. Recuperai asciugamano e accappatoio e arrancai in bagno. Non appena ebbi tirato la tenda della doccia, la porta si aprì e si richiuse. Attesi che qualcuno parlasse, ma l'unico rumore fu quello del coperchio del water contro le piastrelle.

«Travis?»

«No, sono io», rispose America.

«Devi proprio fare pipì qui? Hai il tuo bagno.»

«Shep è chiuso lì da mezz'ora con la diarrea, tanto ha bevuto. Non vado là dentro.»

«Grande.»

«Ho saputo che stasera hai un appuntamento, e Travis è incazzato!» osservò con tono cantilenante.

«Alle sei! È così dolce, America. È semplicemente...» Sospirai: ero fin troppo entusiasta, il che non era da me. Continuavo a ripetermi che era stato tutto perfetto fin dal momento in cui ci eravamo conosciuti. Parker era proprio quello di cui avevo bisogno: l'esatto opposto di Travis.

«Ti ha lasciato senza parole?» osservò ridacchiando America.

Feci capolino dalla tenda. «Non volevo più tornare a casa! Avrei potuto parlare con lui all'infinito!»

«Mi sembra promettente. Ma non trova un po' strano che tu viva qui?»

M'infilai sotto il getto per sciacquarmi. «Gliel'ho spiegato.»

Sentii lo scarico del water e per un attimo l'acqua della doccia divenne fredda. Urlai, e in quell'istante la porta si spalancò.

«Pidge?» disse Travis.

America scoppiò a ridere. «Ho solo tirato lo sciacquone, Trav, calmati.»

«Oh, stai bene, Pigeon?»

«Benone. Esci.» La porta si richiuse e io sospirai di nuovo. «Sarebbe troppo chiedere una serratura?» America non rispose. «Mare?»

«È davvero un gran peccato che non siate entrati in sintonia. Sei l'unica ragazza che avrebbe potuto...» Fece una pausa. «Non importa. Adesso non importa più.»

Chiusi l'acqua e mi avvolsi nell'accappatoio. «Sei come lui. È una malattia... nessuno di voi si comporta in modo razionale. Eri incazzata con lui, ricordi?»

«Lo so», ammise stringendosi nelle spalle.

Accesi il mio nuovo asciugacapelli e iniziai a farmi bella per Parker. Mi arricciai i capelli e mi dipinsi le unghie e le labbra di un color rosso scuro. Mi guardai corrucciata allo specchio: era troppo per un primo appuntamento, e non era su Parker che stavo cercando di fare colpo. In fondo, Travis non aveva sbagliato quando mi aveva accusato di fare dei giochetti.

Mi diedi un'ultima occhiata e mi sentii sopraffare dal senso di colpa. Travis stava facendo il possibile, mentre io mi comportavo come una ragazzina pestifera e cocciuta. Uscii in soggiorno e lui si illuminò. Non era affatto la reazione che mi aspettavo.

«Sei... bellissima.»

«Grazie», dissi, turbata dall'assenza di irritazione e di gelosia nella sua voce.

Shepley fece un fischio. «Ottima scelta, Abby. Ai ragazzi piace il rosso.»

«E i riccioli sono fantastici», aggiunse America.

Il campanello suonò e America sorrise salutandomi con eccessivo entusiasmo. «Divertiti!»

Aprii la porta. Parker aveva in mano un piccolo bouquet di fiori, indossava un paio di pantaloni eleganti e una cravatta. Mi scrutò dalla testa ai piedi due volte.

«Sei la creatura più bella che abbia mai visto», esclamò con tono trasognato.

Mi voltai a salutare America, che stava ancora sorridendo. Shepley aveva invece l'espressione di un padre orgoglioso e Travis tenne lo sguardo fisso sul televisore.

Parker mi prese per mano e mi condusse alla Porsche scintillante. Una volta saliti, fece un lungo respiro.

«Che c'è?» chiesi.

«Devo confessare che ero un po' teso all'idea di andare a prendere la donna di cui Travis Maddox è innamorato... a casa sua. Non sai quanti mi hanno dato del pazzo, oggi.»

«Travis non è innamorato di me. A volte non riesce neanche a starmi accanto.»

«Allora è un rapporto di amore-odio? Perché, quando ho detto ai miei confratelli che stasera ti portavo fuori, hanno risposto tutti la stessa cosa. Il comportamento di Travis è strano, più ancora del solito e tutti sono giunti alla stessa conclusione.»

«Ti sbagli», insistetti.

Lui scosse la testa come se fossi una povera ingenua e posò la mano sulla mia. «Sarà meglio andare. C'è un tavolo che ci aspetta.»

«Dove?»

«Da Biasetti. Mi sono affidato al caso... spero ti piaccia la cucina italiana.»

Restai stupita. «Hai prenotato con così poco preavviso? Non è sempre pieno zeppo?»

«Be'... è il nostro ristorante. Per metà, quanto meno.»

«Adoro la cucina italiana.»

Parker mi portò al locale rispettando esattamente il limite di velocità, usando le frecce nel modo corretto e rallentando a ogni semaforo giallo. Quando parlava, non distoglieva quasi gli occhi dalla strada. All'arrivo ridacchiai.

«Che c'è?» chiese.

«Sei molto... prudente alla guida. È un bene.»

«È un po' diverso dalla sella della moto di Travis», osservò con un sorriso.

Avrei dovuto ridere, ma d'un tratto mi sentii a disagio. «Non parliamo di Travis stasera, d'accordo?»

«Mi sembra più che giusto», commentò mentre mi apriva la portiera.

Ci fecero accomodare subito a un tavolo accanto a un ampio bovindo. Malgrado indossassi un vestito, sembravo dimessa rispetto alle altre clienti del ristorante. Erano cariche di gioielli e portavano abiti da cocktail. Non avevo mai cenato in un posto tanto chic.

Ordinammo e Parker chiuse il menu sorridendo al cameriere. «E ci porti una bottiglia di Amarone Allegrini, per favore.»

«Sì, signore», rispose questi prendendo i menu.

«Questo posto è incredibile», mormorai appoggiandomi al tavolo.

I suoi occhi verdi si addolcirono. «Grazie, lo riferirò a mio padre.»

A quel punto una donna si avvicinò al nostro tavolo. Portava i capelli biondi raccolti in uno stretto chignon, e sulla frangia che le ricadeva sulla fronte spiccava un'unica ciocca grigia. Cercai di non fissare i gioielli luccicanti che portava al collo e alle orecchie, ma erano fatti per essere notati. Lei mi studiò sospettosa con i suoi occhi azzurri.

Distolse quindi rapida lo sguardo per rivolgersi al mio accompagnatore. «Chi è la tua amica, Parker?»

«Mamma, questa è Abby Abernathy. Abby, questa è mia madre, Vivienne Hayes.»

Tesi la mano e lei me la strinse. Con una mossa ben studiata guardò Parker, il volto spigoloso animato dalla curiosità. «Abernathy?»

Trattenni il fiato per un attimo, temendo che avesse riconosciuto il nome.

Parker si spazientì. «È di Wichita, mamma. Non conosci la sua famiglia. Va alla Eastern.»

«Oh?» Vivienne mi squadrò di nuovo. «Il prossimo anno Parker andrà a Harvard.»

«Me l'ha detto, è fantastico. Dovete essere di sicuro molto fieri di lui.»

La pelle attorno ai suoi occhi si rilassò un po' e gli angoli della sua bocca si incurvarono in un sorriso compiaciuto. «È così. Grazie.»

Mi colpì il modo educato e nel contempo offensivo con cui si esprimeva. Non era un'arte che si acquisiva da un giorno all'altro: la signora Hayes doveva aver passato anni ad affermare la propria superiorità sul prossimo.

«È stato un piacere vederti, mamma. Buona serata.» Lei lo baciò sulla guancia, gli tolse una traccia di rossetto con il pollice e tornò al suo tavolo. «Scusami, non sapevo che sarebbe stata qui.»

«Non c'è problema. È... gentile.»

Parker scoppiò a ridere. «Sì, per essere un piranha.» Soffocai una risatina e lui sorrise contrito. «Diventerà più cordiale. Ha bisogno di un po' di tempo.»

«Speriamo accada prima della tua partenza per Harvard.»

Parlammo senza sosta del cibo, della Eastern, di calcolo e persino del Cerchio. Parker era affascinante, divertente e diceva tutte le cose giuste. Diverse persone vennero a salutarlo e lui mi presentò sempre, orgoglioso. All'interno del ristorante era una celebrità e, quando ce ne andammo, mi sentii addosso tutti gli sguardi della sala.

«E adesso?» domandai.

«Mi dispiace, ma lunedì mattina ho gli esami di metà semestre di anatomia comparata. Devo studiare un po'», disse posando la mano sulla mia.

«Non ti invidio affatto», risposi cercando di non apparire troppo delusa.

Mi accompagnò all'appartamento e mi condusse su per le scale per mano.

«Grazie, Parker.» Ero consapevole del sorriso ridicolo che avevo stampato in volto. «È stata una serata fantastica.»

«È troppo presto per chiederti un altro appuntamento?»

«Per niente», risposi raggiante.

«Ti chiamo domani?»

«Perfetto.»

Seguì il classico silenzio imbarazzante, il momento che più temevo in ogni appuntamento. Bacio sì o bacio no: detestavo l'interrogativo.

Prima che potessi chiedermi se mi avrebbe baciato, mi prese il viso tra le mani e mi attirò a sé, premendo le labbra sulle mie. Erano morbide, calde, meravigliose. Si scostò e mi baciò di nuovo.

«Ci sentiamo domani, Abs.»

Lo guardai scendere le scale e tornare all'auto. «Ciao.»

Ancora una volta, quando girai la maniglia, la porta si spalancò di colpo e caddi in avanti. Travis mi agguantò e riacquistai l'equilibrio.

«La smetti di fare così?» dissi chiudendomi la porta alle spalle.

«Abs? Cosa sei, il dispositivo di sicurezza di un'automobile?» esclamò beffardo.

«E Pigeon?» esclamai con lo stesso sarcasmo. «Un fastidioso uccello che caga su tutti i marciapiedi?»

«Ti piace quel soprannome», replicò sulle difensive. «È affettuoso, simpatico. Tu sei la mia Pigeon.»

Mi tenni al suo braccio per togliermi le scarpe, poi andai in camera. Mentre mi mettevo il pigiama, feci del mio meglio per restare arrabbiata.

Travis si sedette sul letto e incrociò le braccia. «Ti sei divertita?»

«Mi sono divertita da matti.» Sospirai. «È stata una serata perfetta. Lui è...» Non riuscii a trovare una parola adatta per descriverlo, perciò mi limitai a scuotere la testa.

«Ti ha baciata?»

Strinsi le labbra e annuii. «Ha labbra molto morbide.»

Travis si ritrasse. «Non m'interessa il suo tipo di labbra.»

«Credimi, è importante. Mi agito sempre al primo bacio, ma questo non è stato tanto male.»

«Ti agiti per un bacio?» chiese divertito.

«Solo al primo. Lo detesto.»

«Anch'io, se dovessi baciare Parker Hayes.»

Risi e mi spostai in bagno per struccarmi. Travis mi seguì e si appoggiò allo stipite. «Quindi uscirai ancora con lui?»

«Sì. Mi chiama domani.» Mi asciugai la faccia, feci di corsa il corridoio e balzai sul letto.

Travis si spogliò restando in boxer e si sedette dandomi la schiena. In quella posizione, un po' accasciato in avanti con i muscoli della schiena allungati, sembrava sfinito. «Se ti sei divertita tanto, perché sei tornata così presto?» chiese voltandosi a guardarmi per un attimo.

«Lunedì ha un esame importante.»

Lui arricciò il naso. «Che importa?»

«Sta cercando di entrare a Harvard. Deve studiare.»

Travis sbuffò stendendosi sul ventre. Infilò le mani sotto il cuscino, apparentemente irritato. «Sì, è quello che dice sempre a tutti.»

«Non fare l'idiota. Ha delle priorità... penso sia un atteggiamento responsabile.»

«La sua ragazza non dovrebbe essere la prima priorità?»

«Non sono la sua ragazza. Siamo usciti una volta, Trav», dissi con tono di rimprovero.

«Allora, che avete fatto?» Gli lanciai un'occhiataccia e lui rise. «Che c'è? Sono curioso.»

Vedendo che era sincero gli parlai di tutto, del ristorante e del cibo, delle cose dolci e divertenti che Parker aveva detto. Sapevo di avere un'aria idiota, ma non potevo fare a meno di sorridere mentre gli raccontavo la mia serata perfetta.

Travis mi osservò divertito mentre parlavo senza sosta, e mi fece persino qualche domanda. Era frustrato per la situazione con Parker, eppure ebbi la netta sensazione che fosse contento di vedermi così felice.

Si sistemò nella sua parte del letto e io sbadigliai. Ci fissammo per un istante, poi lui sospirò. «Mi fa piacere che ti sia divertita, Pidge. Te lo meriti.»

«Grazie», risposi con un gran sorriso. Dal comodino riecheggiò la suoneria del mio cellulare. Balzai su e lo afferrai.

«Pronto?»

«È domani», disse Parker.

Guardai l'orologio e scoppiai a ridere. La mezzanotte era passata da un minuto. «È vero.»

«Allora, che ne dici di lunedì sera?»

Mi portai una mano alla bocca e feci un profondo respiro. «Uhm, sì. Lunedì sera va benone.»

«Ottimo. Ci vediamo lunedì», rispose. Percepivo il sorriso nella sua voce.

Chiusi la telefonata e guardai Travis, che mi stava osservando con un vago fastidio. Mi girai dall'altra parte e mi raggomitolai, tesa per l'eccitazione.

«Che tipo che sei!» esclamò.

Alzai gli occhi al cielo.

Lui si voltò e mi costrinse a girarmi. «Lui ti piace davvero?»

«Non rovinarmi questa cosa, Travis!»

Mi fissò per un attimo, scosse la testa e si voltò di nuovo. «Parker Hayes!»

6.
LA SVOLTA

L'appuntamento di lunedì sera fu all'altezza di tutte le mie aspettative. Andammo al cinese e risi vedendo quant'era abile Parker con le bacchette. Quando mi riportò a casa, Travis aprì la porta prima che potesse baciarmi. Il mercoledì seguente uscimmo di nuovo e Parker si premurò di baciarmi in macchina.

Venerdì a pranzo mi raggiunse in mensa e sorprese tutti sedendosi nel posto di Travis. Lui finì la sigaretta, entrò e lo superò con indifferenza, sistemandosi in fondo al tavolo. Megan gli si avvicinò ma restò subito delusa perché lui la mandò via. A quel punto sul nostro tavolo calò il silenzio, il che rese difficile concentrarmi sulle parole di Parker.

«Presumo di non essere stato invitato», disse, destando la mia attenzione.

«Cosa?»

«Ho saputo che domenica c'è la tua festa di compleanno. Non sono stato invitato.»

America lanciò un'occhiata a Travis, che stava guardando Parker in cagnesco, come se meditasse di tirargli un pugno.

«Era una festa a sorpresa, Parker», gli disse con delicatezza.

Lui sussultò. «Oh.»

«Avevate intenzione di organizzarmi una festa a sorpresa?» domandai.

Lei scrollò le spalle. «È stata un'idea di Trav. È da Brazil, domenica alle sei.»

Le guance di Parker divennero leggermente rosse. «A questo punto immagino proprio di non essere invitato.»

«No! Ovviamente lo sei», esclamai prendendogli la mano.

Dodici paia di occhi guizzarono nella nostra direzione. Capii che Parker era a disagio quanto me per l'attenzione, perciò lo lasciai andare e misi le mani in grembo.

Lui si alzò. «Devo fare delle commissioni prima di lezione. Ti chiamo più tardi.»

«Okay», riposi rivolgendogli un sorriso di scusa.

Parker si chinò e mi baciò sulle labbra. Il silenzio calò sull'intera mensa e, quando uscì, America mi diede una gomitata.

«Non è inquietante che tutti ti osservino?» mormorò. Si guardò attorno corrucciata. «Che c'è? Pensate agli affari vostri, depravati!» urlò. Una a una le teste si girarono e un istante dopo si diffuse un mormorio.

Mi coprii gli occhi con le mani. «Prima ero patetica perché credevano fossi la povera ragazza idiota di Travis. Adesso sono il diavolo perché pensano che rimbalzi fra Travis e Parker come una pallina da ping pong.» Quando America non commentò, alzai lo sguardo. «Be'? Non dirmi che credi anche tu a queste stronzate!»

«Io non ho detto niente!»

La guardai incredula. «Ma è quello che pensi?»

Lei scosse la testa. Gli sguardi gelidi dei presenti mi balzarono d'un tratto agli occhi in tutta la loro evidenza. L'intero corpo studentesco, compresa la mia amica, pensava mi barcamenassi tra due uomini. C'era un'unica soluzione. Mi alzai e andai in fondo al tavolo.

«Dobbiamo parlare», dissi toccando Travis sulla spalla. Cercai di avere un tono educato ma la rabbia che mi ribolliva dentro inasprì le mie parole.

«Allora parla», esclamò Travis cacciandosi qualcosa di fritto in bocca.

Mi agitai notando gli sguardi curiosi dei ragazzi vicini. Vedendo che ancora non si muoveva, lo presi per un braccio e lo strattonai con forza. A quel punto si alzò e mi seguì con un gran sorriso.

«Che c'è, Pidge?» chiese, guardando la mano con cui gli tenevo il braccio e poi me.

«Devi annullare la scommessa», lo supplicai.

Sembrò offeso. «Te ne vuoi andare? Perché, cos'ho fatto?»

«Non hai fatto niente, Trav. Ma non hai notato che tutti ci guardano? Sono lo zimbello della Eastern.»

Scosse la testa e si accese una sigaretta. «Non è un problema mio.»

«Sì che lo è. Tutti hanno dato del pazzo a Parker perché pensano che tu sia innamorato di me.»

Travis inarcò le sopracciglia e il fumo gli andò di traverso. «Dicono così?» chiese tra un colpo di tosse e l'altro.

Annuii e lui distolse lo sguardo, facendo un altro tiro.

«Travis! Devi annullare la scommessa! Non posso uscire con Parker e intanto vivere con te. Fa una pessima impressione!»

«Allora smetti di uscire con Parker.»

Lo guardai furiosa. «Non è questo il problema, e lo sai.»

«È l'unica ragione per cui te ne vuoi andare? Per quello che dicono gli altri?»

«Almeno prima io ero l'idiota e tu il cattivo», bofonchiai.

«Rispondi alla domanda, Pidge.»

«Sì!»

Travis guardò gli studenti che entravano e uscivano dalla mensa. Stava riflettendo e io mi spazientii.

Alla fine si raddrizzò, determinato. «No.»

Scossi la testa, convinta di aver capito male. «Come?»

«No. Lo hai detto tu stessa: una scommessa è una scommessa. Quando finirà il mese, te ne andrai con Parker, lui diventerà medico, ti sposerai, farete dei figli e io non ti rivedrò più.» Fece una smorfia mentre pronunciava quelle parole. «Mi restano ancora tre settimane, e non intendo rinunciarvi per qualche pettegolezzo da mensa.»

Guardai dalla finestra: l'intera mensa ci stava osservando. Mi sentii bruciare gli occhi per tutta quella curiosità sgradita e superai il disagio con una spallata, diretta a lezione.

«Pigeon!» mi gridò dietro.

Non mi voltai.

Quella sera America si sedette sul pavimento di piastrelle parlando dei ragazzi mentre mi raccoglievo i capelli in una coda davanti allo specchio. Ascoltavo solo in parte; in realtà, stavo pensando a quanto Travis si fosse dimostrato paziente: sapevo benissimo che non gli andava a genio che Parker venisse a prendermi a casa sua un giorno sì e uno no.

D'un tratto mi tornò in mente la sua espressione quando gli avevo chiesto di annullare la scommessa e quando gli avevo detto che lo credevano innamorato di me. Non riuscivo a smettere di chiedermi perché non avesse negato.

«Be', secondo Shep sei troppo dura con lui. Non si è mai legato a nessuno da quando...»

Travis fece capolino in bagno e sorrise vedendomi armeggiare con i capelli. «Che ne dici di andare fuori a cena?» propose.

America si alzò per guardarsi allo specchio e si passò le dita tra i capelli biondi come l'oro. «Shep vorrebbe provare quel nuovo locale messicano in centro, se vi va.»

Lui scosse la testa. «Pensavo di uscire solo con Pidge.»

«Mi vedo con Parker.»

«Di nuovo?» chiese seccato.

«Di nuovo», risposi con tono cantilenante.

Suonò il campanello e corsi ad aprire. Mi ritrovai davanti Parker con la sua chioma bionda ondulata e il suo volto ben rasato.

«Non sei mai un po' meno splendida?» fece.

«In base alla prima volta che ha messo piede qui, direi di sì», esclamò Travis alle mie spalle.

Alzai gli occhi al cielo e sorrisi, poi sollevai un dito chiedendo a Parker di aspettare. Mi girai e gettai le braccia al collo di Travis. Lui s'irrigidì, sorpreso, ma un attimo dopo si rilassò e mi strinse forte a sé.

Lo guardai negli occhi e sorrisi. «Grazie per avermi organizzato la festa di compleanno. Possiamo rimandare la cena?»

Un'ondata di emozioni percorse il suo volto, ma dopo un attimo gli angoli della sua bocca si piegarono verso l'alto. «A domani?»

«Certo.» Mentre Parker mi prendeva per mano, gli feci un cenno di saluto.

«Che succede?» indagò lui.

«Di recente non siamo andati molto d'accordo. È la mia versione del ramo d'ulivo.»

«Devo preoccuparmi?» chiese aprendomi la portiera.

«No», risposi baciandolo sulla guancia.

A cena Parker parlò di Harvard, della confraternita e del progetto di cercarsi un appartamento. Poi si rabbuiò. «Travis ti accompagnerà alla festa di compleanno?»

«A dire il vero non lo so. Non ha detto niente.»

«Se non ti spiace, vorrei accompagnarti io.» Mi prese la mano e la baciò.

«Glielo chiederò. La festa è stata un'idea sua, quindi...»

«Capisco. In caso contrario, ci vedremo là», disse sorridendo.

Mi riportò all'appartamento e si fermò nel parcheggio. Quando mi diede il bacio della buonanotte, le sue labbra indugiarono sulle mie. Si sporse per baciarmi appena sotto l'orecchio, e in quel momento spense il motore. Mi colse alla sprovvista e sospirai sommessamente.

«Sei così bella», mormorò. «Mi hai distratto tutta la sera, con i capelli tirati su, che ti lasciano scoperto il collo.» Me lo tempestò di baci e io mi lasciai sfuggire un gemito.

«Perché ci hai messo tanto?» chiesi con un sorriso sollevando il mento.

Parker allora si concentrò sulle labbra. Mi prese il volto fra le mani e mi baciò con più decisione. Lo spazio era scarso, ma ci adattammo. Lui si appoggiò su di me, io mi spostai contro il finestrino e piegai il ginocchio. Sentii la sua lingua insinuarsi nella mia bocca e la sua mano afferrarmi la caviglia, per poi sfiorarmi la gamba e la coscia. Nel giro di pochi minuti i finestrini si appannarono. Mi sfiorò la clavicola con le labbra e d'un tratto alzò la testa: il finestrino stava vibrando, scosso da colpi sordi.

Parker scattò a sedere e io mi raddrizzai, sistemandomi il vestito. Feci un salto quando la portiera si spalancò. Accanto all'auto c'erano Travis e America: lei aveva un'aria cupa ma comprensiva, lui invece sembrava sul punto di esplodere, in preda a una furia cieca.

«Che diavolo stai facendo, Travis?» urlò Parker.

La situazione si fece pericolosa. Non lo avevo mai sentito alzare la voce. Travis aveva le nocche bianche, tanto stringeva i pugni... e io mi trovavo in mezzo. America gli toccò il braccio – la sua mano sembrò minuscola su quei muscoli massicci – e guardò Parker, scuotendo la testa in un monito silenzioso.

«Vieni, Abby, ti devo parlare», disse.

«Di cosa?»

«Vieni e basta!» affermò bruscamente.

Guardai Parker e vidi l'irritazione nei suoi occhi. «Scusami, devo andare.»

«No, è tutto a posto.»

Travis mi aiutò a scendere dalla Porsche e chiuse la portiera con un calcio. Mi girai di scatto e rimasi tra lui e l'auto dandogli una spinta sulla spalla. «Che problemi hai? La devi smettere!»

America sembrava nervosa. Non impiegai molto a capire perché: Travis puzzava di whisky. La mia amica doveva aver insistito per accompagnarlo, o forse lui le aveva chiesto di seguirlo; in ogni modo, era un deterrente contro la violenza.

La Porsche di Parker uscì dal parcheggio sgommando e Travis si accese una sigaretta. «Adesso puoi tornare a casa, Mare.»

Lei mi tirò per la camicetta. «Vieni, Abby.»

«Perché non resti, Abs?» disse lui fremendo di rabbia.

Feci un cenno ad America e lei si avviò verso il portone con riluttanza. Incrociai le braccia pronta a lottare, a reagire all'inevitabile predica. Travis continuò a fumare in silenzio e, quando fu chiaro che non avrebbe dato spiegazioni, persi la pazienza.

«Perché lo hai fatto?» domandai.

«Perché? Perché ti stava palpeggiando sotto casa mia!» urlò. Aveva lo sguardo vitreo e mi resi conto che non era in grado di sostenere una conversazione razionale.

Mantenni un tono calmo. «Vivo a casa tua, è vero, ma quello che faccio e con chi lo faccio sono affari miei.»

Lui gettò la sigaretta. «Ti meriti di più, Pidge. Non permettergli di scoparti in macchina come una qualsiasi.»

«Non avevo intenzione di fare sesso con lui!»
Indicò gesticolando lo spazio vuoto lasciato dall'auto. «E allora che stavi facendo?»
«Non hai mai flirtato con nessuno, Travis? Non sei mai uscito con qualcuno senza andare fino in fondo?»
Lui si accigliò e scosse la testa come se stessi dicendo delle assurdità. «Dove vuoi arrivare?»
«Succede a tutti... lo sapresti, se ogni tanto uscissi con una ragazza.»
«I finestrini erano tutti appannati, l'auto sobbalzava... come facevo a saperlo?» disse agitando le braccia in direzione del parcheggio vuoto.
«Forse non dovresti spiarmi!»
Si sfregò la faccia e scosse la testa. «Non posso sopportarlo, Pigeon. Mi sembra di impazzire.»
Misi le braccia sui fianchi. «Non puoi sopportare cosa?»
«Se vai a letto con lui, non voglio saperlo. Finirò in prigione per un bel po' se scoprirò che lui... non dirmelo, ecco.»
«Travis!» sbottai. «Non posso credere che tu abbia detto una cosa simile! Per me è un passo importante!»
«È quello che dicono tutte!»
«Non parlo delle puttanelle che frequenti! Parlo di me!» replicai portandomi la mano al petto. «Io non ho... Lasciamo perdere.» Feci per allontanarmi, ma lui mi afferrò per un braccio e mi costrinse a girarmi.
«Non hai cosa?» domandò. Non risposi, non ce n'era bisogno. Vidi dalla sua espressione che aveva capito. Scoppiò a ridere. «Sei vergine?»
«E allora?» replicai con le guance in fiamme.
Il suo sguardo vagava, perdendo e riacquistando concentrazione mentre si sforzava di pensare nonostante il whisky che aveva in corpo. «Per questo America era così sicura che non saresti andata tanto in là.»
«Ho avuto lo stesso ragazzo per tutti e quattro gli anni delle superiori. Voleva diventare un ministro battista! Non è mai successo!»
La rabbia di Travis svanì e sul suo viso comparve un'e-

spressione di sollievo. «Un ministro battista? Cos'è accaduto dopo tutta quell'astinenza duramente conquistata?»

«Voleva sposarsi e restare in... Kansas. Io no.» Ero ansiosa di cambiare argomento. Il divertimento che leggevo nei suoi occhi era già abbastanza umiliante. Non volevo scavasse di più nel mio passato.

Fece un passo verso di me e mi prese il viso tra le mani. «Una vergine», disse scuotendo la testa. «Non l'avrei mai detto, visto come ballavi al Red.»

«Molto spassoso», osservai salendo furiosa le scale.

Cercò di seguirmi ma incespicò e cadde. Rotolò sulla schiena e scoppiò in una risata isterica.

«Che fai? Alzati!» dissi aiutandolo a rimettersi in piedi.

Mi mise un braccio attorno al collo e gli diedi una mano a salire i gradini. Shepley e America erano già a letto. Mi sfilai le scarpe con il tacco per evitare di slogarmi una caviglia mentre lo accompagnavo a letto. Piombò di schiena sul materasso e mi trascinò con sé.

Quando atterrammo, mi ritrovai con la faccia a pochi centimetri dalla sua. D'un tratto divenne serio e si protese verso di me. Fece per baciarmi, ma lo allontanai.

«Smettila, Trav», dissi.

Mi tenne stretta finché smisi di divincolarmi, poi tirò la spallina del mio abito, che mi scivolò sul braccio. «Dato che la parola "vergine" è uscita da queste splendide labbra... sento l'impulso di aiutarti a spogliarti.»

«Be', è una pessima idea. Venti minuti fa eri pronto a far fuori Parker per la stessa ragione, perciò non fare l'ipocrita.»

«'Fanculo Parker. Non ti conosce come ti conosco io.»

«Trav, dai. Lascia che ti aiuti a metterti a letto.»

«Non aspetto altro», ribatté ridacchiando.

«Quanto hai bevuto?» chiesi mettendomi in equilibrio tra le sue gambe.

«Abbastanza», rispose sorridendo e tirandomi l'orlo del vestito.

«Più che abbastanza, direi», precisai allontanandogli la mano. Piantai un ginocchio nel materasso e gli sfilai la maglietta. Lui tentò di nuovo di afferrarmi e io gli bloccai il polso sentendo un odore acre nell'aria. «Dio, Trav, puzzi di Jack Daniel's.»

«Jim Beam», mi corresse con un cenno da ubriaco.

«Sa di legna bruciata e roba chimica.»

«Ne ha anche il sapore», rispose con una risata. Sganciai la fibbia della cintura e la sfilai dai passanti. Travis rise per il movimento brusco e sollevò la testa per guardarmi. «Farai meglio a stare attenta alla tua verginità, Pidge. Sai che mi piace il sesso selvaggio.»

«Taci», ribattei sfilandogli i jeans. Li gettai per terra e rimasi in piedi con le mani sui fianchi e il respiro affannato. Aveva le gambe penzoloni, gli occhi chiusi e il respiro profondo, pesante. Era andato.

Mi avvicinai all'armadio e scossi la testa mentre frugavo tra i vestiti. Aprii la cerniera dell'abito e lasciai che mi cadesse ai piedi. Con un calcio lo spostai nell'angolo e mi sciolsi i capelli.

L'armadio era immerso nel caos, e sbuffai mentre cercavo una maglietta. Ne presi una dall'appendiabiti e in quell'istante Travis mi piombò addosso, cingendomi la vita con le braccia.

«Mi hai spaventato a morte!» strillai.

Cominciò ad accarezzarmi, e notai che le sue mani erano diverse: si muovevano lente, caute. Chiusi gli occhi quando mi attirò a sé e sprofondò la testa tra i miei capelli strofinando il viso sul collo. Sentendo il suo corpo nudo contro il mio, impiegai un istante a protestare.

«Travis...»

Mi scostò i capelli e mi sfiorò la schiena con le labbra, da una spalla all'altra, slacciandomi il reggiseno. Mi baciò la base del collo e io chiusi gli occhi. Il calore e la morbidezza della sua bocca erano troppo piacevoli per fermarlo. Mi fece voltare e premette il bacino contro il mio, lasciandosi sfuggire un gemito sommesso: capii dal contatto con i suoi boxer quanto mi desiderasse. Trattenni il fiato sapendo che l'unica cosa che ci frenava dal compiere quel passo importante, a cui mi ero opposta fino a un attimo prima, erano due sottili pezzi di stoffa.

Travis mi girò e mi spinse contro il muro. I nostri sguardi s'incontrarono e nel suo colsi una certa sofferenza mentre osservava la mia pelle nuda. Lo avevo visto tante volte squadrare le donne, ma ora era diverso: non voleva conquistarmi, voleva che dicessi di sì.

Si chinò per baciarmi, fermandosi a un paio di centimetri soltanto dal mio viso. Sentivo il suo calore sulle labbra e dovetti controllarmi per non attirarlo a me. Le sue mani premevano contro la mia carne, poi sfiorarono l'orlo delle mutandine. Spostò gli indici verso i fianchi e li infilò tra il pizzo e il mio corpo. Proprio quand'era sul punto di sfilarmi quel triangolino di tessuto, esitò. Aprii la bocca per dirgli di sì, ma lui chiuse gli occhi.

«Non così», sussurrò sfiorandomi le labbra con le sue. «Ti voglio, ma non così.»

Arretrò incespicando, cadde sul letto di schiena e io rimasi per un istante in piedi con le braccia incrociate sul petto. Quando il suo respiro si placò, mi infilai la maglietta che avevo ancora in mano. Travis non si mosse. Inspirai lentamente, sapendo che non sarei riuscita a fermare nessuno dei due se mi fossi stesa sul letto e lui si fosse svegliato con intenti tutt'altro che onorevoli.

Mi precipitai verso la poltrona e mi ci buttai sopra, coprendomi la faccia con le mani. Ero in preda a una frustrazione incredibile. Parker se n'era andato offeso, Travis aveva aspettato che frequentassi qualcuno – qualcuno che mi piaceva davvero – per mostrare interesse nei miei confronti, eppure sembrava fossi l'unica ragazza con cui non riusciva ad andare a letto, neanche quand'era ubriaco fradicio.

Il mattino dopo mi versai del succo d'arancia e ne bevvi un sorso ascoltando musica dall'iPod. Mi ero svegliata prima dell'alba e rigirata sulla poltrona fino alle otto. Dopo, per passare il tempo, in attesa che i miei compagni meno intraprendenti si alzassero, avevo deciso di pulire la cucina. Caricai la lavastoviglie, spazzai il pavimento, strofinai i ripiani. Quando fu talmente pulita da brillare, presi la cesta della biancheria pulita e mi sedetti sul divano a piegarla, ritrovandomi ben presto circondata da pile di vestiti.

D'un tratto dalla stanza di Shepley sentii un mormorio. America rise, poi per qualche altro istante ci fu silenzio, seguito da rumori che mi misero un po' in imbarazzo mentre me ne stavo lì, da sola in soggiorno.

Riposi i vestiti piegati nella cesta e li portai nella stanza di Travis. Sorrisi notando che non si era mosso dalla posizione in cui era crollato la sera prima. Lo coprii con il lenzuolo, soffocando una risatina quando si girò.

«Guarda, Pigeon», disse bofonchiando anche qualcosa di indecifrabile prima che il suo respiro tornasse lento e profondo.

Non potei fare a meno di osservarlo dormire. Sapendo che sognava di me, sentii un brivido inspiegabile in tutto il corpo. Travis parve sprofondare di nuovo in un sonno tranquillo, perciò decisi di farmi una doccia, sperando che il rumore placasse sia i gemiti di Shepley e America sia i cigolii e i colpi del letto contro la parete. Quando chiusi l'acqua, mi resi conto che non erano affatto preoccupati che qualcuno li sentisse.

Mi pettinai e alzai gli occhi al cielo sentendo i gridolini acuti di America: ricordava più un barboncino che una pornostar. In quel momento suonò il campanello. Strinsi la cintura del mio accappatoio blu di spugna e attraversai in fretta il soggiorno. I rumori nella camera di Shepley cessarono all'istante. Aprii la porta e mi ritrovai davanti il volto sorridente di Parker.

«Buongiorno», esclamò.

Mi passai le dita tra i capelli bagnati. «Parker...»

«Non mi è piaciuto come ci siamo salutati ieri sera. Stamattina sono uscito a prenderti il regalo di compleanno e non potevo aspettare per dartelo. Quindi», disse estraendo una scatola lucida dalla tasca della giacca, «buon compleanno, Abs.»

Mi mise il pacchetto argentato in mano e io lo baciai sulla guancia. «Grazie.»

«Forza. Voglio vedere la tua faccia quando lo apri.»

Infilai il dito sotto il nastro sul fondo della scatola, tolsi la carta e gliela porsi. Incastonata in un braccialetto d'oro bianco, c'era una fila luccicante di diamanti.

«Parker», sussurrai.

Lui s'illuminò. «Ti piace?»

«Sì», risposi avvicinandolo sgomenta al viso, «ma è troppo. Non potrei accettarlo neanche se ci frequentassimo da un anno, figuriamoci da una settimana.»

Fece una smorfia. «Immaginavo che lo avresti detto. Stamattina ho cercato dappertutto il regalo perfetto per il tuo compleanno e, quando ho visto questo, ho capito che poteva appartenere a una persona soltanto», affermò allacciandomelo al polso. «E avevo ragione. Su di te è favoloso.»

Sollevai il polso e scossi la testa, ipnotizzata dalla brillantezza dei colori riflessi. «È la cosa più bella che abbia mai visto. Nessuno mi ha mai dato qualcosa di così...» – mi venne in mente la parola «costoso» ma mi frenai – «raffinato. Non so che dire.»

Lui scoppiò a ridere e mi baciò sulla guancia. «Di' che lo metterai domani.»

«Lo metterò domani», esclamai guardandomi il polso.

«Sono contento ti piaccia. L'espressione che hai sul viso vale i sette negozi che ho girato.»

Sospirai. «Hai girato sette negozi?» Lui annuì e gli presi il volto fra le mani. «Grazie. È perfetto», affermai baciandolo rapidamente.

Parker mi strinse forte. «Devo andare. Pranzo con i miei ma ti chiamerò dopo, okay?»

«Okay. Grazie!» gridai guardandolo trotterellare giù per le scale.

Mi precipitai in casa, incapace di distogliere lo sguardo dal polso.

«Santo cielo, Abby!» esclamò America afferrandomi la mano. «Dove lo hai preso?»

«Me lo ha dato Parker. È il mio regalo di compleanno.»

America guardò inebetita me e poi il braccialetto. «Ti ha regalato un braccialetto di diamanti? Dopo una settimana?

Se non sapessi come stanno davvero le cose, direi che tu ce l'abbia magica!»

Scoppiai in una fragorosa risata, che contagiò subito America. Shepley emerse dalla camera con un'espressione stanca e soddisfatta. «Ehi, svitate, che avete da urlare?»

America mi sollevò il polso. «Guarda! Il regalo di compleanno di Parker.»

Shepley socchiuse gli occhi e un attimo dopo li spalancò. «Uau.»

Travis spuntò incespicando in soggiorno con un'aria un po' pesta. «Ragazzi, fate proprio un bel casino», gemette abbottonandosi i jeans.

«Scusa», dissi liberandomi dalla presa di America. In quel momento ripensai a cos'era quasi accaduto la sera prima, e mi sembrò di non poterlo più guardare negli occhi.

Travis tracannò il resto del mio succo d'arancia e si asciugò la bocca con il dorso della mano. «Chi diavolo mi ha lasciato bere tanto ieri sera?»

America sogghignò. «Hai fatto tutto da solo. Sei uscito e ti sei comprato una bottiglia dopo che Abby se n'era andata con Parker. Quando è tornata, te l'eri scolata tutta.»

«Maledizione», commentò scuotendo la testa. «Ti sei divertita?» mi chiese guardandomi.

«Parli sul serio?» ribattei senza riflettere, lasciando trasparire la mia rabbia.

«Che c'è?»

America scoppiò a ridere. «L'hai trascinata fuori dall'auto di Parker, hai visto rosso quando li hai scoperti che pomiciavano come due liceali. Finestrini appannati eccetera!»

Lo sguardo di Travis si fece assente mentre cercava di recuperare i ricordi della sera precedente. Mi sforzai di mantenere il controllo. Se non ricordava di avermi trascinata fuori dall'auto, non ricordava neanche quanto fossi stata vicina a offrirgli la mia verginità su un piatto d'argento.

«Quanto sei incazzata?» domandò in un sussurro.

«Parecchio.» Ma ero più arrabbiata per il fatto che i miei sentimenti non avessero niente a che fare con Parker. Mi strinsi nell'accappatoio e imboccai il corridoio. Sentii alle mie spalle i passi di Travis.

«Pidge», esclamò quando gli sbattei la porta in faccia. La aprì piano e mi si parò davanti, pronto a subire la mia collera.

«Ricordi qualcosa di quello che mi hai detto ieri sera?»

«No. Perché? Sono stato cattivo?» Nei suoi occhi arrossati vidi la sua preoccupazione, il che non fece che aumentare la mia rabbia.

«No, non sei stato cattivo! Tu... noi...» Mi coprii gli occhi con le mani e un istante dopo sentii la sua mano sul polso.

«Da dove viene questo?» fece guardando torvo il mio braccialetto.

«È mio», risposi scostando la mano.

«Non te l'ho mai visto prima. Sembra nuovo.»

«Lo è.»

«Dove lo hai preso?»

«Me lo ha dato Parker un quarto d'ora fa», risposi guardandolo passare dalla perplessità alla furia.

«Che cazzo ci faceva qui quello stronzo? Si è fermato a dormire?» domandò alzando un po' di più la voce a ogni domanda.

Incrociai le braccia. «Stamattina è andato in cerca del mio regalo di compleanno e me l'ha portato.»

«Non è ancora il tuo compleanno.» Divenne paonazzo mentre cercava di controllare la collera.

«Non poteva aspettare», risposi sollevando fiera e caparbia il mento.

«Non mi stupisce che abbia dovuto trascinarti fuori dalla sua macchina, pare proprio che tu...» S'interruppe, stringendo le labbra.

Socchiusi gli occhi. «Cosa? Finisci la frase.»

Contrasse la mascella e fece un profondo respiro. «Niente. Sono incazzato e stavo per dire qualcosa di brutto, che non penso.»

«Prima non ti trattenevi mai.»

«Lo so. Ci sto lavorando», rispose dirigendosi verso la porta. «Ti lascio vestire.»

Raggiunta la maniglia, si fermò e si sfregò il braccio. Non

appena le dita toccarono la chiazza violacea che aveva sotto la pelle, Travis sollevò il gomito e notò il livido. Lo fissò per un istante e si voltò verso di me.

«Ieri sera sono caduto sulle scale. E tu mi hai aiutato ad andare a letto...» disse, passando al vaglio le immagini confuse nella sua mente.

Il cuore mi martellò nel petto e deglutii con forza quando capii che stava ricordando. Socchiuse gli occhi. «Noi...» fece avvicinandosi di un passo, guardando prima l'armadio e poi il letto.

Scossi la testa. «No. Non è successo niente.»

Trasalì mentre riviveva i fatti. «Voi appannate i finestrini, io ti tiro fuori dall'auto e cerco di...» continuò scuotendo la testa. Si voltò verso la porta e afferrò la maniglia con le nocche tutte bianche. «Mi stai trasformando in un fottuto psicopatico, Pigeon», grugnì al di sopra della spalla. «Non penso in modo lucido quando ti sto vicino.»

«Allora è colpa mia?»

Si girò. Il suo sguardo si spostò dal mio volto all'accappatoio, alle gambe, ai piedi, per tornare infine a fissarmi negli occhi. «Non lo so. Ho la mente un po' appannata... ma non ricordo che tu abbia detto di no.»

Feci un passo in avanti, pronta a replicare a quella piccola, irrilevante affermazione, ma non ci riuscii. Aveva ragione. «Che cosa vuoi che dica, Travis?»

Lui fissò il braccialetto e quindi me con aria accusatoria. «Speravi che non ricordassi?»

«No! Ero incazzata all'idea che te ne fossi dimenticato!»

Mi trafisse con i suoi occhi castani. «Perché?»

«Perché se io avessi... se noi avessimo... e tu non... Non so perché! Lo ero e basta!»

Si precipitò al centro della stanza, si fermò a pochi centimetri da me e mi prese il volto fra le mani. Il suo respiro era affannoso. «Che stiamo combinando, Pidge?»

Dalla cintura, il mio sguardo si spostò sui muscoli e sui tatuaggi del petto per posarsi sul nocciola caldo delle sue iridi.

«Dimmelo tu.»

7.
DICIANNOVE

«Abby?» mi chiamò Shepley bussando alla porta. «Mare va a fare spese e chiede se vuoi andare con lei.»

Travis mi stava ancora guardando negli occhi. «Pidge?»

«Sì», dissi a Shepley, «ho alcune commissioni da fare.»

«Va bene, allora le dico di aspettarti», rispose e i suoi passi si allontanarono in corridoio.

«Pidge?»

Presi quello che mi serviva dall'armadio. «Possiamo parlarne più tardi? Oggi ho molto da fare.»

«Certo», disse con un sorriso forzato.

Scappare in bagno fu un sollievo. Chiusi svelta la porta alle mie spalle. Mi restavano due settimane da trascorrere in quell'appartamento e non c'era modo di rimandare il discorso, almeno non a lungo. La parte razionale del mio cervello mi ripeteva che Parker era il mio tipo: affascinante, intelligente, interessato a me. Perché mi preoccupassi tanto per Travis, proprio non riuscivo a capirlo. Ma indipendentemente dal motivo, era una situazione che stava portando entrambi alla follia. Ero divisa in due: una Abby arrendevole e educata con Parker, una arrabbiata, confusa e frustrata con Travis. L'intera scuola aveva visto Travis trasformarsi da imprevedibile a spaventosamente irascibile.

Mi vestii in fretta lasciando Travis e Shepley a casa per andare in centro con America. Lei mi raccontò divertita della sua mattinata piccante con Shepley e io ascoltai, annuendo puntualmente quand'era opportuno. Era però difficile concentrarsi sul discorso mentre i diamanti del bracciale proiettavano puntini di luce sul tettuccio dell'auto, ricordandomi la scelta che dovevo affrontare. Travis voleva una risposta e io non ce l'avevo.

«Che c'è, Abby? Sei silenziosa.»

«Questa storia con Travis è... un bel casino.»

«Perché?» domandò. I suoi occhiali da sole si mossero quando arricciò il naso.

«Mi ha chiesto che cosa stiamo combinando.»

«Come sarebbe? Tu stai con Parker, no?»

«Mi piace, ma è passata solo una settimana. Non facciamo sul serio.»

«Provi qualcosa per Travis, vero?»

Scossi la testa. «Non so che cosa provo per lui. È solo che non vedo alcuna possibilità, Mare. È una persona troppo complicata.»

«Nessuno dei due si fa avanti e lo dice, è questo il problema. Avete talmente tanta paura di quello che potrebbe accadere che vi difendete con le unghie e con i denti. So con certezza che se lo guardassi negli occhi e gli dicessi che lo vuoi, non poserebbe più lo sguardo su nessun'altra donna.»

«Lo sai con certezza?»

«Sì. Parlo con cognizione di causa.»

Tacqui per un istante. Travis aveva parlato di me a Shepley, ma lui non avrebbe mai incoraggiato una nostra relazione discutendone con America. Sapeva che me lo avrebbe riferito. La conclusione dunque era una sola: America aveva sentito i loro discorsi. Avrei voluto chiederle che cosa si erano detti, ma pensai non fosse il caso.

«Finirebbe per spezzarmi il cuore, lo so», osservai scuotendo la testa. «Non credo riesca a essere fedele.»

«Non riusciva neanche a essere amico di una donna, eppure avete sconvolto l'intera Eastern.»

Presi a giocherellare con il braccialetto e sospirai. «Non lo so. Non m'importa di come stanno le cose. Possiamo essere soltanto amici.»

Lei negò con un cenno. «Tranne per il fatto che non siete soltanto amici. Sai cosa? Basta parlare, ora pensiamo ai tuoi capelli. Poi ti comprerò un vestito nuovo per il compleanno.»

«Credo sia proprio quello che mi ci vuole.»

Dopo ore di manicure, pedicure, fon, cerette e incipriate mi infilai le scarpe gialle lucide con il tacco alto e il mio nuovo vestito verde.

«Questa è la Abby che conosco e adoro!» America rise di fronte al mio look. «Devi vestirti così alla festa di domani.»

«Non era questo il piano?» ribattei con un sorrisetto furbo. In quell'istante mi squillò il cellulare in borsa. «Pronto?» dissi accostandolo all'orecchio.

«È ora di cena! Dove diavolo siete finite?» chiese Travis.

«Ci siamo fatte coccolare un po'. Prima che arrivassimo noi, tu e Shep sapevate come cucinare una cena. Sono sicura che ve la caverete.»

«Be', grazie tante. Eravamo preoccupati.»

Guardai America e sorrisi. «Stiamo bene.»

«Digli che ti riporterò a casa in men che non si dica. Devo solo fermarmi da Brazil a prendere degli appunti per Shep.»

«Hai sentito?» chiesi a Travis.

«Sì. Ci vediamo allora, Pidge.»

Andammo da Brazil in silenzio. America spense il motore e fissò il palazzo di fronte a noi. Mi stupiva che Shepley le avesse chiesto di passare di lì in macchina; eravamo a un isolato soltanto dall'appartamento.

«Che c'è che non va, Mare?»

«Brazil mi dà i brividi. L'ultima volta che sono stata qui con Shep, non ha fatto che flirtare con me.»

«Be', ti accompagno. Se solo ammicca, gli cavo un occhio con il tacco, d'accordo?»

Lei sorrise e mi abbracciò. «Grazie, Abby!»

Raggiungemmo il retro dell'edificio e America fece un profondo respiro prima di bussare. Aspettammo ma non venne nessuno ad aprire.

«Penso non ci sia», osservai.

«C'è», disse irritata. Pestò il pugno sul legno e a quel punto la porta si spalancò.

«BUON COMPLEANNO!» gridò una folla all'interno.

Il soffitto era tutto rosa e nero, tappezzato di palloncini ornati di fili d'argento che pendevano sui volti dei presenti. Travis li scostò e si avvicinò con un bel sorriso. Mi baciò sulle guance e sulla fronte. «Buon compleanno, Pigeon.»

«Ma è domani!» esclamai. Ancora sconvolta, cercai di sorridere a tutti.

Lui alzò le spalle. «Be', visto che c'è stata una soffiata, abbiamo dovuto fare qualche cambiamento all'ultimo minuto. Sorpresa?»

«Molto!» risposi mentre Finch mi abbracciava.

«Buon compleanno, tesoro!» disse baciandomi sulle labbra.

America mi diede un colpetto con il gomito. «È stato un bene che ti abbia convinta a fare spese con me, altrimenti saresti arrivata qui conciata da schifo!»

«Sei splendida», esclamò Travis osservando il vestito.

Brazil mi abbracciò e premette la guancia sulla mia. «E spero abbia capito che la storia di America sul fatto che le do i brividi era solo un pretesto per trascinarti qui.»

Guardai la mia amica, che scoppiò a ridere. «Mi sembra abbia funzionato, no?»

Quando tutti mi ebbero abbracciata e fatto gli auguri, mi accostai al suo orecchio. «Dov'è Parker?»

«Verrà più tardi», mormorò. «Shepley è riuscito a sentirlo per telefono solo questo pomeriggio.»

Brazil alzò il volume dello stereo e tutti esultarono. «Vieni qui, Abby!» disse andando in cucina. Allineò vari bicchierini sul banco e prese una bottiglia di tequila dal bar. «Buon compleanno dalla squadra di football, piccola.» Sorrise e riempì ogni bicchierino di Patrón fino all'orlo. «Noi festeggiamo così: compi diciannove anni, hai diciannove bicchierini. Più ne bevi, più guadagni», spiegò allargando a ventaglio una serie di banconote da venti dollari.

«Oh mio Dio!» strillai.

«Bevi, Pidge!» mi incoraggiò Travis.

Guardai sospettosa Brazil. «Guadagno venti dollari per ogni bicchierino che bevo?»

«Esatto, e presto ti vedremo sbronza. A giudicare dalla tua corporatura, direi che alla fine della serata ce la caveremo con una perdita di sessanta dollari.»

«Pensaci bene», risposi afferrando il primo. Lo portai alle labbra, piegai la testa all'indietro e lo svuotai con un sorso, poi lo lasciai cadere, afferrandolo a mezz'aria.

«È davvero uno spreco, Brazil», osservai pulendomi la bocca. «Dovresti usare la Cuervo, non la Patrón.»

Il sorriso compiaciuto gli svanì dal volto. Scosse la testa e scrollò le spalle. «Allora forza. I portafogli di dodici giocatori di football dicono che non arriverai a dieci.»

Socchiusi gli occhi. «Raddoppiate la somma, oppure ne berrò quindici.»

«Uau!» esclamò Shepley. «Non ti è permesso finire in ospedale il giorno del tuo compleanno, Abby!»

«Può farcela», disse America fissando Brazil.

«Quaranta dollari a bicchiere?» fece lui dubbioso.

«Hai paura?» chiesi.

«Diamine, no! Te ne darò venti a bicchierino, e quando arriverai a quindici raddoppierò il totale.»

«In Kansas si festeggia così!» dissi tracannandone un altro.

Un'ora e cinque bicchierini più tardi ero in soggiorno a ballare con Travis sulle note di un lento, mentre lui mi cantava le parole all'orecchio. Alla fine del primo ritornello mi fece fare un casqué e io allungai le braccia dietro di me. Mi risollevò e sospirai.

«Tra qualche bicchierino non potrai più farlo», esclamai ridacchiando.

«Ti ho già detto quanto sei bella stasera?»

Scossi la testa e lui mi abbracciò. Appoggiai la testa sulla sua spalla e Travis strinse la presa. Affondò il viso tra i miei capelli facendomi dimenticare qualsiasi decisione, qualsiasi braccialetto e qualsiasi doppia personalità. Ero esattamente dove volevo essere.

Quando la musica si fece più veloce, la porta si aprì.

«Parker! Ce l'hai fatta!» Corsi ad abbracciarlo.

«Scusa il ritardo, Abs», affermò dandomi un rapido bacio sulle labbra. «Buon compleanno.»

«Grazie», risposi vedendo con la coda dell'occhio Travis che ci fissava.

Parker mi sollevò il polso. «Lo hai messo.»

«Te l'avevo detto. Vuoi ballare?»

Lui fece cenno di no. «Uh... non ballo.»

«Oh. Vuoi assistere mentre bevo il sesto bicchierino di Patrón?» Sorrisi sollevando i cinque biglietti da venti.

«È un po' rischioso, non credi?»

Mi avvicinai al suo orecchio. «Li sto imbrogliando alla grande. Faccio questo gioco con mio padre da quando ho sedici anni.»

«Oh», esclamò accigliandosi in segno di disapprovazione. «Bevevi tequila con tuo papà?»

Alzai le spalle. «Era il suo modo di instaurare un legame con me.»

Parker non parve colpito e scrutò la folla. «Non posso restare molto. Domani parto presto per una battuta di caccia con mio padre.»

«Allora è un bene che la festa sia stasera, domani non ce l'avresti fatta», risposi sorpresa dai suoi programmi.

Lui sorrise e mi prese la mano. «Sarei tornato in tempo.»

Lo portai in cucina, scolai un altro bicchierino e lo sbattei capovolto sul bancone. Brazil mi porse un altro biglietto da venti e io tornai in soggiorno. Travis mi afferrò e danzammo insieme ad America e Shepley.

Shepley mi diede una pacca sul sedere. «Uno!»

America lo imitò e fu seguita da tutti gli altri, tranne Parker.

Arrivati al numero diciannove, Travis si sfregò le mani. «Tocca a me!»

Mi accarezzai il posteriore dolente. «Fa' piano!» protestai.

Con un sorrisetto malizioso alzò la mano. Chiusi gli occhi per un istante, in attesa che mi colpisse, ma il suo tocco fu gentile.

«Diciannove!» esclamò.

Gli invitati esultarono e America si lanciò in una versione alcolica di *Buon compleanno*. Mi venne da ridere quando, al momento di dire il mio nome, l'intera stanza gridò: «Pigeon!».

Subito dopo, partì un altro lento, e Parker mi trascinò in pista. Non impiegai molto a capire perché non ballasse.

«Scusa», disse dopo avermi pestato i piedi per la terza volta.

Gli posai la testa sulla spalla. «Vai benone», mentii.
Un istante dopo mi sussurrò: «Cosa fai lunedì sera?».
«Vengo a cena con te?»
«Sì. Nel mio nuovo appartamento.»
«L'hai trovato!»
Lui rise annuendo. «Però ordiniamo qualcosa. La mia cucina non è esattamente commestibile.»
«Va benissimo», affermai con un sorriso.
Si guardò intorno, mi portò in corridoio. Lì mi spinse delicatamente contro il muro e mi baciò con le sue labbra morbide. Le sue mani erano dappertutto. All'inizio mi piacque ma, quando mi infilò la lingua in bocca, ebbi la netta sensazione che ci fosse qualcosa di sbagliato.
«Okay Parker», dissi scostandomi da lui.
«Va tutto bene?»
«Sì, ma penso sia maleducato appartarmi con te in un angolo buio visto che di là ci sono degli ospiti.»
Lui sorrise e mi baciò di nuovo. «Hai ragione, scusami. Volevo solo darti un memorabile bacio di buon compleanno prima di andare.»
«Te ne vai?»
Mi sfiorò la guancia. «Devo svegliarmi tra quattro ore, Abs.»
Strinsi le labbra. «D'accordo. Ci vediamo lunedì?»
«Ci vediamo domani. Passerò da te quando torno.»
Mi condusse alla porta e prima di uscire mi diede un bacio sulla guancia. Notai che Shepley, America e Travis mi stavano fissando.
«Paparino se n'è andato!» urlò Travis non appena la porta si chiuse. «Che la festa abbia inizio!»
Mi condusse al centro della pista, tra le grida degli invitati.
«Aspetta... ho un impegno da rispettare», osservai portandolo in cucina. Mi scolai l'ennesimo bicchierino e risi vedendo Travis fare lo stesso. Ne presi un altro e lui pure.
«Ne restano ancora dieci, Abby», osservò Brazil porgendomi altri due biglietti da venti.
Mi pulii la bocca e Travis mi trascinò in soggiorno. Ballai con America e Shepley ma, quando Chris della squadra di football mi raggiunse, lui lo afferrò per la maglietta e scosse

la testa. Jenks fece spallucce e si girò, mettendosi a ballare con la prima ragazza che gli capitò.

Il dodicesimo bicchierino fece parecchio effetto. Mi sentivo un po' stordita mentre mi muovevo con America sul divano di Brazil come una goffa scolaretta. Ridevamo e agitavamo le braccia a ritmo di musica.

Incespicai e per poco non caddi, ma Travis fu pronto ad afferrarmi per i fianchi.

«Hai mantenuto la parola», esclamò. «Hai bevuto più di qualsiasi ragazza di nostra conoscenza. Ora però basta.»

«Col cavolo», biascicai. «Se arrivo a quindici sono seicento dollari in tutto che mi porto via! E proprio tu non mi puoi dire di non fare qualcosa di estremo per soldi.»

«Se sei così disperata, Pidge...»

«Non ho intenzione di chiederti prestiti», dissi con un sogghigno.

«Stavo per suggerirti di impegnare il braccialetto», replicò con un sorriso.

Gli diedi una pacca sul braccio proprio mentre America iniziava il conto alla rovescia per la mezzanotte. Quando scoccò, partirono grida e applausi.

Avevo diciannove anni.

America e Shepley mi baciarono sulle guance, poi Travis mi prese tra le braccia facendomi fare una piroetta.

«Buon compleanno, Pigeon», mi disse con aria dolce.

Per un istante mi persi nei suoi caldi occhi nocciola. Mentre ci guardavamo, talmente vicini che sentivo il suo respiro sulla pelle, il tempo si fermò.

«I bicchierini!» esclamai incespicando fino al banco della cucina.

«Sei sbronza, Abby. Penso sia ora di andare a casa», suggerì Brazil.

«Non sono una che molla», replicai. «Voglio i miei soldi.»

Lui mise un biglietto da venti sotto gli ultimi bicchierini e gridò ai compagni: «Ha intenzione di berli! Fuori i soldi, ragazzi». Tutti gemettero con aria sconsolata ma presero i portafogli e impilarono una serie di banconote da venti dietro all'ultimo bicchierino. Travis si era scolato gli altri quattro dalla parte opposta.

«Non avrei mai creduto di perdere cinquanta dollari scommettendo contro una ragazza», si lamentò Chris.

«Credici, invece, Jenks», replicai prendendo un bicchierino per mano.

Li buttai giù e attesi che la nausea si placasse.

«Pigeon?» esclamò Travis facendo un passo nella mia direzione.

Alzai un dito e Brazil sorrise. «Perderà», disse.

«No», ribatté America scuotendo la testa. «Fa' un respiro profondo, Abby.»

Chiusi gli occhi e inspirai alzando l'ultimo.

«Santo Dio, Abby! Andrai in coma etilico!» gridò Shepley.

«Ce la fa», lo rassicurò America.

Rovesciai il capo e lasciai che la tequila mi scorresse giù per la gola. Labbra e denti erano insensibili dal lontano bicchierino numero otto. L'intera sala proruppe in urla e fischi e Brazil mi porse i soldi.

«Grazie», dissi fiera infilandomeli nel reggiseno.

«In questo momento sei incredibilmente sexy», mi bisbigliò Travis all'orecchio mentre tornavamo in soggiorno.

Ballammo fino al mattino e la tequila che mi scorreva nelle vene mi fece scivolare nell'oblio.

8.
VOCI

Quando infine aprii gli occhi, vidi che il mio cuscino era fatto di denim e gambe. Travis era seduto con la schiena contro la vasca e la testa appoggiata al muro, completamente andato. Sembrava pesto quanto me. Scostai la coperta che avevo addosso, mi alzai e restai senza fiato vedendo l'orrendo riflesso nello specchio sopra il lavandino.

Sembravo uno zombi: il mascara colato, i segni neri delle lacrime sulle guance, il rossetto sbavato e l'acconciatura disfatta.

Travis era circondato da lenzuola, asciugamani e coperte. Aveva creato un giaciglio improvvisato mentre rigettavo i quindici bicchierini di tequila. Mi aveva tenuto i capelli mentre stavo china sul water ed era rimasto con me tutta la notte.

Aprii il rubinetto e misi la mano sotto l'acqua finché raggiunse la temperatura giusta. Mi sciacquai la faccia e sentii un gemito levarsi dal pavimento. Travis si mosse, si sfregò gli occhi e si stirò, poi guardò al suo fianco e sussultò confuso.

«Sono qui», dissi. «Perché non vai a letto e dormi un po'?»

«Tu stai bene?» chiese sfregandosi ancora gli occhi.

«Sì, sto bene. Insomma, tutto considerato. Starò meglio quando mi sarò fatta una doccia.»

Lui si alzò. «Per tua informazione, ieri sera mi hai portato via il mio assurdo titolo. Non so da dove abbia origine tutto questo, ma non voglio che tu lo rifaccia.»

«In sostanza dall'ambiente in cui sono cresciuta, Trav. Niente di importante.»

Mi prese il mento fra le mani e con i pollici mi tolse i residui di mascara da sotto gli occhi. «Per me invece lo è.»

«Okay, non lo rifarò. Contento?»

«Sì. Devo dirti una cosa, ma devi promettermi di non farti prendere dal panico.»

«Oddio, che ho fatto?»

«Niente, ma devi chiamare America.»

«Dov'è?»

«Alla Morgan. Ieri sera ha litigato con Shep.»

Feci in fretta la doccia e afferrai gli abiti che Travis mi aveva lasciato sul lavandino. Quando uscii dal bagno, trovai lui e Shepley seduti in soggiorno.

«Cosa le hai fatto?» chiesi severa.

Shepley sembrava afflitto. «È proprio incazzata.»

«Che cos'è successo?»

«Ero furioso perché ti aveva incoraggiato a bere così tanto. Pensavo che saresti finita in ospedale. Senza neanche che me ne accorgessi, ci siamo messi a urlare. Eravamo tutte e due sbronzi, Abby. Ho detto cose terribili», ammise scuotendo la testa, con lo sguardo fisso a terra.

«Per esempio?» indagai arrabbiata.

«L'ho chiamata in modi di cui non vado fiero e le ho detto di andarsene.»

Afferrai la borsa. «L'hai lasciata andare via ubriaca? Sei deficiente?»

«Calma, Pidge. Sta già abbastanza male», disse Travis.

Pescai il cellulare dalla borsa e feci il numero di America.

«Pronto?» Aveva una voce terribile.

«Ho appena saputo», feci con un sospiro. «Stai bene?» Mi spostai in corridoio per avere un po' di privacy ma mi voltai per lanciare un'occhiataccia a Shepley.

«Sto bene. È un coglione.» Nonostante quelle parole dure, sentivo il dolore nella sua voce. America era bravissima a nascondere i suoi sentimenti. Riusciva a ingannare tutti, tranne me.

«Mi spiace di non essere venuta con te.»

«Eri fuori combattimento, Abby», replicò brusca.

«Perché non vieni a prendermi? Possiamo parlare un po'.»

Lei sospirò. «Non lo so. Non ho proprio voglia di vederlo.»

«Gli dirò di restare in casa.»

Dopo un lungo silenzio udii un tintinnio di chiavi in sottofondo. «D'accordo. Arrivo subito.»

Andai in soggiorno e Shepley si protese sul divano.

«Viene qui?»

«Non vuole vederti, Shep. Le ho detto che saresti rimasto in casa.»

Lui sospirò e si accasciò sul cuscino. «Mi odia.»

«Le parlerò, ma tu preparati delle scuse con i fiocchi.»

Dieci minuti dopo, sentii il clacson e uscii. Quando arrivai ai piedi delle scale, Shepley mi superò di corsa: puntò dritto alla Honda rossa di America e si chinò davanti al finestrino. Mi bloccai e vidi che lei continuava a fissare davanti a sé, ignorandolo. Poi abbassò il finestrino, Shepley sembrò darle qualche spiegazione e ripresero a litigare. Rientrai per lasciarli soli.

«Pigeon?» fece Travis scendendo velocemente le scale.

«Non promette niente di buono.»

«Lascia che se la sbrighino. Vieni dentro», esclamò intrecciando le dita con le mie e conducendomi di nuovo in casa.

«È una cosa così grave?» chiesi.

Lui annuì. «Abbastanza... Stanno uscendo dalla fase della luna di miele. Ma sono sicuro che troveranno una soluzione.»

«Per qualcuno che non ha mai avuto una fidanzata, sembri molto esperto di relazioni di coppia.»

Sorrise. «Ho quattro fratelli e molti amici.»

Poco dopo Shepley rientrò sbattendo la porta. «Quella ragazza è impossibile, cazzo!»

Baciai Travis sulla guancia. «Ora tocca a me.»

«Buona fortuna», esclamò.

Mi sistemai sul sedile del passeggero accanto ad America e lei sbuffò. «Quel ragazzo è impossibile, cazzo!»

Ridacchiai, ma lei mi guardò torva. «Scusa», dissi sforzandomi di tornare seria.

Partimmo per fare un giro e America urlò, pianse e urlò ancora un po'. Ogni tanto si lanciava in un'invettiva contro Shepley, come se fosse seduto al mio posto. Io rimasi in silenzio e lasciai che si sfogasse.

«Mi ha detto che sono un'irresponsabile! Io! Come se non

ti conoscessi! Come se non ti avessi vista fregare a tuo padre centinaia di dollari e bere il doppio di lui. Non sa di che cavolo parla! Non sa com'era la tua vita! Non sa quello che so io e si comporta come se io fossi sua figlia, non la sua ragazza!» Posai una mano sulle sue ma lei si ritrasse. «Credeva saresti stata la causa della nostra rottura, e invece ha finito per fare tutto da sé. E già che ci siamo, cos'era quel numero con Parker ieri sera?»

Quel cambiamento improvviso di argomento mi colse alla sprovvista. «Che intendi?»

«Travis ti ha organizzato la festa, e tu te la fai con Parker. Poi mi chiedi perché tutti parlano di te!»

«Aspetta un attimo! Ho detto a Parker che non dovevamo appartarci. Che importanza ha se la festa l'ha organizzata Travis? Non sto con lui!»

America guardò davanti a sé sbuffando.

«D'accordo, Mare. Che c'è? Adesso ce l'hai con me?»

«Non ce l'ho con te. È solo che non amo la compagnia degli idioti.»

Scossi la testa e mi morsi la lingua prima di dire qualcosa di cui mi sarei pentita. America aveva sempre avuto il dono di farmi sentire una merda, quando voleva.

«Ma non vedi quello che sta succedendo?» chiese. «Travis ha smesso di combattere. Non esce senza di te. Non ha portato più ragazze a casa dopo le gemelle, non ha ancora fatto fuori Parker e tu ti preoccupi perché dicono che stai con entrambi. Sai perché, Abby? Perché è la verità!»

Mi girai lentamente verso di lei, lanciandole l'occhiata più truce di cui ero capace. «Che diavolo ti ha preso?»

«Esci con Parker e sei tanto felice», continuò beffarda. «Allora perché non stai alla Morgan?»

«Perché ho perso la scommessa, lo sai!»

«Ma per favore, Abby! Ripeti che Parker è perfetto, passi serate splendide con lui, gli parli per ore al telefono e poi dormi ogni notte con Travis! Non capisci cosa non va in questa situazione? Se Parker ti piacesse davvero, adesso saresti alla Morgan.»

Digrignai i denti. «Sai che ho sempre onorato le scommesse, Mare.»
«È quello che pensavo», replicò lei stringendo forte il volante. «Travis è quello che vuoi, Parker quello di cui credi di avere bisogno.»
«Sembra così, ma...»
«Sembra così a tutti Abby! Perciò se non ti va quello che dicono di te, pensaci. Non è colpa di Travis. Ha fatto un cambiamento radicale per te. Tu raccogli i frutti e Parker si gode i benefici.»
«Una settimana fa volevi che facessi le valigie e tenessi Travis lontano da me! Ora lo difendi?»
«Abigail! Non lo difendo, stupida, mi preoccupo per voi! Siete pazzi l'uno dell'altra! Fate qualcosa!»
«Come puoi pensare che mi metta con lui?» gemetti. «Dovresti tenermi lontano da persone come lui!»
America socchiuse gli occhi. Stava chiaramente perdendo la pazienza. «Hai faticato tanto per separarti da tuo padre. È l'unica ragione per cui prendi in considerazione Parker! Lui è l'esatto contrario di Mick e pensi che Travis ti riporterà indietro al punto di partenza. Non è come tuo papà, Abby.»
«Non ho detto che lo sia, ma potrebbe spingermi a seguire le sue orme.»
«Travis non ti farebbe mai una cosa del genere. Stai sottovalutando quello che significhi per lui. Se solo gli dicessi...»
«No. Non ci siamo lasciate alle spalle tutto perché qui mi guardino come a Wichita. Concentriamoci sul problema più immediato. Shep ti sta aspettando.»
«Non voglio parlare di Shep», rispose rallentando al semaforo.
«Sta da cani, Mare. Ti ama.»
I suoi occhi si riempirono di lacrime e il labbro inferiore prese a tremare. «Non m'importa.»
«Invece sì.»
«Lo so», piagnucolò appoggiandosi alla mia spalla.
Pianse finché il semaforo scattò e a quel punto le diedi un bacio sulla testa. «È verde.»

Si raddrizzò e si soffiò il naso mentre ripartiva. «Prima sono stata molto crudele con lui. Non credo voglia parlarmi.»

«Ti parlerà. Sa che eri furiosa.»

America si asciugò le guance e guidò verso casa. Temevo di doverla convincere a rientrare con me, ma Shepley si precipitò giù per le scale prima ancora che spegnesse il motore.

Spalancò la portiera e la trascinò fuori. «Mi dispiace, tesoro. Avrei dovuto farmi gli affari miei. Io... ti prego, non andartene. Non so che farei senza di te.»

America gli prese il viso tra le mani e sorrise. «Sei un bastardo arrogante, ma ti amo lo stesso.»

Shepley la coprì di baci come se non la vedesse da mesi e io sorrisi. Travis era sulla soglia e mi abbracciò quando entrai.

«E vissero felici e contenti», esclamò chiudendo la porta.

Crollai sul divano e lui si sedette accanto a me, facendomi stendere le gambe sulle sue ginocchia.

«Cosa vuoi fare oggi, Pidge?»

«Dormire. O riposare...»

«Non posso darti prima il regalo?»

Gli diedi uno spintone sulla spalla. «Non ci credo! Mi hai preso un regalo?»

Le sue labbra si piegarono in un sorriso nervoso. «Non è un braccialetto di diamanti, ma ho pensato potesse piacerti.»

«Mi piacerà di sicuro.»

Mi scostò le gambe e scomparve nella stanza di Shepley. Restai perplessa quando lo udii mormorare, poi tornò con una scatola tra le mani. La posò ai miei piedi e si accovacciò sul pavimento.

«Sbrigati, voglio che sia una sorpresa», esclamò sorridendo.

«Devo sbrigarmi?» chiesi confusa mentre sollevavo il coperchio.

Rimasi a bocca aperta quando due grandi occhi scuri mi fissarono.

«Un cucciolo?!» strillai infilando le mani nella scatola. Accostai il cagnolino dal pelo nero e ispido al viso e lui mi leccò subito le guance.

Travis s'illuminò, esultante. «Ti piace?»

«Lo adoro! Mi hai preso un cucciolo!»

«È un Cairn Terrier. Ho fatto tre ore di strada per andare a prenderlo, giovedì dopo la lezione.»

«Allora, quando hai detto che andavi con Shepley a portare la macchina dal meccanico...»

Annuì. «...Siamo andati a prendere il tuo regalo.»

«Non sta fermo un minuto!» osservai ridendo.

«Ogni ragazza del Kansas ha bisogno di un Toto», affermò Travis accarezzando la palla di pelo che tenevo in grembo.

«Assomiglia proprio a Toto! Lo chiamerò così», esclamai facendo una smorfia al cucciolo che si agitava.

«Puoi tenerlo qui. Me ne occuperò io quando tornerai alla Morgan», disse lui con un mezzo sorriso, «ed è la garanzia che verrai a trovarmi.»

«Sarei tornata lo stesso, Trav.»

«Farei qualsiasi cosa per vedere sempre quel sorriso che ora hai sul volto.»

«Penso tu abbia bisogno di fare un pisolino, Toto. Sì, è proprio così», dissi dolcemente al cucciolo, cambiando discorso.

Travis annuì, si alzò e mi prese in braccio. «Allora andiamo.» Mi portò in camera, scostò le coperte e mi adagiò sul letto. Si allungò sopra di me per tirare le tende e si lasciò cadere sul cuscino.

«Grazie per essere restato con me ieri notte», dissi accarezzando il pelo del cucciolo. «Non c'era bisogno che dormissi per terra in bagno.»

«È stata una delle notti più belle della mia vita.»

Mi voltai per vedere la sua espressione. Quando notai che era serio, gli lanciai un'occhiata dubbiosa. «Perché hai dormito fra il water e la vasca su un pavimento duro e freddo di piastrelle con una scema che vomitava?»

«A dire il vero sono stato sveglio con te quando stavi male e ti ho visto addormentarti tra le mie braccia. Non è stato comodo e non ho chiuso occhio, ma ho festeggiato il tuo diciannovesimo compleanno con te, e da ubriaca sei davvero molto dolce.»

«Tra un conato e l'altro dovevo proprio essere affascinante.»

Lui mi attirò a sé accarezzando Toto, accoccolato contro

la mia spalla. «Sei l'unica donna che conosco che è fantastica anche quando è china sul water. Il che è tutto dire.»

«Grazie, Trav. Non ti costringerò più a farmi da baby-sitter.»

Lui si appoggiò sul cuscino. «Come vuoi. Ma nessuno sa tenerti i capelli bene come me.»

Risi e chiusi gli occhi, abbandonandomi al sonno.

«Alzati, Abby!» gridò America scuotendomi.

Toto mi leccò la guancia. «Arrivo! Arrivo!»

«Abbiamo lezione tra mezz'ora!»

Saltai giù dal letto. «Ho dormito... quattordici ore?!»

«Fatti subito una doccia! Se non sei pronta tra dieci minuti, me ne vado senza di te!»

«Non ho tempo di farmi la doccia!» replicai togliendomi gli abiti in cui avevo dormito.

Travis appoggiò la testa sulla mano e ridacchiò. «Voi ragazze siete ridicole. Non è la fine del mondo se tardate a lezione.»

«Per America sì. Lei non salta le lezioni e odia essere in ritardo», spiegai infilandomi jeans e maglietta.

«Lasciala andare. Ti accompagno io.»

M'infilai gli stivali saltellando. «Ho la borsa nella sua auto, Trav.»

«Come vuoi», fece con una scrollata di spalle. «Cerca solo di non ammazzarti per arrivare in tempo.» Sollevò Toto, e tenendolo sotto il braccio come una minuscola palla da football lo portò con sé in corridoio.

America mi spinse verso la porta e poi giù per le scale fino alla macchina. «Non posso credere che ti abbia regalato un cucciolo.»

«Non ho mai avuto un cane», replicai. «Sarà un'esperienza bellissima.»

America lanciò un'occhiata nello specchietto retrovisore mentre usciva dal parcheggio. Travis, in boxer e maglietta, con le braccia strette intorno al corpo per il freddo, stava guardando Toto che annusava una chiazza d'erba.

«Ma tu pensa», affermò scuotendo la testa, «Travis Maddox in versione mamma.»

«Toto è adorabile. Anche tu ti scioglieresti con lui.»
«Non puoi portarlo con te allo studentato, lo sai. Non credo che Travis ci abbia pensato.»
«Ha detto che lo terrà lui.»
Lei inarcò un sopracciglio. «Ma certo. Travis è previdente, questo glielo devo riconoscere», rispose scuotendo la testa mentre accelerava bruscamente.
Entrammo in aula un minuto prima che iniziasse la lezione. Smaltita l'adrenalina, mi sentii pervadere da un senso di pesantezza, conseguenza del coma in cui ero sprofondata dopo la festa. Alla fine dell'ora, America mi diede una gomitata e io la seguii in mensa.
Shepley ci venne incontro sulla porta e capii subito che qualcosa non andava.
«Mare», disse prendendola per un braccio.
Travis ci raggiunse correndo. Si mise le mani sui fianchi e boccheggiò finché non riprese fiato.
«Una folla di donne infuriate ti sta inseguendo?» chiesi scherzando.
Scosse la testa. «Stavo cercando di raggiungerti... prima che... entrassi», rispose affannato.
«Che succede?» domandò America a Shepley.
«Hanno messo in giro una voce», spiegò lui. «Tutti dicono che Travis si sia portato a casa Abby e... i particolari variano, ma è una cosa piuttosto brutta.»
«Cosa? Parli sul serio?» gridai.
America si spazientì. «Che t'importa, Abby? Sono settimane che tutti fanno congetture su te e Trav. Non è la prima volta che qualcuno vi accusa di andare a letto insieme.»
Travis e Shepley si scambiarono un'occhiata.
«Che c'è?» feci. «C'è qualcos'altro, vero?»
Shepley sospirò. «Dicono che tu sia andata a letto con Parker da Brazil e poi abbia permesso a Travis di portarti a casa, se capisci cosa intendo.»
Restai a bocca aperta. «Grande! Quindi adesso sono la sgualdrina dell'università?»
Travis si incupì e contrasse la mascella. «È colpa mia. Se si

trattasse di un altro, non direbbero cose simili su di te», dichiarò entrando in mensa con le mani chiuse a pugno.

America e Shepley lo seguirono. «Speriamo solo che nessuno sia tanto stupido da dirgli qualcosa», osservò lei.

«O da dirlo a Abby», aggiunse Shepley.

Travis non si sedette al solito posto di fronte a me, e rimase a rimuginare davanti al sandwich. Aspettai di incrociare il suo sguardo per rivolgergli un sorriso di conforto. Travis aveva la sua reputazione, certo, ma io avevo permesso a Parker di portarmi in corridoio.

Mentre lo fissavo, Shepley mi diede una gomitata. «È avvilito. Credo stia cercando di smontare le chiacchiere.»

«Non c'è bisogno che ti sieda laggiù, Trav. Vieni qui», dissi toccando il tavolo davanti a me.

«Ho saputo della tua fantastica festa di compleanno, Abby», fece Chris Jenks.

«Non cominciare Jenks», lo ammonì cupo Travis.

Chris ghignò. «Ho sentito che Parker è furioso. Ha detto di essere venuto da te ieri e che tu e Travis dormivate ancora.»

«Stavano facendo un pisolino», precisò acida America.

Il mio sguardo guizzò su Travis. «È venuto Parker?»

Lui si spostò sulla sedia, a disagio. «Stavo per dirtelo.»

«Quando?» chiesi bruscamente.

America si accostò al mio orecchio. «Parker aveva sentito le voci che giravano ed era venuto a parlarne con te. Ho cercato di fermarlo ma è arrivato in fondo al corridoio e... si è fatto un'idea completamente sbagliata.»

Appoggiai i gomiti sul tavolo e mi coprii la faccia con le mani. «Di bene in meglio.»

«Quindi non avete combinato niente voi due?» indagò Chris. «Accidenti, che peccato. E io che pensavo che Abby fosse giusta per te, Trav.»

«Piantala Chris», lo avvertì Shepley.

«Se non te la sei fatta, ti spiace se ci provo io?» insistette Jenks sogghignando ai suoi amici.

Avevo il volto in fiamme per l'imbarazzo, ma in quell'istante America cacciò un urlo perché Travis era balzato in piedi. Si protese, con una mano afferrò Chris per la gola e con l'altra lo agguantò per la maglietta. Jenks scivolò sul tavolo e una decina di sedie grattarono per terra mentre tutti si alzavano per vedere. Travis gli tempestò la faccia di pugni, sollevando bene il gomito prima di ogni colpo. Jenks non poté fare altro che proteggersi il viso con le mani.

Nessuno tentò di separarli. Travis aveva perso il controllo e, vista la sua fama, nessuno osò mettersi in mezzo. I giocatori di football trasalirono vedendo il compagno pestato senza pietà sul pavimento di piastrelle della mensa.

«Travis!» urlai girando attorno al tavolo.

Lui si bloccò, mollò la maglietta di Chris e lo lasciò andare. Si voltò a guardarmi respirando affannosamente. Non gli avevo mai visto un'espressione così minacciosa sul volto. Feci un passo indietro quando mi superò.

«Oddio», sussurrò America.

Ci voltammo e vedemmo i compagni sollevare Jenks da terra. La vista della sua faccia rossa e gonfia mi atterrì. Perdeva sangue dal naso e Brazil gli porse un tovagliolino.

«Che figlio di puttana!» imprecò Chris sedendosi e portandosi la mano al viso. «Scusami, Abby. Stavo solo scherzando», aggiunse rivolto a me. Rimasi in silenzio. Ero incapace quanto lui di spiegare l'accaduto.

«Non è andata a letto con nessuno di loro due», intervenne America.

«Non sai proprio tenere chiusa la bocca, eh Jenks?» disse disgustato Brazil.

«Forza. Andiamo», fece America tirandomi per un braccio. Mi trascinò in macchina ma, quando inserì la marcia, le bloccai la mano. «Aspetta! Dove andiamo?»

«Da Shep. Non voglio che resti da solo con Travis. Lo hai visto? È uscito di testa!»

«Be', neanch'io voglio stargli vicino!»

Mi guardò incredula. «Non vuoi capire cosa gli è preso?»

«Direi che a questo punto il mio senso di sopravvivenza prevale sulla curiosità, Mare.»

«L'unica cosa che lo ha fermato è stata la tua voce, Abby. Ti ascolterà. Devi parlargli.»

Sospirai e lasciai la presa. «D'accordo. Andiamo.»

Entrammo nel parcheggio e America si fermò tra la Charger di Shepley e la Harley di Travis. Poi s'incamminò verso le scale con le mani sui fianchi, drammatica come sempre.

«Vieni, Abby!» gridò facendomi cenno di seguirla.

Seppur titubante obbedii, ma mi fermai quando vidi Shepley comparire sul portone e bisbigliarle qualcosa all'orecchio. Mi guardò, scosse la testa e riprese a bisbigliare.

«Che c'è?» chiesi.

«Shep pensa...» La sua voce era tesa. «Shep pensa che non sia una buona idea salire in casa. Travis è ancora piuttosto fuori di sé.»

«Vorrai dire che pensa che io non dovrei salire», precisai avvicinandomi. Lei lo guardò imbarazzata.

Shepley mi toccò la spalla. «Non hai fatto niente di male, Abby. Solo che lui... in questo momento non vuole vederti.»

«Se non ho fatto niente, perché non vuole vedermi?»

«Non lo so, non me lo vuole dire. Credo che sia imbarazzato perché ha perso il controllo davanti a te.»

«Ha perso il controllo davanti all'intera mensa! Cosa c'entro io?»

«Più di quello che credi», replicò evitando il mio sguardo.

Li osservai per un istante e mi precipitai su per le scale. Entrai di corsa e mi ritrovai in un soggiorno vuoto. La porta della camera di Travis era chiusa, perciò bussai.

«Travis? Sono io, apri.»

«Vattene, Pidge.» Aprii leggermente la porta e lo vidi seduto sul bordo del letto, rivolto verso la finestra. Alle sue spalle Toto cercava di attirare la sua attenzione.

«Che ti succede, Trav?» domandai. Non rispose, perciò rimasi in piedi accanto a lui con le braccia conserte. Contrasse la mascella ma l'aria minacciosa che aveva in mensa adesso era scomparsa. Sembrava triste. Profondamente, disperatamente triste.

«Non me ne vuoi parlare?»

Attesi ma restò in silenzio. Quando feci per andarmene, sospirò e si decise a parlare. «Ricordi l'episodio quando Brazil mi ha fatto quella battuta e tu sei accorsa in mia difesa?

Be'... è successa la stessa cosa. Mi sono solo fatto prendere la mano, ecco tutto.»

«Eri arrabbiato ancora prima che Chris aprisse bocca», osservai sedendomi sul letto.

Lui continuò a fissare fuori dalla finestra. «Parlavo sul serio, prima. Devi starmi lontano, Pidge. Io non ce la faccio.»

«Non vuoi davvero che me ne vada», osservai toccandogli il braccio.

Per un attimo Travis si irrigidì, poi mi abbracciò e mi diede un bacio sulla fonte. «Nonostante tutti i miei sforzi, finirai per odiarmi.»

Lo abbracciai. «Dobbiamo essere amici, e non accetterò un no come risposta», ribattei citando le sue parole.

Lui inarcò le sopracciglia e mi strinse a sé. «A volte ti guardo dormire. Hai sempre un'aria così serena. Io non ho quella tranquillità, ho questa rabbia che mi ribolle dentro, sempre... tranne quando ti guardo dormire.» Sospirò.

«Ero sveglio quando è arrivato Parker. Ci ha visti e sembrava sconvolto... Ho capito cosa stava pensando, ma non ho detto nulla, volevo credesse che tra noi fosse successo qualcosa. E adesso l'intera scuola pensa che tu sia stata con tutti e due la stessa notte.»

Toto mi appoggiò il muso in grembo e gli grattai le orecchie. Travis si chinò per accarezzarlo, poi posò la mano sulla mia. «Mi dispiace.»

«Se crede ai pettegolezzi, è un problema suo.»

«È difficile non crederci dopo averci visto a letto insieme.»

«Sa che vivo da te. E poi ero completamente vestita, santo cielo.»

Sospirò. «Probabilmente era troppo incazzato per accorgersene. So che ti piace, Pidge. Avrei dovuto spiegargli come stavano le cose. Ti devo almeno questo.»

«Non importa.»

«Non sei arrabbiata?» domandò sorpreso.

«Per questo sei tanto agitato? Pensavi che mi sarei arrabbiata quando mi avessi detto la verità?»

«Dovresti esserlo. Se qualcuno mi rovinasse la reputazione, sarei un po' incazzato.»

«Per te la reputazione non conta. Dov'è finito il Travis a cui non importa un accidente di quello che pensano gli altri?» scherzai dandogli un colpetto con il gomito.

«Era prima che vedessi la tua faccia quando hai saputo quello che dicevano. Non voglio ti feriscano per colpa mia.»

«Non potresti mai fare niente che mi ferisca.»

«Piuttosto mi taglierei un braccio», aggiunse sospirando.

Appoggiò la testa sulla mia spalla. Nessuno dei due sembrava avere altro da aggiungere, e restammo seduti in silenzio. Travis mi strinse più forte e io mi aggrappai alla sua maglietta, non sapendo in quale altro modo confortarlo.

Era quasi il tramonto quando udii bussare debolmente alla porta. «Abby?» La voce di America suonò sommessa al di là del legno.

«Entra, Mare», rispose Travis.

Lei entrò con Shepley e sorrise vedendoci avvinghiati. «Noi andiamo a mangiare un boccone. Vi va di fare un salto da Pei Wei?»

«Ugh... di nuovo al cinese, Mare? Sul serio?» fece Travis.

Sorrisi. Sembrava tornato in sé.

Anche America se ne accorse. «Sì, sul serio. Venite o no?»

«Io sto morendo di fame», dissi.

«Ma certo, non sei riuscita a pranzare», affermò lui corrucciato e si alzò tendendomi la mano. «Forza. Vediamo di farti mangiare qualcosa.»

Continuò a cingermi con un braccio e non mi lasciò finché non ci sedemmo al tavolo da Pei Wei.

Non appena si allontanò per andare in bagno, America si protese verso di me. «Allora? Cosa ha detto?»

«Niente», risposi alzando le spalle.

Lei s'imbronciò. «Siete rimasti nella sua stanza per due ore e lui non ha detto niente?»

«Di solito non parla quand'è così furioso», intervenne Shepley.

«Deve aver detto qualcosa», incalzò America.

«Ha ammesso di essersi fatto prendere la mano e di non aver detto la verità a Parker quando ci ha visto. Tutto qui», risposi giocherellando distrattamente con sale e pepe.

Shepley scosse la testa e chiuse gli occhi.

«Che c'è, tesoro?» domandò America raddrizzandosi.

«Travis è...» Sospirò e alzò gli occhi al cielo. «Lasciamo perdere.»

America aveva un'aria ostinata. «No, non puoi semplicemente...»

S'interruppe quando Travis tornò al tavolo e mi abbracciò. «Maledizione! Non hanno ancora portato da mangiare?»

Restammo al ristorante fino all'ora di chiusura, ridendo e scherzando, poi ci avviammo verso casa. Nel parcheggio, Shepley si caricò America sulle spalle, mentre Travis restò indietro tirandomi per un braccio per impedirmi di seguirli. Guardò i nostri amici scomparire oltre la porta, quindi mi rivolse un sorriso dispiaciuto. «Ti devo le mie scuse per oggi, perciò... scusami.»

«Ti sei già scusato. È tutto a posto.»

«No, mi sono scusato per Parker. Non sono uno psicopatico che aggredisce la gente per niente, e voglio che tu lo sappia», aggiunse. «Ma non ti ho difesa per la giusta ragione, e per questo ti devo le mie scuse.»

«Che sarebbe...?»

«Ho picchiato Jenks perché ha detto che voleva essere il prossimo della fila, non perché ti stava prendendo in giro.»

«Insinuare che ci sia una fila è una ragione più che valida per difendermi, Trav.»

«È quello che intendo. Ero incazzato perché sembrava che volesse venire a letto con te.»

Riflettei un istante sulle sue parole, poi lo afferrai per la maglietta e gli premetti la fronte contro il petto. «Sai cosa? Non m'importa», esclamai guardandolo negli occhi. «Non m'importa di quello che dice la gente o che tu abbia perso il controllo o della ragione per cui hai gonfiato Chris di pugni. L'ultima cosa che voglio è avere una brutta reputazione, ma sono stanca di dover spiegare la nostra amicizia a tutti. Che vadano al diavolo.»

Il suo sguardo si fece dolce e gli angoli della sua bocca si piegarono verso l'alto. «La nostra amicizia? A volte mi chiedo se mi ascolti.»

«Che vuoi dire?»

«Entriamo, dai. Sono stanco.»

Annuii e lui mi tenne stretta finché fummo in casa. America e Shepley si erano già chiusi in camera e io feci una doccia veloce. Travis rimase in salotto con Toto mentre mi mettevo il pigiama e nel giro di mezz'ora eravamo entrambi a letto.

Posai la testa sul braccio e respirai a fondo, cercando di rilassarmi. «Tra meno di due settimane tornerò alla Morgan. Che numero escogiterai quando me ne andrò?»

«Non lo so», rispose piano. Persino al buio mi accorsi che era afflitto.

«Ehi.» Gli toccai il braccio. «Stavo scherzando.»

Lo guardai a lungo. Lui si agitò sotto le coperte e infine si voltò verso di me. «Ti fidi di me, Pidge?»

«Sì, perché?»

«Vieni qui», disse attirandomi a sé. Mi irrigidii per un istante prima di appoggiarmi sul suo petto. Qualsiasi cosa provasse, aveva bisogno che gli stessi vicino e non avrei potuto oppormi neanche se avessi voluto. Stare distesa al suo fianco mi sembrava la cosa giusta.

9.
LA PROMESSA

Finch scosse la testa. «D'accordo, allora stai con Parker o con Travis? Non capisco.»

«Parker non mi parla, perciò in questo momento è tutto un po' confuso», risposi sistemandomi lo zaino sulle spalle.

Lui soffiò una boccata di fumo e si tolse un pezzetto di tabacco dalla lingua. «Allora stai con Travis?»

«Siamo amici, Finch.»

«Sai che tutti credono che siate molto più che amici, vero?»

«Sì, ma non m'importa. Pensino quello che vogliono.»

«Da quando? Che cos'è successo alla Abby nervosa, enigmatica e prudente che conosco?»

«È morta per lo stress da chiacchiere e congetture.»

«Ma è una tragedia! Non potrò più prenderla in giro!»

Gli diedi un colpetto sul braccio e Finch rise. «Bene. Sarebbe ora che smettessi di fingere», disse.

«Che intendi?»

«Tesoro, stai parlando con qualcuno che ha passato gran parte della propria vita a fingere. Ti ho inquadrato subito.»

«Cosa stai cercando di dire, Finch? Che in fondo sarei lesbica?»

«No, che stai nascondendo qualcosa. I cardigan, la ragazza schiva, sofisticata che frequenta i ristoranti eleganti con Parker Hayes... quella non sei tu. O eri una spogliarellista o sei stata in un centro di riabilitazione. Direi più la seconda.»

Scoppiai in una fragorosa risata. «Hai un pessimo fiuto!»

«Allora qual è il tuo segreto?»

«Se te lo dicessi non sarebbe un segreto, no?»

Sfoderò un sorriso sbarazzino. «Ti ho svelato il mio, adesso svelami il tuo.»

«Detesto dare brutte notizie, ma il tuo orientamento sessuale non è propriamente un segreto, Finch.»

«'Fanculo! E io che pensavo di avere un fascino misterioso», commentò facendo un altro tiro di sigaretta.

Esitai un attimo, poi mi decisi a parlare. «Stavi bene in famiglia, Finch?»

«Mia mamma è fantastica... mio papà e io abbiamo dovuto chiarire molte cose, ma adesso andiamo d'accordo.»

«Io ho avuto Mick Abernathy come padre.»

«Chi è?»

Ridacchiai. «Vedi? Non è molto importante se non sai chi è.»

«Chi è?»

«Una disgrazia. Il gioco d'azzardo, l'alcolismo, il pessimo carattere... sono ereditari nella mia famiglia. America e io ci siamo trasferite qui perché potessi ricominciare da zero, senza essere etichettata come la figlia di un ubriacone fallito.»

«Un giocatore d'azzardo fallito di Wichita?»

«Sono nata in Nevada. A quei tempi Mick trasformava in oro tutto ciò che toccava. Quando ho compiuto tredici anni, il vento è cambiato.»

«E ha dato la colpa a te.»

«America ha rinunciato a molte cose per venire con me in modo che mi potessi allontanare, ma arrivo qui e conosco Travis.»

«E quando guardi Travis...»

«È tutto troppo familiare.»

Lui annuì e gettò il mozzicone. «Cazzo, Abby, mi dispiace.»

Socchiusi gli occhi. «Se racconti a qualcuno quello che ti ho appena detto, ti sguinzaglio dietro un mafioso. Ne conosco alcuni, sai.»

«Balle.»

Scrollai le spalle. «Pensa pure quello che vuoi.»

Mi guardò sospettoso e sorrise. «Sei ufficialmente la persona più straordinaria che conosca.»

«Ti ringrazio, Finch. Ma dovresti uscire di più», dissi fermandomi all'ingresso della mensa.

Lui mi prese il mento fra le dita. «Si sistemerà tutto. Credo davvero che "le cose accadano per una ragione". Sei venuta qui, America ha conosciuto Shep, sei arrivata fino al Cerchio e in qualche modo hai cambiato il mondo di Travis Maddox. Pensaci», disse stampandomi un rapido bacio sulle labbra.

«Ehi, Finch!» esclamò Travis. Mi afferrò per la vita, mi sollevò e mi posò a terra dietro di sé. «Non pensavo di dovermi preoccupare anche di te!» scherzò.

Lui inclinò la testa e ammiccò. «A dopo, zuccherino.»

Quando Travis si girò a guardarmi, il sorriso gli svanì dal volto. «Perché sei imbronciata?»

Respirai a fondo, cercando di calmarmi. «Non mi piace quel soprannome. È legato a brutti ricordi.»

«Un vezzeggiativo del ministro battista?»

«No», bofonchiai.

«Vuoi che gli dia una lezione? Lo toglierò di mezzo», dichiarò pestando il pugno sul palmo.

Non potei fare a meno di sorridere. «Se volessi togliere di mezzo Finch, basterebbe dirgli che Prada ha chiuso, e il problema sarebbe risolto!»

Travis scoppiò a ridere e mi sospinse con dolcezza verso la porta. «Andiamo, dai! Muoio di fame!»

Ci sedemmo insieme stuzzicandoci con pizzicotti e gomitate. Travis era di buon umore come la sera in cui avevo perso la scommessa. Tutti lo notarono e, quando scatenammo una piccola lotta per il cibo, attirammo l'attenzione dei tavoli vicini.

«Mi sento come un animale allo zoo», dissi spazientita.

Travis mi studiò per un momento, osservò i curiosi e si alzò. «*I CAN'T*», gridò. Lo fissai sbigottita mentre l'intera sala si voltava nella sua direzione. Lui dondolò la testa un paio di volte seguendo un ritmo immaginario.

Shepley chiuse gli occhi. «Oh, no.»

Travis sorrise. «*Get no... sa... tis... faction*», intonò. «*I can't get no sat-is-fac-tion. 'Cause I've tried... and I've tried... and I've tried... and I've tried.*» Sotto gli sguardi di tutti, salì sul tavolo. «*I CAN'T GET NO!*»

Indicò i giocatori di football in fondo, che sorrisero.

«*I CAN'T GET NO!*» gridarono all'unisono. A quel punto l'intera mensa prese a battere le mani a tempo.

«*Oh no, no, no!*» cantò lui tenendo la mano chiusa a pugno a mo' di microfono.

La sala lo seguì. «*EHI, EHI, EHI!*»

«*That's what I say!*»

Quando dimenò i fianchi, le ragazze strillarono e fischiarono. Mi passò accanto ripetendo il ritornello, mentre la squadra di football gli faceva da coro.

«*That's what I say!*» disse Travis indicando il pubblico che applaudiva. Alcuni si alzarono e ballarono, altri si limitarono a osservare, stupiti e divertiti.

Saltò sul tavolo vicino. America gridò e batté le mani dandomi una gomitata. Scossi la testa: mi sembrava di essere piombata dentro *High School Musical*.

I giocatori continuavano a canticchiare la base. «*Na, na, nanana! Na, na, na! Na na, nanana!*»

Travis saltò giù e si piegò avvicinando il viso al mio.

«*I can't get no! I can't get no! Satis-faction!*» mi sussurrò sorridente e senza fiato.

La mensa esplose in un applauso. Travis mi baciò sulla fronte e mi alzai per inchinarmi.

«Ti stanno ancora fissando?» chiese affannato mentre si sedeva.

«Grazie. Non avresti dovuto, davvero», risposi.

«Abs?»

Alzai lo sguardo e vidi Parker in piedi in fondo al tavolo. Avevo di nuovo tutti gli occhi addosso.

«Dobbiamo parlare», disse. Sembrava nervoso. Guardai America, Travis e infine Parker. «Per favore», aggiunse, cacciandosi le mani in tasca.

Annuii e lo seguii fuori. Superò le finestre e si diresse verso il lato dell'edificio per avere un po' di privacy. «Non volevo attirare ancora l'attenzione su di te. So che lo detesti.»

«Be', allora avresti potuto telefonare», osservai.

Lui annuì guardando per terra. «Non era mia intenzione cercarti in mensa. Ho visto una gran confusione e poi te, così sono entrato. Mi spiace.»

Attesi e lui proseguì. «Non so che cosa sia successo fra te e Travis. Non sono affari miei... noi siamo usciti insieme solo qualche volta. All'inizio sono rimasto sconvolto, ma dopo ho capito che non mi sarei agitato tanto se non provassi qualcosa per te.»

«Non sono andata a letto con lui, Parker. Mi ha tenuto i capelli mentre vomitavo mezzo litro di Patrón in bagno. Romantico, eh?»

Rise. «Non credo che abbiamo mai avuto una possibilità... non mentre vivi da Travis. La verità è che tu mi piaci, Abby. Non so che cosa sia, ma a quanto pare non riesco a smettere di pensarti.» Sorrisi e lui mi prese la mano sfiorando il braccialetto con un dito. «Probabilmente ti ho spaventata con questo assurdo regalo, ma non mi sono mai trovato in una situazione del genere. Ho sempre la sensazione di dover competere con Travis per ottenere la tua attenzione.»

«Non mi hai spaventata con il braccialetto.»

Parker strinse le labbra. «Mi piacerebbe uscire di nuovo con te fra un paio di settimane, finito il mese con Travis. A quel punto potremo conoscerci senza interferenze.»

«Mi sembra giusto.»

Parker si chinò, chiuse gli occhi e mi baciò sulle labbra. «Ti chiamo presto.»

Lo salutai e tornai in mensa. Quando passai davanti a Travis, lui mi prese e mi fece sedere sulle sue ginocchia. «È dura lasciarsi, eh?»

«Vuole riprovarci quando tornerò alla Morgan.»

«Cazzo, dovrò escogitare un'altra scommessa», ribatté avvicinandomi il piatto.

Le due settimane seguenti volarono. A parte quand'ero a lezione, passavo ogni minuto libero con Travis e in genere restavamo soli. Mi portò a cena, a bere qualcosa, a ballare al Red, al bowling... e lo chiamarono per due incontri. Quando non ridevamo a crepapelle, giocavamo a fare la lotta o ce ne stavamo accoccolati sul divano con Toto a guardare un film. Il nuovo Travis aveva deciso di ignorare qualsiasi ragazza gli facesse gli occhi dolci ed era sulla bocca di tutti.

L'ultima sera America e Shepley si dileguarono e Travis si diede da fare per organizzare una cena di addio. Comprò il vino, dispose i tovaglioli e per l'occasione prese persino piatti e posate nuovi. Li sistemò sul banco da colazione e spostò il suo sgabello dall'altra parte per starmi seduto di fronte. Sembrava quasi un appuntamento.

«È ottimo, Trav. Mi hai nascosto le tue doti culinarie», osservai mangiando la pasta al pollo Cajun che aveva preparato.

Mi rivolse un sorriso forzato e notai che stava facendo di tutto per mantenere leggera la conversazione. «Se te lo avessi rivelato prima, lo avresti preteso ogni sera.» Il sorriso scomparve e lo sguardo gli cadde sul tavolo.

Presi a giocherellare con il cibo nel piatto. «Anche tu mi mancherai, Trav.»

«Passerai lo stesso a trovarmi, vero?»

«Sai che lo farò. E tu verrai alla Morgan per aiutarmi a studiare, come prima.»

«Ma non sarà lo stesso», osservò con un sospiro. «Tu frequenterai Parker, avremo molto da fare... prenderemo strade diverse.»

«Le cose non cambieranno tanto.»

Riuscì a fare una risata. «Chi avrebbe mai detto che ci saremmo trovati seduti qui? Tre mesi fa nessuno avrebbe detto che sarei stato così infelice nel dire addio a una ragazza.»

Sentii una fitta allo stomaco. «Non voglio che tu sia infelice.»

«Allora non andartene», replicò. Aveva un'aria talmente disperata che mi venne un nodo alla gola per il rimorso.

«Non posso trasferirmi qui, Travis. Sarebbe una follia.»

«Chi lo dice? Ho appena trascorso le due settimane più belle della mia vita.»

«Anch'io.»

«Allora perché ho la sensazione che non ti rivedrò più?»

Non seppi che cosa rispondere. Travis contrasse la mascella, ma non era arrabbiato. Provai l'impulso irresistibile di avvicinarmi, perciò mi alzai, girai attorno al banco e mi sedetti sulle sue ginocchia. Lo abbracciai premendo la guancia contro la sua.

«Ti renderai conto di che rompiscatole sono e ti passerà ogni nostalgia di me», gli mormorai all'orecchio.

Lui sbuffò e mi accarezzò la schiena. «Me lo prometti?»

Mi scostai e lo guardai negli occhi, sfiorandogli il volto con le mani. Gli accarezzai la mascella con il pollice: era straziante vederlo così. Chiusi gli occhi e feci per baciarlo sulla guancia. Ma lui si girò e finii per baciarlo sulle labbra.

Restai sorpresa ma non mi ritrassi subito.

Travis tenne le labbra premute contro le mie, senza però andare oltre.

Alla fine mi scostai e sorrisi. «Domani ho una giornataccia. Pulisco la cucina e vado a letto.»

«Ti aiuto», disse.

Lavammo i piatti in silenzio, mentre Toto dormiva ai nostri piedi. Travis asciugò l'ultimo e lo posò sullo scolapiatti. Mi condusse quindi in corridoio tenendomi per mano con un po' troppa forza. Il tratto fino alla porta della camera sembrò durare un'eternità. Sapevamo entrambi che di lì a poco ci saremmo dovuti dire addio.

Non finse nemmeno di distogliere lo sguardo mentre mi cambiavo e indossavo una delle sue magliette per andare a letto. Rimase in boxer e s'infilò sotto le coperte, in attesa che lo raggiungessi.

Quando mi stesi, spense la lampada e mi attirò a sé senza chiedere il permesso né scusarsi. Sospirò e io mi rannicchiai contro di lui. Chiusi gli occhi cercando di godermi quel momento: sapevo che lo avrei ricordato per sempre con nostalgia, perciò lo vissi fino in fondo.

Travis si voltò a guardare fuori dalla finestra e le ombre degli alberi si stagliarono sul suo volto. Quando chiuse gli occhi, mi sentii pervadere da un senso di angoscia. Era atroce vederlo soffrire sapendo che non solo ero la causa... ma anche l'unica persona che potesse lenire il suo dolore.

«Trav? Stai bene?»

Ci fu un lungo silenzio prima che parlasse. «Mai stato peggio di così.»

Gli premetti la fronte sul collo e lui mi strinse di più.

«Tutto questo è stupido», dissi. «Ci vedremo ogni giorno.»

«Sai che non è vero.»

Il dolore che provavamo era opprimente e fui sopraffatta dal bisogno irrefrenabile di salvare entrambi. Sollevai il mento ma esitai. Quello che stavo per fare avrebbe cambiato tutto. Mi dissi che per Travis i rapporti intimi erano soltanto un modo per trascorrere il tempo, chiusi di nuovo gli occhi e mi scrollai di dosso le paure. Dovevo fare qualcosa: sapevo che saremmo rimasti tutti e due svegli fino al mattino, sempre più spaventati man mano che il tempo passava.

Il cuore mi martellava nel petto quando gli sfiorai il collo con le labbra e assaporai la sua pelle dandogli un bacio tenero, lento. Lui abbassò sorpreso lo sguardo e si addolcì capendo che cosa volessi.

Si chinò e premette le labbra sulle mie con estrema delicatezza. Ne percepii il calore fino alle punte dei piedi e lo attirai più vicino a me. Ora che avevamo fatto il primo passo, non intendevo fermarmi.

Schiusi le labbra lasciando che la sua lingua trovasse la mia. «Ti voglio», dissi.

All'improvviso il bacio rallentò e lui cercò di allontanarsi. Decisa a terminare quanto avevo iniziato, lo baciai con più insistenza. Travis tuttavia si scostò e si mise in ginocchio sul letto. Mi sollevai insieme a lui, continuando a baciarlo.

Mi afferrò per le spalle. «Aspetta un secondo», sussurrò con un sorriso divertito e il respiro affannoso. «Non devi farlo, Pidge. Non ho organizzato la serata per questo.»

Si stava trattenendo, ma dallo sguardo capii che non avrebbe mantenuto a lungo l'autocontrollo.

Mi avvicinai e stavolta le sue braccia cedettero quel tanto da permettermi di sfiorargli le labbra. Lo guardai, determinata: impiegai qualche istante a trovare le parole, ma riuscii a pronunciarle. «Non costringermi a supplicare», mormorai a contatto con la sua bocca.

Ogni riserva di Travis svanì. Mi baciò con passione. Gli accarezzai la schiena e mi fermai sull'elastico dei boxer, tastando nervosamente l'arricciatura della stoffa. A quel punto le sue labbra divennero impazienti e io crollai sul materasso. La sua lingua trovò di nuovo la mia e quando ebbi il coraggio di infilare la mano sotto i boxer gli sfuggì un gemito.

Mi tolse la maglietta, portò le mani sui miei fianchi e mi sfilò le mutandine. Mentre mi accarezzava l'inguine, cercò ancora la mia bocca. Sospirai, esitante, quando la sua mano si avventurò là dove nessun uomo mi aveva mai toccato. Inarcavo la schiena a ogni suo movimento; gli conficcai le dita nella carne e lui allora si stese sopra di me.

«Pigeon», disse ansimando. «Non dev'essere stasera. Aspetterò finché non sarai pronta.»

Mi allungai verso il comodino e aprii il primo cassetto. Sentendo la plastica sotto le dita, la portai alla bocca e la strappai con i denti. Lui si sfilò i boxer con foga, come se non potesse sopportarne la presenza.

La confezione scricchiolò tra le sue dita e dopo qualche istante lo sentii tra le cosce. Chiusi gli occhi.

«Guardami Pigeon.»

Obbedii. Aveva uno sguardo intenso e insieme dolce. Piegò la testa e si chinò a baciarmi con tenerezza, poi entrò dentro di me con un movimento lento, delicato. Quando si ritrasse, mi morsi il labbro per il fastidio; mi penetrò ancora, al che strinsi forte gli occhi dal dolore. Lo cinsi con le ginocchia e lui mi baciò.

«Guardami», sussurrò.

Aprii gli occhi e lui scivolò di nuovo dentro di me. Lanciai un gridolino per la deliziosa sensazione di bruciore che provai, mi rilassai e il movimento del suo corpo contro il mio divenne più ritmico. Il nervosismo che avevo provato all'inizio era ormai svanito. Travis si aggrappava a me come se potessi sfuggirgli. Lo attirai con più forza e lui gemette, sopraffatto dalle emozioni.

«Ti desidero da così tanto, Abby. Sei tutto ciò che voglio», mormorò.

Mi afferrò una coscia con una mano e si sollevò su un gomito. Il suo viso era a pochi centimetri dal mio, e la nostra pelle iniziava a imperlarsi di sudore. Inarcai la schiena quando mi sfiorò la mascella con le labbra e scese lungo il collo.

«Travis», sospirai.

Non appena pronunciai il suo nome, premette la guancia contro la mia. I suoi movimenti si fecero più decisi e i suoi gemiti più forti. Affondò nel mio corpo un'ultima volta, poi si adagiò tremante su di me.

Dopo qualche istante si rilassò e il suo respiro rallentò.

«Niente male, come primo bacio», dissi, stanca e appagata.

Lui mi scrutò e sorrise. «Il tuo ultimo primo bacio.»

Ero troppo sconvolta per replicare.

Si distese sul ventre al mio fianco, mi mise un braccio attorno alla vita e appoggiò la fronte contro la guancia. Gli accarezzai la schiena e lo sentii rilassarsi.

Rimasi sveglia per ore ad ascoltare i suoi profondi respiri e il vento che s'insinuava tra gli alberi all'esterno. America e Shepley rientrarono silenziosi e li udii percorrere il corridoio in punta di piedi mormorando.

Quel giorno avevo fatto i bagagli e trasalii al pensiero di quanto sgradevole sarebbe stato il mattino seguente. Avevo creduto che, dopo essere stato a letto con me, Travis avrebbe perso qualsiasi interesse, e invece aveva parlato del futuro. Chiusi gli occhi all'idea della faccia che avrebbe fatto quando gli avessi detto che non era stato un inizio, ma la fine. Non potevo imboccare quella strada, e lui mi avrebbe odiato quando lo avesse saputo.

Riuscii a sfilarmi da sotto il suo braccio e mi vestii. Presi le scarpe e mi avviai in corridoio verso la stanza di Shepley. America era seduta sul letto e lui si stava togliendo la camicia davanti all'armadio.

«Va tutto bene, Abby?» mi domandò Shep.

«Mare?» la chiamai, facendole cenno di raggiungermi.

Lei annuì e mi studiò circospetta. «Che succede?»

«Ho bisogno che mi porti alla Morgan. Ora. Non posso aspettare domani.»

Piegò la bocca in un sorriso d'intesa. «Non sei mai stata brava con gli addii.»

Shepley e America mi aiutarono con i bagagli e per tutto

il tragitto non feci che guardare fuori dal finestrino. Quando posammo l'ultima borsa in camera, America mi abbracciò. «L'appartamento non sarà più lo stesso.»

«Grazie del passaggio. Tra qualche ora sorgerà il sole, è meglio che tu vada», dissi stringendola prima di lasciarla andare.

Uscendo non si voltò e io mi mordicchiai nervosamente il labbro: sapevo quanto si sarebbe arrabbiata non appena avesse saputo quello che avevo fatto.

La maglietta crepitò quando la sfilai: l'energia statica nell'aria era aumentata con l'avvicinarsi dell'inverno. Sentendomi un po' persa, mi raggomitolai sotto una spessa trapunta e respirai a fondo. Avevo ancora l'odore di Travis sulla pelle.

Il letto era freddo, estraneo, completamente diverso da quello accogliente di Travis. Avevo passato trenta giorni in un appartamento angusto con il donnaiolo più famigerato della Eastern e, malgrado tutti i bisticci e le ospiti di tarda sera, era l'unico posto in cui avrei voluto essere.

Le telefonate iniziarono alle otto e proseguirono per un'ora, ogni cinque minuti.

«Abby!» gemette Kara. «Rispondi a quello stupido telefono!» Lo spensi. Solo quando udii dei colpi alla porta mi resi conto che non avrei potuto trascorrere la giornata rintanata in camera come pensavo.

Kara girò bruscamente la maniglia. «Che c'è?»

America la superò con uno spintone e si fermò accanto al mio letto. «Che diavolo sta succedendo?» urlò. Aveva gli occhi rossi e gonfi ed era ancora in pigiama.

Mi misi a sedere. «Cosa succede, Mare?»

«Travis è ridotto a un fottuto straccio! Non parla e ha distrutto l'appartamento. Ha lanciato lo stereo in mezzo alla stanza... Shep non riesce a farlo ragionare!»

Mi sfregai gli occhi con il palmo delle mani e battei le palpebre. «Non lo so.»

«Stronzate! Dimmi che diavolo sta succedendo, e subito!»

Kara afferrò la trousse da bagno e sparì. Sbatté la porta alle sue spalle e io mi incupii, temendo che andasse a parlare con il referente dello studentato o, peggio, con il preside.

«Abbassa la voce, America», sussurrai.

Lei strinse i denti. «Cosa hai fatto?»

«Immaginavo che ci sarebbe rimasto male, non che avrebbe perso il controllo. Io... non lo so.»

«Ha quasi aggredito Shep, quando ha scoperto che ti abbiamo accompagnato. Abby, dimmelo, ti prego!» I suoi occhi erano velati di lacrime. «Questa cosa mi spaventa!»

La paura nel suo sguardo mi costrinse a dire la verità, ma solo in parte. «Non riesco a sopportare gli addii. Sai quant'è difficile per me.»

«È qualcos'altro, Abby! Gli ha dato di volta il cervello! L'ho sentito gridare il tuo nome e cercarti in tutto l'appartamento come una furia. È piombato nella stanza di Shep chiedendo dove fossi. Poi ha cercato di chiamarti un sacco di volte», disse sospirando. «Aveva una faccia... Abby, non l'ho mai visto così.

«Ha strappato le lenzuola dal letto e le ha gettate via, ha buttato i cuscini, ha fracassato lo specchio con un pugno, ha preso a calci la porta... e l'ha scardinata! È stata la cosa più spaventosa che abbia visto in vita mia!»

Chiusi gli occhi e le lacrime mi rigarono le guance.

America mi porse il cellulare. «Devi chiamarlo. Devi almeno dirgli che stai bene.»

«D'accordo, lo chiamerò.»

Me lo porse di nuovo. «No, lo chiami adesso.»

Presi il telefono e giocherellai con i tasti, pensando a cosa dirgli. Lei me lo tolse di mano, compose il numero e me lo restituì. Lo accostai all'orecchio e feci un profondo respiro.

«Mare?» rispose Travis con voce preoccupata.

«Sono io.»

Restò in silenzio un attimo. «Che cazzo ti è successo stanotte? Stamattina mi sono svegliato e te n'eri andata e... e vai via così, senza salutare? Perché?»

«Mi dispiace. Io...»

«Ti dispiace? Io sto impazzendo! Non rispondi al telefono,

te ne vai di nascosto e... perché? Credevo che avessimo finalmente chiarito tutto!»

«Avevo solo bisogno di un po' di tempo per riflettere.»

«Su cosa?» Fece una pausa. «Ti ho... ti ho fatto del male?»

«No! Non è niente del genere! Mi dispiace, davvero. Detesto gli addii, sono sicura che America te l'abbia detto.»

«Devo vederti», esclamò disperato.

Sospirai. «Oggi sono molto impegnata, Trav. Devo disfare i bagagli e ho mucchi di roba da lavare.»

«Ti sei pentita», ribatté con voce rotta.

«Non è... non è quello. Siamo amici, e questo non cambierà.»

«Amici? Allora che cazzo significa ieri notte?» fece mentre la rabbia si insinuava nella sua voce.

Strinsi forte gli occhi. «So cosa vuoi. È che non posso... farlo ora.»

«Hai bisogno di un po' di tempo?» mi chiese con voce più calma. «Avresti potuto dirmelo. Non dovevi mollarmi così.»

«Mi sembrava il modo più semplice.»

«Più semplice per chi?»

«Non riuscivo a dormire. Continuavo a pensare al mattino, quando avrei caricato l'auto di Mare e... non ce l'avrei fatta, Trav.»

«È già abbastanza brutto che non sia più qui. Non puoi sparire così dalla mia vita.»

Mi sforzai di parlare in tono leggero. «Ci vediamo domani. Non voglio si creino situazioni strane, okay? Devo solo mettere a posto un po' di cose. È tutto qui, davvero.»

«Okay», rispose. «Mi sta bene.»

Chiusi la telefonata e America mi guardò in cagnesco. «Sei andata a letto con lui? Che stronza! Quando pensavi di dirmelo?»

Alzai gli occhi al cielo e ripiombai sul cuscino. «Questa storia non riguarda te, Mare, ma si è trasformata in un casino spaventoso.»

«Che c'è di tanto complicato? Dovreste essere al settimo cielo, non spaccare porte o rintanarvi in camera!»

«Non posso stare con lui», mormorai fissando il soffitto.

America posò una mano sulla mia e mi parlò dolcemente. «Travis ha bisogno di essere guidato. Fidati, capisco le tue riserve, ma guarda quanto è già cambiato per te. Pensa agli ultimi due mesi, Abby. Non è Mick.»

«Io sono Mick! Se mi lascio coinvolgere da Travis, tutto quello per cui abbiamo lottato... *puf!*» Schioccai le dita. «Sparirà in un attimo!»

«Travis non permetterebbe che accadesse.»

«Non dipende da lui, non credi?»

«Gli spezzerai il cuore, Abby. Gli spezzerai il cuore! Sei l'unica ragazza di cui si fida tanto da innamorarsene e tu lo tratti così!»

Mi girai dall'altra parte, incapace di reggere l'espressione che accompagnava quel tono implorante. «Ho bisogno di un lieto fine. Per questo siamo venute qui.»

«Non è necessario che ti comporti così. Può funzionare.»

«Finché il vento non cambia.»

America si mise le mani sui fianchi. «Abby, non ricominciare con queste stronzate. Ne abbiamo già parlato.»

Il mio telefono squillò. «È Parker.»

Lei scosse la testa. «Stiamo ancora parlando.»

«Pronto?» risposi evitando lo sguardo furioso di America.

«Abs! Com'è il primo giorno di libertà?» domandò.

«...libero», risposi senza riuscire a mostrare un minimo d'entusiasmo.

«Ci vediamo domani sera a cena? Mi manchi.»

«Sì.» Mi asciugai il naso con la manica. «Domani va benissimo.»

Chiusi il cellulare e America si accigliò. «Quando tornerò, mi farà delle domande. Vorrà sapere di che abbiamo parlato. Cosa devo dirgli?»

«Che manterrò la promessa. Domani a quest'ora non sentirà più la mia mancanza.»

10.
IMPASSIBILE

Due tavoli più in là, una fila indietro. Dal punto in cui mi trovavo, vedevo a malapena America e Shepley. Mi chinai e osservai Travis fissare la mia sedia vuota prima di sistemarsi in fondo al tavolo. Mi sentivo ridicola a nascondermi, ma non ero pronta a fronteggiarlo per un'ora intera. Quando terminai di mangiare, feci un profondo respiro e lo raggiunsi all'esterno, dove stava fumando.

Avevo passato gran parte della notte a escogitare un piano per sistemare la situazione. Se avessi affrontato la nostra notte insieme con lo stesso atteggiamento che lui dimostrava nei confronti del sesso in generale, avrei avuto più possibilità di riuscita. In quel modo rischiavo di perderlo per sempre, ma speravo che il suo ego smisurato giocasse a mio favore.

«Ehi», esclamai.

Travis fece una smorfia. «Ehi. Pensavo di vederti a pranzo.»

«Ho fatto solo un salto veloce, devo studiare», risposi con una scrollata di spalle, cercando di sembrare il più disinvolta possibile.

«Ti serve aiuto?»

«No, è calcolo. Penso di cavarmela.»

«Potrei offrirti sostegno morale», osservò con un sorriso, infilando la mano in tasca. Guardai i muscoli sodi del suo braccio, e in quell'istante ricordai come si erano contratti quando era entrato dentro di me.

«Ehm... cosa?» feci, turbata da quell'improvviso pensiero erotico.

«Dobbiamo fingere che l'altra notte non sia mai esistita?»

«No, perché?» Mi mostrai confusa e lui sospirò, frustrato dal mio comportamento.

«Non saprei... forse perché non sei più vergine?» azzardò con tono sommesso, avvicinandosi.

Alzai gli occhi al cielo. «Sono sicura che non sia stata la tua prima volta con una vergine, Trav.»

Proprio come temevo, la mia leggerezza lo mandò su tutte le furie. «In realtà, è stata la prima volta.»

«Dai... ti ho detto che non voglio situazioni strane tra noi.»

Fece un ultimo tiro e gettò la sigaretta. «Be', se ho imparato qualcosa negli ultimi giorni, è che non sempre si ottiene quello che si vuole.»

In quel momento sopraggiunse Parker. «Ehi, Abs», esclamò baciandomi sulla guancia.

Travis gli lanciò un'occhiata truce.

«Passo a prenderti alle sei?»

Annuii. «Perfetto.»

«A tra poco», disse, diretto a lezione. Lo guardai incamminarsi, preoccupata dalla reazione che avrebbe avuto Travis.

«Esci con lui stasera?» Ribolliva di rabbia. Contrasse la mascella e vidi i muscoli fremere sotto la pelle.

«Ti avevo detto che mi avrebbe chiesto di uscire quando fossi tornata alla Morgan. Mi ha chiamato ieri.»

«Be', le cose sono un po' cambiate dopo quella conversazione, non credi?»

«Perché?»

Fece per andarsene e io deglutii, cercando di trattenere le lacrime. Poi si bloccò, tornò indietro e si piazzò a pochi centimetri dal mio viso. «Ecco perché hai detto che dopo oggi non avrei sentito la tua mancanza! Pensavi che sarei venuto a sapere di te e Parker e hai creduto... cosa? Che ti avrei dimenticato? Non ti fidi di mc o non sono alla tua altezza? Dimmelo! Dimmi che cazzo ho fatto per meritarmelo!»

Decisi di non cedere e lo fissai negli occhi. «Non mi hai fatto niente. Da quando il sesso per te è questione di vita o di morte?»

«Da quando l'ho fatto con te!»

Mi guardai attorno e mi accorsi che stavamo attirando l'attenzione. La gente rallentava, ci fissava e mormorava. Sentivo le orecchie in fiamme e il calore si diffuse al volto, facendomi lacrimare gli occhi.

Lui chiuse i suoi, tentando di ricomporsi prima di parlare. «È così? Pensi che per me non abbia significato niente?»

«Tu sei Travis Maddox.»

Scosse la testa, disgustato. «Se non sapessi come stanno davvero le cose, direi che mi stai rinfacciando il mio passato.»

«Non credo che quattro settimane costituiscano il passato.» Fece una smorfia e io scoppiai a ridere. «Sto scherzando! Travis, è tutto a posto. Io sto bene, tu stai bene. Non c'è bisogno di farne una faccenda di stato.»

Ogni emozione svanì dal suo volto. Fece un profondo respiro. «So che cosa stai cercando di fare.» Per un attimo, mentre si perdeva nei suoi pensieri, il suo sguardo divenne assente. «Ti dimostrerò che ti sbagli.» Mi guardò socchiudendo gli occhi, deciso come durante un incontro. «Se pensi che ricomincerò a scopare in giro, ti sbagli. Non voglio nessun'altra. Vuoi che siamo amici? Bene, saremo amici. Ma io e te sappiamo che non è stato solo sesso.»

Se ne andò, nero di rabbia, e io respirai a fondo: non mi ero neanche accorta di trattenere il fiato. Travis si voltò a guardarmi, ma non si fermò. Una lacrima mi rigò la guancia, ma la asciugai subito. Mentre arrancavo verso l'aula, mi sentii addosso gli sguardi curiosi dei compagni.

Parker era seduto in seconda fila. «Non vedo l'ora che arrivi stasera», mi disse con un gran sorriso quando mi infilai nel banco vicino al suo.

Sorrisi anch'io, cercando di non pensare alla conversazione con Travis. «Qual è il programma?»

«Be', mi sono già sistemato nella casa nuova. Pensavo di cenare lì.»

«Anch'io non vedo l'ora che arrivi stasera», risposi, cercando di convincermi.

America si era rifiutata di aiutarmi e anche Kara si mostrò riluttante a consigliarmi l'abito da mettere per l'appuntamento con Parker. Un secondo dopo essermelo infilata, me lo tolsi e indossai un paio di jeans. Avevo riflettuto sul fallimento del mio piano per tutto il pomeriggio e non riuscivo a concentrarmi sui vestiti. Alla fine optai per una maglia leggera di cachemire avorio e un top marrone e attesi sulla porta. Quando la Porsche scintillante di Parker si fermò davanti alla Morgan, mi fiondai giù dalle scale.

«Stavo per salire da te», esclamò deluso mentre mi apriva la portiera.

«Allora ti ho risparmiato un viaggio», replicai allacciandomi la cintura.

Lui si sedette al mio fianco, mi prese il viso fra le mani e mi baciò con le sue labbra morbide, carnose. «Uau», sussurrò. «Quanto mi è mancata la tua bocca.»

Aveva l'alito che sapeva di menta, una colonia favolosa, mani calde e delicate ed era fantastico con i jeans e l'elegante camicia verde, eppure non riuscivo a scrollarmi di dosso la sensazione che mancasse qualcosa. L'eccitazione che avevo provato all'inizio era svanita e maledissi tra me Travis per avermela rubata. Mi sforzai di sorridere. «Lo prenderò come un complimento.»

L'appartamento era esattamente come me lo ero immaginato: immacolato, pieno di costosi aggeggi tecnologici e molto probabilmente arredato dalla madre.

«Allora? Che ne pensi?» chiese sorridendo come un bimbo con un giocattolo nuovo.

«Splendido», risposi con un cenno.

Da scherzosa, la sua espressione si fece intensa. Mi prese tra le braccia e mi baciò sul collo. Ogni muscolo del mio corpo si contrasse: avrei voluto essere ovunque tranne che nel suo appartamento.

Il quell'istante suonò il cellulare e mi scusai con un sorriso prima di rispondere.

«Come sta andando la serata, Pidge?»

Dando le spalle a Parker, bisbigliai: «Cosa vuoi, Travis?».

Cercai di assumere un tono brusco, ma il sollievo che provai sentendo la sua voce ebbe la meglio.

«Domani voglio andare a giocare a bowling. Ho bisogno della mia compagna di squadra.»

«Il bowling? Non potevi chiamarmi più tardi?» Mi sentii un'ipocrita nel pronunciare quelle parole: tutto quello che volevo era un pretesto per tenere a freno le labbra di Parker.

«Non potevo sapere quando saresti stata libera. Oh, forse non ho scelto le parole giuste...» S'interruppe divertito.

«Ti chiamo domani e ne parliamo, va bene?»

«No, non va bene. Dici che vuoi essere mia amica, ma non possiamo uscire insieme?» Alzai gli occhi al cielo e lui sbuffò. «E non alzare gli occhi al cielo. Vieni o no?»

«Come fai a saperlo? Mi stai spiando?» domandai guardando le tende tirate.

«Lo fai di continuo. Sì? No? Stai sottraendo tempo prezioso alla tua serata.»

Mi conosceva davvero bene. Mi trattenni dal chiedergli di venirmi subito a prendere, ma l'idea mi fece sorridere.

«Sì!» dissi con voce sommessa, sforzandomi di non ridere. «Va bene.»

«Passo da te alle sette.»

Mi voltai verso Parker con un sorriso tirato.

«Travis?» fece lui con aria d'intesa.

«Sì.» Mi accigliai, colta in fallo.

«Siete ancora solo amici?»

Annuii. «Solo amici.»

Ci sedemmo a tavola e mangiammo cibo cinese preso al take-away. Dopo un po' mi rilassai e ricordai quanto Parker fosse affascinante. Mi sentii più leggera, quasi frivola, ma sapevo fin troppo bene che era stata la prospettiva di uscire con Travis a rallegrarmi.

Dopo cena ci spostammo sul divano per guardare un film ma, prima che terminassero i titoli di testa, Parker mi fece distendere sui cuscini. Fui contenta di aver scelto i jeans: con un vestito, sarebbe stato più difficile respingerlo. Mi coprì di baci fino alla clavicola e posò la mano sulla mia cintura. Armeggiò goffamente per aprirla e, quando ci riuscì, mi scostai e mi alzai.

«È tardi, sarà meglio che vada.»

Lui si mise a sedere e mi prese per mano. «Non andare, Abs. Non ti ho invitata qui per questo.»

«No?»

«Ovviamente no», rispose facendomi sedere sulle sue ginocchia.«Sei l'unica cosa a cui penso da due settimane. Perdonami se sono stato impaziente.»

Mi baciò sulla guancia e mi avvicinai sorridendo quando il suo respiro mi solleticò il collo. Mi girai e premetti le labbra sulle sue cercando con tutte le forze di provare qualcosa, ma... non sentii niente. Mi allontanai con un sospiro.

Parker aggrottò la fronte. «Ho detto che mi dispiace.»

«E io ho detto che è tardi.»

Tornammo alla Morgan e Parker mi strinse la mano dopo avermi dato il bacio della buonanotte. «Riproviamoci. Domani da Biasetti?»

«Domani vado al bowling con Travis», risposi un po' tesa.

«Mercoledì, allora?»

Mi sforzai di sorridere. «Mercoledì è perfetto.»

Si dimenò sul sedile. Aveva in mente qualcosa. «La Sigma Tau organizza una festa per coppie e...»

Trasalii, immaginando cosa volesse chiedermi.

«Che c'è?» domandò con una risatina nervosa.

«Non posso venirci con te», dissi uscendo dall'auto.

Parker mi seguì fino all'ingresso dello studentato. «Hai programmi?»

Sussultai. «Sì... me lo ha già chiesto Travis.»

«Travis ti ha chiesto cosa?»

«Di andare alla festa per coppie», spiegai un po' frustrata.

Lui arrossì e spostò il peso sull'altra gamba. «Andrai alla festa per coppie con Travis? Ma lui non va a quelle feste... e poi siete solo amici. Non ha senso che tu ci vada con lui.»

«Se non avessi accettato, America non avrebbe accompagnato Shep.»

Sorrise, intrecciando le dita alle mie.«Allora puoi venirci con me.»

Accolsi la proposta con una smorfia. «Non posso annullare l'impegno con Travis e poi andarci con te.»
«Non vedo il problema», osservò lui alzando le spalle. «Sarai comunque con America e Travis non sarà più obbligato ad andarci. Lui odia queste feste, le considera un trampolino di lancio ideale per le ragazze che vogliono costringere i fidanzati a ufficializzare il rapporto.»
«Ero io che non ci volevo andare. Lui mi ha convinta.»
«Be', adesso hai una scusa», ribatté alzando di nuovo le spalle. Era talmente sicuro che avrei cambiato idea da risultare irritante.
«Io non ci volevo proprio andare.»
Parker aveva ormai esaurito la pazienza. «Solo per essere chiari: tu non vuoi andare alla festa per coppie, ma Travis sì, ti invita e tu accetti. E ora non vuoi annullare l'impegno con lui per venire con me, anche se all'inizio non ci volevi andare?»
Era infuriato, e fu difficile guardarlo negli occhi. «Non posso fargli questo, Parker, mi spiace.»
«Sai che cos'è una festa per coppie? Una cosa a cui vai con il tuo fidanzato.»
Di fronte a quel tono condiscendente, persi le staffe. «Be', io non ho un fidanzato, quindi tecnicamente non ci dovrei andare.»
«Pensavo che ci stessimo riprovando. Pensavo ci fosse qualcosa tra noi.»
«Io ci sto provando.»
«Cosa vuoi che faccia? Che rimanga a casa da solo mentre tu vai alla festa per coppie della mia confraternita con un altro? Devo invitare un'altra?»
«Puoi fare quello che vuoi», risposi, seccata dalla minaccia.
Lui scosse la testa. «Non voglio invitare un'altra.»
«Non voglio che rinunci alla festa. Ci vedremo là.»
«Vuoi che inviti un'altra e tu andrai con Travis... Non capisci quanto è assurdo?»
Incrociai le braccia sul petto, pronta per lo scontro. «Gli ho detto di sì prima che io e te cominciassimo a frequentarci. Gli ho detto che ci sarei andata prima ancora che io e te uscissimo insieme, Parker. Non posso annullare l'impegno.»

«Non puoi o non vuoi?»
«Non c'è differenza. Mi dispiace che tu non capisca.» Spalancai la porta della Morgan e lui posò una mano sulla mia.
«D'accordo», sospirò rassegnato. «Dovrò farmene una ragione. Travis è uno dei tuoi migliori amici, lo capisco, ma non voglio interferisca con la nostra relazione. D'accordo?»
«D'accordo», feci annuendo.
Mi tenne la porta e mi baciò sulla guancia. «Ci vediamo mercoledì alle sei?»
«Alle sei», confermai mentre salivo le scale.
Quando svoltai l'angolo, vidi che America stava uscendo dalle docce. Il suo sguardo s'illuminò non appena mi vide. «Ehi, tesoro. Com'è andata?»
«È andata», risposi mogia.
«Oh-oh.»
«Non lo dire a Travis, okay?»
Lei sbuffò. «Non glielo dirò. Cos'è successo?»
«Parker mi ha invitata alla festa della Sigma Tau.»
Lei si strinse nell'asciugamano. «Non tirerai un bidone a Trav, vero?»
«No, e Parker non è affatto contento.»
«Comprensibile.» Si gettò i capelli bagnati dietro le spalle e alcune gocce d'acqua le scivolarono sulla pelle. «Affari suoi, però.»
America era una contraddizione vivente. Si era iscritta alla Eastern in modo che potessimo stare insieme. Era la mia coscienza, pronta a intervenire quando cedevo all'innata tendenza di sgarrare. Invischiarmi con Travis andava contro tutto ciò di cui avevamo discusso, eppure era diventata la sua sostenitrice più entusiasta.
Mi appoggiai al muro. «Ti seccherebbe se non venissi?»
«No, mi incazzerei a morte. Sarebbe il presupposto per una lite furiosa, Abby.»
«Allora credo che verrò», dissi infilando la chiave nella serratura. Squillò il cellulare e sul monitor apparve una foto buffa di Travis. «Pronto?»
«Sei già a casa?»
«Sì, mi ha riaccompagnato cinque minuti fa.»

«Tra altri cinque sono lì.»

«Aspetta! Travis?» Ma aveva già messo giù.

America scoppiò a ridere. «Sei appena tornata delusa da un appuntamento con Parker e hai sorriso quando Travis ha chiamato. Sei davvero così ottusa?»

«Non ho sorriso», protestai. «Sta venendo qui. Puoi aspettarlo fuori e dirgli che sono andata a letto?»

«Hai sorriso e... No, diglielo tu.»

«Sì, Mare, esco e gli dico che sono a letto: funzionerà di sicuro!» Lei mi voltò le spalle ed entrò in camera. Sbattei le mani sulle cosce. «Mare! Ti prego!»

«Divertiti, Abby», sorrise e scomparve nella sua stanza.

Scesi le scale e vidi Travis in sella alla moto, fermo davanti ai gradini. Indossava una maglietta bianca con un disegno nero che metteva in risalto i tatuaggi sulle braccia.

«Non hai freddo?» chiesi stringendomi nel giubbotto.

«Stai bene. Ti sei divertita?»

«Uhm... sì, grazie», risposi distrattamente. «Che fai qui?»

Diede gas e il motore ruggì. «Vado a farmi un giro per schiarirmi la testa. Vieni con me.»

«Fa freddo, Trav.»

«Vuoi che vada a prendere l'auto di Shep?»

«Domani andiamo al bowling. Non puoi aspettare?»

«Prima ti vedevo ogni secondo e adesso, se mi va bene, dieci minuti ogni tanto.»

Sorrisi e scossi la testa. «Sono passati soltanto due giorni, Trav.»

«Mi manchi. Salta su e andiamo.»

Non obiettai. Anch'io sentivo la sua mancanza, più di quanto fossi disposta a confessare. Tirai su la zip della giacca e salii dietro di lui, infilando le dita nei passanti dei jeans. Lui mi prese i polsi e se li mise attorno al petto. Dopo essersi accertato che mi tenessi saldamente, partì come un fulmine. La città si fece indistinta mentre sfrecciava via. Gli appoggiai la guancia sulla schiena e chiusi gli occhi inalando il suo profumo. Mi ricordò l'appartamento, le lenzuola... e quando se ne andava in giro con un asciugamano attorno alla vita. Non m'importava quanto veloce andasse o quanto freddo fosse il vento che mi sferzava il viso. Non prestavo nemmeno attenzione a dove fossimo. Riuscivo a pensare solo al suo corpo contro il mio. Non avevamo meta né orari e percorremmo strade in cui non c'era più nessuno, tranne noi.

Travis si fermò in una stazione di servizio. «Vuoi qualcosa?»

Scossi la testa e scesi per stirarmi le gambe. Mi guardò ravviarmi i capelli aggrovigliati con le dita e sorrise. «Smettila. Sei bellissima.»

«Pronta per un video rock degli anni Ottanta», commentai.

Scoppiò a ridere e sbadigliò, scacciando le falene che gli svolazzavano attorno. La pistola della pompa scattò e il rumore risuonò più forte del dovuto nella notte silenziosa. Sembrava fossimo gli unici esseri umani sulla terra.

Controllai l'ora sul cellulare. «Oddio, Trav. Sono le tre del mattino.»

«Vuoi tornare?» domandò con aria vagamente delusa.

Strinsi le labbra. «Sarà meglio.»

«Siamo ancora d'accordo per il bowling?»

«Ti ho detto di sì.»

«E verrai alla Sig Tau con me, vero?»

«Stai insinuando che non rispetto la parola data? Lo trovo un po' offensivo.»

Estrasse la pistola dal serbatoio e la riagganciò. «È che non so mai cosa ti passa per la testa.»

Montò in sella e mi aiutò a salire. Infilai le dita nei passanti della cintura, poi cambiai idea e lo cinsi con le braccia.

Travis sospirò e raddrizzò la moto, riluttante ad accendere il motore. Le nocche gli divennero bianche quando strinse il manubrio. Sembrò sul punto di dire qualcosa, ma sospirò e scosse la testa.

«Sei importante per me, lo sai», dissi stringendolo.

«Non ti capisco, Pigeon. Credevo di conoscere le donne, ma tu sei così imprevedibile che non so come prenderti.»

«Anch'io non ti capisco. Dovresti essere l'idolo delle ragazze della Eastern. Non sto vivendo l'esperienza promessa dagli opuscoli dell'università», osservai scherzosa.

«Be', è un evento. Non mi era mai capitato che una ragazza con cui sono stato a letto mi chiedesse di lasciarla in pace», osservò dandomi sempre la schiena.

«Non è andata così, Travis», mentii, vergognandomi perché aveva intuito le mie intenzioni senza capire di aver fatto centro.

Travis avviò il motore immettendosi in strada. Andò insolitamente piano, fermandosi a tutti i semafori gialli e prendendo la via più lunga per il campus. Quando arrivò di fronte all'ingresso della Morgan Hall, mi sentii pervadere dalla stessa tristezza che avevo provato la notte in cui avevo lasciato l'appartamento. Quegli sbalzi emotivi erano assurdi, ma ogni volta che cercavo di allontanarlo ero terrorizzata all'idea di riuscirci davvero.

Mi accompagnò alla porta e armeggiai con la serratura evitando il suo sguardo. D'un tratto trasalii: Travis mi aveva preso il mento fra le dita e mi stava sfiorando le labbra con il pollice.

«Ti ha baciato?»

Mi scostai, stupita che le sue dita scatenassero in me una sensazione pungente che mi percorreva dalla bocca alle dita dei piedi. «Sai benissimo come rovinare una notte perfetta, vero?»

«Perfetta? Questo significa che ti sei divertita?»

«Mi diverto sempre quando sono con te.»

Lui guardò cupo per terra. «Ti ha baciato?»

Sospirai irritata. «Sì.»

Chiuse con forza gli occhi. «È tutto?»

«Non sono affari tuoi!» ribattei spalancando la porta.

La richiuse e mi bloccò la strada. L'espressione sul suo volto era serissima. «Devo saperlo.»

«No! Spostati, Travis!»

«Pigeon...»

«Pensi che, per il fatto che non sono più vergine, mi scopi tutti quelli con cui esco?» osservai dandogli uno spintone.

«Non ho detto questo, maledizione! È troppo chiedere un po' di tranquillità?»

«Perché, ti farebbe stare tranquillo sapere che non vado a letto con Parker?»

«Come fai a non capire? È chiaro a tutti tranne che a te!» esclamò esasperato.

«Allora suppongo di essere un'idiota. Stasera sei in vena di complimenti, Trav», dissi allungandomi verso la maniglia.

Lui mi afferrò per le spalle. «Quello che provo per te... mi fa impazzire.»

«Per quanto riguarda la pazzia, hai ragione», replicai seccamente liberandomi.

«Me lo sono ripetuto per tutto il tempo in cui eravamo in moto, perciò adesso ascoltami», disse.

«Travis...»

«So che siamo incasinati, d'accordo? Io sono impulsivo, irascibile e ti sento dentro come mai mi era capitato. A volte ti comporti come se mi odiassi, un minuto dopo hai bisogno di me. Non faccio mai niente di giusto e non ti merito... ma maledizione, ti amo, Abby. Ti amo più di qualsiasi cosa o persona abbia mai amato. Quando ci sei tu non mi servono alcol, soldi, incontri né storie da una notte... tutto ciò che mi serve sei tu. Sei l'unica cosa a cui penso. Di cui sogno. Sei tutto ciò che voglio.»

In quel momento capii che il mio piano era fallimentare: non potevo mostrarmi indifferente, ora che Travis giocava a carte scoperte. Quando ci eravamo conosciuti, qualcosa in noi era cambiato; di qualsiasi cosa si trattasse, avevamo bisogno l'uno dell'altra. Per ragioni che mi sfuggivano, io ero la sua eccezione e, per quanto avessi cercato di combattere i miei sentimenti, lui era la mia.

Scosse la testa, mi prese il viso tra le mani e mi guardò negli occhi. «Sei andata a letto con lui?»

I miei occhi si riempirono di lacrime mentre scuotevo la testa. Travis premette con forza le labbra sulle mie e sentii la sua lingua infilarsi decisa nella mia bocca. Incapace di controllarmi, lo afferrai per la maglietta c lo attirai a me. Lui mormorò qualcosa con quella sua voce profonda, incredibile, e mi strinse tanto che ebbi difficoltà a respirare.

Qualche istante dopo si scostò. «Chiama Parker. Digli che non lo vuoi più vedere. Digli che stai con me», disse in un soffio.

Chiusi gli occhi. «Non posso stare con te, Travis.»
«Perché no?» esclamò lasciandomi andare.
Rimasi in silenzio, preparandomi alla sua reazione di fronte alla verità.
Scoppiò a ridere. «Roba da non credere. L'unica ragazza che voglio non mi vuole.»
Feci un respiro profondo: sapevo che mi sarei dovuta avvicinare alla verità più di quanto avessi fatto negli ultimi mesi. «America e io ci siamo trasferite qui per dare una svolta alla mia vita. O per evitare che ne prendesse una in particolare. Gli incontri, il gioco d'azzardo, l'alcol... è quello che mi sono lasciata alle spalle. Quando ti sto vicino... mi ritrovo tutto davanti, in un irresistibile pacchetto tatuato. Non ho fatto centinaia di chilometri per riviverlo.»
Travis sollevò il mento perché lo guardassi in faccia. «Meriti qualcuno migliore di me, lo so benissimo. Ma se esiste una donna fatta per me... be', sei tu. Farò tutto il necessario, Pidge. Mi ascolti? Tutto.»
Mi liberai dalla sua presa vergognandomi perché non potevo dirgli la verità. Ero io quella che non era all'altezza, quella che avrebbe rovinato tutto. Avrei rovinato anche lui. Un giorno mi avrebbe odiato e non avrei sopportato il suo sguardo quando fosse giunto a quella conclusione.
Travis tenne la porta chiusa con la mano. «Smetterò di combattere non appena mi sarò laureato. Non berrò più neanche un goccio. Ti darò il lieto fine, Pigeon. Se crederai in me, ce la farò.»
«Non voglio che tu cambi.»
«Allora dimmi cosa devo fare. Dimmelo e lo farò», supplicò.
Qualsiasi desiderio di stare con Parker era svanito da tempo e sapevo che era a causa dei sentimenti che provavo per Travis. Pensai alle due possibilità che avevo di fronte: rischiare fidandomi di Travis, oppure allontanarlo e vivere una vita senza di lui. Entrambe le decisioni mi terrorizzavano.
«Mi presti il telefono?» chiesi.
Lui aggrottò la fronte, perplesso. «Certo», disse estraendolo dalla tasca.

Composi il numero e chiusi gli occhi quando sentii gli squilli.

«Travis, che diamine...? Sai che ore sono?» esclamò Parker con voce irritata..

Sentii il cuore in fibrillazione. Non avevo considerato che Parker avesse il numero di Travis..

Le parole mi uscirono in qualche modo dalle labbra tremanti. «Scusami se ti chiamo così tardi, ma era una cosa che non poteva aspettare. Io... non posso venire a cena con te mercoledì.»

«Sono le quattro del mattino, Abby. Che succede?»

«Non posso più vederti.»

«Abs...»

«Sono... piuttosto sicura di essere innamorata di Travis», dissi preparandomi alla reazione.

Dopo alcuni istanti di silenzio chiuse la comunicazione.

Con lo sguardo fisso a terra, restituii il cellulare a Travis. Mi feci coraggio e lo guardai: sul suo volto si susseguirono confusione, turbamento e adorazione.

«Mi ha sbattuto il telefono in faccia», feci con una smorfia.

Lui mi studiò con un'aria di cauta speranza. «Tu mi ami?»

«Sono i tatuaggi», risposi con un'alzata di spalle.

Travis sfoderò allora un largo sorriso che mise in risalto la fossetta sulla guancia. «Vieni a casa con me», disse stringendomi.

Mi incupii. «Hai detto tutto questo per portarmi a letto? Dev'essere stata una notte indimenticabile.»

«L'unica cosa a cui sto pensando è tenerti fra le mie braccia tutta la notte.»

«Andiamo.»

Nonostante la guida veloce e le scorciatoie, il viaggio fino all'appartamento sembrò non avere fine. Quando arrivammo, Travis mi portò in braccio su per le scale. Ridacchiai sfiorandogli il collo con le labbra mentre armeggiava per aprire la porta. Mi posò a terra, la richiuse ed emise un lungo sospiro di sollievo.

«Da quando te n'eri andata non sembrava più la stessa casa», disse baciandomi.

Toto arrivò di corsa dal corridoio e scodinzolò, uggiolando ai miei piedi. Lo presi in braccio bisbigliandogli parole dolci.

Il letto di Shepley cigolò e un istante dopo si udirono i suoi passi pesanti lungo il corridoio. Spalancò la porta e socchiuse gli occhi alla luce. «Cazzo, no, Trav, non puoi fare una cosa del genere! Sei innamorato di Ab...» Guardò meglio e riconobbe l'errore. «Ehi, Abby.»

«Ehi, Shep», dissi rimettendo Toto sul pavimento.

Travis mi trascinò oltre il cugino sconvolto e chiuse la porta con un calcio. Poi mi prese tra le braccia e mi baciò senza esitare, come se lo avessimo fatto un'infinità di volte in precedenza. Gli sfilai la maglietta e lui fece lo stesso con il mio giubbotto. Smisi di baciarlo solo per il tempo necessario a togliere maglia e top, quindi mi buttai di nuovo tra le sue braccia. Ci spogliammo a vicenda e pochi istanti dopo mi adagiò sul letto. Tastai al di sopra della mia testa per aprire il cassetto e vi affondai la mano, ma non trovai nulla.

«Merda», esclamò lui ansimando. «Li ho buttati via.»

«Cosa? Tutti?»

«Pensavo che tu non... se non fosse stato con te, non ne avrei avuto bisogno.»

«Stai scherzando!» dissi appoggiandomi alla testiera.

Trav mi posò la fronte sulla spalla. «Considerati l'opposto di una preda facile.»

Sorrisi e lo baciai. «Non sei mai stato con qualcuna senza usarli?»

Lui scosse la testa. «Mai.» Si guardò attorno per un istante, perso nei suoi pensieri, e poco dopo rise vedendo la mia espressione. «Che fai?»

«Sst, sto contando.» Mi osservò per un attimo, poi si chinò per baciarmi sul collo. «Non riesco a concentrarmi se fai ques...» Sospirai. «Venticinque più due giorni...» sussurrai.

Travis ridacchiò. «Di che diavolo parli?»

«Siamo a posto», risposi scivolando esattamente sotto di lui.

Lui mi baciò con tenerezza. «Sei sicura?»

Le mie mani corsero lungo il suo corpo fino alle natiche

e lo attirarono verso di me. Travis chiuse gli occhi ed emise un gemito lungo, profondo.

«Oh mio Dio, Abby», mormorò. Entrò dentro di me con un mormorio. «Fare l'amore con te è incredibile.»

«È diverso?»

Mi guardò negli occhi. «Con te è comunque diverso ma...» Fece un profondo respiro e si contrasse di nuovo chiudendo gli occhi per un momento, «dopo questo non sarà più lo stesso.»

Mi coprì di baci ogni centimetro del collo e, quando trovò la bocca, gli affondai le dita nelle spalle perdendomi nell'intensità di quel momento.

Travis mi allungò le braccia al di sopra della testa e intrecciò le mani con le mie, stringendo a ogni spinta. I suoi movimenti si fecero più bruschi e gli conficcai le unghie nella carne mentre il mio ventre si contraeva.

Gridai mordendomi il labbro e stringendo gli occhi.

«Abby», mormorò. Sembrava combattuto. «Devo... devo...»

«Non fermarti», supplicai.

Entrò in me ancora una volta gemendo così forte che gli tappai la bocca. Dopo alcuni respiri affannosi, mi guardò negli occhi e mi tempestò di baci. Mi prese il volto tra le mani e mi baciò ancora, più lentamente, più dolcemente. Mi sfiorò le labbra, le guance, la fronte, il naso e ancora le labbra.

Sorrisi sentendomi sopraffare dalla stanchezza. Travis si sdraiò di fianco a me e sistemò le coperte. Gli appoggiai la guancia sul petto e lui mi diede un bacio sulla fronte, abbracciandomi.

«Stavolta non andartene, okay? Domani mattina voglio svegliarmi esattamente così.»

Gli baciai il petto. Il fatto che avesse avvertito il bisogno di chiedermelo mi fece sentire in colpa. «Non vado da nessuna parte.»

11.
GELOSIA

Mi svegliai stesa sul ventre, nuda e aggrovigliata nelle lenzuola di Travis Maddox. Con gli occhi ancora chiusi, sentii le sue dita accarezzarmi la schiena.

Fece un respiro profondo, soddisfatto. «Ti amo, Abby. Ti renderò felice, lo giuro», disse in tono sommesso.

Il materasso si incurvò quando lui si mosse; un istante dopo mi sfiorò la schiena con le labbra e la tempestò di piccoli baci. Restai immobile ma quando arrivò all'orecchio si scostò e si alzò. Sentii i suoi passi tranquilli risuonare in corridoio e poco dopo sentii l'acqua scorrere nei tubi.

Aprii gli occhi, mi misi a sedere e mi stiracchiai. Mi dolevano tutti i muscoli del corpo, anche quelli che non sapevo di avere. Coprendomi con il lenzuolo, mi avvicinai alla finestra e osservai le foglie rosse e gialle cadere dai rami.

In quell'istante il cellulare di Travis vibrò da qualche parte sul pavimento; dopo aver tastato goffamente gli abiti ammucchiati per terra, lo trovai nella tasca dei jeans. Sul monitor vidi soltanto il numero, senza nome.

«Pronto?»

«C'è uhm... Travis?» chiese una voce femminile.

«È sotto la doccia, vuoi lasciare un messaggio?»

«Naturalmente è sotto la doccia! Digli che ha chiamato Megan, d'accordo?»

Travis tornò in camera con l'asciugamano attorno alla vita e sorrise quando gli porsi il telefono.

«È per te», affermai.

Mi baciò, guardò il monitor e scosse la testa. «Sì? Era la mia ragazza. Cosa vuoi, Megan?» Ascoltò per un istante e sorrise. «Be', Pigeon è speciale, che posso dirti?» Dopo un lungo silenzio si spazientì: potevo solo immaginare che cosa gli stesse dicendo lei. «Non fare la stronza, Megan. Ascolta, non chiamare più... Be', l'amore cambierà anche te», esclamò guardandomi con espressione dolce. «Sì, con Abby. Parlo sul serio, Meg, niente più telefonate... Ciao.»

Gettò il telefono sul letto e si sedette vicino a me. «Era un po' seccata. Ti ha detto qualcosa?»

«No, ha solo chiesto di te.»

«Ho cancellato i pochi numeri che avevo sul telefono, ma immagino non basti a impedire che chiamino. Se non lo capiscono da sole, sistemerò la cosa.»

Mi guardò e non potei fare a meno di sorridere. Non avevo mai visto quel lato del suo carattere. «Mi fido di te, sai.»

Mi stampò un bacio sulle labbra. «Ti capirei, se volessi che mi conquistassi la tua fiducia.»

«Devo farmi la doccia. Sono in ritardo per la lezione.»

«Vedi? Ho già un'influenza positiva.»

Mi alzai e lui mi tirò un lembo del lenzuolo. «Megan ha detto che questo fine settimana c'è la festa di Halloween al Red Door. L'anno scorso ci ero andato con lei, è stato piuttosto divertente.»

«Non ne dubito», osservai inarcando un sopracciglio.

«Volevo dire che c'era un sacco di gente. Organizzano un torneo di biliardo e i drink sono a buon mercato... ti va di andarci?»

«In realtà non... non sono una che si maschera, non l'ho mai fatto.»

Scrollò le spalle. «Nemmeno io. Ci vado e basta.»

«Allora andiamo al bowling stasera?» feci, chiedendomi se mi avesse invitato solo per stare un po' con me, cosa di cui ormai non aveva più bisogno.

«Be', sì! Preparati all'ennesima sconfitta!»

Lo guardai socchiudendo gli occhi. «No, stavolta no. Ho un nuovo superpotere.»

Scoppiò a ridere. «Che sarebbe? Il linguaggio pungente?»

Mi chinai per baciargli il collo e gli sfiorai la pelle con la lingua fino all'orecchio. Restò impietrito.

«Ti distrarrò», bisbigliai.
Mi afferrò per le braccia e mi buttò sul letto. «Mi sa che perderai un'altra lezione.»

Alla fine riuscii a convincerlo ad andare a lezione di storia. Ci precipitammo al campus e ci infilammo nei banchi appena prima che il professor Chaney iniziasse. Travis girò il cappellino da baseball rosso all'indietro per darmi un bacio sulle labbra sotto gli occhi dell'intera classe.
Mentre andavamo in mensa, mi prese per mano. Sembrava così fiero di quel gesto, di annunciare al mondo che stavamo insieme. Finch se ne accorse e mi guardò con un ghigno ridicolo. Non fu l'unico: quella semplice dimostrazione d'affetto scatenò occhiate e mormorii tra gli studenti che ci incrociavano.
Arrivati all'ingresso Travis respirò un'ultima boccata dalla sigaretta, mentre io esitai. America e Shepley erano già dentro e Finch si accese un'altra sigaretta. Dovevo entrare per forza da sola con Travis. Poco prima mi aveva baciato davanti a tutti, ed ero sicura che i pettegolezzi avessero raggiunto un ennesimo picco. Avevo paura di mettere piede su quel grande palcoscenico che era la mensa.
«Che c'è, Pidge?»
«Ci guardano tutti.»
Lui si portò la mia mano alla bocca e la baciò. «È solo lo shock iniziale, passerà. Ti ricordi quando abbiamo iniziato a frequentarci? Dopo un po' ogni curiosità è svanita e si sono abituati a vederci insieme. Dai», disse trascinandomi oltre la porta.
Una delle ragioni per cui avevo scelto la Eastern era il numero ridotto di studenti, ma quell'interesse esagerato per gli scandali era estenuante. Era un circolo vizioso: tutti sapevano quanto fosse assurda la macchina del gossip, eppure la alimentavano spudoratamente.
Ci sedemmo ai soliti posti con i piatti. America mi sorrise con aria d'intesa. Chiacchierava come se fosse tutto norma-

le, mentre i giocatori di football in fondo al tavolo mi guardavano come se fossi un fantasma.

Travis indicò la mia mela con la forchetta. «La mangi?»

«No, prendila pure, tesoro.»

Quando America si voltò di scatto verso di me, mi sentii le orecchie in fiamme.

«Mi è venuto spontaneo», dissi scuotendo la testa. Gettai uno sguardo a Travis, che aveva un'aria divertita e adorante.

Quel mattino ci eravamo chiamati così un paio di volte e, prima che mi uscisse dalle labbra, non avevo pensato che per tutti gli altri fosse una novità.

«Siete appena entrati nella fase del romanticismo irritante», commentò America sorridendo.

Shepley mi toccò la spalla. «Ti fermi da noi stasera?» biascicò masticando un pezzo di pane. «Prometto che non uscirò dalla stanza insultando Travis.»

«Stavi difendendo il mio onore, Shep. Ti perdono», risposi.

Travis addentò una fetta di mela. Sul volto aveva un'espressione felice che non gli avevo mai visto, e il suo sguardo era tornato sereno. Anche se decine di persone seguivano ogni nostra mossa, tutto andava... bene.

Quante volte avevo ripetuto che mettermi con Travis sarebbe stata la decisione sbagliata e quanto tempo avevo sprecato a reprimere i sentimenti che provavo! Guardando i suoi occhi dolci e la fossetta sulla guancia, non riuscii a ricordare il motivo di tanta preoccupazione.

«Sembra incredibilmente felice. Alla fine gliel'hai data, Abby?» fece Chris dando una gomitata ai compagni.

«Non sei molto furbo, vero Jenks?» osservò Shepley.

Sentii all'istante il sangue affluirmi alle guance e fissai Travis, che aveva uno sguardo truce. Il mio imbarazzo passava tuttavia in secondo piano di fronte alla sua rabbia e scossi la testa per invitarlo a lasciar perdere. «Ignoralo e basta.»

Dopo un istante si rilassò e annuì, facendo un profondo respiro. Poi mi fece l'occhiolino.

Mi protesi per prendergli la mano. «Ieri sera parlavi sul serio, vero?»

Fece per rispondere ma la risata di Chris risuonò nell'intera mensa. «Santo Dio! Travis Maddox è proprio cotto!»

«E tu eri seria quando dicevi che non volevi che cambiassi?» domandò stringendomi la mano.

Vidi Chris ridere con i compagni e mi girai verso Travis. «Certo. Insegna a quello stronzo un po' di buone maniere.»

Sul suo viso comparve un sorriso malizioso e s'incamminò verso il fondo del tavolo. Nella sala calò il silenzio e Jenks tornò serio.

«Ehi, ti stavo solo prendendo in giro, Travis», esclamò guardandolo dal basso in alto.

«Scusati con Pidge», ribatté torvo lui.

Chris mi guardò con un sorriso nervoso. «Io... io stavo solo scherzando, Abby. Mi dispiace.»

Lo fissai infuriata mentre spostava lo sguardo su Travis per avere la sua approvazione. Nel momento stesso in cui lui si allontanò, Jenks ridacchiò e sussurrò qualcosa a Brazil. Il cuore prese a martellarmi nel petto quando vidi Travis bloccarsi e stringere le mani a pugno.

Brazil scosse la testa e sbuffò esasperato. «Quando ti riprenderai, Chris... ricordati che te la sei cercata.»

Travis afferrò il vassoio di Finch e glielo sbatté in faccia, facendolo cadere dalla sedia. Jenks cercò di rifugiarsi sotto il tavolo, ma lui lo trascinò fuori per le gambe e gli si buttò addosso. Chris si raggomitolò mentre Travis gli tempestava la schiena di calci. Tese le braccia davanti a sé e Travis ne approfittò per colpirlo in faccia. Il sangue prese a colare e a quel punto si rialzò, senza fiato.

«Se anche solo la guardi, grandissimo pezzo di merda, ti spacco quella mascella del cazzo!» urlò. Trasalii quando gli sferrò un ultimo calcio alla gamba.

Le donne che lavoravano in mensa accorsero e restarono sconvolte vedendo quell'ammasso sanguinante sul pavimento.

«Mi dispiace», disse Travis pulendosi il sangue di Jenks dalla guancia.

Alcuni studenti si alzarono per vedere meglio, altri rimasero seduti con un'aria vagamente divertita. La squadra di football si limitò a fissare il corpo inerte di Chris per terra e a scuotere la testa.

Travis si girò e fece per andarsene. In quel momento, Shepley afferrò sia il mio braccio sia la mano di America per trascinarci fuori, dietro al cugino. Percorremmo il breve tratto fino alla Morgan Hall; lì io e America ci sedemmo sui gradini a guardare Travis che andava su e giù.

«Stai bene, Trav?» domandò Shepley.

«Datemi solo... un minuto», rispose mettendosi le mani sui fianchi mentre camminava.

Shepley si cacciò le sue in tasca. «Mi stupisce che tu ti sia fermato.»

«Pidge ha detto di insegnargli un po' di buone maniere, Shep, non di ucciderlo. Mi ci è voluta tutta la volontà che ho per smettere.»

America s'infilò i grandi occhiali da sole quadrati per osservarlo.

«Che cos'ha detto Chris per provocarti?»

«Qualcosa che non ripeterà più», rispose lui, fremente di rabbia.

Mare guardò Shepley, che alzò le spalle. «Non ho sentito.»

Travis chiuse di nuovo le mani a pugno. «Torno là dentro.»

Shepley allora lo toccò sulla spalla. «La tua ragazza è qui. Non c'è bisogno che torni là dentro.»

Mi guardò, sforzandosi di calmarsi. «Ha detto... tutti pensano che Pidge abbia... Gesù, non riesco neanche a dirlo.»

«È come se lo avessi detto», bofonchiò America mangiucchiandosi le unghie.

Finch sopraggiunse alle spalle di Travis, chiaramente eccitato da tutto quel subbuglio. «Ogni ragazzo etero della Eastern vuole provarci con lei perché ha conquistato l'inafferrabile Travis Maddox», spiegò con un'alzata di spalle. «O almeno è quello che stanno dicendo ora.»

Travis lo superò con uno spintone, diretto in mensa. Shepley gli schizzò dietro e lo afferrò per un braccio. Mi coprii la bocca con le mani quando Travis scattò e Shepley schivò il pugno. America era impassibile; conosceva bene le loro dinamiche.

Mi venne in mente solo un modo per fermarlo. Scesi di corsa i gradini e mi piazzai esattamente sulla sua strada. Gli saltai addosso e gli cinsi la vita con le gambe. Lui mi afferrò per le cosce mentre gli prendevo il volto tra le mani e gli stampavo un bacio lungo e intenso sulla bocca. Sentii la sua rabbia svanire mentre mi baciava e, quando mi scostai, capii di aver vinto.

«Non ci interessa cosa pensano, ricordi? Non inizierai ora a preoccupartene», affermai sorridendo sicura. Il risultato superò le mie più rosee aspettative.

«Non posso permettere che parlino di te in quel modo, Pigeon», replicò lui cupo e frustrato posandomi a terra.

Allungai le braccia e giunsi le mani dietro la sua schiena.

«Di che modo parli? Credono abbia qualcosa di speciale perché prima non ti eri mai fidanzato. Hai forse qualcosa da obiettare?»

«No, è solo che non posso sopportare l'idea che tutti i ragazzi dell'università vogliano portarti a letto per questo motivo.» Premette la fronte contro la mia. «Questa cosa mi farà impazzire. Lo so già.»

«Non lasciarti coinvolgere, Travis», osservò Shepley. «Non puoi fare a pugni con tutti.»

Lui sospirò. «Altroché. Come ti sentiresti se tutti pensassero lo stesso di America?»

«Chi ti dice che non lo pensino?» replicò offesa lei. Scoppiammo a ridere e America fece una smorfia. «Non stavo scherzando.»

Shepley la fece alzare e la baciò sulla guancia. «Lo sappiamo, tesoro. Ho smesso di essere geloso secoli fa. Non avrei tempo di fare altro.»

America sorrise in segno d'apprezzamento e lo abbracciò. Shepley aveva la misteriosa abilità di mettere a proprio agio chiunque lo circondasse, che di certo aveva sviluppato crescendo vicino a Travis e ai suoi fratelli; probabilmente era più che altro un meccanismo di difesa.

Travis si strofinò contro il mio orecchio e io ridacchiai finché vidi Parker avvicinarsi. Avvertii lo stesso impulso che avevo provato quando Travis voleva rientrare in mensa, e gli andai subito incontro.

«Ti devo parlare», disse.

Lanciai un'occhiata alle mie spalle e scossi la testa in segno di avvertimento. «Non è un buon momento, Parker. Anzi, è pessimo. Travis e Chris hanno litigato a pranzo e lui è ancora un po' teso. Devi andartene.»

Parker lo fissò per un istante, poi si concentrò di nuovo su di me. «Ho appena saputo quello che è successo in mensa. Non ti rendi conto dei guai in cui ti stai cacciando. Travis è un problema, Abby. Lo sanno tutti. Nessuno parla del fatto che tu lo abbia cambiato... aspettano tutti che faccia quello che sa fare meglio. Non so che cosa ti abbia detto, ma tu non hai idea di che razza di persona sia.»

Sentii le mani di Travis sulle mie spalle. «Perché non glielo spieghi tu?»

Parker si innervosì. «Sai quante ragazze distrutte ho accompagnato a casa dopo che avevano trascorso qualche ora sole con lui in una stanza a qualche festa? Ti farà soffrire.»

Travis strinse le dita e io posai la mano sulla sua finché si rilassò. «Dovresti andartene, Parker.»

«E tu dovresti ascoltare quello che ho da dirti, Abs.»

«Non chiamarla così, cazzo», grugnì Travis.

Parker non distolse lo sguardo dal mio. «Sono preoccupato per te.»

«Ti ringrazio, ma non ne hai motivo.»

Scosse la testa. «Ti vede come una sfida a lungo termine, Abby. Ti fa credere di essere diversa dalle altre per portarti a letto. Si stancherà di te. Ha la capacità di attenzione di un bambino.»

Travis mi aggirò e si piazzò tanto vicino a lui che i loro nasi quasi si toccarono. Parker cercò di guardarmi ma Travis si spostò e glielo impedì. «Non guardare lei, cazzo. Guarda me, stronzetto viziato.» Parker si concentrò su di lui e attese. «Se solo fai un respiro nella sua direzione, ti farò entrare zoppicando a medicina.»

Lui indietreggiò finché non fui nel suo campo visivo.

«Pensavo fossi più in gamba», disse scuotendo la testa prima di allontanarsi.

Travis lo osservò per un momento, quindi si voltò e mi scrutò negli occhi. «Sai che sono un mucchio di stronzate, no? Non è la verità.»

«Di sicuro la pensano tutti così», borbottai notando l'interesse di chi ci passava accanto.

«Allora dimostrerò che si sbagliano.»

Durante quella settimana, Travis prese la promessa molto seriamente. Non assecondava più le compagne che lo bloccavano mentre andava a lezione e qualche volta fu anche sgarbato. Quando entrammo al Red per la festa di Halloween, ero un po' nervosa non sapendo come avrebbe fatto a tenere a bada le ragazze ubriache.

America, Finch e io ci sedemmo a un tavolo a guardare Shepley e Travis giocare a biliardo contro due compagni della Sig Tau.

«Vai, tesoro!» esclamò America sollevandosi sullo sgabello.

Shepley le fece l'occhiolino e mandò la palla nella buca più lontana.

«Uau!» strillò lei.

Tre ragazze vestite come le Charlie's Angels si avvicinarono a Travis, e io sorrisi vedendolo fare del suo meglio per ignorarle. Una gli sfiorò un tatuaggio, ma lui scostò il braccio. La mandò via per poter tirare e lei guardò imbronciata le amiche.

«È da non credere quanto sono ridicole. Le ragazze qui non hanno pudore», commentò America.

Finch scosse la testa stupefatto. «È Travis. Penso sia la fama del cattivo... e vogliono salvarlo, oppure pensano di essere immuni da quei suoi modi crudeli. Non so quale delle due.»

«Probabilmente tutte e due», affermai ridendo. Guardai sogghignando le ragazze che aspettavano di essere degnate di qualche attenzione. «Immaginate come dev'essere sperare di essere la prescelta, sapendo d'essere usata per il sesso.»

«Sono tutti problemi edipici», sentenziò America bevendo un sorso del suo drink.

Finch spense la sigaretta, saltò giù dallo sgabello e ci tirò per i vestiti. «Venite ragazze! Finch ha voglia di ballare!»

«Dai, Abby. Non vorrai che si metta a piangere, no?»

Ci unimmo ai poliziotti e ai vampiri in pista e Finch si esibì nelle sue mosse alla Timberlake. Lanciai un'occhiata a Travis alle mie spalle e notai che mi controllava con la coda dell'occhio, fingendo di seguire Shepley che mandava in buca l'ottava palla della partita e poi raccoglieva le vincite. Alzò gli occhi al cielo quando Finch si dimenò di qua e di là per infilarsi tra me e America.

«Vado a prendermi ancora da bere, tu vuoi qualcosa?» mi gridò America sovrastando la musica.

«Vengo con te», risposi guardando Finch e indicando il bar.

Lui scosse la testa e continuò a ballare. Io e America ci facemmo largo tra la folla a spallate fino al bar, che era affollatissimo. Ci preparammo a una lunga attesa.

«Stasera i ragazzi stanno facendo un bel po' di soldi», osservò America.

Mi accostai al suo orecchio. «Non capirò mai perché scommettano contro Shep.»

«Per la stessa ragione per cui scommettono contro Travis: sono degli idioti», rispose sorridendo.

Un uomo che indossava una toga si protese sul banco vicino ad America e sorrise. «Cosa bevete stasera, signore?»

«Ci prendiamo da bere da sole, grazie», rispose lei guardando davanti a sé.

«Io sono Mike», disse l'uomo. «E questo è Logan», aggiunse indicando l'amico.

Sorrisi educatamente fissando America, che assunse la migliore espressione «togliti dai piedi» del suo repertorio. La barista prese il nostro ordine, fece un cenno agli uomini dietro a noi e si voltò per preparare i drink. Qualche minuto dopo ci porse un bicchiere quadrato pieno di un liquido schiumoso di colore rosa e tre birre. Mike pagò e lei annuì.

«Qui è davvero fantastico», commentò Mike scrutando la gente.

«Sì», rispose seccata America.

«Ti ho vista ballare laggiù», mi disse Logan indicando con un cenno la pista. «Sei brava.»

«Uh... grazie», risposi sforzandomi di mantenere un tono gentile, sapendo che Travis si trovava a pochi metri di distanza.

«Vuoi ballare?» chiese.

Scossi la testa. «No, grazie. Sono qui con il mio...»

«Ragazzo», aggiunse Travis spuntando dal nulla. Guardò in cagnesco i due, che indietreggiarono un po', intimoriti.

America non riuscì a soffocare un sorriso compiaciuto quando Shepley la cinse con un braccio. Travis indicò con un cenno la sala. «Ora sparite.»

I due guardarono me e America e poi si misero al riparo in mezzo alla folla.

Shepley baciò America. «Non posso portarti da nessuna parte!» Lei fece una risatina e io sorrisi a Travis, che mi stava guardando torvo.

«Che c'è?»

«Perché hai lasciato che ti offrisse da bere?»

Notando l'umore di Trav, America si scostò da Shepley. «Non è andata così, Travis. Gli ho detto di no.»

Lui mi prese la bottiglia di mano. «Allora cos'è questa?»

«Dici sul serio?» domandai.

«Mai stato più serio in vita mia», rispose gettando la birra nel cestino dei rifiuti. «Te l'ho detto un centinaio di volte... non accettare drink da sconosciuti. E se ci avesse messo dentro qualcosa?»

America sollevò il bicchiere. «Non abbiamo mai perso di vista i drink, Trav. Stai esagerando.»

«Non sto parlando con te», replicò lui trafiggendomi con lo sguardo.

«Ehi!» esclamai, infuriandomi d'un tratto. «Non trattarla così.»

«Travis», lo ammonì Shepley. «Lascia perdere.»

«Non mi va che accetti da bere da altri», ribadì lui.

Mi imbronciai. «Vuoi litigare?»

«Ti darebbe fastidio se mi vedessi bere con una ragazza?»

Annuii. «Okay, adesso ignori tutte le altre donne. Ho capito. Devo fare lo stesso con i ragazzi.»

«Non sarebbe male.» Stava chiaramente cercando di frenare la collera, e sapere di esserne la causa era snervante. I suoi occhi lampeggiavano ancora di rabbia e in quell'istante sentii l'impulso di lanciarmi all'attacco.

«Dovrai ridimensionare un po' questa storia del fidanzato geloso, Travis. Non ho fatto niente di male.»

Mi lanciò un'occhiata incredula. «Arrivo qui e un tizio ti sta offrendo da bere!»

«Non urlarle!» intervenne America.

Shepley gli posò una mano sulla spalla. «Abbiamo tutti bevuto parecchio. Andiamo.» L'effetto calmante che di solito aveva su Travis non funzionò, e io m'irritai perché con il suo malumore aveva posto fine alla serata.

«Devo avvertire Finch che ce ne andiamo», dissi superando Travis con uno spintone per raggiungere la pista da ballo.

In quel momento una mano calda mi cinse il polso. Mi girai di scatto e vidi le dita di Travis stringermi. «Vengo con te.»

«Sono capace di fare qualche passo da sola, Travis. Che ti succede?» replicai liberandomi.

Scorsi Finch e mi feci strada verso di lui.

«Ce ne andiamo!»

«Cosa?» urlò al di sopra della musica.

«Travis è nervoso! Ce ne andiamo!»

Finch sbuffò e scosse la testa salutandomi mentre mi allontanavo. Individuai America e Shepley, ma un uomo travestito da pirata mi strattonò. «Dove credi di andare?» fece con un sorriso, avvicinandosi.

Risi vedendo la sua espressione buffa. Mi voltai per proseguire e lui mi prese per un braccio. Non impiegai molto a capire che non voleva afferrarmi, bensì afferrarsi a me... per protezione.

«Whoa!» gridò guardando al di là delle mie spalle con gli occhi sgranati.

Travis si precipitò in pista e gli tirò un pugno in piena faccia. Finimmo entrambi per terra. Battei stordita e incredula le palpebre, con le mani appoggiate sul pavimento di legno.

Sentendo qualcosa di caldo e di bagnato, mi ritrassi di scatto. Ero sporca del sangue che l'uomo stava perdendo dal naso.

Travis si affrettò a tirarmi su, sconvolto quanto me. «Oh, cazzo! Stai bene, Pidge?»

Quando fui in piedi, mi liberai dalla sua presa. «Sei impazzito?»

America mi prese per il polso e mi condusse fino al parcheggio. Shepley aprì le portiere e, quando mi fui seduta, Travis mi guardò.

«Mi dispiace, Pigeon. Non sapevo che ti tenesse.»

«Per poco non colpivi me!» replicai prendendo l'asciugamano macchiato d'olio che Shepley mi aveva lanciato. Mi pulii il sangue dalla mano, disgustata.

Travis si fece scuro in volto. «Non lo avrei colpito se avessi saputo che rischiavo di farti del male. Questo lo sai, vero?»

«Sta' zitto. Sta' zitto e basta», dissi senza guardarlo.

«Pidge...» fece lui.

Shepley pestò la mano sul volante. «Taci, Travis! Hai detto che ti dispiace, adesso chiudi quella bocca!»

Il viaggio di ritorno avvenne nel silenzio più totale. Shepley spostò il sedile in avanti per farmi scendere e io guardai America, che annuì comprensiva.

Diede il bacio della buonanotte al suo ragazzo. «Ci vediamo domani, tesoro.»

Shep annuì rassegnato e la baciò. «Ti amo.»

Mi avviai verso la Honda e Travis si affrettò a raggiungermi. «Dai, non essere arrabbiata.»

«Oh, non sono arrabbiata. Sono furiosa.»

«Ha bisogno di un po' di tempo per calmarsi, Travis», lo ammonì America aprendo l'auto.

Quando le serrature scattarono, lui posò una mano sulla portiera. «Non andartene, Pigeon. Il mio comportamento è stato inaccettabile. Mi dispiace.»

Alzai la mano mostrandogli i residui di sangue secco sul palmo. «Chiamami quando sarai cresciuto.»

Lui si appoggiò alla portiera. «Non puoi andartene.»

Mi corrucciai e Shepley aggirò di corsa l'auto per raggiungerci. «Travis, sei ubriaco. Stai per fare un errore madornale. Lascia che vada a casa, che si calmi... ne parlerete domani, quando sarete sobri.»

L'espressione di Travis si fece disperata. «Non può andarsene», ripeté fissandomi negli occhi.

«Piantala», dissi tirando la portiera. «Spostati!»

«Cosa vuoi dire?» chiese afferrandomi per un braccio.

«Quell'aria triste. Non ci casco.»

Shepley lo osservò per un istante, quindi si voltò verso di me. «Abby... è di questo che ti parlavo. Forse dovresti...»

«Stanne fuori, Shep», intervenne bruscamente America accendendo il motore.

«Combinerò dei casini. Combinerò parecchi casini, Pidge, ma tu devi perdonarmi.»

«Domani mattina avrò un livido enorme sul sedere! Hai picchiato quell'uomo perché eri incazzato con me! Cosa dovrebbe dirmi tutto questo? Mi stanno scattando tutti i campanelli d'allarme!»

«Non ho mai picchiato una ragazza in vita mia», disse, sorpreso dalle mie parole.

«E io non sarò la prima!» ribattei tirando la portiera. «Spostati, maledizione!»

Lui annuì e fece un passo indietro. Mi sedetti accanto ad America e sbattei la portiera. Lei inserì la retromarcia e Travis si chinò a guardarmi dal finestrino.

«Mi chiami domani, vero?» chiese toccando il parabrezza.

«Mare, andiamo», esclamai rifiutandomi di guardarlo negli occhi.

La notte fu lunga. Continuavo a controllare l'orologio, trasalendo quando mi accorgevo che era passata un'altra ora. Non riuscivo a smettere di pensare a lui e a decidere se chiamarlo. Mi chiedevo se anche lui fosse sveglio. Alla fine infilai gli auricolari dell'iPod e ascoltai tutte le canzoni più martellanti e fastidiose che conteneva.

L'ultima volta che guardai l'orologio erano le quattro passate. Fuori gli uccellini stavano già cantando, e sorrisi sentendo le palpebre pesanti. Mi sembrò fossero trascorsi solo pochi minuti quando udii bussare alla porta. America entrò di corsa. Mi tolse gli auricolari e si buttò sulla sedia della scrivania.

«Buongiorno, tesoro. Hai un aspetto orribile», osservò. Fece un palloncino con la gomma rosa che stava masticando e lo lasciò scoppiare con un sonoro *pop*.

«Sta' zitta, America!» disse Kara da sotto le coperte.

«Sai che persone come te e Travis litigano, vero?» affermò lei limandosi le unghie e continuando a masticare la gigantesca gomma.

Mi rigirai nel letto. «Sei ufficialmente licenziata. Sei una coscienza terribile.»

Scoppiò a ridere. «Ti conosco, tutto qui. Se in questo momento ti dessi le mie chiavi, andresti dritta da lui.»

«Non è vero!»

«Se lo dici tu», rispose con voce cantilenante.

«Sono le otto del mattino, Mare. Saranno di sicuro ancora in coma.»

In quel momento udii bussare lievemente. Kara estrasse il braccio da sotto la trapunta e girò la maniglia. La porta si aprì e Travis comparve sulla soglia.

«Posso?» chiese con voce bassa e roca. Notando i segni scuri sotto i suoi occhi, capii che aveva dormito poco, o che forse non aveva dormito affatto.

Mi misi a sedere, spaventata dal suo aspetto. «Stai bene?»

Lui entrò e si buttò in ginocchio davanti a me. «Mi dispiace così tanto, Abby. Mi dispiace tanto», disse gettandomi le braccia attorno alla vita e sprofondandomi il viso in grembo.

Gli presi la testa tra le braccia e guardai America.

«Io... ehm... io vado», esclamò lei cercando la maniglia a tastoni.

Kara si sfregò gli occhi e sospirò, poi afferrò la trousse da bagno. «Sono sempre molto pulita quando sei qui, Abby», brontolò sbattendo la porta dietro di sé.

Travis alzò lo sguardo. «So che quando si tratta di te non ragiono più, ma mi sto impegnando, Pidge, te lo giuro. Non voglio rovinare tutto.»

«Allora non farlo.»

«È difficile per me, lo sai. Sono terrorizzato all'idea che tu capisca che pezzo di merda sono e mi molli. Quando ballavi, ieri sera, ho visto una decina di ragazzi che ti guardavano. Vai al bar e ti vedo ringraziare quel tizio che ti offre da bere. Poi quel coglione in pista ti tocca.»

«Io non tiro pugni ogni volta che una ragazza ti parla. Non posso restare chiusa in casa per tutto il tempo. Dovrai tenere a freno il tuo caratteraccio.»

«Lo farò. Questa è la mia prima storia seria, Pigeon. Non ho mai provato sentimenti del genere per qualcuno... anzi, per nessuno. Se sarai paziente, troverò il modo di far funzionare le cose, te lo giuro.»

«Chiariamo una cosa: non sei un pezzo di merda, sei un tipo incredibile. Non importa chi mi offre da bere, chi mi chiede di ballare o flirta con me. Io tornerò a casa con te. Mi hai chiesto di fidarmi di te, ma a quanto pare sei tu a non fidarti di me.»

Lui si accigliò. «Non è vero.»

«Be', se pensi che voglia lasciarti per il primo che passa, allora non hai molta fiducia in me.»

Travis mi strinse di più. «Non ti merito, Pidge. Questo non significa che non mi fidi di te, ma mi preparo all'inevitabile.»

«Non dire così. Quando siamo soli, sei perfetto. Siamo perfetti. Poi però lasci che gli altri rovinino tutto. Non mi aspetto che cambi radicalmente, ma non puoi fare a pugni ogni volta che qualcuno mi guarda.»

Annuì. «Farò tutto quello che vuoi. Solo... dimmi che mi ami.»

«Sai che è così.»

«Devo sentirtelo dire», replicò aggrottando la fronte.

«Ti amo», dissi sfiorandogli le labbra con le mie. «Adesso smetti di fare il bambino.»

Scoppiò a ridere e s'infilò a letto con me. Passammo l'ora seguente a ridacchiare e a baciarci. Non ci accorgemmo quasi quando Kara tornò dalla doccia.

«Puoi uscire? Devo vestirmi», gli chiese stringendosi nell'accappatoio.

Travis mi baciò sulla guancia e andò in corridoio. «Ci vediamo tra un secondo.»

Mentre Kara frugava nell'armadio, ripiombai sul cuscino. «Perché tanta felicità?» bofonchiò.
«Niente», sospirai.
«Sai che cos'è la codipendenza, Abby? Il tuo ragazzo ne è un esempio lampante, il che fa paura, considerato che è passato da non avere alcun rispetto per le donne a credere di aver bisogno di te per respirare.»
«Forse è così», convenni, non volendo che guastasse il mio buon umore.
«Non ti chiedi il perché? Voglio dire... in fondo si è fatto mezza scuola.»
«Dice che sono diversa.»
«Certo che lo dice. Ma perché?»
«Perché ti importa?» feci brusca.
«È pericoloso aver bisogno di qualcuno a tal punto. Tu stai cercando di salvarlo e lui spera che tu ci riesca. Siete proprio un disastro.»
Sorrisi rivolta al soffitto. «Non importa perché o che cosa sia. Quando si sta bene, Kara, è magnifico.»
Lei alzò gli occhi al cielo. «Sei un caso disperato.»
Travis bussò e Kara lo lasciò entrare.
«Vado in sala studio. Buona fortuna Abby», esclamò con il tono più ipocrita possibile.
«Che c'è?» domandò Travis.
«Ha detto che siamo un disastro.»
«Che novità!» commentò sorridendo. D'un tratto assunse uno sguardo deciso e mi baciò dietro l'orecchio. «Perché non vieni a casa con me?»
Gli posai la mano sulla nuca e sospirai sentendo le sue labbra morbide a contatto con la mia pelle. «Credo che resterò qui. Sono sempre da te.»
Alzò di scatto la testa. «E allora? Non ti piace stare da me?»
Gli sfiorai la guancia e sospirai. Si agitava per un nonnulla. «Certo che mi piace, ma non vivo lì.»
Mi sfregò la punta del naso sul collo. «Ti voglio là. Ti voglio là ogni notte.»
«Non vengo a vivere con te», risposi scuotendo la testa.

«Non ti ho chiesto di venire a vivere con me. Ho detto che ti voglio là.»

«È la stessa cosa!» osservai ridendo.

Lui si accigliò. «Davvero non stai da me stanotte?»

Scossi la testa. Il suo sguardo si spostò sulla parete e poi sul soffitto. Vedevo quasi gli ingranaggi girare nella sua testa.

«Cos'hai in mente?» chiesi sospettosa.

«Sto pensando a un'altra scommessa.»

12.
FATTI DELLA STESSA PASTA

Misi in bocca la minuscola pillola bianca e deglutii, buttandola giù con un bicchiere d'acqua. Ero nella camera da letto di Travis, in mutandine e reggiseno, e stavo per infilarmi la camicia.

«Cos'era quella?» chiese lui dal letto.

«La pillola.»

Lui sembrò confuso. «Quale pillola?»

«La pillola, Travis. Devi ancora rifornire il cassetto, e l'ultima cosa di cui ho bisogno è preoccuparmi che mi venga il ciclo.»

«Oh.»

«Uno di noi due deve essere responsabile», osservai inarcando un sopracciglio.

«Dio, quanto sei sexy», osservò appoggiando la testa sulla mano. «La donna più bella della Eastern è la mia ragazza. Roba da matti.»

Alzai gli occhi al cielo, indossai la camicia di seta porpora e mi stesi sul letto al suo fianco. Mi misi cavalcioni su di lui e lo baciai sul collo, ridacchiando quando abbandonò il capo contro la testiera. «Di nuovo? Mi ucciderai, Pidge.»

«Non puoi morire», ribattei coprendogli il volto di baci. «Sei troppo cattivo.»

«No, non posso perché ci sono troppi imbecilli che farebbero di tutto per prendere il mio posto! Potrei vivere per sempre solo per ripicca!»

Risi sfiorandogli la bocca e lui mi gettò di schiena sul materasso. Infilò il dito sotto la sottile spallina color porpora e la abbassò baciandomi la pelle.

«Perché proprio io, Trav?»
Lui si scostò e mi guardò negli occhi. «Cosa intendi?»
«Sei stato con tutte quelle donne, non volevi fidanzarti, nemmeno prendere un numero di telefono... quindi perché proprio io?»
Mi accarezzò la guancia con il pollice. «Perché me lo chiedi?»
Alzai le spalle. «Pura curiosità.»
«Perché proprio io? Metà dei ragazzi della Eastern aspetta solo che io rovini tutto.»
Arricciai il naso. «Non è vero. Non cambiare discorso.»
«È vero. Se non ti fossi stato dietro fin dall'inizio, ora avresti più di un Parker Hayes alle calcagna. Hayes è semplicemente troppo egocentrico per aver paura di me.»
«Stai evitando la domanda! E in modo ben poco brillante, direi.»
«D'accordo! Perché te?» Un sorriso gli illuminò il volto e si chinò a baciarmi sulle labbra. «Mi sei piaciuta fin dalla sera dell'incontro.»
«Cosa?» feci dubbiosa.
Ridacchiò. «È vero. Con quel cardigan, tutta sporca di sangue... avevi un'aria assolutamente ridicola.»
«Grazie.»
Il sorriso svanì. «È stato quando mi hai guardato. Quello è stato il momento. Avevi uno sguardo innocente, gli occhi sgranati... non recitavi. Non mi guardavi come se fossi Travis Maddox», disse, sottolineando con un tono diverso le ultime parole, «mi guardavi come se fossi... non lo so, una persona.»
«Che scoperta, Trav. Tu sei una persona.»
Mi scostò una ciocca dal viso. «Prima che arrivassi tu, Shepley era l'unico che mi trattasse in modo normale. Tu non hai iniziato a tirartela, a flirtare o a passarti le dita tra i capelli. Tu mi hai visto.»
«Sono stata parecchio stronza con te.»
Travis mi baciò sul collo. «È così che mi hai conquistato.»
Gli sfiorai la schiena e gli infilai le mani nei boxer. «Spero che questa storia venga presto a noia. Non penso mi stancherò mai di te.»

«Me lo prometti?» chiese sorridendo.

Il telefono ronzò sul comodino e lui sorrise accostandolo all'orecchio.

«Sì? Oh, accidenti, no, sono qui con Pidge. Stavamo per andare a letto... Sta' zitto, Trent, non è divertente... Davvero? Cosa fa in città?» Mi guardò e sospirò. «D'accordo. Saremo là tra mezz'ora... mi hai sentito, coglione. Perché non vado da nessuna parte senza di lei, ecco perché. Vuoi che ti sistemi con un pugno quando arrivo?» Chiuse la telefonata e scosse la testa.

Lo guardai perplessa. «È la conversazione più strana che abbia mai sentito.»

«Era Trent. Thomas è in città, ed è serata di poker a casa di mio padre.»

«Serata di poker?»

«Sì, di solito mi ripuliscono. Barano, quei bastardi.»

«Conoscerò la tua famiglia fra trenta minuti?»

Lui guardò l'orologio. «Ventisette, per essere precisi.»

«Oddio Travis!» gemetti schizzando giù dal letto.

«Che fai?» domandò con un sospiro.

Frugai nell'armadio e presi un paio di jeans, che mi infilai saltellando di qua e di là, poi mi tolsi la camicia e gliela gettai in faccia. «Non puoi darmi un preavviso di venti minuti per conoscere la tua famiglia! Potrei ucciderti con le mie mani!»

Lui scostò la camicia e rise di fronte ai miei disperati tentativi di rendermi presentabile. Agguantai una maglia nera con il collo a V, la indossai e mi precipitai in bagno a lavarmi i denti e a spazzolarmi i capelli. Travis mi raggiunse, già pronto, e mi cinse la vita con le braccia.

«Sono un mostro!» esclamai guardandomi corrucciata allo specchio.

«Non ti rendi conto di quanto sei bella?» chiese baciandomi sul collo.

Sbuffai e corsi in camera a mettermi un paio di scarpe con il tacco. Lo presi per mano mentre mi conduceva alla porta; mi fermai per chiudermi il giubbotto di pelle nera e raccogliermi i capelli in uno chignon in vista della corsa in moto che ci attendeva.

«Calmati, Pigeon. Sono solo un gruppo di uomini seduti attorno a un tavolo.»

«È la prima volta che vedrò tuo papà e i tuoi fratelli... tutti insieme... e tu vuoi che mi calmi?» ribattei salendo in sella.

Lui si chinò e nel darmi un bacio mi sfiorò la guancia. «Li conquisterai come hai fatto con me.»

Quando arrivammo, mi sciolsi i capelli e me li ravviai con le dita prima di entrare in casa.

«Santo cielo! C'è faccia di culo!» gridò uno dei ragazzi.

Travis fece un cenno. Si sforzò di apparire seccato, ma vedevo che era felice all'idea di incontrare i fratelli. La casa era antiquata, con una tappezzeria sbiadita gialla e marrone e una moquette pelosa di varie tonalità brune. Percorremmo il corridoio fumoso fino a una stanza con la porta spalancata. Il padre e i fratelli erano seduti a un tavolo di legno rotondo su sedie scompagnate con una birra ciascuno.

«Ehi, ehi... occhio al linguaggio davanti alla signorina», avvertì il padre con il sigaro tra le labbra.

«Pidge, mio padre, Jim Maddox. Papà, lei è Pigeon.»

«Pigeon?» fece Jim con aria divertita.

«Abby», dissi stringendogli la mano.

Travis indicò i fratelli. «Trenton, Taylor, Tyler e Thomas.»

Tutti tranne Thomas sembravano la versione più vecchia di Travis: capelli corti, occhi castani, magliette aderenti sui muscoli scolpiti, pelle coperta di tatuaggi. Thomas indossava invece una camicia elegante e una cravatta allentata, aveva gli occhi verdi tendenti al nocciola e portava i capelli biondo scuro un po' più lunghi.

«Abby ha un cognome?» domandò Jim.

«Abernathy», risposi annuendo.

«È un piacere conoscerti, Abby», esclamò Thomas con un sorriso.

«Un vero piacere», gli fece eco Trent, lanciandomi un'occhiata maliziosa. Jim gli diede un colpetto sulla nuca e lui cacciò un urlo. «Cos'ho detto?» protestò sfregandosi la testa.

«Siediti, Abby. Guarda come svuotiamo le tasche di Trav», disse uno dei gemelli. Non seppi distinguere quale: erano perfettamente identici, avevano persino gli stessi tatuaggi.

La stanza era piena di vecchie foto di partite di poker e di personaggi leggendari in posa con Jim e con quello che immaginai fosse il nonno di Travis; le mensole ospitavano antichi mazzi di carte.

«Ha conosciuto Stu Ungar?» chiesi indicando una foto impolverata.

Gli occhi di Jim si illuminarono. «Sai chi è Stu Ungar?»

Annuii. «Anche mio papà era un suo fan.»

Si alzò e indicò la foto accanto. «E questo qui è Doyle Brunson.»

Sorrisi. «Mio papà lo ha visto giocare una volta anni fa. È stato incredibile.»

«Il nonno di Trav era un professionista... da queste parti prendiamo il poker molto seriamente», dichiarò Jim sorridendo.

Mi sedetti fra Travis e uno dei gemelli mentre Trenton mescolava maldestro le carte. I ragazzi misero il denaro sul tavolo e Jim spartì le fiches.

Trenton sollevò un sopracciglio. «Vuoi giocare, Abby?»

Sorrisi ma scossi la testa. «Non credo sia il caso.»

«Non sai giocare?» domandò Jim.

Non potei trattenere un sorriso. Jim aveva un'aria così seria, quasi paterna! Sapevo che risposta si aspettasse e non volevo deluderlo.

Travis mi baciò sulla fronte. «Gioca, dai... ti insegno io.»

«Allora di' addio ai tuoi soldi, Abby», commentò ridendo Thomas.

Strinsi le labbra e frugai in borsa prendendo due banconote da cinquanta. Le porsi a Jim e attesi con impazienza che mi desse l'equivalente in gettoni. La bocca di Trenton si piegò in un sorriso compiaciuto ma lo ignorai.

«Ho piena fiducia nelle capacità di insegnamento di Travis», affermai.

Uno dei gemelli batté le mani. «Sììì! Stasera divento ricco!»

«Iniziamo con poco», fece Jim lanciando un gettone da cinque dollari sul tavolo.

Trenton diede le carte e Travis dispose la mia mano. «Hai mai giocato?»

«È passato un po' dall'ultima volta», dissi.

«Aver giocato in famiglia non conta, Polyanna», dichiarò Trenton guardando le carte.

«Chiudi quella bocca», lo ammonì Travis lanciando un'occhiata al fratello prima di guardare la mia mano. «Devi cercare di avere carte più alte, numeri consecutivi e, con un po' di fortuna, carte dello stesso seme.»

Durante la prima mano Travis guardò le mie carte e io le sue. Mi limitai perlopiù ad annuire e a sorridere e giocai quando mi veniva detto. Sia io sia Travis perdemmo e alla fine del primo giro le mie fiches erano diminuite.

Dopo che Thomas ebbe dato le carte per il secondo giro, impedii a Travis di guardare le mie. «Credo di aver afferrato», dissi.

«Sei sicura?»

«Sono sicura, tesoro.»

Tre mani dopo avevo recuperato le mie fiches e saccheggiato le finanze altrui con due assi, una scala e la carta alta.

«Che cavolo!» si lagnò Trenton. «La fortuna dei principianti è un vero schifo!»

«Hai un'allieva che impara in fretta, Trav», osservò Jim, sempre con il sigaro tra le labbra.

Travis tracannò la birra. «Sono orgoglioso di te, Pigeon!» Aveva gli occhi che gli luccicavano per l'eccitazione e un sorriso che non gli avevo mai visto.

«Grazie.»

«Chi non sa fare, insegna», commentò malizioso Thomas.

«Molto divertente, coglione», mormorò Travis.

Quattro mani più tardi finii la birra e studiai l'unico avversario che non era crollato. «Tocca a te, Taylor. Che ne dici di giocare da uomo?»

«'Fanculo», esclamò buttando gli ultimi gettoni.

Travis si voltò verso di me, e il suo sguardo mi ricordò gli spettatori che assistevano ai suoi incontri.

«Cos'hai, Pigeon?»

«Taylor?» incalzai.

Sfoderò un ampio sorriso. «Colore!» esclamò allegro scoprendo le carte.

Cinque paia d'occhi si voltarono verso di me. Scrutai il tavolo e girai le mie carte. «Guardate e piangete, ragazzi! Assi e otto», annunciai ridacchiando.

«Un full? Che cazzo!» strillò Trent.

«Mi spiace. Ho sempre voluto dirlo», risposi prendendo la vincita.

Thomas mi guardò sospettoso. «Questa non è solo la fortuna del principiante. Lei sa giocare.»

Travis lo fissò per un istante e mi guardò. «Avevi già giocato, Pidge?»

Strinsi le labbra e alzai le spalle, sfoderando il sorriso più innocente possibile. Travis gettò indietro il capo, in preda a un attacco di riso. Cercò di parlare ma non ci riuscì e un istante dopo pestò il pugno sul tavolo.

«La tua ragazza ci ha appena spillato tutti i soldi!» osservò Taylor puntando il dito nella mia direzione.

«Non ci credo, cazzo», gemette Trenton alzandosi.

«Ottimo piano, Travis. Portare una bara provetta alla serata del poker», commentò Jim facendomi l'occhiolino.

«Non lo sapevo!» disse scuotendo la testa.

«Stronzate», replicò Thomas fissandomi.

«Non lo sapevo!»

«Detesto dirlo, fratello, ma penso di essermi appena innamorato della tua ragazza», commentò Tyler.

«Ehi, calma», fece Travis mentre il sorriso si trasformava rapidamente in una smorfia.

«Basta. Ci sono andato leggero, Abby, ma ora mi riprenderò i miei soldi», mi avvertì Trenton.

Travis si preparò per gli ultimi giri e vide i fratelli fare di tutto per recuperare il denaro. Una mano dopo l'altra mi accaparrai i loro gettoni sotto lo sguardo sempre più sospettoso di Thomas. Ogniqualvolta posavo le carte, Travis e Jim ridevano, Taylor imprecava, Tyler mi dichiarava il suo eterno amore e Trent aveva un accesso di rabbia.

Incassai i gettoni e quando ci sedemmo in soggiorno diedi a tutti cento dollari. Jim li rifiutò ma i fratelli accettarono, grati. Travis mi prese per mano e ci avviammo alla porta.

Notai che era scontento, perciò gli strinsi le dita. «Che c'è che non va?»

«Hai appena regalato quattrocento dollari, Pidge!» disse accigliato.

«Se fosse stata la serata del poker alla Sig Tau, li avrei tenuti. Non posso derubare i tuoi fratelli al nostro primo incontro.»

«Loro si sarebbero tenuti i tuoi soldi!»

«E senza pensarci due volte», aggiunse Taylor.

Thomas mi fissò in silenzio da un angolo della stanza.

«Che c'è, Tommy?»

«Come hai detto che ti chiami di cognome?» fece lui.

Spostai nervosa il peso da un piede all'altro. Cercai in fretta qualcosa di brillante o di sarcastico da dire per evitare la domanda. Mi mordicchiai le unghie maledicendomi tra me: non avrei dovuto vincere tutte quelle mani. Thomas sapeva, glielo leggevo negli occhi.

Notando il mio imbarazzo, Travis si girò verso il fratello e mi mise un braccio attorno alla vita. Non capii se volesse proteggermi o prepararsi a quello che Thomas avrebbe potuto dire. In ogni caso, era palesemente a disagio per la domanda. «Abernathy, e con ciò?»

«Capisco perché prima di stasera tu non abbia fatto due più due, Trav, ma adesso non hai più scuse», rispose compiaciuto.

«Di che cazzo parli?»

«Sei per caso parente di Mick Abernathy?» chiese Thomas.

Tutti si girarono nella mia direzione e io mi passai nervosamente la mano tra i capelli. «Come fai a conoscere Mick?»

Travis piegò la testa per guardarmi negli occhi. «Be', è uno dei migliori giocatori di poker della storia. Lo conosci?»

Avevo le spalle al muro e dovevo dire la verità. «È mio padre.»

La stanza esplose in un boato.

«Non ci credo!»

«Lo sapevo! Abbiamo appena giocato con la figlia di Mick Abernathy!»

«Mick Abernathy! Porca miseria!»

Thomas, Jim e Travis furono gli unici a non urlare.

«Ragazzi, vi ho detto che non volevo giocare!» esclamai.

«Se avessi detto di essere la figlia di Mick Abernathy, ti avremmo presa più seriamente», osservò Thomas.

Scrutai Travis che mi fissava strabiliato. «Tu sei Tredici fortunato?» chiese un po' disorientato.

Trenton si alzò e mi indicò. «Tredici fortunato a casa nostra! Non ci credo! Non ci credo, cazzo!»

«Quello era il soprannome che mi avevano dato i giornali. E la storia non era del tutto esatta», precisai nervosamente.

«Ragazzi, devo portare Abby a casa», disse Travis continuando a fissarmi.

Jim mi sbirciò al di sopra degli occhiali. «Perché non era esatta?»

«Non ho rubato la fortuna di mio padre. Voglio dire, è assurdo», ridacchiai giocherellando con una ciocca di capelli.

Thomas scosse la testa. «No, Mick ha rilasciato un'intervista. Ha detto che alla mezzanotte del tuo tredicesimo compleanno la sua fortuna è svanita.»

«E la tua è cominciata», aggiunse Travis.

«Sei stata allevata da mafiosi!» osservò Trent sorridendo eccitato.

«Uhm... no», risi. «Non mi hanno allevata. Giravano solo nei paraggi... spesso.»

«Che vergogna... Un padre che infanga il nome di sua figlia su tutti i giornali. Eri solo una ragazzina», osservò Jim scuotendo la testa.

«Se non altro, ho avuto la fortuna del principiante», ribattei cercando disperatamente di nascondere l'umiliazione.

«Mick Abernathy ti ha insegnato a giocare», proseguì Jim strabiliato. «Hai battuto dei professionisti a soli tredici anni!» Guardò Travis e sorrise. «Non scommettere contro di lei, figliolo. Lei non perde mai.»

Travis mi guardò, ancora sconvolto. «Noi... dobbiamo andare, papà. Ciao, ragazzi.»

Il chiacchiericcio eccitato dei Maddox svanì mentre Travis mi trascinava fuori e mi conduceva alla moto. Mi raccolsi i capelli e mi chiusi il giubbotto, in attesa che dicesse qualcosa. Salì in sella senza aprir bocca e io mi sistemai dietro di lui.

Di certo pensava che non fossi stata onesta con lui, ed era

probabilmente imbarazzato perché aveva scoperto un aspetto importante della mia vita in presenza della sua famiglia. Temevo che avremmo litigato non appena tornati a casa, e durante il tragitto mi preparai diversi discorsi di scuse.

All'appartamento, Travis mi condusse in corridoio per mano e mi aiutò a togliermi il giubbotto.

Mi sciolsi lo chignon e i capelli mi ricaddero sulle spalle in folte ciocche ondulate. «So che sei furioso», dissi, incapace di guardarlo negli occhi. «Mi spiace di non avertelo detto, ma non è una cosa di cui parlo.»

«Furioso?» fece lui. «Sono così su di giri che non capisco più niente. Hai appena derubato quei deficienti dei miei fratelli senza battere ciglio, agli occhi di mio padre sei già un mito e so per certo che hai perso apposta la scommessa che avevamo fatto prima del mio incontro.»

«Non direi...»

Lui sollevò il mento. «Pensavi di vincere?»

«Be'... no, non esattamente», risposi sfilandomi le scarpe.

Travis sorrise. «Allora volevi stare qui con me. Non pensavo di poterti amare di più, e invece...»

«Come mai non sei furioso?» chiesi gettando le scarpe nell'armadio.

Lui sospirò e annuì. «È una cosa piuttosto importante, Pidge. Avresti dovuto dirmelo, ma so perché non l'hai fatto. Sei venuta qui per lasciarti tutto alle spalle. Adesso mi è tutto più chiaro.»

«Be', è un sollievo.»

«Tredici fortunato», esclamò sfilandomi la maglia.

«Non chiamarmi così, Travis. Non mi piace.»

«Sei incredibilmente famosa, Pigeon!» disse, sorpreso dalle mie parole. Mi sbottonò i jeans e mi aiutò a toglierli.

«Dopo, mio padre mi ha odiato. Mi incolpa ancora di tutti i suoi guai.»

Travis si tolse la maglietta e mi abbracciò. «Non posso ancora credere di avere davanti la figlia di Mick Abernathy. Sono stato con te per tutto questo tempo senza averne idea.»

Mi scostai. «Non sono la figlia di Mick Abernathy, Travis!

Io sono Abby, solo Abby!» ribattei avvicinandomi all'armadio. Strappai una maglietta dall'appendiabiti e la indossai.
«Scusami. La tua fama mi ha sconvolto.»
«Sono soltanto io!» Mi portai la mano al petto, desiderosa che capisse.
«Sì, ma...»
«Niente ma. Il modo in cui mi stai guardando ora è la ragione per cui non te l'ho detto.» Chiusi gli occhi. «Non voglio più vivere così, Trav, neanche con te.»
«Ehi, calmati, Pigeon. Non lasciamoci prendere la mano.» Assunse un'aria decisa e mi prese di nuovo tra le braccia. «Non m'interessa chi eri. Io ti voglio e basta.»
«Allora abbiamo qualcosa in comune, è lo stesso per me.»
Mi fece stendere sul letto e sorrise. «Siamo tu e io contro il mondo, Pidge.»
Mi accoccolai al suo fianco. Tranne America, nessuno sapeva di Mick, e non mi sarei mai aspettata che il mio ragazzo appartenesse a una famiglia appassionata di poker. Feci un profondo sospiro e gli appoggiai la guancia sul petto.
«Che c'è?» domandò.
«Voglio che nessuno lo sappia, Trav. Non volevo che nemmeno tu lo sapessi.»
«Ti amo, Abby. Non ne parlerò più, d'accordo? Con me il tuo segreto è al sicuro», disse baciandomi sulla fronte.

«Signor Maddox, pensa di riuscire a controllarsi fino al termine della lezione?» chiese il professor Chaney sentendomi ridacchiare quando Travis mi strofinò il naso sul collo.
Mi schiarii la voce, rossa in viso per l'imbarazzo.
«Non credo, professor Chaney. Ha visto la mia ragazza?» replicò lui indicandomi.
Una risata echeggiò in tutta la classe e io diventai paonazza. Chaney mi guardò con un'aria divertita e confusa, dopodiché scosse la testa.
«Faccia del suo meglio.»
La classe rise di nuovo e mi sentii sprofondare. Travis ap-

poggiò il braccio sullo schienale della mia sedia e la lezione continuò. Quando finì, mi accompagnò a quella seguente.

«Scusami se ti ho messa in imbarazzo. Non sono riuscito a trattenermi.»

«Provaci.»

Parker ci passò accanto: ricambiai il suo cenno con un sorriso e lui s'illuminò. «Ehi, Abby. Ci vediamo dentro.»

Entrò in aula e Travis lo fissò torvo.

«Ehi.» Lo tirai per la mano finché mi guardò. «Lascialo perdere.»

«Dice ai ragazzi della confraternita che lo chiami ancora.»

«Non è vero», risposi imperturbabile.

«Lo so, ma loro no. Dice che aspetta il momento giusto. Ha detto a Brad che pensi di scaricarmi alla prima occasione, che lo chiami per raccontargli quanto sei infelice. Inizia a farmi incazzare.»

«Ha una grande immaginazione.» Lanciai un'occhiata a Parker e, quando incrociò sorridente il mio sguardo, lo fissai in cagnesco.

«Ti arrabbieresti se ti mettessi ancora in imbarazzo?»

Scrollai le spalle e lui mi accompagnò dritto in aula. Si fermò al mio banco e posò la borsa per terra. Guardò Parker, mi attirò a sé mettendomi una mano sulla nuca e un'altra sul sedere e mi diede un bacio intenso, con la passione che di solito riservava alla camera da letto. Non potei fare a meno di aggrapparmi alla sua maglietta. I mormorii e le risatine si fecero più forti quando fu chiaro che non aveva nessuna intenzione di smettere.

«Penso che l'abbia appena messa incinta!» esclamò ridendo qualcuno dal fondo della classe.

Mi scostai con gli occhi ancora chiusi, tentando di recuperare il controllo. Guardai Travis e vidi che mi stava fissando. Anche lui stentava a controllarsi.

«Volevo solo ribadire il concetto», mormorò.

«Un ottimo concetto», annuii.

Sorrise, mi baciò sulla guancia e guardò Parker, che fumava di rabbia.

«Ci vediamo a pranzo», aggiunse strizzandomi l'occhio.

Mi lasciai cadere sulla sedia e sospirai, cercando di placare il formicolio che sentivo tra le cosce.

Faticai a seguire la lezione di calcolo e, quando terminò, notai Parker in piedi contro il muro accanto alla porta.

Lo salutai, decisa a non dargli soddisfazione.

«So che stai con lui. Non c'è bisogno che ti manchi di rispetto davanti all'intera classe per causa mia.»

Mi bloccai, pronta all'attacco. «Allora forse dovresti smettere di dire in giro che ti chiamo. Se lo provocherai ancora perderà il controllo, e non mi sentirò in colpa quando ti prenderà a calci in culo.»

Lui arricciò il naso. «Ma ti ascolti quando parli? Gli stai vicino da troppo tempo.»

«No, questa sono io. È un lato di me di cui non sai nulla.»

«Be', non mi hai mai dato una possibilità.»

Sospirai. «Non voglio litigare con te, Parker. Semplicemente non ha funzionato, va bene?»

«No, non va bene. Pensi che mi diverta a essere lo zimbello della Eastern? Travis Maddox ci piace perché ci fa sembrare migliori. Usa le ragazze, le getta via e in confronto persino il più grande imbecille della Eastern sembra il principe azzurro.»

«Quando aprirai gli occhi e capirai che è cambiato?»

«Lui non ti ama, Abby, sei solo un bel giocattolo nuovo. Anche se, dopo il numero che ha fatto in classe, presumo non sia più così nuovo.»

Gli diedi un sonoro ceffone prima ancora di rendermi conto di quanto avessi fatto.

«Se avessi aspettato un attimo, ti avrei risparmiato la fatica, Pidge», esclamò Travis allontanandomi.

Lo afferrai per un braccio. «Travis, non farlo.»

Parker sembrava un po' teso mentre sulla guancia gli compariva il segno rosso della mia mano.

«Ti avevo avvertito», esclamò Travis spingendolo con forza contro il muro.

Parker contrasse la mascella e mi guardò, furioso. «Consideralo un capitolo chiuso, Travis. Ora capisco che siete fatti della stessa pasta.»

«Grazie», replicò lui cingendomi le spalle con un braccio.

Parker si allontanò e voltò l'angolo per scendere le scale, accertandosi con una rapida occhiata che Travis non lo seguisse.

«Stai bene?» mi chiese.

«Mi brucia la mano.»

Sorrise. «Sei tosta, Pidge. Sono colpito.»

«Probabilmente mi farà causa e finirò per pagargli la retta di Harvard. Che fai qui? Dovevamo vederci in mensa.»

Travis abbozzò un sorriso malizioso. «A lezione non riuscivo a concentrarmi. Sento ancora quel bacio.»

Guardai il corridoio e poi lui. «Vieni.»

Inarcò le sopracciglia continuando a sorridere. «Che c'è?»

Indietreggiai trascinandolo finché sentii la maniglia del laboratorio di fisica. La porta si spalancò e guardai alle mie spalle: era buio e vuoto. Lo tirai per la mano ridendo per la sua aria perplessa, chiusi a chiave e lo spinsi contro la porta.

Lo baciai e lui ridacchiò. «Che fai?»

«Non mi va che non ti concentri a lezione», sussurrai prima di baciarlo ancora. Travis mi sollevò e io lo cinsi con le gambe.

«Non so che cosa ti ho fatto», disse slacciandosi la cintura con la mano libera, «ma non voglio scoprirlo. Sei tutto ciò che ho sempre desiderato, Pigeon.»

«Ricordatelo quando ti straccerò alla prossima partita di poker», risposi sfilandomi la maglietta.

13.
FULL

Ruotai scrutando scettica il mio riflesso. Il vestito era bianco, pericolosamente corto e lasciava la schiena nuda. Il corpino era sorretto da un filo di cristalli di rocca che si allacciava al collo.

«Uau! Travis se la farà sotto quando ti vedrà vestita così!» commentò America.

Alzai gli occhi al cielo. «Che immagine romantica!»

«Prendi questo. Non provarne altri, è quello giusto», esclamò battendo eccitata le mani.

«Non pensi sia troppo corto? Mariah Carey mostra meno pelle nuda.»

Lei scosse la testa. «Insisto.»

Feci il mio turno in panchina mentre America provava un abito dopo l'altro, più indecisa quando si trattava di sceglierne uno per sé. Optò per uno molto corto, aderente e color carne che le lasciava una spalla nuda.

Tornate all'appartamento, scoprimmo che la Charger era sparita e Toto era da solo. America prese il telefono e compose un numero, sorridendo quando Shepley rispose.

«Dove sei, tesoro?» Annuì e mi guardò. «Perché dovrei arrabbiarmi? Di che genere di sorpresa si tratta?» indagò sospettosa. Mi lanciò un'altra occhiata e poi si chiuse in camera.

Mentre bisbigliava nell'altra stanza, presi ad accarezzare le orecchie nere e appuntite del cucciolo. Mare tornò in sala sforzandosi di non ridere.

«Cosa stanno combinando?» domandai.

«Stanno tornando. Lascerò che sia Travis a dirtelo», affermò con un sorriso che le andava da orecchio a orecchio.

«Oddio... che succede?»

«Ho appena detto che non posso rivelarti niente. È una sorpresa.»

Giocherellai con i capelli e mi tormentai le unghie, incapace di star ferma in attesa che Travis mi svelasse l'ultima delle sue trovate. La festa di compleanno, il cagnolino... non riuscivo a immaginare cosa avesse escogitato ora.

Il motore rumoroso della Charger annunciò il loro arrivo. Li sentii salire le scale ridendo.

«Sono di buon umore», osservai. «Buon segno.»

Shepley entrò per primo. «Non volevo pensassi che c'era un motivo perché lui l'ha fatto e io no.»

America gli gettò le braccia al collo. «Sei così stupido, Shep. Se avessi voluto un fidanzato squilibrato, sarei uscita con Travis.»

«Non ha niente a che vedere con quello che provo per te», fece lui.

Travis varcò la porta; aveva una garza quadrata sul polso. Mi sorrise e si buttò sul divano appoggiandomi la testa in grembo. Non riuscii a distogliere lo sguardo dalla garza. «Okay... cos'hai fatto?»

Lui sorrise e mi attirò a sé per baciarmi. Percepii il suo nervosismo. Sorrideva, ma ebbi la netta sensazione che non sapesse come avrei reagito.

«Oggi ho fatto diverse cose.»

«Cioè?» domandai diffidente.

Scoppiò a ridere. «Tranquilla, Pidge. Non c'è niente di allarmante.»

«Che ti è successo al polso?» chiesi sollevandogli la mano.

Un potente motore diesel si fermò nel parcheggio e Travis balzò su per andare ad aprire. «Era ora! Sono a casa da ben cinque minuti!» esclamò con un sorriso.

Un uomo entrò camminando all'indietro tenendo un divano grigio avvolto nella plastica, seguito da un altro che reggeva l'estremità opposta. I due lo sistemarono al posto di quello vecchio, che Shepley e Travis spostarono, con me e Toto sopra. Travis tolse la plastica, mi prese in braccio e mi posò sui morbidi cuscini.

«Ne hai comprato uno nuovo?» domandai con un largo sorriso.

«Sì, e ho fatto anche un paio di altre cose. Grazie, ragazzi», disse mentre i trasportatori se ne andavano con il vecchio divano.

«Così se ne vanno tanti ricordi», affermai ammiccando.

«Non ce n'è neanche uno che voglia conservare.» Si sedette al mio fianco e sospirò guardandomi per un istante prima di togliere la garza. «Non spaventarti.»

Mi chiesi freneticamente cosa potesse nascondere. Immaginai una bruciatura, punti di sutura o qualcosa di altrettanto orribile.

Restai senza fiato di fronte alla semplice scritta nera tatuata sulla parte inferiore dell'avambraccio. La pelle attorno era tutta rossa e lucida di pomata. Scossi incredula la testa quando lessi

PIGEON

«Ti piace?» chiese.

«Ti sei fatto tatuare il mio nome?» Pronunciai le parole, ma la voce non sembrò la mia. Avevo la mente in subbuglio, eppure riuscii a mantenere un tono calmo, pacato.

«Sì.» Mi baciò sulla guancia mentre fissavo incredula l'inchiostro permanente sulla sua pelle.

«Ho cercato di dissuaderlo, Abby. Era un po' che non faceva pazzie, penso avesse qualche sintomo d'astinenza», commentò Shepley scuotendo la testa.

«Che ne pensi?» incalzò Travis.

«Non so che dire.»

«Prima avresti dovuto chiederglielo, Trav», osservò America scuotendo anche lei la testa e portandosi la mano alla bocca.

«Chiederle cosa? Il permesso di farmi un tatuaggio?» Si accigliò e si voltò verso di me. «Io ti amo. Voglio che tutti sappiano che sono tuo.»

Mi dimenai nervosamente sul divano. «È permanente, Travis.»

«Anche noi», ribatté sfiorandomi la guancia.
«Mostrale il resto», lo sollecitò Shepley.
«Il resto?» feci guardando l'altro polso.
Travis si alzò e sollevò la maglietta. Il suo addome scolpito si contrasse, e sul fianco notai un altro tatuaggio nuovo, lungo quanto la gabbia toracica.
Scrutai i simboli scritti in verticale. «Che cos'è?»
«È ebraico», spiegò con un sorriso nervoso.
«Che significa?»
«Dice: "Appartengo alla mia amata e la mia amata è mia".»
Lo guardai negli occhi. «Non te ne bastava uno?»
«Ho sempre detto che l'avrei fatto quando avessi incontrato quella "giusta". Ho incontrato te e... sono andato a farmi i tatuaggi.» Il sorriso gli svanì dal volto vedendo la mia espressione, e si abbassò la maglietta. «Sei incazzata, vero?»
«Non sono arrabbiata. Sono solo... mi sento un po' confusa, ecco.»
Shepley attirò America a sé. «Dovrai farci l'abitudine, Abby. Travis è impulsivo ed estremo in tutto. Questo lo aiuterà ad andare avanti finché non riuscirà a metterti un anello al dito.»
America guardò corrucciata prima me, poi Shepley. «Cosa? Hanno appena iniziato a frequentarsi!»
«Io... penso di aver bisogno di bere qualcosa», dissi andando in cucina.
Travis sogghignò guardandomi frugare negli armadietti. «Stava scherzando, Pidge.»
«Davvero?» domandò Shepley.
«Non parlava dell'immediato futuro», disse esitante Travis e si voltò verso il cugino. «Grazie mille, coglione.»
«Forse adesso smetterai di parlarne», ribatté lui con un bel sorriso.
Mi versai un po' di whisky e lo buttai giù tutto d'un fiato. Feci una smorfia quando l'alcol mi bruciò la gola.
Travis mi cinse delicatamente la vita da dietro. «Non ti sto chiedendo di sposarmi, Pidge. Sono solo tatuaggi.»
«Lo so», risposi annuendo mentre mi versavo un altro bicchiere.

Mi tolse la bottiglia di mano e la tappò, rimettendola nella dispensa. Quando non mi voltai, mi fece girare perché lo guardassi in faccia.

«Okay, avrei dovuto parlartene prima, ma ho deciso di comprare il divano e una cosa ha tirato l'altra. Mi sono lasciato prendere dall'entusiasmo.»

«Sta accadendo tutto molto in fretta per me, Travis. Hai parlato di vivere insieme, ti sei appena fatto marchiare il mio nome, dici che mi ami...»

Lui si accigliò. «Ti stai spaventando. Ti avevo detto di non farlo.»

«È difficile non farlo! Da quando hai saputo di mio padre, i tuoi sentimenti si sono come amplificati!»

«Chi è tuo padre?» domandò Shepley, chiaramente offeso di essere all'oscuro. Non gli prestai attenzione, lui sospirò e si rivolse ad America: «Chi è suo padre?». Lei scosse il capo come per avvertirlo di lasciar perdere.

Travis fece una smorfia di disgusto. «Quello che provo per te non ha nulla a che fare con tuo padre.»

«Domani c'è la festa, dovrebbe essere il grande evento a cui ci presentiamo come coppia, e adesso hai il mio nome tatuato sul braccio e quel proverbio che dice che ci apparteniamo! Fa paura, d'accordo? Io sono spaventata a morte!»

Travis mi afferrò il volto e mi baciò, poi mi sollevò da terra e mi appoggiò sul banco della cucina. La sua lingua mi sfiorò le labbra, le schiusi e lui emise un gemito.

Premette le dita contro i miei fianchi e mi avvicinò di più a sé. «Sei così sexy quando ti arrabbi», disse.

«D'accordo», mormorai. «Sono calma.»

Sorrise, lieto che il diversivo avesse funzionato. «È tutto come prima, Pidge. Siamo sempre solo io e te.»

«Quei due sono matti», commentò Shepley sconsolato.

America gli diede una pacca scherzosa sulla spalla. «Anche Abby ha comprato una cosa per Travis, oggi.»

«America!» la rimproverai.

«Hai trovato un vestito?» chiese lui sorridendo.

«Sì», risposi cingendolo con le braccia e le gambe. «Domani sarai tu quello spaventato a morte.»

«Non vedo l'ora», replicò facendomi scendere dal banco.
Salutai con la mano America mentre Travis mi conduceva in corridoio.

Quel venerdì dopo lezione io e America passammo il pomeriggio in centro a farci belle. Facemmo manicure e pedicure, la ceretta, un lettino abbronzante e i riflessi ai capelli. Quando tornammo a casa, trovammo ogni superficie coperta da mazzi di rose, rosse, rosa, gialle e bianche: sembrava un negozio di fiori.

«Oh mio Dio!» strillò America varcando la porta.

Shepley si guardò attorno fiero. «Eravamo andati a comprarvi dei fiori, ma abbiamo pensato tutti e due che un mazzo non bastasse.»

Abbracciai Travis. «Siete... incredibili. Grazie.»

Mi diede una pacca sul sedere. «Manca mezz'ora alla festa, Pidge.»

I ragazzi si vestirono nella stanza di Travis mentre noi ci preparammo in quella di Shepley. Bussarono proprio mentre mi allacciavo le scarpe color argento.

«È ora di andare, signore», annunciò Shepley.

America uscì dalla camera e lui fischiò.

«Dov'è lei?» chiese Travis.

«Abby ha qualche problema con una scarpa. Arriva tra un secondo», spiegò lei.

«L'ansia mi sta uccidendo, Pigeon!» esclamò.

Uscii sistemandomi il vestito e mi ritrovai di fronte la faccia sbalordita di Travis.

America gli diede una gomitata e lui sbatté le palpebre. «Per la miseria.»

«Lo avevamo detto che ti saresti spaventato!» fece lei.

«Non sono spaventato. Abby sei splendida», esclamò.

Sorrisi e mi voltai lentamente per mostrargli la profonda scollatura sulla schiena.

«Okay, adesso comincio ad avere paura», disse facendomi girare.

«Non ti piace?»

«Ti serve una giacca.» Si precipitò nell'armadio e mi gettò il giubbotto sulle spalle.

«Non può tenerlo tutta la sera, Trav», sogghignò America.

«Sei bellissima, Abby», intervenne Shepley, quasi volesse scusarsi per il comportamento del cugino.

Travis aveva un'aria sofferente. «Altroché. Sei fantastica... ma non puoi metterlo. La gonna è... Uau, le tue gambe sono... la gonna è troppo corta e... è solo metà vestito! Non ha neanche la schiena!»

Non potei fare a meno di sorridere. «È fatto così, Travis.»

«Mai voi due non fate che torturarvi?» osservò corrucciato Shepley.

«Hai un vestito più lungo?» domandò Travis.

Mi guardai. «In realtà, sul davanti è piuttosto semplice. È solo la schiena a essere scoperta.»

«Pigeon.» Trasalì mentre pronunciava le parole seguenti. «Non voglio che ti arrabbi, ma non posso portarti alla confraternita vestita così. Nel giro di cinque minuti scoppierebbe una rissa.»

Mi sollevai sulle punte e lo baciai sulle labbra. «Ho fiducia in te.»

«Sarà una serata da schifo», gemette.

«Sarà una serata favolosa», lo corresse risentita America.

Lo baciai sul collo. «Pensa solo quanto facile sarà toglierlo, dopo.»

«Tutti gli altri ragazzi penseranno lo stesso.»

«Ma tu sei l'unico che potrà scoprirlo», ribattei con tono cantilenante. Non rispose e mi scostai per studiare la sua espressione. «Vuoi davvero che mi cambi?»

Travis scrutò il mio volto, il vestito, le gambe e alla fine sospirò. «Qualsiasi cosa ti metta, sei meravigliosa. Mi ci dovrò abituare, giusto?» Scrollai le spalle e lui scosse la testa. «Va bene, siamo già in ritardo. Andiamo.»

Nel tragitto fra la macchina e la sede della Sigma Tau mi strinsi a lui per scaldarmi. Dentro, l'aria era piena di fumo ma calda. Dal seminterrato proveniva una musica assordante e

Travis cominciò subito a muovere la testa a ritmo. Al nostro ingresso, tutti si girarono verso di noi. Non capii se ci fissassero perché Travis era andato a una festa per coppie, perché indossava un paio di pantaloni eleganti o per il mio vestito; qualunque fosse la ragione, avevamo addosso gli occhi di tutti.

«Sono così contenta che tu sia qui, Abby. Mi sembra di essere stata catapultata in un film di Molly Ringwald», mi bisbigliò all'orecchio America.

«Sono felice di esserti stata d'aiuto», le risposi.

Travis e Shepley ci condussero in cucina. Shepley prese quattro birre dal frigo e ne diede una ad America e una a me. Restammo lì ad ascoltare i compagni di Travis discutere dell'ultimo incontro. Le ragazze della confraternita femminile che li accompagnavano erano guarda caso le stesse bionde prosperose che avevano seguito Travis in mensa la prima volta che ci eravamo parlati.

Riconobbi subito Lexie: non potevo scordarmi la sua espressione quando Travis se l'era scrollata di dosso perché aveva insultato America. Mi osservò incuriosita, ascoltando ogni mia parola. Voleva capire perché Travis Maddox mi trovasse irresistibile, e io decisi di dimostrarglielo. Gli rimasi sempre vicino, feci battute intelligenti nei momenti giusti e scherzai a proposito dei nuovi tatuaggi.

«Ehi, hai il nome della tua ragazza scritto sul polso? Che diamine ti è preso?» osservò Brad.

Travis girò fiero la mano per mostrare il mio nome. «Sono pazzo di lei», disse guardandomi con tenerezza.

«Ma se la conosci appena», lo schernì Lexie.

Lui non distolse lo sguardo dal mio. «La conosco.» Un attimo dopo mi guardò, corrucciato. «Pensavo che il tatuaggio ti avesse spaventata. Adesso te ne vanti?»

Lo baciai sulla guancia e scrollai le spalle. «Più passa il tempo, più mi piace.»

Shepley e America scesero di sotto e noi li seguimmo mano nella mano. I mobili erano stati addossati ai muri per creare una pista da ballo improvvisata. Proprio mentre scendevamo, iniziò un lento.

Travis non perse tempo e mi trascinò nel centro della pista. Mi tenne stretta a sé e si portò la mia mano al petto. «Sono contento di non essere mai andato prima a una di queste feste. Così posso dire di aver portato solo te.»

Sorrisi e gli premetti la guancia sul petto. Lui mi posò una mano sul fondoschiena: era calda e morbida a contatto con la mia pelle.

«Ti guardano tutti con questo vestito», disse. Alzai lo sguardo aspettandomi un'espressione tesa, invece stava sorridendo. «Suppongo sia figo... stare con la ragazza che tutti vorrebbero.»

Mi spazientii. «Non vogliono me. Sono curiosi di sapere perché tu mi voglia. Comunque sia, provo pena per chiunque creda di avere una possibilità. Io sono profondamente, disperatamente innamorata di te.»

Sul viso gli comparve un'aria afflitta. «Sai perché ti voglio? Non sapevo di essere perso finché non mi hai trovato. Non sapevo quanto ero solo fino alla prima notte che ho dormito senza di te. Tu sei l'unica cosa giusta che ho fatto. Sei la donna che aspettavo, Pigeon.»

Gli presi il volto tra le mani e lui mi abbracciò sollevandomi da terra. Lo baciai e lui ricambiò con tutto il sentimento che aveva messo in quelle ultime parole. Capii allora perché si fosse fatto fare il tatuaggio, perché mi avesse scelto e perché fossi diversa. Non si trattava solo di me o solo di lui: a formare qualcosa di speciale eravamo noi due insieme.

Partì una musica più veloce e Travis mi posò a terra. «Ti va ancora di ballare?»

America e Shepley comparvero al nostro fianco e io inarcai un sopracciglio. «Se riesci a tenermi testa.»

Travis mi rivolse un sorriso furbo. «Mettimi alla prova.»

Accostai il bacino al suo e gli sfiorai la camicia slacciandogli i primi due bottoni. Lui ridacchiò e scosse la testa. Mi girai muovendomi e toccandolo a ritmo di musica. Quando mi prese per i fianchi, allungai le braccia dietro di me afferrandolo per le natiche. Mi piegai in avanti e le sue dita strinsero la presa.

«Continua così e ce ne andremo presto», mi mormorò all'orecchio non appena mi risollevai.

Mi voltai gettandogli le braccia al collo. Lui allora si strinse a me e io approfittai per sfilargli la camicia dai pantaloni; gli accarezzai la schiena e risalii fino al collo, sorridendo per il gemito che gli sfuggì.

«Gesù, Pigeon, vuoi vedermi morto», esclamò prendendo l'orlo del vestito e sollevandolo quel poco da toccarmi le cosce.

«Sappiamo tutti cos'è l'attrazione», esclamò beffarda Lexie alle nostre spalle. America si girò di scatto e le si avvicinò con fare aggressivo, ma Shepley la bloccò appena in tempo.

«Ripetilo!» l'aggredì. «Provaci, brutta stronza!»

Lexie si fece piccola dietro al suo ragazzo, turbata dalla minaccia di America.

«Brad, dovresti metterle una museruola», dichiarò Travis.

Due canzoni dopo avevo i capelli sulla nuca bagnati.

«Vieni, Pidge. Ho voglia di fumare», disse Travis baciandomi sotto l'orecchio.

Mi condusse su per le scale e recuperò il mio giubbotto prima di portarmi al primo piano. Uscimmo sul balcone, dove trovammo Parker con una ragazza. Era più alta di me, con i capelli scuri corti pettinati all'indietro, fermati da una molletta. Notai subito i tacchi a spillo e la gamba avvinghiata al fianco di lui. Era appoggiata contro il muro di mattoni di fronte a Parker che, quando ci vide, ritrasse subito la mano da sotto la sua gonna.

«Abby!» esclamò stupefatto.

«Ehi, Parker», risposi soffocando una risata.

«Come, uhm... come stai?»

Sorrisi educatamente. «Benone, e tu?»

«Uhm», guardò la sua ragazza. «Abby, lei è Amber, Amber... Abby.»

«Quella Abby?» domandò lei.

Parker fece un rapido cenno, a disagio. Amber mi strinse la mano con aria sdegnata e fissò Travis come se fosse un nemico. «Piacere di conoscerti... suppongo.»

«Amber», la ammonì Parker.

Travis scoppiò a ridere e aprì loro la porta perché se ne andassero. Parker la tirò per un braccio e sparì all'interno.

«È stato... imbarazzante», osservai scuotendo la testa. Incrociai le braccia sul petto e mi appoggiai alla balaustra. Faceva freddo e sul prato c'erano soltanto poche coppie.

Travis era tutto un sorriso. Neanche Parker era riuscito a guastargli l'umore. «Almeno ha smesso di fare di tutto per riconquistarti.»

«Credo che cercasse solo di tenermi lontano da te.»

Lui arricciò il naso. «Una volta ha riaccompagnato a casa una ragazza al posto mio. Adesso sembra che non facesse altro che salvare ogni matricola che mi scopavo.»

Lo guardai infastidita. «Ti ho mai detto quanto odio quella parola?»

«Scusa», disse attirandomi a sé. Si accese una sigaretta e fece un lungo tiro. Nell'aria invernale, il fumo che espirò sembrava più denso del solito. Si guardò a lungo il polso. «Che strano, questo tatuaggio non solo è il mio preferito, ma sapere che è lì mi fa star bene.»

«Già, è davvero strano.» Travis sollevò un sopracciglio e io scoppiai a ridere. «Sto scherzando. Ammetto di non capire, ma è dolce... alla Travis Maddox.»

«È così bello averlo sul braccio. Non riesco a immaginare come sarà metterti un anello al dito.»

«Travis...»

«Tra quattro o cinque anni», aggiunse.

Feci un respiro profondo. «Dobbiamo rallentare un po'. Parecchio.»

«Non cominciare con questa storia, Pidge.»

«Se continuiamo di questo passo, finirò relegata in casa a sfornare figli prima della laurea. Non sono pronta a trasferirmi da te, non sono pronta per un anello e di certo non sono pronta a mettere su famiglia.»

Lui mi afferrò per le spalle e mi fece voltare perché lo guardassi in faccia. «Non starai dicendo che vuoi frequentare altri, vero? Perché non sono disposto a dividerti con nessuno.»

«Non voglio frequentare nessun altro», replicai esasperata.

A quelle parole si rilassò e mi lasciò andare, appoggiandosi alla balaustra.

«Allora che intendi?» chiese fissando l'orizzonte.

«Dico che dobbiamo andarci piano. Tutto qui.» Lui annuì, chiaramente deluso. Gli toccai il braccio. «Non arrabbiarti.»

«Sembra che facciamo un passo avanti e due indietro, Pidge. Ogni volta che penso siamo sulla stessa linea, tu fai muro. Non capisco... la maggior parte delle ragazze tormenta il fidanzato perché faccia sul serio, perché dichiari i suoi sentimenti, perché compia il passo seguente...»

«Pensavo avessimo chiarito che non sono come la maggior parte delle ragazze.»

Lui lasciò cadere la testa, frustrato. «Sono stanco di tirare a indovinare. Che piega pensi prenderà questa cosa, Abby?»

Gli premetti le labbra sul collo. «Quando penso al mio futuro, ci sei tu.»

Travis si tranquillizzò e mi attirò a sé. Restammo a guardare il cielo notturno. Le luci dell'università costellavano l'isolato buio e gli invitati si stringevano nelle giacche pesanti, affrettandosi a raggiungere il tepore della Sig Tau.

Vidi negli occhi di Travis la stessa serenità che avevo notato raramente e capii che, anche in quel caso, la sua espressione appagata era frutto delle mie rassicurazioni.

Sapevo che cosa volesse dire vivere nell'insicurezza, barcamenarsi tra un imprevisto e l'altro, avere paura della propria ombra. Era facile aver paura del lato oscuro di Las Vegas, che né i neon né i lustrini riuscivano a cancellare. Travis Maddox, invece, non aveva paura di combattere o di difendere qualcuno a cui voleva bene, e nemmeno di sostenere lo sguardo infuriato di una donna umiliata. Era capace di entrare in una stanza e di intimorire un avversario grande il doppio, convinto di essere intoccabile, immune dalle avversità.

Non aveva mai avuto paura di niente. Finché non aveva conosciuto me.

Io ero l'unico aspetto ignoto, imprevedibile, della sua vita: ero la variabile che non poteva controllare. Al di là dei momenti di pace che avevamo condiviso, il tumulto interiore che lo accompagnava peggiorava in mia presenza. La rabbia che prima lo attanagliava era più difficile da tenere a freno. Il fatto che fossi speciale non aveva più nulla di fantastico, di misterioso. Ero diventata il suo punto debole.

Proprio com'era accaduto con mio padre.

«Abby, eccoti! Ti stavo cercando dappertutto!» disse America precipitandosi oltre la porta. Sollevò il cellulare. «Ho appena finito di parlare con papà. Mick li ha chiamati ieri sera.»

«Mick?» Feci una smorfia di disgusto. «E perché mai?»

America inarcò le sopracciglia come se la mia fosse una domanda scontata. «Tua madre continua a chiudergli il telefono in faccia. »

«Che voleva?» domandai sentendomi male.

«Sapere dove fossi», rispose tesa.

«Non glielo avranno detto, vero?»

America assunse un'aria delusa. «È tuo padre, Abby. Papà ha ritenuto che avesse il diritto di saperlo.»

«Verrà qui», esclamai con gli occhi che mi bruciavano. «Verrà qui, Mare!»

«Lo so! Mi dispiace», rispose cercando di abbracciarmi. Mi scostai e mi coprii la faccia.

Due mani forti, protettive, familiari si posarono sulle mie spalle. «Non ti farà del male, Pigeon», affermò Travis. «Non glielo permetterò.»

«Troverà il modo», disse America guardandomi triste. «Lo trova sempre.»

«Devo uscire di qui.» Mi strinsi nel giubbotto e mi avvicinai alla portafinestra. Mentre sulle guance gelate mi scendevano lacrime di frustrazione, la mano di Travis si posò sulla mia. La premette verso il basso e aprì la porta. Lo guardai, consapevole di quanto ridicola fossi, aspettandomi di vedere un'espressione confusa o di disapprovazione sul suo volto. Invece, mi guardò con comprensione.

Mi prese sottobraccio, e insieme scendemmo le scale e fendemmo la folla fino all'ingresso. Quando puntai dritta verso la Charger, faticarono tutti e tre a starmi dietro.

America allungò fulminea la mano e mi afferrò per il giubbotto, bloccandomi. «Abby!» mormorò indicando qualcosa.

Seguii il suo sguardo e notai un gruppetto di persone che circondava un uomo trasandato, che indicava freneticamente la casa tenendo una fotografia in mano. Le coppie annuivano e parlottavano tra loro.

Mi precipitai verso di lui e gli strappai di mano la foto. «Che diavolo ci fai qui?»

La piccola folla si disperse e rientrò in casa. Shepley e America si misero ai miei fianchi, Travis dietro di me, con le mani sulle spalle.

Mick mi guardò il vestito e schioccò la lingua in segno di disapprovazione. «Bene, bene, zuccherino. Anche se ti portano via da Las Vegas...»

«Zitto. Zitto, Mick. Girati», esclamai indicando un punto alle sue spalle, «e torna da dove sei venuto. Non ti voglio qui.»

«Non posso, zuccherino. Ho bisogno del tuo aiuto.»

«Che novità!» sbuffò America.

Lui socchiuse gli occhi e guardò prima lei poi me. «Sei terribilmente carina. Sei cresciuta, non ti avrei riconosciuta per strada.»

Sospirai, spazientita dalle chiacchiere. «Cosa vuoi?»

Mick alzò le mani e scrollò le spalle. «A quanto pare mi sono cacciato in un pasticcio, piccola. Il tuo vecchio ha bisogno di soldi.»

Chiusi gli occhi.

«Quanto?»

«Me la stavo cavando bene, davvero. Ho dovuto solo chiedere un piccolo prestito per tirare avanti e... lo sai come vanno queste cose.»

«Lo so», ribattei secca. «Quanto ti serve?»

«Venticinque con...»

«Duemilacinquecento? Se te ne vai... te li do adesso», fece Travis estraendo il portafoglio.

«Intende venticinque con tre zeri», spiegai guardando furiosa mio padre.

Mick lo squadrò da capo a piedi. «Chi è questo buffone?»

Travis sollevò di scatto lo sguardo dal portafoglio e lo sentii appoggiarsi di peso sulla mia schiena. «Ora capisco perché un uomo in gamba come te si sia ridotto a chiedere un prestito alla figlia adolescente.»

Prima che Mick potesse parlare, presi il cellulare. «A chi li devi stavolta, Mick?»

Lui si grattò i capelli brizzolati sporchi. «Be', è una strana storia, zuccherino...»

«A chi?» strillai.

«A Benny.»

Restai a bocca aperta e indietreggiai sbattendo contro Travis. «A Benny? Devi dei soldi a Benny? Che diavolo...» Feci un respiro profondo. Non c'era niente da fare. «Non ho una cifra del genere, Mick.»

«Qualcosa mi dice di sì.»

«Be', ti sbagli! Stavolta l'hai davvero combinata grossa, vero? Sapevo che non ti saresti fermato finché non ti avessero ammazzato!»

Lui si dimenò. Il sorriso compiaciuto che aveva sulla faccia era svanito. «Quanto hai?»

Strinsi la mascella. «Undicimila. Li stavo mettendo via per comprare una macchina.»

Lo sguardo di America guizzò verso di me. «Dove hai preso undicimila dollari, Abby?»

«Gli incontri di Travis», risposi trafiggendo Mick con lo sguardo.

Travis mi costrinse a guardarlo negli occhi. «Hai guadagnato undicimila dollari dai miei incontri? E quando hai scommesso?»

«Mi sono messa d'accordo con Adam», risposi ignorando il suo stupore.

Mick si rianimò all'improvviso. «Puoi raddoppiare la cifra in un fine settimana, zuccherino. Potresti darmi i venticinquemila domenica e Benny non mi metterebbe alle calcagna i suoi scagnozzi.»

Avevo la gola secca, chiusa. «Resterei senza un soldo, Mick. Devo pagarmi gli studi.»

Liquidò quell'obiezione con un cenno della mano, «Oh, ti rifarai in men che non si dica.»

«Quand'è la scadenza?»

«Alla mezzanotte di domenica», rispose imperturbabile.

«Non sei obbligata a dargli neanche un fottuto centesimo, Pigeon», affermò Travis tirandomi per un braccio.

Mick mi prese per il polso. «È il minimo che tu possa fare! Non sarei in questo casino se non fosse per te!»

America lo allontanò con uno spintone.

«Non osare ricominciare con queste stronzate, Mick! Lei non ti ha costretto a chiedere soldi in prestito a Benny!»

Mick mi guardò con odio. «Se non fosse stato per lei, ora avrei i miei soldi. Tu mi hai portato via tutto, Abby. Non ho più niente!»

Avevo creduto che stare lontana da Mick avrebbe lenito il dolore di essere sua figlia, ma le lacrime che mi sgorgavano dagli occhi dicevano il contrario. «Porterò i soldi a Benny entro domenica. Ma poi dovrai lasciarmi in pace. Non si ripeterà, Mick. D'ora in poi dovrai arrangiarti, intesi? E stare lontano da me.»

Strinse le labbra e un attimo dopo assentì. «Come vuoi tu, zuccherino.»

Mi girai e mi avviai verso la macchina. America annunciò alle mie spalle: «Preparate i bagagli, ragazzi. Si va a Las Vegas».

14.
LA CITTÀ DEL PECCATO

Travis posò i bagagli e osservò la stanza. «Bella, no?»

Gli lanciai un'occhiata furiosa e lui mi guardò perplesso. «Che c'è?»

La lampo della valigia stridette quando la aprii. Scossi la testa: riuscivo a pensare solo alle varie strategie e alla mancanza di tempo. «Questa non è una vacanza. Non dovresti essere qui, Travis.»

Si avvicinò e mi cinse la vita con le braccia. «Io vado ovunque vai tu.»

Gli appoggiai la testa sul petto e sospirai. «Devo andare al casinò. Tu puoi stare qui o dare un'occhiata allo Strip. Ci vediamo dopo, va bene?»

«Vengo con te.»

«Non ti voglio là, Travis.» Lui sembrò deluso. «Se devo vincere quattordicimila dollari in un fine settimana, ho bisogno di concentrarmi. Non mi piace la ragazza che si siederà a quei tavoli e non voglio che tu la veda, va bene?» aggiunsi toccandogli il braccio.

Travis mi scostò i capelli dagli occhi e mi baciò sulla guancia. «Va bene, Pidge.»

Uscendo dalla stanza, fece un cenno ad America che mi raggiunse indossando lo stesso abito che portava alla festa per coppie. Io mi cambiai scegliendo un vestito dorato corto e un paio di scarpe con il tacco. Mi guardai allo specchio con una smorfia. America mi pettinò i capelli all'indietro e mi porse la trousse.

«Ti servono almeno altri cinque strati di mascara e, se non

ti metti più fard, capiranno subito che hai un documento falso. Ti sei scordata le regole del gioco?»

Presi il mascara e mi truccai per altri dieci minuti. Quando terminai, avevo quasi una maschera sugli occhi. «Maledizione, Abby, non piangere», mi dissi alzando lo sguardo e tamponandomi le palpebre con un fazzolettino.

America mi prese per le spalle mentre mi guardavo per l'ultima volta allo specchio. «Non devi farlo. Non gli devi niente.»

«Deve dei soldi a Benny, Mare. Se non faccio qualcosa, lo uccidono.»

Sul suo volto notai compassione. In passato mi aveva guardato spesso così, ma ora sembrava disperata. Lo aveva visto rovinarmi la vita più volte di quante entrambe potessimo ricordare. «E la prossima volta? E quella dopo ancora? Non puoi continuare ad aiutarlo.»

«Ha detto che mi lascerà in pace. Mick Abernathy ha tanti difetti, ma non è un imbroglione.»

Ci avviammo in corridoio ed entrammo in un ascensore vuoto. «Hai tutto quello che ti serve?» chiesi, pensando alle telecamere.

Lei tamburellò le unghie sulla patente falsa e sorrise. «Sono Candy. Candy Crawford», rispose con impeccabile accento del Sud.

Tesi la mano. «Jessica James. Piacere di conoscerti, Candy.»

Ci mettemmo gli occhiali da sole e restammo impassibili quando l'ascensore si aprì sulle luci al neon e la confusione del casinò. Persone di tutti i tipi camminavano in ogni direzione. Las Vegas era un inferno sublime, l'unico posto in cui coesistevano pacificamente ballerine truccate e vestite di piume, prostitute in abiti succinti ma decorosi, uomini d'affari con completi lussuosi e famiglie oneste. Avanzammo impettite lungo un corridoio fiancheggiato da cordoni rossi e mostrammo i documenti a un uomo in giacca rossa. Mi fissò per un istante e io mi tolsi gli occhiali.

«Magari prima che faccia notte», esclamai annoiata.

Ci restituì i documenti e si scostò lasciandoci passare. Superammo file e file di slot machine, i tavoli del black-jack e ci fermammo alla roulette. Scrutai la sala studiando i tavoli da poker e mi concentrai su quello a cui sedevano i giocatori più anziani.

«Quello», dissi con un cenno.

«Parti aggressiva, Abby. Non capiranno neanche cosa li ha stesi.»

«No. Sono vecchie volpi. Stavolta devo agire d'astuzia.»

Mi avvicinai al tavolo sfoderando il sorriso più affascinante del mio repertorio. I giocatori esperti fiutavano un truffatore a chilometri di distanza, ma io avevo due elementi a mio favore: la gioventù e un paio di tette.

«Buonasera, signori. Posso unirmi a voi?»

Nessuno alzò lo sguardo. «Certo, bellezza. Prendi una sedia, ma non parlare.»

«Vorrei giocare», risposi porgendo gli occhiali da sole ad America. «Ai tavoli di black-jack si batte la fiacca.»

Uno degli uomini masticò il sigaro. «Questo è un tavolo da poker, principessa. A cinque carte. Tenta la fortuna alle slot machine.»

Mi sedetti con America accavallando le gambe in un gesto teatrale. «Ho sempre voluto giocare a poker a Las Vegas. E ho tutti questi gettoni...» feci posandoli sul tavolo. «Online me la cavo piuttosto bene.»

Guardarono tutti e cinque prima i gettoni, poi me. «C'è una posta minima, tesoro», mi avvertì quello che dava le carte.

«Quanto?»

«Cinquecento, bambola. Ascolta... non voglio vederti piangere. Fatti un favore e scegliti una bella slot machine.»

Spinsi in avanti i gettoni con noncuranza, come avrebbe fatto una ragazza avventata e troppo sicura di sé prima di rendersi conto di aver perso tutti i soldi per il college. I giocatori si scambiarono un'occhiata d'intesa. Il mazziere scrollò le spalle e fece la sua puntata.

«Jimmy», disse uno tendendomi la mano. Quando gliela strinsi, indicò gli altri. «Mel, Pauli, Joe e quello è Winks.» Guardai l'uomo smilzo che mordicchiava uno stuzzicadenti e lui ammiccò.

Ricambiai con un cenno e, fingendomi ansiosa, aspettai che distribuissero la prima mano. Persi volutamente le prime due, ma alla quarta mi ero rifatta. Come Thomas, i veterani di Las Vegas non impiegarono molto a inquadrarmi.

«Hai detto che giochi online?» sondò Pauli.

«E con mio papà.»

«Sei di qui?» fece Jimmy.

«Di Wichita», risposi.

«Non è una principiante, ve lo dico io», bofonchiò Mel.

Un'ora dopo avevo vinto duemilasettecento dollari e loro cominciavano a sudare.

«Passo», esclamò Jimmy corrucciato, gettando le carte sul tavolo.

«Se non l'avessi visto con i miei occhi, non ci avrei mai creduto», disse una voce alle mie spalle.

Io e America ci voltammo simultaneamente. «Jesse», salutai, sfoderando un ampio sorriso. «Che ci fai qui?»

«Stai usando i tuoi trucchetti nel mio locale, piccola. Che ci fai tu, qui?»

Alzai gli occhi al cielo e mi voltai verso i miei nuovi, sospettosi amici. «Sai quanto odio queste cose, Jesse.»

«Scusateci», disse lui prendendomi per un braccio e facendomi alzare. America mi fissò attenta mentre lui mi trascinava a qualche metro di distanza.

In passato, suo padre aveva gestito il casinò e mi stupì che Jesse avesse intrapreso l'attività di famiglia. Un tempo ci rincorrevamo nei corridoi dell'albergo, di sopra, e io lo battevo sempre nelle gare in ascensore. Era diventato un uomo dall'ultima volta che lo avevo visto. Mi ricordavo un adolescente allampanato, ma la persona che avevo di fronte era un elegante *pit boss*, per nulla goffo e anzi molto virile. I suoi occhi verdi non erano cambiati, mentre tutto il resto fu una piacevole sorpresa.

Le sue iridi color smeraldo brillarono sotto le luci intense. «È incredibile. Passando di qui ho pensato fossi tu, ma non riuscivo a crederci. Quando però ho visto che stavi ripulendo i veterani, ho capito che eri proprio tu.»

«Sono io», confermai.

«Sembri... diversa.»
«Anche tu. Come sta tuo papà?»
«È andato in pensione», rispose sorridendo. «Quanto ti fermi?»
«Solo fino a domani. Devo tornare all'università.»
«Ehi, Jesse», esclamò America prendendomi per il braccio.
«America», ridacchiò. «Avrei dovuto aspettarmelo. Siete l'una l'ombra dell'altra.»
«Se i suoi genitori sapessero che sono stata io a portarla qui, la nostra amicizia sarebbe finita parecchio tempo fa.»
«È bello rivederti, Abby. Posso invitarti a cena?» domandò Jesse studiando il mio vestito.
«Mi piacerebbe, ma non sono qui per piacere, Jesse.»
Lui tese la mano e sorrise. «Neanche io. Fammi vedere un documento.»
Sentii l'ansia crescere dentro di me: sapevo bene che problema avevo per le mani, e Jesse non avrebbe ceduto facilmente al mio fascino. Dovevo dirgli la verità. «Sono qui per Mick. È nei guai.»
Il suo sguardo si fece preoccupato. «Che genere di guai?»
«I soliti.»
«Vorrei poterti aiutare. Ci conosciamo da molto tempo e sai che rispetto tuo padre, ma sai anche che non posso permetterti di restare.»
Gli posai una mano sul braccio. «Deve dei soldi a Benny.»
Lui chiuse gli occhi e scosse la testa. «Oh, no.»
«Ho tempo fino a domani. So di chiederti un favore enorme, Jesse, ma... dammi fino a domani.»
Mi sfiorò la guancia. «Facciamo così... se domani verrai a cena con me, ti do fino a mezzanotte.»
Guardai America e poi lui. «Sono qui con una persona.»
Scrollò le spalle. «Prendere o lasciare, Abby. Sai come vanno le cose qui. Nessuno fa niente per niente.»
Sospirai, sconfitta. «Va bene. Ci vediamo domani sera da Ferraro.»
Si protese per baciarmi sulla guancia. «È stato bello incontrarti. Ci vediamo domani... alle cinque, d'accordo? Dovrò ritornare al casinò alle otto.»

Sorrisi mentre si allontanava, ma ogni sollievo svanì quando vidi Travis che mi fissava dal tavolo della roulette.

«Oh, cazzo», esclamò America tirandomi per un braccio.

Travis guardò Jesse in cagnesco mentre passava, poi si avviò verso di me. Si cacciò le mani in tasca e lanciò un'occhiata a Jesse, che ci osservava con la coda dell'occhio.

«Chi era quello?»

Feci un cenno nella sua direzione. «Quello è Jesse Viveros. Lo conosco da molto tempo.»

«Da quanto?»

Guardai il tavolo dei veterani. «Travis, non ho tempo per queste cose.»

«Diciamo che è stato lui a farle scartare il ministro battista», affermò America con un sorriso malizioso.

«È il tuo ex ragazzo?» chiese Travis, infuriandosi all'istante. «Credevo fosse del Kansas!»

Lanciai un'occhiata impaziente ad America, poi gli presi il mento fra le dita. «Sa che non ho l'età per essere qui, Trav. Mi ha dato fino a mezzanotte. Ti spiegherò tutto dopo, ma adesso devo tornare al tavolo, d'accordo?»

I muscoli della sua mascella si contrassero. Chiuse gli occhi e fece un profondo respiro. «D'accordo. Ci vediamo a mezzanotte.» Mi diede un bacio, ma fu freddo e distaccato. «Buona fortuna.»

Sorrisi mentre si confondeva nella folla e rivolsi quindi l'attenzione ai giocatori. «Signori?»

«Siediti, Shirley Temple», disse Jimmy. «Adesso ci riprenderemo i nostri soldi. Non ci piace essere imbrogliati.»

«Fate del vostro peggio», esclamai sorridendo.

«Hai dieci minuti», mormorò America.

«Lo so», risposi.

Cercai di non pensare al tempo e alla gamba di America che dondolava nervosamente sotto il tavolo. Il piatto era di sedicimila dollari, il più alto della serata.

"O la va o la spacca", mi dissi.

«Non ho mai visto nessuno come te, ragazzina. Il tuo gioco è quasi perfetto. E non ha segni rivelatori. Hai notato, Winks?» fece Pauli.

L'altro annuì. La sua allegria era diminuita con il passare delle mani giocate. «Ho notato. Niente gesti né sorrisi, persino il suo sguardo è imperturbabile. Non è normale, tutti hanno un segno rivelatore.»

«Non tutti», affermò compiaciuta America.

Sentii due mani familiari toccarmi le spalle. Sapevo che era Travis ma non osai voltarmi, non mentre c'erano tremila dollari sul tavolo.

«Vedo», esclamò Jimmy.

La gente che si era radunata attorno a noi applaudì quando mostrai le carte. Jimmy era l'unico che mi si era avvicinato abbastanza, anche se il suo tris non poteva competere con la mia scala.

«Incredibile!» commentò Pauli gettando le sue coppie di due sul tavolo.

«Mi ritiro», brontolò Joe allontanandosi con passo pesante.

Jimmy fu un po' più cortese. «Se muoio stasera, saprò di aver giocato contro un'avversaria davvero in gamba, ragazzina. È stato un piacere, Abby.»

Restai di sasso. «Lo sapevi?»

Jimmy sorrise. Aveva i grossi denti ingialliti dai sigari e dai caffè. «Ho già giocato con te in passato. Sei anni fa. È da allora che voglio una rivincita.»

Mi tese la mano. «Abbi cura di te, ragazzina. Di' a tuo papà che Jimmy Pescelli lo saluta.»

America mi aiutò a raccogliere la vincita e io mi voltai verso Travis controllando l'orologio. «Mi serve più tempo.»

«Vuoi provare ai tavoli di black-jack?»

«Non posso perdere nemmeno un centesimo, Trav.»

«Tu non perdi, Pidge», rispose con un sorriso.

America scosse la testa. «Il black-jack non è il suo gioco.»

Travis annuì. «Ho vinto qualcosa. Sono seicento. Prendili.»

Shepley mi diede i suoi gettoni. «Io ne ho fatti solo trecento. Sono tuoi.»

«Grazie, ragazzi, ma ne mancano ancora cinquemila.»

Sospirai e guardai di nuovo l'orologio. Quando alzai lo sguardo, vidi arrivare Jesse. «Com'è andata?» domandò sorridente.

«Me ne mancano ancora cinque, Jesse. Ho bisogno di più tempo.»

«Ho fatto tutto il possibile, Abby.»

Assentii sapendo di aver già chiesto troppo. «Grazie per avermi permesso di restare.»

«Forse posso chiedere a papà di mettere una buona parola con Benny?»

«No, è una rogna di Mick. Gli chiederò una proroga.»

Jesse scosse la testa. «Sai che non te la darà, zuccherino, al di là della cifra che raggiungerai. Se sarà inferiore a quello che gli devi, Benny manderà qualcuno. Sta' il più possibile lontana da lui.»

Sentii gli occhi pizzicare. «Devo tentare.»

Jesse fece un passo avanti e si chinò per sussurrare al mio orecchio: «Salta sul primo aereo, Abby. Mi hai sentito?».

«Ti ho sentito», replicai secca.

Lui sospirò e nei suoi occhi comparve uno sguardo di profonda comprensione. Mi abbracciò e mi baciò sulla testa. «Mi dispiace. Se non rischiassi il lavoro, sai che cercherei di escogitare qualcosa.»

Annuii scostandomi da lui.« Lo so. Hai fatto quello che potevi.»

«Ci vediamo domani alle cinque.» Mi baciò sulla guancia e mi superò senza aggiungere una parola.

Lanciai un'occhiata ad America, che stava fissando Travis. Non osai incrociare il suo sguardo. Non volevo nemmeno immaginare quanto fosse furioso.

«Cosa c'è alle cinque?» disse con una voce da cui traspariva tutta la sua rabbia.

«Ha accettato di andare a cena con Jesse, se lui le avesse permesso di restare. Non aveva scelta, Trav», spiegò America.

Mi decisi a voltarmi verso di lui; sul suo volto vidi la stessa espressione di Mick quando aveva capito che gli avevo portato via la sua fortuna.

«Certo che aveva scelta.»

«Hai mai avuto a che fare con la mafia, Travis? Mi dispiace se ti senti offeso, ma un invito a cena da un vecchio amico non è un prezzo eccessivo per tenere in vita Mick.»

Sapevo che avrebbe voluto rispondere per le rime, ma non c'era niente che potesse dire.

«Forza, ragazzi, dobbiamo trovare Benny», disse America tirandomi per un braccio.

Travis e Shepley ci seguirono in silenzio mentre percorrevamo lo Strip, diretti al palazzo di Benny. Il traffico di auto e pedoni si stava facendo più intenso. A ogni passo sentivo una sensazione di vuoto, di nausea, e la mia mente turbinava impazzita, in cerca di un argomento convincente per ricondurre Benny alla ragione. Quando bussammo al portone verde che conoscevo bene, mi ritrovai tuttavia a corto di idee.

Non mi scomposi di fronte al gigantesco portiere, massiccio come un armadio, ma restai senza fiato scorgendo una figura alle sue spalle.

«Benny», sussurrai.

«Accidenti... ormai non sei più Tredici fortunato, vero? Mick non mi aveva detto quanto fossi diventata bella. Ti stavo aspettando, zuccherino. So che hai qualcosa per me.»

Annuii e lui indicò i miei amici. Sollevai il mento, ostentando una sicurezza che non avevo. «Loro sono con me.»

«Temo che i suoi compagni dovranno attendere fuori», disse il portiere con un tono insolitamente basso.

Travis mi posò una mano sulla spalla. «Non entra là dentro da sola. Vengo con lei.»

Benny lo squadrò e io trattenni il fiato. Quando tuttavia guardò il portiere e piegò la bocca in un sorrisetto, mi rilassai un po'.

«Mi sembra giusto», commentò. «Mick sarà contento di sapere che hai accanto un amico così in gamba.»

Lo seguii all'interno e mi girai in tempo per scorgere l'espressione preoccupata di America. Travis mi tenne stretta, piazzandosi tra me e il portiere. Seguimmo Benny all'ascensore e salimmo per quattro piani in silenzio. Le porte si aprirono su una stanza, al cui centro campeggiava una scrivania di mogano. Benny zoppicò fino alla sfarzosa poltrona e si sedette indicando le sedie vuote dall'altra parte del tavolo. Quando mi accomodai, sentii la pelle fredda contro le gambe e mi chiesi quante persone si fossero sedute su quella stessa sedia pochi istanti prima di morire. Presi la mano di Travis e lui me la strinse, rassicurante.

«Mick mi deve venticinquemila dollari. Immagino che tu abbia l'intera somma», disse, scribacchiando qualcosa su un quaderno.

«A dire il vero...» Tacqui per un istante, poi mi schiarii la voce. «Ne mancano cinquemila, Benny. Ma ho tutta la giornata di domani per procurarmeli. E cinquemila non sono un problema, giusto? Sai che sono brava.»

«Abigail», replicò lui accigliandosi, «mi deludi. Conosci bene le mie regole.»

«Ti... ti prego, Benny. Avrai il resto domani, credimi.»

I suoi occhi piccoli e luccicanti guizzarono su Travis, poi tornarono a fissarmi. Fu allora che notai due uomini uscire dall'ombra. Travis mi strinse più forte la mano e io trattenni il fiato.

«Sai che accetto solo l'intera somma. Il fatto che tu stia cercando di darmi di meno mi dice qualcosa. Sai che mi dice? Che non sei sicura di trovare l'intera somma.»

Gli uomini avanzarono ancora di un passo.

«Ce la posso fare, Benny», ribattei nervosa. «Ne ho vinti quasi novemila in sei ore.»

«Quindi stai dicendo che me ne porterai altrettanti in altre sei?» Benny sfoderò il suo sorriso diabolico.

«La scadenza è domani a mezzanotte», intervenne Travis, lanciando un'occhiata alle nostre spalle e osservando i due avvicinarsi.

«Cosa... cosa hai intenzione di fare, Benny?» chiesi irrigidendomi.

«Mick mi ha chiamato stasera. Ha detto che ti saresti occupata tu del debito.»

«Gli sto facendo un favore. Io non ti devo neanche un soldo», replicai duramente.

Benny appoggiò i gomiti tozzi sul tavolo. «Sto pensando di dare una lezione a Mick e sono curioso di sapere come te la caverai, ragazzina.»

Travis schizzò in piedi, facendomi alzare. Mi spinse dietro di sé e indietreggiò verso la porta.

«C'è Josiah dall'altra parte, giovanotto. Dove pensi di poter andare?»

Mi ero sbagliata. Riflettendo sui modi di far ragionare Benny avrei dovuto considerare la codardia di Mick e il debole che Benny aveva per le punizioni.

«Travis», lo ammonii, osservando gli scagnozzi avanzare.

Travis mi spinse indietro e mantenne coraggioso la sua posizione. «Benny, spero capirai che, quando stenderò i tuoi uomini, non sarà per mancanza di rispetto. Sono innamorato di questa ragazza e non posso permettere che tu le faccia del male.»

Lui scoppiò in una risata stridula. «Devo riconoscerlo, figliolo. Hai più palle di chiunque sia mai entrato da quella porta. Ecco cosa succederà: il tizio grosso alla tua destra è David. Se non ti farà fuori a pugni, userà il coltello che ha nel fodero. Quello alla tua sinistra è Dane, il mio uomo migliore nella lotta. Domani ha un incontro, e non ne ha mai perso uno. Attento a non farti male alle mani, Dane. Ho scommesso parecchio su di te.»

Quello sorrise divertito e fissò Travis con uno sguardo truce. «Sì, signore.»

«Benny, fermati! Posso portarti i soldi!» gridai.

«Oh, no... la cosa sta per farsi interessante», ridacchiò lui appoggiandosi allo schienale.

David si scagliò contro Travis e io mi coprii la bocca con le mani. Era forte, ma lento e goffo. Prima che potesse tirargli un pugno o afferrare il coltello, Travis lo mise fuori combattimento sbattendogli la faccia sul proprio ginocchio. Gli sferrò quindi un pugno e non perse tempo, infierendo con tutte le forze sul volto dell'uomo. Due pugni e una gomitata più tardi, questi giaceva a terra, il volto ridotto a un ammasso insanguinato.

Benny gettò indietro la testa ridendo istericamente e pestando i pugni sulla scrivania come un bimbo davanti ai cartoni animati.

«Be', fatti sotto, Dane. Non ti avrà spaventato, no?»

Dane si mosse più cauto, con l'attenzione e la precisione di un professionista. Mirò al viso di Travis con una velocità incredibile, ma lui si scansò e gli diede una violenta spallata. Caddero sulla scrivania e a quel punto Travis lo afferrò con entrambe le braccia e lo gettò a terra. Si azzuffarono sul pavimento per qualche istante, poi Dane ebbe la meglio e riuscì ad assestargli qualche pugno mentre era intrappolato sotto di lui. Mi coprii il viso, incapace di guardare.

Quando sentii un urlo di dolore, sbirciai tra le dita. Travis sovrastava Dane e lo teneva per i capelli corti mentre gli tempestava di pugni la tempia. A ogni colpo gli sbatteva la faccia contro il tavolo e, quando si rimise in piedi, Dane era disorientato e pesto.

Travis lo guardò per un attimo e attaccò di nuovo grugnendo a ogni pugno, usando tutta la forza che aveva. Dane si scansò e lo colpì alla mascella.

Travis sorrise e alzò il dito. «Hai avuto la tua occasione.»

Non riuscivo a credere alle mie orecchie: aveva permesso allo scagnozzo di Benny di colpirlo e si stava divertendo. Non lo avevo mai visto fare a pugni senza controllo ed era un po' inquietante osservarlo scatenarsi e vincere contro due killer professionisti. Fino a quel momento non avevo capito di che cosa fosse capace.

Accompagnato dalla fastidiosa risata di Benny in sottofondo, Travis lo finì con una gomitata in piena faccia e Dane perse i sensi prima di toccare il pavimento. Vidi il suo corpo sussultare appena sul tappeto prezioso di Benny.

«Sorprendente, giovanotto! Semplicemente sorprendente!» esclamò questi applaudendo con gioia.

Travis mi spinse dietro di sé non appena Josiah si stagliò imponente sulla soglia.

«Devo occuparmene io, signore?»

«No! No, no...» rispose il suo capo, stordito da quello spettacolo fuori programma. «Come ti chiami?»

Travis aveva ancora il respiro affannoso. «Travis Maddox», disse pulendosi le mani sporche di sangue sui jeans.

«Travis Maddox, penso che potresti aiutare la tua ragazza a risolvere il problema.»

«Come?» chiese sbuffando.

«Dane avrebbe dovuto combattere domani sera. Come dicevo, ho puntato parecchi soldi su di lui e a quanto pare non sarà in grado di lottare per un po'. Se tu prendessi il suo posto e vincessi, io potrei dimenticare i cinquemila dollari che Mick ancora mi deve.»

Travis si rivolse a me. «Pigeon?»

«Stai bene?» chiesi pulendogli il sangue dalla faccia. Mi morsi il labbro e il mio volto si contorse in una smorfia di paura mista a sollievo.

Lui sorrise. «Non è il mio sangue, piccola. Non piangere.»

Benny si alzò. «Sono un uomo impegnato, figliolo. Passi o giochi?»

«Ci sto», disse Travis. «Dimmi quando e dove, e ci sarò.»

«Combatterai contro Brock McMann allo Zero. Alle sei. È un osso duro. È stato cacciato dalla UFC l'anno scorso.»

Travis rimase impassibile.

«Mi piaci, Travis. Penso diventeremo buoni amici.»

«Ne dubito», replicò lui. Uscì dalla stanza e mi tenne aperta la porta, mostrandosi protettivo finché non uscimmo in strada.

«Oddio!» gridò America vedendo gli abiti sporchi di sangue. Mi afferrò per le spalle e mi scrutò. «State bene?»

«Sto bene. Ordinaria amministrazione. Per tutti e due», risposi asciugandomi gli occhi.

Travis mi prese per mano e ci precipitammo all'albergo, tallonati da Shepley e America. In pochi prestarono attenzione al suo aspetto. Era coperto di sangue, ma solo chi non era del luogo sembrò notarlo.

«Che diavolo è successo là dentro?» domandò Shepley.

Travis si spogliò restando in mutande e scomparve in bagno. Sentii l'acqua della doccia scorrere e America mi porse una scatola di fazzoletti.

«Sto bene, Mare.»

Lei sospirò e mi mise la scatola in mano. «Tu non stai bene.»

«Ho già avuto a che fare con Benny», dissi. Dopo ventiquattr'ore di tensione mi facevano male i muscoli.

«Ma è la prima volta che vedi Travis trasformarsi in una furia», osservò Shepley. «A me è capitato una volta, e non è stato divertente.»

«Cos'è successo?» incalzò America.

«Mick ha chiamato Benny e ha scaricato su di me il debito.»

«Schifoso figlio di puttana! Io lo ammazzo!» urlò lei.

«Benny non mi ritiene responsabile, ma voleva dare una lezione a Mick. Ha chiamato due dei suoi maledetti scagnozzi e Travis li ha tolti di mezzo. Tutti e due. In meno di cinque minuti.»

«E a quel punto vi ha lasciati andare?»

Travis spuntò dal bagno con un asciugamano attorno alla vita. L'unico segno della zuffa era un piccolo graffio sullo zigomo sotto l'occhio destro. «Uno dei tizi che ho steso aveva un incontro domani sera. Prenderò il suo posto e in cambio Benny si scorderà degli ultimi cinquemila che Mick gli deve.»

America balzò in piedi. «È assurdo! Perché stiamo aiutando Mick, Abby? Ti ha gettato in pasto ai lupi! Io lo ammazzo!»

«No, lo ammazzo io prima», replicò Travis fremente di rabbia.

«Calmatevi», dissi.

«Allora domani combatterai?» fece Shepley.

«Sì, in un posto chiamato Zero. Alle sei. Il mio avversario sarà Brock McMann.»

Lui scosse la testa. «Non esiste. Non esiste, cazzo. Quello è un pazzo, Trav!»

«Sì», convenne Travis, «ma non combatte per la sua ragazza, giusto?» Mi prese tra le braccia e mi baciò sulla testa. «Stai bene, Pigeon?»

«Sì, ma questa situazione è assurda, e vorrei davvero che cambiassi idea.»

«Non mi hai visto stasera? Andrà tutto bene. So come combatte Brock. È tosto ma non imbattibile.»

«Non voglio che tu lo faccia, Trav.»

«Be', io non voglio che domani sera tu vada a cena con il tuo ex fidanzato. Dovremo entrambi fare qualcosa di spiacevole per salvare quel buono a nulla di tuo padre.»

Era come un déjà-vu: Las Vegas cambiava le persone, generava mostri e falliti. Le luci e i sogni rubati si insinuavano sotto la pelle con facilità. Conoscevo bene quell'espressione invincibile, esaltata, che Travis aveva in volto, e sapevo che l'unico rimedio era un biglietto di ritorno a casa.

Jesse si accigliò quando guardai di nuovo l'orologio.

«Devi andare da qualche parte, zuccherino?» domandò.

«Per favore, non chiamarmi così, Jesse. Mi fa soffrire.»

«E io ho sofferto quando te ne sei andata. Ma non è bastato a fermarti.»

«È un discorso che abbiamo fatto mille volte. Parliamo d'altro, ti va?»

«D'accordo, parliamo del tuo nuovo uomo. Travis, giusto?» Annuii. «Cosa fai con quello psicopatico tatuato? Sembra uno scarto della famiglia Manson.»

«Sii gentile, Jesse, altrimenti me ne vado.»

«È incredibile quanto sei cambiata. Quasi non riesco a credere che tu sia seduta davanti a me.»

«Credici e basta», sbottai.

«Eccola», fece lui. «La ragazza che conosco.»

Guardai di nuovo l'orologio. «L'incontro di Travis è tra venti minuti. Sarà meglio che vada.»

«C'è ancora il dessert.»

«Non posso, Jesse. Non voglio che si preoccupi per la mia assenza. È importante.»

Lui incurvò le spalle. «Lo so. Mi mancano i giorni in cui io ero importante per te.»

Posai una mano sulla sua. «Eravamo due ragazzini. È stato una vita fa.»

«Quando siamo diventati adulti? Il fatto che tu sia qui è un segno, Abby. Pensavo che non ti avrei più rivisto, e invece... Resta con me.»

Scossi lentamente la testa, restia a ferire il mio più vecchio amico. «Lo amo, Jesse.»

La delusione adombrò il lieve sorriso che aveva sul volto. «Allora sarà meglio che tu vada.»

Gli diedi un bacio sulla guancia e lasciai di corsa il ristorante per saltare su un taxi.

«Dove andiamo?» chiese il tassista.

«Allo Zero.»

L'uomo si girò a darmi una rapida occhiata. «Ne è sicura?»

«Sì! Vada!» risposi gettando i soldi della corsa sul sedile.

15.
CASA

Travis finalmente emerse dalla folla. Quando Benny, che gli teneva una mano sulla spalla, gli bisbigliò qualcosa all'orecchio, lui annuì. Vedendolo trattare in modo tanto amichevole l'uomo che meno di ventiquattr'ore prima ci aveva minacciati, mi sentii gelare il sangue nelle vene. Travis si crogiolò negli applausi e negli strilli della calca urlante. Avanzò ancora più sicuro di sé, con un largo sorriso e, quando mi raggiunse, mi stampò un rapido bacio sulla bocca.

Sulle sue labbra sentii un sapore salato di sudore misto a quello metallico del sangue. Aveva vinto l'incontro, ma non senza qualche ferita.

«Che succede?» chiesi vedendo Benny ridere con i suoi uomini.

«Te lo dico dopo. Abbiamo parecchio di cui parlare», rispose con un sorriso.

Un uomo gli batté leggermente sulla spalla.

«Grazie», disse Travis voltandosi e stringendogli la mano.

«Non vedo l'ora di assistere a un altro tuo incontro, figliolo», esclamò questi porgendogli una bottiglia di birra. «È stato incredibile.»

«Vieni, Pidge.» Bevve un sorso, si sciacquò la bocca e sputò. Il liquido ambrato per terra era screziato di sangue. S'infilò in mezzo alla folla e fece un profondo respiro quando raggiungemmo il marciapiede. Mi diede un bacio e mi condusse lungo lo Strip con passo rapido e deciso.

Nell'ascensore dell'albergo mi spinse contro la parete a specchio, mi sollevò una gamba e se la mise contro il fianco.

Mi baciò con passione e sentii la mano sotto il ginocchio scivolarmi su per la coscia e sollevarmi la gonna.

«Travis, c'è una telecamera», dissi poi sfiorandogli le labbra.

«Non me ne frega niente», ridacchiò. «Sto festeggiando.»

Lo respinsi. «Possiamo festeggiare in camera», replicai pulendomi la bocca. Guardai la mia mano e vidi che era macchiata di rosso.

«Che cos'hai, Pigeon? Tu hai vinto, io ho vinto, abbiamo pagato il debito di Mick e ho appena ricevuto una di quelle offerte che capitano una volta sola nella vita.»

L'ascensore si aprì e io rimasi immobile mentre lui usciva in corridoio. «Che genere di offerta?» domandai.

Travis fece per prendermi per mano, ma lo ignorai. Socchiusi gli occhi, immaginando quello che avrebbe detto.

«Ne parliamo dopo», rispose con un sospiro.

«Parliamone ora.»

Mi tirò per il polso e mi trascinò in corridoio. Dopodiché mi prese in braccio.

«Farò abbastanza soldi da ridarti quelli che Mick ti ha portato via, da pagare il resto dei tuoi studi, la mia moto e un'auto per te», affermò inserendo la chiave elettronica. Spalancò la porta e mi posò a terra. «E questo è solo l'inizio!»

«E come pensi di farlo?» Sentii una fitta al petto e il battito del mio cuore accelerare.

Travis mi prese il volto fra le mani con un'espressione quasi trasognata. «Benny mi farà combattere qui a Las Vegas. Con un compenso a sei cifre per ogni incontro, Pidge. Ti rendi conto?»

Chiusi gli occhi e scossi la testa per non vedere l'eccitazione nel suo sguardo. «Come sei rimasto con Benny?» Mi sollevò il mento e aprii gli occhi, temendo che avesse già firmato un contratto.

Ridacchiò. «Gli ho detto che ci avrei pensato.»

Buttai fuori il fiato che avevo trattenuto. «Oh, grazie a Dio. Non farmi più prendere spaventi del genere, Trav. Pensavo dicessi sul serio.»

Fece una smorfia, ma si ricompose prima di parlare. «Certo che dico sul serio, Pigeon. Gli ho risposto che dovevo parlarne con te, ma pensavo che saresti stata felice. Benny prevede un incontro al mese. Hai idea di quanti soldi sono? E in contanti!»

«So contare, Travis. So anche mantenere il controllo quando sono a Las Vegas, cosa che a te evidentemente non riesce. Devo portarti via di qui prima che combini qualche sciocchezza.» Mi avvicinai all'armadio, strappai i vestiti dagli appendiabiti e li cacciai alla rinfusa in valigia.

Travis mi prese delicatamente per le braccia e mi fece voltare. «Posso farcela. Posso combattere per Benny per un anno, così ci sistemeremo per un bel po'.»

«Che farai? Mollerai gli studi e ti trasferirai qui?»

«Benny penserà ai viaggi aerei, e organizzerà tutto in base ai miei impegni.»

Scoppiai a ridere, incredula. «Non puoi essere così ingenuo, Travis. Quando sarai sul suo libro paga, non combatterai solo una volta al mese. Ti sei scordato di Dane? Finirai per diventare uno dei suoi scagnozzi!»

Lui scosse la testa. «Ne abbiamo già parlato, Pigeon. Non vuole che faccia altro, devo solo combattere.»

«E ti fidi di lui? Sai che da queste parti lo chiamano Benny il Viscido?»

«Volevo comprarti la macchina, Pigeon. Una bella macchina. E potrei pagare gli studi di entrambi.»

«Adesso la mafia elargisce borse di studio? Non lo sapevo.»

Travis strinse la mascella. Era irritato all'idea di dovermi convincere. «È un bene per noi. Posso risparmiare fino a che non sarà ora di comprare una casa. Nessun altro lavoro mi permetterebbe di guadagnare così tanto.»

«E la tua laurea in diritto penale? Se lavorerai per Benny, vedrai molto spesso i tuoi vecchi compagni di classe, te l'assicuro.»

«Tesoro, capisco le tue riserve, davvero. Ma sarò furbo. Lo farò per un anno, un anno solo, e dopo faremo tutto ciò che vorremo.»

«Con Benny non funziona così, Trav. È lui a dirti quando te ne puoi andare. Non sai con chi hai a che fare! Lavorare per un uomo che ieri sera ci avrebbe massacrati se non lo avessi fermato... Non riesco a credere che tu abbia anche solo considerato l'idea!»

«Esatto. L'ho fermato.»

«Hai fermato due dei suoi uomini, Travis. Che farai quando dovrai affrontarne dieci? Che farai se mi verranno a cercare mentre sarai a un incontro?»

«Perché dovrebbe farlo? Gli farò guadagnare un bel po' di soldi.»

«Quando vorrai tirarti indietro, non sarai più indispensabile. Questa gente ragiona così.»

Travis si allontanò e guardò fuori della finestra. Le luci intermittenti si riflettevano sul suo volto tormentato. Aveva deciso prima ancora di parlarmene.

«Andrà tutto bene, Pigeon, ci penserò io. E poi saremo sistemati per la vita.»

Scossi la testa e ricominciai a fare la valigia. Una volta a casa, sarebbe tornato in sé. Las Vegas aveva uno strano effetto sulle persone, e Trav era troppo su di giri per i soldi e il whisky per ragionare.

Decisi di continuare il discorso una volta in aereo.

Allacciai la cintura e strinsi i denti vedendolo fissare con nostalgia il paesaggio dal finestrino mentre salivamo nel cielo notturno. Già sentiva la mancanza della depravazione e delle infinite tentazioni che Las Vegas aveva da offrire.

«Sono un bel po' di soldi, Pidge.»

«No.»

Si voltò di scatto verso di me. «È una mia decisione. Dovresti vedere le cose in prospettiva.»

«Tu sei completamente pazzo, Travis.»

«Non ci vuoi neanche pensare?»

«No, e nemmeno tu dovresti. Non lavorerai per un assassino di Las Vegas, non capisco come tu possa anche solo considerare l'idea.»

Sospirò e guardò di nuovo fuori. «Il primo incontro è fra tre settimane.»

Restai a bocca aperta. «Hai già accettato?»

Lui ammiccò. «Non ancora.»
«Ma lo farai?»
Sorrise. «Non sarai tanto arrabbiata, quando ti comprerò una Lexus.»
«Non voglio una Lexus», replicai, fremendo di rabbia.
«Puoi avere tutto ciò che vuoi, tesoro. Immagina come sarà entrare dal concessionario e scegliere. Dovrai solo dire che colore preferisci.»
«Non lo fai per me. Smetti di fingere.»
Travis si protese e mi baciò i capelli. «No, lo faccio per noi. È solo che non capisci quanto sarà bello.»
Un brivido mi scese lungo la schiena fin nelle gambe. Ero terrorizzata al pensiero che Benny gli avesse fatto un'offerta che non avrebbe potuto rifiutare. Cercai di scrollarmi di dosso quelle paure: dovevo credere che Travis mi amasse tanto da dimenticarsi dei dollari e delle false promesse.
«Pidge? Sai cucinare un tacchino?»
Quell'improvviso cambio di discorso mi sorprese. «Un tacchino?»
Mi strinse la mano. «Be', si avvicinano le vacanze del Ringraziamento e sai che mio papà ti adora. Vuole che tu venga a cena da noi, ma finiamo sempre per ordinare una pizza e guardare la partita. Ho pensato che forse potremmo cucinarne uno. Finalmente un pasto tradizionale in casa Maddox!»
Mi sforzai di non ridere. «Basta scongelarlo, metterlo in una teglia e cuocerlo in forno tutto il giorno. Non è difficile.»
«Allora mi aiuterai?»
Alzai le spalle. «Certo.»
Aveva distolto lo sguardo dalle luci inebrianti in basso e mi augurai che capisse quanto si sbagliava sul conto di Benny.

Travis posò a terra le valigie e crollò sul letto. Non aveva ripreso il discorso e speravo iniziasse a scordarsi di Las Vegas.
Feci il bagno a Toto, disgustata dal puzzo di fumo e di calzini sporchi che aveva preso trascorrendo il fine settimana da Brazil, e lo asciugai in camera.
«Oh! Adesso sì, che si ragiona!» ridacchiai mentre si scrol-

lava l'acqua dal pelo. Si alzò sulle zampe posteriori e mi leccò il viso. «Anche tu mi sei mancato, piccolo.»

«Pigeon?» esclamò Travis torcendosi nervosamente le dita.

«Sì?» risposi sfregando Toto con il morbido asciugamano giallo.

«Voglio farlo. Voglio combattere a Las Vegas.»

«No», dissi sorridendo a Toto.

Lui sospirò. «Non mi stai ascoltando. Lo farò. Tra qualche mese capirai che è la decisione giusta.»

Lo guardai. «Vuoi lavorare per Benny.»

Travis annuì e sorrise. «Voglio solo prendermi cura di te, Pidge.»

La sicurezza della sua voce mi fece venire le lacrime agli occhi. «Non voglio niente che possa essere comprato con quei soldi, Travis. Non voglio avere niente a che fare con Benny, Las Vegas e tutto quel mondo.»

«Ma l'idea di comprare una macchina con le scommesse sui miei incontri qui non ti creava problemi.»

«È diverso, e lo sai.»

Si accigliò. «Andrà tutto bene, Pidge. Vedrai.»

Lo studiai per un attimo, sperando di cogliere un lampo divertito nel suo sguardo, di sentirmi dire che scherzava. Ma tutto quello che vidi fu avidità.

«Travis, se hai intenzione di farlo nonostante non sia d'accordo, perché hai chiesto il mio parere?»

«Il tuo sostegno è importante, ma sono troppi soldi per dire di no. Rinunciare sarebbe una follia.»

Per un momento rimasi sbalordita. Quando ebbi digerito il tutto, annuii. «Va bene. Hai preso la tua decisione.»

Travis s'illuminò. «Vedrai, Pigeon, sarà fantastico.» Si alzò dal letto, si avvicinò e mi baciò le mani. «Sto morendo di fame. E tu?»

Scossi la testa e lui mi diede un bacio sulla fronte prima di andare in cucina. Rimasta sola, tolsi i vestiti dagli appendiabiti, lieta di avere spazio sufficiente in valigia per gran parte delle mie cose. Lacrime di rabbia mi rigarono le guance. Avrei dovuto sapere che portarlo in un posto del genere era una pessima idea. Avevo combattuto con le unghie e con i denti per tenerlo lontano dai lati oscuri della mia vita e, non appena si era presentata l'occasione, lo avevo trascinato senza riflettere nel bel mezzo di tutto ciò che odiavo.

Travis ne sarebbe diventato parte e, se non mi avesse permesso di salvarlo, avrei dovuto salvare almeno me stessa.

La valigia era colma fino all'orlo e chiusi a stento la cerniera. La trascinai in corridoio e superai la cucina senza guardare in quella direzione. Mi affrettai a scendere le scale e vidi con sollievo che America e Shepley stavano ancora ridendo e baciandosi nel parcheggio mentre trasferivano i bagagli di lei dalla Charger alla Honda.

Toccai il polso di America. «Ho bisogno che mi porti alla Morgan, Mare.»

«Che succede?» domandò lei, intuendo dalla mia espressione la gravità della situazione.

Lanciai un'occhiata dietro di me e vidi Travis scendere di corsa le scale. Attraversò il prato diretto verso di noi.

«Che stai facendo?» chiese indicando la valigia.

Se glielo avessi detto in quel momento, qualsiasi speranza di prendere le distanze da Mick, Las Vegas e Benny sarebbe svanita. Travis non mi avrebbe lasciato andare e avrei finito per scendere a patti con la sua decisione.

Mi grattai la testa e sorrisi, cercando di escogitare una scusa plausibile.

«Pigeon?»

«Porto le mie cose alla Morgan. Lì ci sono un sacco di lavatrici e ho una montagna di roba da lavare.»

Lui si accigliò. «E te ne stavi andando senza dirmelo?»

Guardai America e poi lui cercando la bugia più credibile.

«Sarebbe tornata, Trav. Sei davvero paranoico», fece lei con quel sorriso innocente che aveva usato tante volte per ingannare i suoi genitori.

«Oh», rispose lui, ancora dubbioso. «Stasera ti fermi là?» domandò afferrandomi per la giacca.

«Non lo so. Dipende da quando finirò il bucato.»

Sorrise e mi attirò a sé. «Fra tre settimane pagherò qualcuno perché ti faccia il bucato. Anzi, potrai buttare via i vestiti sporchi e comprarne di nuovi.»

«Hai intenzione di combattere ancora per Benny?» chiese sconvolta America.
«Mi ha fatto un'offerta che non potevo rifiutare.»
«Travis...» intervenne Shepley.
«Non cominciate. Se non ho cambiato idea per Pidge, non la cambierò per voi.»
America incrociò comprensiva il mio sguardo. «Be', sarà meglio che ti accompagni Abby. Con quella montagna di vestiti ti ci vorrà una vita.»
Annuii e Travis si protese per baciarmi. Lo attirai a me sapendo che sarebbe stata l'ultima volta che avrei sentito le sue labbra sulle mie.
«Ci vediamo dopo», disse. «Ti amo.»
Shepley caricò la valigia nel bagagliaio della Honda. America si sedette alla guida, e io di fianco a lei. Travis incrociò le braccia sul petto chiacchierando con Shepley.
«Non puoi restare in camera tua stasera, Abby. Sarà il primo posto in cui verrà a cercarti», osservò America mentre metteva in moto.
Sentii le lacrime pizzicarmi gli occhi e rigarmi le guance. «Lo so.»
L'aria allegra di Travis svanì vedendo la mia espressione. In un lampo fu accanto al finestrino. «Che c'è che non va, Pidge?» chiese battendo sul vetro.
«Vai, Mare», dissi asciugandomi gli occhi. Mi concentrai sulla strada mentre lui correva accanto all'auto.
«Pigeon? America! Ferma quella maledetta auto!» urlò battendo il palmo sul vetro. «Abby, non farlo!» mi ordinò quando capì, il viso contorto in una smorfia di paura.
America imboccò la strada principale e accelerò.
«Solo perché tu lo sappia, non me lo perdonerà mai.»
«Mi dispiace tantissimo, Mare.»
Guardò nel retrovisore e premette l'acceleratore a tavoletta. «Dai, Travis», borbottò tra sé.
Mi voltai e lo vidi correre come un matto dietro a noi. Scompariva e riappariva tra le luci e le ombre dei lampioni. Giunto alla fine dell'isolato, fece dietrofront e ripartì verso casa.

«Va a prendere la moto. Ci seguirà alla Morgan e farà una scenata.»

Chiusi gli occhi. «Sbrighiamoci. Stasera dormirò in camera tua. Credi che a Vanessa dia fastidio?»

«Non c'è mai. Vuole davvero lavorare per Benny?»

Le parole mi morirono in gola, e mi limitai ad annuire.

America mi afferrò la mano e me la strinse. «Hai preso la decisione giusta, Abby. Non puoi rivivere tutto quanto. Se non ascolta te, non ascolterà nessuno.»

In quell'istante squillò il cellulare. Abbassai lo sguardo, vidi il volto idiota di Travis e schiacciai il tasto IGNORA. Meno di cinque secondi dopo squillò di nuovo. Lo spensi e lo gettai in borsa. «Che casino», osservai scuotendo la testa e asciugandomi gli occhi.

«Non ti invidio. Non riesco nemmeno a immaginare come sia mollare qualcuno che si rifiuta di starti lontano. Sai che andrà così, vero?»

Entrammo nel parcheggio della Morgan e America mi tenne aperta la porta lasciandomi passare con la valigia. Ci precipitammo verso la sua stanza e, mentre la apriva, ripresi fiato. Mi fece entrare e mi lanciò la chiave.

«Finirà per farsi arrestare o roba del genere», osservò.

Un attimo dopo, tornò di corsa nel parcheggio. Dalla finestra la guardai entrare in macchina proprio mentre Travis le si accostava in moto. Spalancò la portiera del passeggero ma, quando si accorse che non ero in auto, fissò l'ingresso dello studentato. America partì e lui si lanciò verso l'edificio.

Lo sentii tempestare di colpi la porta della mia stanza e gridare il mio nome. Non sapevo se Kara ci fosse, ma mi preoccupai al pensiero di quello che avrebbe passato finché Travis non si fosse convinto che non mi trovavo lì.

«Pidge? Apri questa porta del cazzo! Non me ne vado finché non parlerai con me! Pigeon!» I suoi colpi erano talmente violenti che probabilmente risuonavano in tutto lo studentato.

Trasalii quando udii la timida voce di Kara.

«Che c'è?» brontolò.

Premetti l'orecchio contro la porta per cogliere le parole di Travis, ma non dovetti sforzarmi molto perché riprese subito a urlare.

«So che è qui! Pigeon?»

«Non c'è... ehi!» strillò Kara.

Sentii un rumore sordo: Travis era entrato con la forza.

Dopo un minuto di silenzio lo udii gridare in corridoio. «Pigeon! Dov'è?»

«Non l'ho vista!» urlò Kara, infuriata come non l'avevo mai sentita. La porta si richiuse di colpo e provai una nausea improvvisa, preoccupata all'idea della sua mossa seguente.

Dopo vari minuti di silenzio socchiusi la porta e sbirciai nell'ampio corridoio. Travis era seduto con la schiena appoggiata al muro e le mani sulla faccia. Chiusi la porta il più silenziosamente possibile, temendo che qualcuno avesse chiamato la sicurezza del campus. Dopo un'ora guardai di nuovo: non si era mosso.

Guardai altre due volte durante la notte e alla fine, verso le quattro, mi addormentai. Quel giorno non sarei andata a lezione, e dormii fino a tardi. Accesi il telefono; Travis mi aveva mandato una valanga di messaggi, che spaziavano dalle scuse agli insulti.

Chiamai America nel pomeriggio, sperando che Trav non le avesse confiscato il cellulare. Quando rispose, sospirai.

«Ehi...»

Lei tenne la voce bassa. «Non ho detto a Shepley dove sei. Non voglio metterlo in mezzo. Travis ce l'ha a morte con me. Probabilmente stasera dormo alla Morgan.»

«Se Travis non si calma sarà difficile dormire qui. Ieri notte ha dato spettacolo in corridoio. Mi stupisce che nessuno abbia chiamato la sicurezza.»

«Oggi lo hanno cacciato dalla lezione di storia. Quando non ti ha visto, ha rovesciato il tuo banco. Shep mi ha detto che ti ha aspettato dopo tutte le lezioni. Sta dando di matto, Abby. Gli ho ribadito che hai chiuso con lui nell'istante in cui ha preso la decisione di lavorare per Benny. Come poteva credere che l'avresti accettato?»

«Ci vediamo quando arrivi. Non credo di poter tornare nella mia stanza.»

La settimana seguente dividemmo la camera, e America si assicurò di tenere lontano Shepley, in modo che non fosse tentato di dire a Travis dove fossi. Evitare uno scontro con lui si rivelò un lavoro a tempo pieno. Girai al largo dalla mensa, saltai storia e giocai sul sicuro uscendo dalle lezioni prima del termine. Sapevo che prima o poi avrei dovuto parlargli, ma dovevo aspettare che si calmasse abbastanza da accettare la mia decisione.

Quel venerdì sera ero sola a letto, con il telefono premuto contro l'orecchio. Alzai gli occhi al cielo sentendo il mio stomaco brontolare.

«Posso passare a prenderti e portarti a cena da qualche parte», propose America.

Sfogliai il libro di storia saltando le pagine su cui Travis aveva scarabocchiato delle frasi d'amore. «No, è una settimana che non passi una serata con Shep. Farò un salto in mensa.»

«Sicura?»

«Sì. Salutami Shep.»

Mi avviai lentamente verso la mensa. Non avevo fretta di essere bersagliata dagli sguardi degli altri studenti. L'intera scuola era in fermento dopo la mia rottura con Travis, e il suo comportamento instabile non aiutava. Non appena intravidi le luci della mensa, notai qualcuno avvicinarsi.

«Pigeon?»

Sussultai e mi bloccai. Travis uscì dall'ombra, pallido e con la barba lunga. «Travis! Mi hai fatto venire un colpo!»

«Se rispondessi alle mie chiamate, non dovrei aggirarmi al buio.»

«Hai un aspetto orribile.»

«Non è stata la settimana migliore della mia vita.»

Incrociai le braccia sul petto. «A dire il vero stavo andando a mangiare un boccone. Ti chiamo dopo, okay?»

«No. Dobbiamo parlare.»

«Trav...»

«Ho rifiutato l'offerta di Benny. L'ho chiamato mercoledì e gli ho detto di no.» Negli occhi gli balenò un lampo di speranza, che tuttavia scomparve quando notò la mia espressione.

«Cosa ti aspetti che ti dica, Travis?»

«Che mi perdoni. Che vuoi tornare con me.»

Strinsi i denti per non piangere. «Non posso.»

Assunse un'aria disperata e io feci per andarmene, ma mi fermò. «Non ho dormito né mangiato... non riesco a concentrarmi. So che mi ami. Tornerà tutto come prima, basta che tu mi dica di sì.»

Chiusi gli occhi. «Il nostro rapporto è malato, Travis. Penso che tu sia ossessionato dall'idea di possedermi.»

«Non è vero. Ti amo più della mia stessa vita, Pigeon», replicò ferito.

«È proprio quello che intendo. Sono discorsi assurdi.»

«Non sono discorsi assurdi. È la verità.»

«D'accordo... allora, che cosa conta di più per te? I soldi, io, la tua vita... o c'è qualcosa prima dei soldi?»

«Ho capito il mio errore, okay? So perché la pensi così, ma se avessi saputo che mi avresti lasciato non avrei mai... Volevo solo prendermi cura di te.»

«Lo hai già detto.»

«Ti prego, Pidge. Non posso vivere così, questa cosa... questa cosa mi sta uccidendo», rispose espirando con violenza, come per buttare fuori tutta l'aria che avesse in corpo.

«Ho chiuso, Travis.»

Lui trasalì. «Non dire così.»

«È finita. Torna a casa.»

Lui si corrucciò. «Sei tu la mia casa.»

Quelle parole mi trafissero e sentii un'oppressione al petto che quasi mi mozzò il respiro. «Hai fatto la tua scelta, Trav. Io ho fatto la mia», risposi, maledicendomi per il tremolio nella voce.

«Starò lontanissimo da Las Vegas e da Benny... finirò gli studi. Ho bisogno di te. Ho bisogno di te, sei la mia migliore amica.» Aveva un tono affranto, disperato come la sua espressione.

Una lacrima gli solcò il viso, e un attimo dopo mi afferrò

e mi ritrovai tra le sue braccia con le sue labbra premute contro le mie. Mi strinse forte, poi mi prese il viso fra le mani e mi baciò ancora più ardentemente, ansioso di suscitare una mia reazione.

«Baciami», mormorò. Tenni occhi e bocca chiusi. Dovetti fare appello a tutta la mia determinazione per non ricambiarlo: era tutta la settimana che non desideravo altro che le sue labbra. «Baciami!» supplicò. «Ti prego, Pigeon! Gli ho detto di no!»

Sentii le lacrime calde bruciarmi il viso e lo allontanai con uno spintone. «Lasciami in pace, Travis!»

Avevo fatto solo pochi passi quando mi afferrò per il polso. Non mi voltai.

«Ti supplico.» Sentii il braccio abbassarsi e tirare mentre lui si buttava a terra in ginocchio. «Ti supplico, Abby. Non farmi questo.»

Mi girai e notai la sua espressione afflitta. Spostai lo sguardo dal suo viso e per un attimo fissai il mio nome inciso in grossi caratteri neri sul polso. Mi aveva dimostrato che quello che avevo sempre temuto era vero. Per quanto mi amasse, se c'erano di mezzo i soldi, sarei sempre stata al secondo posto. Proprio com'era successo con Mick.

Se avessi ceduto, avrebbe cambiato idea a proposito di Benny oppure se la sarebbe presa con me ogni volta in cui fosse stato a corto di denaro. Lo immaginai rincasare dopo una giornata di lavoro con lo stesso sguardo che aveva Mick dopo una serata sfortunata. Sarebbe stata colpa mia se la sua vita non fosse andata come voleva; non potevo permettere che l'amarezza e il rimpianto che avevo gettato alle spalle rovinassero il mio futuro.

«Lasciami, Travis.»

Dopo vari istanti obbedì. Corsi verso la porta di vetro e la spalancai senza voltarmi. Tutti i ragazzi presenti in mensa mi fissarono un attimo, per poi guardare Travis, ancora in ginocchio con le mani per terra.

Di fronte a quello spettacolo, non riuscii più a trattenere le lacrime. Superai le pile di piatti e vassoi e attraversai di corsa la sala, diretta alle toilette. Era già abbastanza terribile che avessero assistito alla scena, non volevo che mi vedessero anche piangere.

Restai nascosta in bagno a piangere per un'ora finché udii bussare lievemente alla porta.

«Abby?»

Tirai su col naso. «Che ci fai qui dentro, Finch? Sei nel bagno delle donne.»

«Kara ti ha vista entrare ed è venuta a chiamarmi. Aprimi», disse con dolcezza.

Scossi la testa. Sapevo che non poteva vedermi ma non riuscii a dire nulla. Lo udii sospirare. Un attimo dopo, strisciò sotto la porta.

«Non riesco a credere di aver appena fatto una cosa del genere», osservò quando fu dall'altra parte. «Ti pentirai di non avermi aperto perché ho appena strisciato sul pavimento sporco di piscio e adesso ti abbraccerò.»

Scoppiai a ridere e un sorriso illuminò il mio volto mentre Finch mi stringeva. Sentii le ginocchia cedermi e lui mi aiutò a sedermi sul pavimento.

«Sst», disse cullandomi. Sospirò e scosse la testa. «Accidenti, ragazza. Cosa devo fare con te?»

16.

NO, GRAZIE

Scarabocchiai la copertina del quaderno disegnando un'infinità di quadrati che formavano rozze scatole tridimensionali. Dieci minuti prima dell'inizio della lezione, l'aula era ancora vuota. La mia vita stava lentamente tornando alla normalità, ma facevo ancora fatica a stare vicino a chiunque non fosse Finch o America.

«Solo perché non ci frequentiamo più, non significa che non puoi portare il braccialetto che ti ho comprato», osservò Parker infilandosi nel banco accanto.

«Avevo intenzione di chiederti se lo volessi indietro.»

Sorrise e si protese per aggiungere un fiocco a una delle scatole che avevo disegnato. «Era un regalo, Abs. E i regali non si restituiscono.»

In quell'istante la dottoressa Ballard accese il proiettore e prese a frugare tra le carte di cui era sommersa la cattedra. D'un tratto l'aula si riempì di voci che riecheggiarono contro le finestre bagnate di pioggia.

«Ho saputo che tu e Travis avete rotto un paio di settimane fa.» Vedendo la mia espressione insofferente, sollevò una mano. «Non sono affari miei. È solo che hai un'aria così triste e volevo dirti che mi dispiace.»

«Grazie», borbottai scegliendo una pagina nuova del quaderno.

«E volevo anche scusarmi per il mio comportamento. Quello che ho detto è stato... sgarbato. Ero arrabbiato e ti ho aggredita. Ho sbagliato e mi dispiace.»

«Non mi interessa uscire con un ragazzo, Parker», lo avvertii.

Lui ridacchiò. «Non sto cercando di approfittarne. Siamo ancora amici e volevo accertarmi che stessi bene.»

«Sto bene.»

«Torni a casa per le vacanze del Ringraziamento?»

«Vado da America. Di solito passiamo il Ringraziamento da lei.»

Parker fece per dire qualcosa ma la dottoressa Ballard iniziò la lezione. Parlando del Ringraziamento, mi tornò in mente il progetto di aiutare Travis con il tacchino, e mi chiesi se avrebbero ordinato di nuovo la pizza. Provai un senso di nausea e scacciai subito quei pensieri, cercando di concentrarmi sulle parole dell'insegnante.

Al termine della lezione, diventai paonazza quando vidi Travis corrermi incontro dal parcheggio. Si era fatto la barba, indossava una felpa con il cappuccio e il suo cappellino rosso preferito. Teneva la testa china per proteggersi dalla pioggia.

«Ci vediamo dopo le vacanze, Abs», disse Parker toccandomi la schiena.

Mi aspettavo un'occhiata furiosa da parte di Travis, che però non sembrò nemmeno notarlo.

«Ehi, Pidge.»

Gli rivolsi un sorriso imbarazzato e lui cacciò le mani nella tasca anteriore della felpa. «Shepley mi ha detto che domani andrai con lui e Mare a Wichita.»

«Sì, è così.»

«Passi tutte le vacanze da America?»

Scrollai le spalle cercando di assumere un'aria disinvolta. «Sono molto legata ai suoi genitori.»

«E tua mamma?»

«È un'alcolista, Travis. Non sa neanche che è il giorno del Ringraziamento.»

D'un tratto lui s'innervosì e mi venne una fitta allo stomaco, temendo un'altra scenata. Scoppiò un tuono e lui alzò lo sguardo socchiudendo gli occhi quando grosse gocce di pioggia gli caddero sulla faccia.

«Ti devo chiedere un favore», disse. «Vieni qui.» Mi trascinò sotto la tettoia più vicina e io lo lasciai fare, per evitare altre sfuriate.

«Che genere di favore?» domandai sospettosa.

«Mio...» Spostò il peso da un piede all'altro. «Mio papà e i ragazzi ti aspettano giovedì a cena.»

«Travis!» gemetti.

Lui si guardò i piedi. «Hai detto che saresti venuta.»

«Lo so, ma... adesso è un po' fuori luogo, non credi?»

Non parve turbato da quelle parole. «Hai detto che saresti venuta.»

«Sì, quando stavamo ancora insieme.»

«Be', in ogni caso è troppo tardi. Thomas ha già prenotato l'aereo e Tyler si è preso qualche giorno di vacanza. Ti aspettano tutti.»

Presi a giocherellare nervosamente con una ciocca umida di capelli. «Loro sarebbero venuti comunque, giusto?»

«Non tutti. È da anni che non ci riuniamo tutti per il Ringraziamento. Hanno fatto uno sforzo dal momento che avevo promesso un pranzo vero. Non ci sono più state donne in cucina da quando la mamma è morta e...»

«Non conoscevo questo tuo lato sessista.»

Lui inclinò la testa. «Non è quello che intendevo, Pidge, dai. Ti vogliamo tutti lì, ecco.»

«Non hai detto a nessuno di noi, vero?» Pronunciai quelle parole con il tono più accusatorio possibile.

Travis scosse la testa. «Papà mi chiederebbe perché, e non sono ancora pronto a parlarne. Non smetterò mai di ripetermi quanto sono stato stupido. Ti prego, vieni, Pidge.»

«Devo mettere il tacchino in forno il mattino di buon'ora. Dovremmo partire di qui alle cinque...»

«Oppure possiamo partire la sera prima e dormire lì.»

Inarcai le sopracciglia. «Assolutamente no! È già abbastanza brutto dover mentire alla tua famiglia e fingere di stare ancora insieme.»

«Ti comporti come se ti avessi chiesto di darti fuoco.»

«Avresti dovuto dirglielo!»

«Lo farò. Dopo il Ringraziamento... glielo dirò.»

Sospirai e distolsi lo sguardo. «Se mi assicuri che non è un modo per cercare di tornare con me, va bene.»
Lui annuì. «Te lo assicuro.»
Malgrado avesse tentato di nasconderlo, vidi un lampo nel suo sguardo e mi sforzai di non sorridere. «Ci vediamo alle cinque.»
Si chinò per baciarmi sulla guancia e le sue labbra indugiarono sulla mia pelle. «Grazie, Pigeon.»
America e Shepley mi vennero incontro all'ingresso della mensa ed entrammo insieme. Presi le posate dai contenitori e sbattei il piatto sul vassoio.
«Cosa succede, Abby?» domandò America.
«Domani non vengo con voi.»
Shepley restò a bocca aperta. «Vai dai Maddox?»
America mi guardò. «Come sarebbe?»
Sospirai e porsi la tessera del campus alla cassiera. «L'ho promesso a Trav quand'eravamo in aereo e lui ha detto a tutti che ci sarei andata.»
«In sua difesa», intervenne Shep, «va detto che non pensava che vi sareste lasciati. Credeva che avresti cambiato idea. Quando ha capito che facevi sul serio, era troppo tardi.»
«Stronzate, Shep», replicò America fremendo di rabbia. «Non sei obbligata ad andarci se non vuoi, Abby.»
Aveva ragione. Potevo scegliere, ma non avrei mai potuto fare una cosa del genere a Travis, neanche se lo avessi odiato. E non lo odiavo.
«Se non ci vado, dovrà spiegare perché non mi sono fatta vedere e non voglio rovinargli il giorno del Ringraziamento. Tornano tutti a casa convinti che ci sarò.»
Shepley sorrise. «Ti adorano, Abby. Jim parlava di te con mio papà proprio l'altro giorno.»
«Splendido», brontolai.
«E hai ragione», affermò Shepley. «Se non ci vai, Jim passerà la giornata a insultare Trav. Non ha senso rovinargli la festa.»
America mi mise un braccio attorno alle spalle. «Puoi sempre venire con noi. Non stai più con lui. Non devi continuare a salvarlo.»
«Lo so, Mare, ma è la cosa giusta da fare.»

Il sole inondava di luce gli edifici fuori della finestra e io mi spazzolai i capelli davanti allo specchio, riflettendo su quale strategia adottare per fingere di essere ancora la ragazza di Travis.

«È solo un giorno, Abby. Ce la puoi fare», dissi al mio riflesso.

Fingere per me non era mai stato un problema. Ciò che mi preoccupava era quello che sarebbe successo durante la messinscena. Quella sera Travis mi avrebbe riaccompagnata a casa e avrei dovuto prendere una decisione, ma sarei stata confusa da quella giornata di finzioni.

Toc toc.

Mi voltai verso la porta. Kara era fuori da ore, America e Shepley erano già in viaggio e non avevo idea di chi potesse essere. Posai la spazzola sul tavolo e andai ad aprire.

«Travis», sussurrai.

«Sei pronta?»

Sollevai un sopracciglio. «Pronta per cosa?»

«Hai detto di passare a prenderti alle cinque.»

Incrociai le braccia sul petto. «Intendevo alle cinque del mattino!»

«Oh», esclamò lui in tono deluso. «Chiamo mio padre e lo avverto che non dormiremo lì.»

«Travis!» gemetti.

«Ho preso l'auto di Shep, così non dovremo caricare le borse sulla moto. C'è una stanza libera per te. Possiamo guardare un film o...»

«Non ho intenzione di fermarmi da tuo papà, mi sembra di averlo già detto!»

Lui fece il muso lungo. «D'accordo. Io uhm... ci vediamo domani mattina.»

Indietreggiò e chiusi la porta appoggiandomi contro di essa, in preda a un turbine di emozioni. Alla fine sospirai, esasperata. Con la faccia delusa di Travis ancora davanti agli occhi, aprii la porta e uscii. Si era incamminato lentamente lungo il corridoio e stava armeggiando con il cellulare.

«Travis, aspetta.» Si girò di scatto e il suo sguardo pieno di speranza mi fece male al petto. «Dammi il tempo di prendere due cose.»

Il suo volto fu illuminato da un sorriso grato, di sollievo. Mi seguì fino in camera e dalla soglia mi osservò riempire alla rinfusa una borsa.

«Ti amo ancora, Pidge.»

Non alzai lo sguardo. «Smettila. Non lo sto facendo per te.»

Lui trattenne il fiato. «Lo so.»

Il tragitto fino a casa di suo padre fu immerso nel silenzio. In macchina si percepiva un'energia nervosa ed era difficile stare fermi sui freddi sedili in pelle. Quando arrivammo, Trenton e Jim uscirono sorridenti sul portico.

«Abby Abernathy! Non vediamo l'ora che arrivi la cena di domani. È passato tanto tempo da quando... be', è passato tanto tempo.»

Annuii e seguii Travis in casa.

Jim si posò una mano sul grosso ventre e sorrise. «Vi ho sistemato nella stanza degli ospiti, Trav. Ho immaginato che i letti gemelli della tua camera non fossero adatti.»

Guardai Travis. Era dura vederlo in difficoltà. «Abby, uhm... lei... starà nella stanza degli ospiti. Io nella mia.»

Trenton fece una smorfia. «Perché? Vive da te, giusto?»

«Non negli ultimi tempi», rispose cercando disperatamente di nascondere la verità.

Jim e Trenton si scambiarono un'occhiata. «Sono anni che uso la stanza di Thomas come ripostiglio, perciò ho pensato di dargli la tua. Ma può dormire sul divano, certo», concluse Jim guardando i cuscini logori e scoloriti in soggiorno.

«Non si preoccupi, Jim. Lo facevamo per rispetto», dissi toccandogli il braccio.

La sua risata echeggiò in tutta la casa e lui mi strinse affettuosamente la mano. «Conosci i miei figli, Abby. Sai che è praticamente impossibile offendermi.»

Travis indicò con un cenno le scale e io lo seguii. Aprì la porta con il piede e posò le borse per terra. Guardò il letto e poi me. Le pareti erano rivestite di legno scuro, e la moquette in tinta era più che consunta. Il soffitto era bianco sporco e qua e là l'intonaco si stava scrostando. Vidi una cornice appesa al muro, con una fotografia di Jim e della mamma di Travis. Lo sfondo era azzurro, da studio fotografico. La coppia sfoggiava un taglio di capelli in stile anni Settanta e i volti erano giovani, sorridenti. Doveva essere stata scattata prima che arrivassero i figli: nessuno dei due aveva più di vent'anni.

«Mi dispiace, Pidge. Dormirò per terra.»

«Puoi dirlo forte», risposi raccogliendomi i capelli in una coda. «Non riesco a credere che tu mi abbia convinta ad accettare.»

Si sedette sul letto e si sfregò frustrato la faccia. «Sarà un disastro. Non so che cosa mi sia passato per la mente.»

«So esattamente cosa ti è passato per la mente. Non sono stupida, Travis.»

Lui mi guardò e sorrise. «Però sei venuta lo stesso.»

«Devo preparare tutto per domani», risposi aprendo la porta.

Lui si alzò. «Ti do una mano.»

Pelammo una montagna di patate, tagliammo le verdure, mettemmo il tacchino a scongelare e cominciammo a preparare le torte. La prima ora fu la più difficile ma, quando arrivarono i gemelli, tutti ci raggiunsero in cucina. Jim raccontò aneddoti sui figli e ridemmo delle disastrose feste del Ringraziamento in cui avevano tentato di fare qualcosa di diverso che ordinare una pizza.

«Diane era un'ottima cuoca», esclamò Jim. «Trav non se lo ricorda, ma dopo la sua scomparsa cimentarsi in cucina non ha più avuto alcun senso.»

«Non sentirti sotto pressione Abby», mi rassicurò Trenton afferrando una bottiglia dal frigo. «Tiriamo fuori le carte. Voglio cercare di riprendermi un po' dei soldi che mi hai spillato.»

Jim lo ammonì con un dito. «Niente poker questo fine settimana, Trent. Ho portato giù il domino. Niente scommesse, maledizione. Parlo sul serio.»

Trenton scosse la testa. «D'accordo, d'accordo.» I gemelli uscirono dalla cucina e Trent li seguì. «Vieni, Trav.»

«Aiuto Pidge.»
«Non c'è molto altro da fare, tesoro», dissi. «Va'.»
Il suo sguardo allora si addolcì. «Ne sei sicura?»
Annuii. Si chinò per darmi un bacio sulla guancia e mi accarezzò un fianco prima di avviarsi nell'altra stanza.
Jim aveva osservato i figli uscire in fila sorridendo e scuotendo la testa. «È incredibile quello che stai facendo, Abby. Non penso che tu ti renda conto di quanto lo apprezziamo.»
«È stata un'idea di Trav. Sono contenta di contribuire.»
Si appoggiò al banco con tutta la sua mole e bevve una sorsata di birra, riflettendo prima di proseguire. «Tu e Travis non avete parlato molto. C'è qualche problema?»
Versai un po' di detersivo per piatti nel lavandino mentre lo riempivo d'acqua calda, alla disperata ricerca di qualcosa che non fosse una spudorata bugia. «Direi che le cose sono un po' cambiate.»
«È quello che pensavo. Devi essere paziente con lui. Travis era molto legato a sua mamma e, da quando l'abbiamo persa, non è più stato lo stesso. Pensavo ne sarebbe uscito, sai, visto che era così piccolo. È stata dura per tutti, ma per lui... ha smesso di voler bene agli altri. Mi ha stupito che ti abbia portata qui. Da come si comporta quand'è con te, da come ti guarda, ho capito che sei speciale.»
Sorrisi ma tenni lo sguardo fisso verso il lavandino.
«Travis passerà dei brutti momenti, e farà un sacco di errori. È cresciuto insieme a un gruppo di bambini orfani e a un padre solitario e brontolone. Eravamo tutti un po' persi dopo la morte di Diane e suppongo di non aver aiutato i ragazzi come avrei dovuto.
«So che a volte è difficile, ma devi volergli bene lo stesso, Abby. Sei l'unica donna che ha amato dopo sua madre. Non so che cosa accadrebbe se perdesse anche te.»
Trattenni le lacrime e annuii, incapace di rispondere.
Jim mi posò una mano sulla spalla e me la strinse. «Non l'ho mai visto sorridere come fa quando è con te. Spero che un giorno tutti i miei ragazzi abbiano una Abby.»
Si allontanò in corridoio e io mi aggrappai al bordo del lavandino cercando di riprendere fiato. Sapevo che passare il

Ringraziamento con Travis e la sua famiglia sarebbe stato faticoso, ma non pensavo che il mio cuore si sarebbe spezzato di nuovo. Mentre lavavo, asciugavo e riponevo i piatti, i Maddox risero e scherzarono nella stanza accanto. Finii di rassettare la cucina, mi lavai le mani e mi avviai verso le scale per andare a dormire.

Travis allora mi afferrò una mano. «È presto, Pidge. Non starai andando a letto, vero?»

«È stata una giornata lunga. Sono stanca.»

«Stavamo per guardare un film. Perché non ti fermi con noi?»

Guardai le scale e poi il suo sorriso speranzoso. «Okay.»

Mi condusse per mano sul divano e ci sedemmo mentre partivano i titoli di testa.

«Spegni quella luce, Taylor», ordinò Jim.

Travis allungò il braccio alle mie spalle e lo appoggiò sullo schienale. Tentava di mantenere la facciata e nel contempo di tranquillizzarmi. Era stato molto attento a non approfittare della situazione e mi ritrovai divisa tra gratitudine e delusione. Seduta vicino a lui, respiravo il suo odore di tabacco e di colonia, ed era molto difficile mantenere le distanze, sia fisiche sia emotive. Proprio come temevo, la mia determinazione stava venendo meno. Cercai di cancellare dalla mente tutto quello che Jim mi aveva detto in cucina.

A metà del film la porta principale si spalancò e Thomas entrò in salotto con una valigia in mano.

«Buon Ringraziamento!» esclamò posando i bagagli a terra. Jim si alzò e abbracciò il figlio maggiore. Tutti tranne Travis andarono a salutarlo.

«Non vai a salutare Thomas?» mormorai.

Quando parlò, non mi guardò. Continuò a osservare la famiglia che si abbracciava e rideva. «Ho una sola sera con te. Non ho intenzione di sprecarne neanche un secondo.»

«Ciao, Abby. È bello rivederti», disse sorridendo Thomas.

Travis mi toccò il ginocchio e io abbassai lo sguardo sulla sua mano, poi lo guardai di nuovo in faccia. Notando la mia espressione, tolse la mano e intrecciò le dita sulle ginocchia.

«Oh-oh. Guai in paradiso?» domandò lui.

«Sta' zitto Tommy», brontolò Travis.

L'atmosfera nella stanza cambiò. Mi sentii addosso gli occhi di tutti: aspettavano una spiegazione. Sorrisi nervosamente e presi la mano di Travis tra le mie.

«Siamo solo stanchi. Abbiamo cucinato tutta la sera», risposi appoggiandogli la testa sulla spalla.

Travis guardò le nostre mani e le strinse corrugando leggermente la fronte.

«A proposito di stanchezza, sono davvero esausta», mormorai. «Vado a letto, tesoro.» Guardai tutti gli altri. «Buonanotte, ragazzi.»

«Notte, piccola», disse Jim.

I fratelli di Travis mi augurarono la buonanotte e mi incamminai su per le scale.

«Vado anch'io», lo sentii dire.

«Ci avrei scommesso», lo prese in giro Trenton.

«Bastardo fortunato», bofonchiò Tyler.

«Ehi, non si parla così di vostra sorella», li ammonì Jim.

Sentii una fitta allo stomaco. L'unica famiglia che avevo da anni erano i genitori di America e, benché Pam e Mark mi volessero bene, erano già occupati. Quei sei uomini simpatici, indisciplinati e chiassosi mi avevano accolta a braccia aperte e il giorno seguente li avrei salutati per l'ultima volta.

Travis bloccò la porta della stanza prima che si chiudesse. «Vuoi che aspetti in corridoio mentre ti cambi?»

«Mi faccio una doccia rapida. Mi vesto in bagno.»

Si sfregò la nuca. «D'accordo. Allora mi sistemo per terra.»

Annuii ed entrai in bagno. Restai in quella doccia malandata finché la mia pelle divenne rossa, concentrandomi sulle macchie di umidità per contrastare la sensazione di panico che provavo all'idea della notte e del mattino che mi aspettavano. Quando tornai in camera, Travis gettò un cuscino sul letto improvvisato. Abbozzò un flebile sorriso prima di farsi a sua volta una doccia.

Mi infilai a letto e tirai le coperte fino al mento cercando di ignorare quelle per terra. Travis rientrò e fissò il giaciglio con la stessa tristezza con cui l'avevo guardato io, dopodiché spense la luce e si stese.

Rimase in silenzio per qualche istante, poi lo sentii sospirare. «Questa è la nostra ultima notte insieme, giusto?»

Mi sforzai di trovare la cosa giusta da dire. «Non voglio litigare, Trav. Dormi.»

Lo udii muoversi e mi girai sul fianco a guardarlo, premendo la guancia contro il cuscino. Si reggeva la testa con la mano e mi fissava negli occhi.

«Ti amo.»

Lo guardai per un attimo. «Mi avevi dato la tua parola.»

«Sì, e infatti non sto cercando di tornare con te.» Allungò la mano per toccare la mia. «Ma questo non vuol dire che non mi piacerebbe.»

«Tengo a te, lo sai. Non voglio ferirti, ma avrei dovuto seguire l'istinto fin dall'inizio. Non sarei dovuta venire qui.»

«Però mi amavi, vero?»

«Ti amo ancora.»

Il suo sguardo si appannò e lui mi strinse la mano. «Posso chiederti un favore?»

«Be', sono ancora nel bel mezzo dell'ultimo che mi hai chiesto», replicai con un sorrisetto.

Lui però era teso, indifferente alla mia battuta. «Se è davvero finita, se hai davvero chiuso con me... posso tenerti tra le braccia stanotte?»

«Non penso che sia una buona idea, Trav.»

Mi strinse con più forza la mano. «Ti prego. Non riesco a dormire sapendo che sei a mezzo metro di distanza. E non ne avrò più l'occasione.»

Osservai il suo sguardo disperato e mi accigliai. «Non ho intenzione di fare sesso con te.»

Lui scosse la testa. «Non è questo che ti sto chiedendo.»

Scrutai la stanza poco illuminata pensando alle conseguenze, chiedendomi se sarei stata in grado di dirgli di no in caso avesse cambiato idea. Chiusi gli occhi, mi allontanai dal bordo del letto e scostai la coperta. Travis si stese al mio fianco prendendomi subito tra le braccia. Il suo petto nudo era scosso da respiri irregolari e mi maledissi quando mi sentii così in pace a contatto con la sua pelle.

«Mi mancherà tutto questo», osservai.

Mi baciò sulla testa e mi attirò a sé. Sprofondò la faccia nel mio collo e io gli appoggiai la mano sulla schiena per confortarlo, malgrado fossi affranta quanto lui. Lui trattenne il fiato. L'ultima sera della scommessa eravamo infelici, ma questo era molto, molto peggio.

«Io... io non penso di farcela, Travis.» Mi strinse con più forza e sentii una lacrima rigarmi il viso. «Non ce la faccio.»

«Allora non farcela», rispose sussurrando. «Dammi un'altra possibilità.»

Cercai di liberarmi, ma la sua presa era troppo salda. Mi coprii la faccia con le mani e i miei singhiozzi sommessi fecero sussultare entrambi. Travis mi fissò con aria grave e gli occhi lucidi.

Con le sue dita mi scostò delicatamente la mano dagli occhi e mi baciò il palmo. Fece un respiro incerto, guardandomi prima le labbra e poi di nuovo gli occhi. «Non amerò mai nessun'altra come te, Pigeon.»

Tirai su col naso e gli toccai il viso. «Non posso.»

«Lo so», disse con voce rotta. «Non ho mai pensato di essere abbastanza in gamba per te.»

Il mio volto si contorse in una smorfia di dolore. Scossi la testa. «Non è questo, Trav. È che non siamo adatti l'uno per l'altra.»

Lui fece di no con il capo, intenzionato a ribattere, ma ci ripensò. Dopo un respiro lungo, profondo, mi appoggiò la testa sul petto. Quando l'orologio dall'altra parte della stanza segnò le undici, il suo respiro si fece più regolare. Sentii le palpebre farsi pesanti e le battei un paio di volte prima di sprofondare nel sonno.

«Ahi!» gemetti allontanando la mano dal forno e portandomi d'istinto il dito scottato alle labbra.

«Tutto a posto, Pidge?» domandò Travis. Avanzò strascicando i piedi e infilandosi una maglietta. «Cazzo! Il pavimento è gelido!» Soffocai una risatina vedendolo saltellare da un piede all'altro.

Il sole filtrava timidamente dalle veneziane e tutti gli altri

Maddox dormivano della grossa. Spinsi la vecchia teglia di ferro più in fondo nel forno prima di richiuderlo, poi misi le dita sotto l'acqua.

«Puoi tornare a letto. Dovevo solo mettere il tacchino in forno.»

«Tu vieni?» chiese incrociando le braccia sul petto per proteggersi dal freddo.

«Sì.»

Travis si tolse la maglietta mentre ci infilavamo sotto le coperte. Mi cinse forte tra le braccia, in attesa che il calore dei nostri corpi ci scaldasse.

Sentii le sue labbra sui capelli e il suo pomo d'Adamo muoversi quando parlò. «Guarda, Pidge. Nevica.»

Mi voltai verso la finestra. I fiocchi bianchi erano visibili solo nel cono di luce proiettato dal lampione. «Sembra Natale», dissi mentre la mia pelle cominciava a scaldarsi contro la sua. Travis sospirò e mi girai a guardarlo. «Che c'è?»

«Non sarai qui a Natale.»

«Sono qui ora.» Fece un mezzo sorriso e si chinò per baciarmi sulle labbra. Io però mi ritrassi e scossi la testa. «Trav...»

Lui strinse la presa e abbassò il mento. Nei suoi occhi castani c'era uno sguardo deciso. «Ho meno di ventiquattr'ore con te, Pidge. Ho intenzione di baciarti. Ho intenzione di baciarti molto, oggi. Tutto il giorno. Ogni volta che ne avrò l'occasione. Se vorrai fermarmi, va bene, altrimenti vedrò di dare un senso a ogni secondo del nostro ultimo giorno insieme.»

«Travis...» Riflettei per un momento e capii che non si faceva illusioni sul futuro. Ero andata lì per recitare, certo, ma non volevo respingerlo, anche se questo avrebbe reso tutto più difficile per entrambi.

Quando si accorse che gli stavo fissando le labbra, sorrise di nuovo e mi baciò. All'inizio fu dolce, innocente ma, non appena schiuse la bocca e le nostre lingue si toccarono, si irrigidì. Fece un profondo respiro e si premette contro di me. Abbassai un ginocchio mentre si stendeva su di me senza smettere di baciarmi.

Mi spogliò in fretta e, quando tra noi non ci fu più nessuno strato di stoffa, si afferrò con entrambe le mani alla testiera in ferro e con un movimento rapido mi penetrò. Mi morsi con forza il labbro soffocando il grido che mi stava salendo in gola. Lui gemette e io puntai i piedi sul materasso sollevando il bacino verso il suo.

Con una mano sulla testiera e l'altra sulla mia nuca, cominciò a muoversi dentro di me. Le mie gambe tremavano a ogni sua spinta netta e decisa. Continuò a esplorare la mia bocca e lo sentivo gemere mentre manteneva la promessa di rendere memorabile l'ultimo giorno insieme. Sapevo che quel momento sarebbe rimasto per sempre nei miei ricordi.

Era passata un'ora quando chiusi con forza gli occhi, concentrata sui brividi che scuotevano tutto il mio corpo, e Travis trattenne il fiato mentre dava un'ultima spinta. Crollai sfinita sul materasso. Lui era fradicio di sudore e respirava affannosamente, tanto da non riuscire a parlare.

Sentii alcune voci al piano di sotto e mi coprii la bocca ridendo maliziosa. Travis si girò sul fianco e mi scrutò con i suoi dolci occhi nocciola.

«Hai detto che mi avresti soltanto baciato», osservai sorridendo.

Lì distesa accanto al suo corpo nudo, vidi l'amore assoluto che aveva nello sguardo e dimenticai la delusione, la rabbia e ogni caparbia determinazione. Lo amavo e, qualsiasi fossero i motivi che mi avevano spinto ad allontanarlo, sapevo che non volevo vivere senza di lui. I nostri problemi non erano svaniti, ma non potevamo restare lontani l'uno dall'altra.

«Perché non rimaniamo a letto tutto il giorno?» mi chiese con un sorriso.

«Sono venuta qui per cucinare, ricordi?»

«No, sei venuta qui per aiutarmi a cucinare e non devo presentarmi al lavoro per altre otto ore.»

Gli accarezzai il viso. Il bisogno di porre fine alla nostra sofferenza era diventato insopportabile. Quando gli avessi detto che avevo cambiato idea, che le cose sarebbero tornate come prima, non avremmo dovuto passare la giornata a fingere, bensì a festeggiare.

«Travis, penso che...»

«Non dirlo, d'accordo? Non ci voglio pensare finché non ci sarò costretto.» Si alzò, s'infilò i boxer e si avvicinò alla mia borsa. Mi gettò gli abiti sul letto e si mise la maglietta. «Voglio ricordarla come una bella giornata.»

Preparai uova per colazione e sandwich per pranzo; quando iniziò la partita, mi dedicai alla cena. Travis non mi lasciava sola un momento, tenendomi le braccia attorno alla vita e le labbra sul collo. Mi ritrovai a guardare l'orologio, ansiosa di trovare il momento giusto per dirgli della mia decisione. Morivo dalla voglia di vedere la sua faccia, di tornare al punto in cui eravamo prima di lasciarci.

Il giorno trascorse tra risate, chiacchiere e un costante flusso di proteste da parte di Tyler, che si lamentava che Travis e io fossimo sempre appiccicati.

«Andate in camera, Travis!» si lagnò.

«Sei verde di gelosia», lo schernì Thomas.

«Perché sto per vomitare, coglione», ribatté Tyler.

«Lasciali in pace, Ty», lo ammonì Jim.

A tavola insistette perché Travis tagliasse il tacchino e sorrisi quando lui si alzò orgoglioso di farlo. Fui tesa finché non piovvero i complimenti e, al momento di servire la torta, sul tavolo non c'era più neanche una briciola.

«Ho cucinato abbastanza?» chiesi ridendo.

Jim sorrise e impugnò la forchetta, preparandosi per il dolce. «Certo! Basterà fino all'anno prossimo... a meno che tu non voglia fare il bis a Natale. Adesso sei una Maddox. Ti aspetto a ogni festa, e non per cucinare.»

Lanciai un'occhiata a Travis ed ebbi un tuffo al cuore quando vidi il suo sorriso spegnersi. Dovevo parlargli, e in fretta. «Grazie, Jim.»

«Non dire così, papà», osservò Trenton. «Lei deve cucinare. Non mangio così da anni!» Si cacciò mezza fetta di torta alle noci in bocca, grugnendo soddisfatto.

Mi sentivo a casa, seduta a un tavolo di uomini con la pancia piena. Fui sopraffatta dalle emozioni pensando al Natale, alla Pasqua e a tutte le altre vacanze che avrei trascorso a quel tavolo. Non desideravo altro che far parte di quella strana famiglia chiassosa, che adoravo.

Dopo aver spazzolato anche le torte, i fratelli di Travis cominciarono a sparecchiare e i gemelli si misero al lavandino.

«Faccio io», dissi alzandomi.

Jim scosse la testa.« No, ci pensano i ragazzi. Tu rilassati sul divano con Travis. Hai lavorato un sacco, piccola.»

I gemelli si schizzarono con l'acqua dei piatti e Trenton imprecò quando scivolò sul pavimento bagnato e ne fece cadere uno. Thomas li riprese recuperando scopa e paletta e raccolse i cocci. Jim diede una pacca affettuosa sulle spalle dei figli e mi abbracciò prima di ritirarsi in camera.

Travis mi fece stendere le gambe sulle sue ginocchia e mi tolse le scarpe per massaggiarmi i piedi. Gettai la testa indietro e sospirai.

«È stato il giorno del Ringraziamento più bello che abbiamo passato da quando è morta la mamma.»

Mi sollevai per guardarlo in volto. Sorrideva, ma i suoi occhi erano venati di tristezza.

«Sono felice di averne fatto parte.»

La sua espressione mutò e mi preparai a ciò che stava per dire. Sentivo il cuore martellarmi nel petto. Speravo mi chiedesse di tornare con lui, così avrei potuto rispondere di sì. Lì, a casa della mia nuova famiglia, Las Vegas mi sembrò appartenere a un'altra vita.

«Mi sento diverso. Non so che cosa mi sia successo a Las Vegas, ma quello non ero io. Pensavo solo a tutto quello che avremmo potuto comprare con quei soldi... Non avevo capito quanto ti facesse soffrire l'idea che ti riportassi lì. Mi sono meritato che tu mi abbia lasciato. Mi sono meritato tutte le notti insonni e il dolore che ho provato. Mi sono serviti a capire quanto bisogno ho di te e che cosa sono disposto a fare perché continui a far parte della mia vita.»

Mi morsi il labbro, impaziente di arrivare al punto in cui avrei detto di sì. Volevo che mi riportasse nel suo appartamento per festeggiare. Non vedevo l'ora di rilassarmi sul divano nuovo con Toto, guardando un film e ridendo come facevamo di solito.

«Hai detto che hai chiuso con me e lo accetto. Da quando ti ho incontrato sono una persona diversa. Sono cambiato... in meglio. Ma, per quanto mi sforzi, non faccio che sbagliare. Noi siamo innanzitutto amici. Non posso perderti, Pigeon. Ti amerò sempre ma, se non posso renderti felice, non ha senso cercare di tornare con te. Non riesco a concepire di stare con nessun'altra, ma mi accontenterò di essere amici.»

«Vuoi che restiamo amici?» Quelle parole mi bruciarono in gola.

«Voglio che tu sia felice. Qualsiasi cosa significhi.»

Sentii una fitta al cuore e il dolore insopportabile che mi investì mi lasciò senza fiato. Mi stava offrendo una via d'uscita proprio quando non la volevo più. Avrei potuto dirgli che avevo cambiato idea e lui avrebbe ritirato quanto aveva detto, ma sapevo che non era giusto insistere.

Sorrisi per soffocare le lacrime. «Scommetto cinquanta dollari che mi ringrazierai quando incontrerai la tua futura moglie.»

Lui aggrottò la fronte e fece il broncio. «È una scommessa facile. L'unica donna che ho mai voluto sposare mi ha appena spezzato il cuore.»

Non riuscii più a fingere di sorridere. Mi asciugai gli occhi e mi alzai. «Penso sia ora di tornare a casa.»

«Dai, Pigeon. Scusami, non è stato divertente.»

«Non è per questo, Trav. Sono stanca e voglio andare a casa.» Lui trattenne il fiato e annuì alzandosi. Abbracciai i suoi fratelli e chiesi a Trenton di salutarmi Jim. Travis mi aspettava sulla soglia con i bagagli. Ci accordammo per rivederci a Natale e io mantenni il sorriso finché non uscii dalla porta.

Quando arrivammo alla Morgan, Travis era ancora triste ma non più tormentato. Quel fine settimana non era stato uno stratagemma per tornare insieme. Era stato una rottura definitiva.

Mi baciò sulla guancia e mi tenne aperta la porta guardandomi entrare. «Grazie di tutto. Non sai quanto hai reso felice la mia famiglia.»

Mi fermai ai piedi delle scale. «Domani glielo dirai, vero?»

Lui guardò il parcheggio e poi me. «Credo che lo sappiano già. Non sei l'unica capace di fingere, Pidge.»
Lo fissai stordita e, per la prima volta da quando lo conoscevo, si allontanò senza voltarsi.

17.
LA SCATOLA

Gli esami finali furono un calvario per tutti tranne che per me. Mi tenni occupata, studiai con Kara e America nella mia stanza e in biblioteca, e vidi Travis solo di sfuggita. Tornai a casa con America per le vacanze invernali, grata che Shepley fosse rimasto con Travis, così non avrei dovuto sopportare le loro continue effusioni.

Gli ultimi quattro giorni mi presi un raffreddore, un'ottima scusa per restare a letto. Travis aveva detto che voleva essermi amico ma non aveva chiamato, e fu un sollievo avere qualche giorno per crogiolarmi nell'autocommiserazione. Volevo gettarmi tutto alle spalle prima di riprendere le lezioni.

Il viaggio di ritorno alla Eastern sembrò eterno. Smaniavo dalla voglia di iniziare il semestre di primavera, ma soprattutto di rivedere Travis.

Il primo giorno di lezione il campus era immerso in un'insolita energia e ammantato di neve. I nuovi corsi significavano nuovi amici, un nuovo inizio. Non avevo lezioni in comune con Travis, Parker, Shepley o America, mentre Finch era quasi sempre con me.

Attesi Travis a pranzo, ma quando entrò si limitò a farmi un cenno e si sedette in fondo al tavolo con il resto dei compagni della confraternita. Cercai di concentrarmi sulla conversazione con America e Finch circa l'ultima partita di football della stagione, ma la voce di Travis mi distraeva. Stava raccontando agli amici le avventure e i problemi con la legge che aveva avuto durante le vacanze. Parlò della nuova ragazza di Trenton, incontrata una sera al Red Door. Mi aspettavo che accennasse anche ad altre, conosciute o portate a casa ma, che fosse successo o meno, evidentemente non aveva intenzione di parlarne.

Al soffitto erano ancora appese le decorazioni di metallo rosso e oro, che ondeggiavano al passaggio degli studenti. Quando mi strinsi nel cardigan, Finch mi abbracciò stretta. Guardavo fin troppo spesso nella direzione di Travis, aspettando che alzasse gli occhi e cogliesse il mio sguardo, ma lui sembrava essersi scordato che ero lì.

Sembrava anche indifferente alle orde di ragazze che avevano ricominciato a ronzargli attorno dopo la notizia della nostra rottura e lieto che il nostro rapporto fosse tornato platonico, pur con qualche tensione. Avevamo trascorso quasi un mese lontani; mi sentivo agitata e non sapevo bene come comportarmi.

Quando terminò di pranzare, ebbi un tuffo al cuore vedendolo avvicinarsi e posarmi le mani sulle spalle.

«Come vanno le lezioni, Shep?» domandò.

Lui fece una smorfia. «Uno schifo. La prima settimana si parla solo di programmi e regole. Non so neanche perché ci vado. E tu?»

«Eh... fa tutto parte del gioco. A te come vanno le cose, Pidge?» indagò.

«Idem», risposi, cercando di mantenere un tono leggero.

Mi fece dondolare scherzosamente da una parte all'altra. «Hai passato bene le vacanze?»

«Abbastanza», risposi facendo del mio meglio per sembrare convincente.

«Ottimo. Ho un'altra lezione, ci vediamo dopo.»

Lo guardai puntare dritto verso la porta, spalancarla e accendersi una sigaretta mentre si allontanava.

«Uhm», esclamò America con voce acuta. Osservò Travis attraversare il prato innevato e scosse la testa.

«Che c'è?» fece Shepley.

Lei appoggiò il mento sulla mano, con un'aria preoccupata. «È un po' strano, no?»

«In che senso?» chiese Shepley gettandole indietro la treccia bionda e sfiorandole il collo con le labbra.

America sorrise e si abbandonò al bacio. «Sembra quasi normale... per i suoi standard. Che gli è successo?»

Lui scosse la testa e scrollò le spalle. «Non lo so. È così da un po'.»

«Come mai i ruoli si sono invertiti, Abby? Lui sta bene e tu sei disperata», osservò senza badare a tutte le orecchie in ascolto.

«Sei disperata?» chiese stupito Shepley.

Restai a bocca aperta e arrossii per l'imbarazzo. «No!»

America giocherellò con l'insalata nel piatto. «Be', lui sembra quasi entusiasta.»

«Lascia stare, Mare», la ammonii.

In risposta fece spallucce e mangiò un altro boccone. «Credo stia fingendo.»

Shepley le diede un colpetto con il gomito. «Ehi, verrai alla festa di San Valentino con me o no?»

«Non lo puoi chiedere come fa un fidanzato normale? Con un po' di gentilezza?»

«Te l'ho chiesto... più volte. Continui a dirmi di chiedertelo più avanti.»

Lei si accasciò imbronciata sulla sedia. «Non voglio andarci senza Abby.»

Il volto di Shepley assunse un'espressione frustrata. «L'ultima volta è stata tutto il tempo con Trav. Non l'hai nemmeno vista.»

«Smetti di fare la bambina, Mare», dissi lanciandole un pezzetto di sedano.

Finch mi diede una gomitata. «Ti ci porterei io, dolcezza, ma purtroppo non faccio parte della confraternita.»

«Sarebbe davvero fantastico», osservò Shepley con un guizzo negli occhi.

Finch fece una smorfia. «Non sono nella Sig Tau, Shep. Non sono niente. Le associazioni studentesche sono contrarie al mio credo.»

«Ti prego, Finch», insistette America.

«Mi sembra un déjà-vu», brontolai.

Finch mi guardò con la coda dell'occhio e sospirò. «Non

c'è niente di personale, Abby. Non posso dire di essere mai uscito con... una ragazza.»

«Lo so.» Scossi la testa scrollandomi di dosso il profondo imbarazzo. «Non c'è problema, sul serio.»

«Devi esserci», incalzò America. «Abbiamo fatto un patto, ricordi? Non andiamo alle feste da sole.»

«Non sarai sola, Mare. Smetti di fare la melodrammatica», osservai, seccata dalla conversazione.

«Vuoi parlare di melodramma? Ti ho avvicinato il cestino al letto, ti ho rifornita di fazzolettini in continuazione e sono andata a prenderti lo sciroppo per la tosse nel cuore della notte quando sei stata male in vacanza! Me lo devi!»

Arricciai il naso. «E quante volte ti ho tenuto i capelli mentre vomitavi, America Mason?!»

«Mi hai starnutito in faccia!»

Mi scostai la frangia dagli occhi con un soffio. Quando America si impuntava, era impossibile discutere con lei. «Bene», dissi a denti stretti.

«Finch?» domandai con un sorriso tirato. «Vieni a quella stupida festa di San Valentino con me?»

Lui mi abbracciò. «Sì, ma solo perché l'hai chiamata stupida.»

Dopo pranzo andai a lezione con lui, parlando di quanto fossimo spaventati all'idea di andare alla festa. Ci sedemmo vicini a fisiologia e gemetti quando il docente espose il quarto programma della giornata. Riprese a nevicare: i fiocchi mulinavano contro le finestre chiedendo educatamente di entrare, per poi cadere delusi a terra. Terminata la lezione, un ragazzo che avevo incontrato una volta alla sede della Sig Tau mi bussò sul banco e ammiccò. Gli rivolsi un sorriso gentile lanciando un'occhiata a Finch, che assunse un'aria beffarda. Riposi libro e laptop nello zaino, me lo gettai in spalla e m'incamminai sul marciapiede cosparso di sale, diretta alla Morgan. Un gruppetto di studenti stava giocando a palle di neve e Finch rabbrividì vedendoli coperti di quella polvere incolore.

Gli feci compagnia mentre finiva la sigaretta. America si

affrettò a raggiungerci sfregandosi le mani infilate in un paio di manopole verde brillante.

«Dov'è Shep?» chiesi.

«È andato a casa. Penso che Travis avesse bisogno d'aiuto per qualcosa.»

«Non sei andata con lui?»

«Non vivo lì, Abby.»

«Solo in teoria», osservò Finch strizzandole l'occhio.

«Mi piace passare un po' di tempo con il mio ragazzo, è un crimine?» osservò spazientita.

Finch gettò il mozzicone nella neve. «Vado, ragazze. Ci vediamo a cena?»

Io e America annuimmo sorridendo quando baciò prima me e poi lei sulla guancia. Finch percorse il marciapiede bagnato, attento a tenersi nel centro per non calpestare la neve.

America scosse la testa. «È ridicolo.»

«È nato in Florida, Mare. Non è abituato alla neve.»

Lei ridacchiò e mi trascinò verso la porta.

«Abby!»

Mi voltai e vidi Parker superare di corsa Finch. Si fermò a riprendere fiato prima di parlare. Il suo giaccone grigio imbottito si sollevava a ogni respiro e sogghignai vedendo lo sguardo curioso che gli rivolse America.

«Volevo... uff! Volevo chiederti se ti andava di mangiare un boccone stasera.»

«Oh. Ho... già detto a Finch che avrei cenato con lui.»

«D'accordo, non c'è problema. Volevo provare il nuovo locale di hamburger in centro. Dicono tutti che sia molto buono.»

«Magari un'altra volta», dissi pentendomene subito. Mi augurai che non prendesse quella risposta superficiale per un invito futuro. Lui annuì e si cacciò le mani in tasca tornando sui suoi passi.

Kara stava sfogliando i libri nuovi e fece una smorfia quando io e America entrammo in camera. Il suo atteggiamento non era migliorato dopo il rientro dalle vacanze.

Prima trascorrevo talmente tanto tempo a casa di Travis che riuscivo a tollerare i suoi insopportabili commenti. Stare ogni sera con lei nelle due settimane precedenti la fine del semestre mi aveva fatto amaramente rimpiangere di non aver diviso la camera con America.

«Oh, Kara, quanto mi sei mancata», esclamò Mare.

«Il sentimento è reciproco», brontolò lei tenendo lo sguardo sul libro.

America parlò della sua giornata e dei progetti per il fine settimana con Shepley. Curiosando su Internet in cerca di video divertenti, ridemmo tanto da doverci asciugare le lacrime. Kara sbuffò un paio di volte per il chiasso ma la ignorammo. Ero grata per la visita di America. Il tempo volò, e non mi chiesi neanche una volta se Travis avesse chiamato.

Alla fine, Mare sbadigliò e guardò l'orologio. «Vado a letto, Ab... oh, merda!» esclamò schioccando le dita. «Ho lasciato la trousse da Shep.»

«Non è una tragedia, Mare», osservai, ancora ridendo per l'ultimo filmato che avevamo visto.

«Non lo sarebbe se non ci tenessi la pillola. Vieni, devo andare a prenderla.»

«Non puoi chiedere a Shep di portartela?»

«Travis ha preso la sua macchina. È al Red con Trent.»

Fui assalita da un senso di nausea. «Di nuovo? Perché esce così spesso con Trent?»

America scrollò le spalle. «Ha importanza? Vieni!»

«Non voglio incontrarlo. Sarebbe seccante.»

«Ma mi ascolti quando parlo? Non è a casa, è al Red. Dai, vieni!» gemette tirandomi per un braccio.

Mi alzai con riluttanza.

«Era ora», osservò Kara.

Arrivate all'appartamento, notai che la Harley era parcheggiata al solito posto, mentre la Charger non c'era. Feci un sospiro di sollievo e seguii America su per i gradini ghiacciati.

«Attenta», mi avvertì.

Se avessi saputo quanto mi avrebbe turbato rimettere piede in quella casa, non mi sarei lasciata convincere a tornarci. Toto ci corse incontro e mi sbatté contro, scivolando sulle piastrelle dell'ingresso. Lo presi in braccio e lasciai che mi salutasse con i suoi bacini da cucciolo. Almeno lui non mi aveva dimenticato.

Lo portai in giro per casa aspettando che America trovasse la trousse.

«So di averla lasciata qui!» esclamò dal bagno prima di avviarsi a grandi passi verso la stanza di Shepley.

«Hai guardato nell'armadietto sotto il lavabo?» chiese lui.

Controllai l'orologio. «Sbrigati. Dobbiamo andare.»

In quel momento trasalii sentendo spalancarsi la porta d'ingresso alle mie spalle. Travis entrò incespicando abbracciato a Megan, che stava ridendo con la bocca incollata alla sua. La scatola che teneva in mano attirò la mia attenzione e restai senza fiato quando capii che cosa fossero: preservativi. Gli teneva l'altra mano sulla nuca ed erano talmente avvinghiati l'uno all'altra da sembrare una persona sola.

Poi Travis mi vide in piedi nel centro del soggiorno ed ebbe una reazione a scoppio ritardato. Si immobilizzò di colpo mentre Megan alzava lo sguardo, ancora con il sorriso sul volto.

«Pigeon», disse stupefatto.

«Trovata!» gridò nel contempo America, uscendo di corsa dalla stanza di Shepley.

«Che fai qui?» mi domandò. Il puzzo di whisky m'investì e una rabbia incontrollabile annullò il mio tentativo di mostrarmi indifferente.

«È bello vedere che sei tornato in te, Trav», dissi. Il calore che sentivo al volto mi bruciava gli occhi e offuscava la vista.

«Ce ne stavamo proprio andando», ringhiò America. Mi afferrò per la mano e mi trascinò fuori.

Ci precipitammo giù per le scale. Mi confortava l'idea che fosse vicina, perché già sentivo gli occhi inumidirsi. Per poco non caddi all'indietro quando il mio giubbotto si impigliò in qualcosa. America e io ci voltammo: Travis mi stava tenendo per la giacca. Sentii le mie orecchie avvampare nell'aria gelida della notte e notai che aveva le labbra e il colletto macchiati di rosso scuro. «Dove vai?» chiese con uno sguardo a metà tra l'ubriaco e il perplesso.

«A casa», risposi secca sistemandomi il giubbotto non appena mi mollò.

«Cosa fai qui?»

Udii la neve scricchiolare sotto i piedi di America quando si mise alle mie spalle. In quel momento Shepley raggiunse Travis e fissò sospettoso la sua ragazza.

«Mi dispiace. Se avessi saputo che ci saremmo visti, non sarei venuta.»

Lui si cacciò le mani nella tasca del giubbotto. «Puoi venire quando vuoi, Pidge. Non ho mai voluto che stessi lontano.»

Non riuscii a non essere acida. «Non voglio interrompere niente.» Guardai in cima alle scale, dove vidi Megan con un'aria compiaciuta sul volto. «Goditi la serata», esclamai girandomi.

Travis mi afferrò un braccio. «Aspetta. Sei arrabbiata?»

Mi divincolai. «Sai... non capisco nemmeno perché mi sorprenda.»

Lui inarcò le sopracciglia. «Non so cosa fare con te! Non so cosa fare! Hai detto che volevi chiudere... ed eccomi qui, maledettamente infelice! Ho dovuto fare a pezzi il cellulare per non chiamarti di continuo... ho dovuto far finta che andasse tutto bene perché tu fossi serena... e tu sei arrabbiata con me? Mi hai spezzato il cuore, cazzo!» Le sue ultime parole riecheggiarono nella notte.

«Travis, sei ubriaco. Lasciale andare a casa», disse Shepley.

A quel punto mi afferrò per le spalle e mi attirò a sé. «Mi vuoi o no? Non puoi continuare a farmi questo, Pidge!»

«Non sono venuta qui per vederti», replicai furiosa.

«Non voglio Megan», dichiarò fissandomi le labbra. «Sono solo spaventosamente infelice, Pigeon.» Lo sguardo gli si appannò e si chinò per baciarmi.

Lo afferrai per il mento e lo bloccai. «Ha il suo rossetto sulla bocca, Travis», osservai disgustata.

Lui fece un passo indietro e si pulì con il dorso della mano. «Volevo solo dimenticare. Solo per una notte, cazzo», disse scuotendo la testa.

Mi asciugai una lacrima. «Allora non permettere che ti interrompa.»

Cercai di battere in ritirata verso la Honda, ma mi bloccò di nuovo. Un attimo dopo America prese a bersagliarlo di pugni sul braccio. Lui la guardò battendo le palpebre, sbigottito. Mare allora lo colpì sul petto finché non mi mollò.

«Lasciala in pace, bastardo!»

Shepley la afferrò e lei gli diede uno spintone, poi si girò per dare un ceffone a Travis. Il rumore dello schiaffo risuonò talmente nitido da farmi trasalire. Per un istante rimasero tutti immobili, sconvolti dalla sfuriata.

Travis si accigliò ma non si difese. Shepley prese Mare per i polsi e la trascinò verso la Honda.

Lei reagì con violenza e i suoi capelli sferzarono l'aria mentre lottava per liberarsi. L'accanimento con cui voleva aggredire Travis mi lasciò stupefatta: nel suo sguardo solitamente dolce e spensierato balenava un odio puro.

«Come hai potuto? Si meritava di meglio da te, Travis!»

«America, smettila!» urlò Shepley più forte di quanto non l'avessi mai sentito.

Mare lasciò cadere le braccia e lo guardò incredula. «Lo difendi?»

Shepley sembrava un po' nervoso, ma mantenne la sua posizione. «È stata Abby a chiudere con lui. Travis sta solo cercando di andare avanti.»

America socchiuse gli occhi e si liberò dalla sua presa. «Allora perché non vai a cercarti una puttana qualsiasi...» guardò Megan, «...al Red e te la porti a casa? Poi fammi sapere se ti aiuta a dimenticarmi.»

«Mare!» Shepley fece per afferrarla ma lei lo schivò. Salì in macchina e sbatté la portiera. Io mi infilai sul sedile accanto cercando di non guardare Travis.

«Tesoro, non te ne andare», la supplicò Shepley chinandosi davanti al finestrino.

Lei avviò il motore. «In questa storia c'è un lato giusto e c'è un lato sbagliato, Shep. Tu stai da quello sbagliato.»

«Sono dalla tua parte», obiettò lui disperato.

«Non più, non è vero», replicò Mare facendo retromarcia.

«America? America!» gridò mentre partiva come un razzo lasciandoselo alle spalle.

Sospirai. «Mare, non puoi rompere con lui per una cosa del genere. Ha ragione.»

America mi posò la mano sulla mia e me la strinse. «No, non ce l'ha. Niente di quello che è successo stasera ha senso.»

Quando entrammo nel parcheggio della Morgan, il suo cellulare squillò. «Non devi più chiamarmi. Parlo sul serio, Shep», disse spazientita. «No... perché non voglio che tu lo faccia, ecco perché. Non puoi giustificare il suo comportamento, non puoi perdonare il fatto che abbia ferito Abby in quel modo e stare con me... è proprio quello che intendo, Shepley! Non importa! Non vedrai mai Abby scoparsi il primo che incontra! Non è Travis il problema, non ti ha chiesto di difenderlo! Basta parlare di questo. Non chiamarmi più. Addio.»

Uscì furiosa dall'auto, attraversò la strada e salì i gradini. Cercai di starle dietro per sapere che cosa le avesse detto.

Il telefono squillò di nuovo ma lei lo spense. «Travis gli ha detto di portare Megan a casa. Voleva passare di qui sulla strada del ritorno.»

«Mi sembra una buona idea, Mare.»

«No. Tu sei la mia migliore amica. Non posso mandar giù quello che ho visto stasera e non posso stare con qualcuno che lo difende. Fine del discorso, Abby, davvero.»

Annuii e lei mi passò un braccio sulle spalle attirandomi a sé mentre salivamo le scale, dirette alle nostre stanze. Siccome Kara dormiva, rinunciai alla doccia e mi misi a letto completamente vestita, con tanto di giubbotto. Non riuscivo a smettere di pensare a Travis che varcava incespicando la porta con Megan, né al rossetto sulla sua faccia. Cercai di cancellare la visione disgustosa di quanto sarebbe accaduto se non fossi stata lì e fui in balia di diversi sentimenti finché prevalse la disperazione.

Shepley aveva ragione, non avevo il diritto di essere arrabbiata. Ma questa consapevolezza non attenuava il dolore.

Finch scosse la testa quando mi sedetti nel banco accanto al suo. Sapevo di avere un aspetto orribile. Al risveglio non avevo quasi avuto la forza di cambiarmi e di lavarmi i denti. Avevo dormito un'ora soltanto, incapace di non pensare a quanto era accaduto e in preda al rimorso per la lite tra America e Shepley.

Mare aveva deciso di restare a letto sapendo che, svanita la rabbia, sarebbe sopraggiunta la depressione. Amava Shepley, ma era decisa a chiudere con lui, ed era pronta a subire il contraccolpo di quella scelta.

Dopo lezione, Finch mi accompagnò in mensa. Come temevo, Shepley aspettava America all'ingresso.

«Dov'è Mare?» chiese non appena mi vide.

«Non è venuta a lezione stamattina.»

«È in camera sua?» chiese voltandosi verso la Morgan.

«Mi dispiace, Shepley.»

Lui si girò di scatto con l'aria di chi aveva raggiunto il limite. «Vorrei proprio che tu e Travis riusciste a gestire la vostra vita! Siete un maledetto tornado! Quando siete felici, sono tutte rose e fiori. Quando vi incazzate, trascinate giù il mondo intero con voi!»

Si allontanò a grandi passi e io buttai fuori il fiato che stavo trattenendo. «Direi che è andata bene.»

Finch mi trascinò in mensa. «"Il mondo intero." Uau. Credi di poter distruggere l'universo prima dell'esame, venerdì?»

«Vedrò che posso fare.»

Scelse un tavolo diverso dal solito e fui più che lieta di seguirlo. Travis era insieme ai compagni della confraternita, ma non prese un vassoio e non restò a lungo. Mi notò mentre usciva, ma non si fermò.

«Quindi anche America e Shepley hanno rotto, eh?» chiese Finch tra un boccone e l'altro.

«Eravamo da Shep ieri sera, Travis è tornato a casa con Megan... è successo un casino. Hanno preso posizioni diverse.»

«Ahi.»

«Esatto. Mi sento da cani.»

Mi diede una pacca affettuosa sulla schiena. «Non puoi

controllare le loro decisioni, Abby. Quindi immagino che la festa di San Valentino alla Sig Tau salti?»

«A quanto pare.»

Lui sorrise. «Ti porterò lo stesso fuori. Anzi, porterò fuori te e Mare. Ci divertiremo.»

Gli posai la testa sulla spalla. «Sei il migliore, Finch.»

Non avevo pensato ancora a San Valentino, ma ero contenta di avere dei programmi. Non riuscivo a concepire di passare quella sera da sola con America, ascoltandola lamentarsi di Shepley e Travis. Lo avrebbe fatto lo stesso – non sarebbe stata America, altrimenti – ma almeno, se fossimo state in pubblico, la tirata sarebbe stata circoscritta.

Gennaio passò e, dopo il lodevole ma fallimentare tentativo di Shepley di riconquistare America, vidi sempre meno sia lui sia Travis. In febbraio smisero del tutto di venire in mensa e scorsi Travis soltanto un paio di volte mentre andavo a lezione.

Il fine settimana prima di San Valentino America e Finch mi convinsero ad andare al Red e per tutto il tragitto ebbi paura di incontrare Travis. Entrammo e sospirai di sollievo notando che non c'era traccia di lui.

«Il primo giro lo offro io», esclamò Finch indicando un tavolo e facendosi strada tra la folla fino al bar.

Ci sedemmo e guardammo la pista, che man mano si riempiva di studenti ubriachi. Dopo il quinto giro Finch ci trascinò a ballare e alla fine mi rilassai abbastanza da riuscire a divertirmi un po'. Sorridevamo, sbattevamo gli uni contro gli altri, ridevamo come matti quando un ballerino faceva volteggiare la compagna e lei perdeva la presa scivolando per terra.

America alzò le mani sopra la testa scuotendo la chioma a ritmo di musica. Scoppiai a ridere vedendo la sua tipica faccia da ballo, ma un attimo dopo restai di sasso notando Shepley avvicinarsi alle sue spalle. Le mormorò qualcosa all'orecchio e lei si voltò di scatto. Si scambiarono qualche parola, dopodiché America mi prese per mano e mi trascinò al tavolo.

«Ovvio. L'unica sera che usciamo c'è anche lui», brontolò.

Finch ci portò altri due drink e un bicchierino di whisky a testa. «Ho pensato che ne aveste bisogno.»

«Hai pensato bene.» America tracannò il suo d'un fiato e io scossi la testa, brindando solo con Finch. Cercai di tenere lo sguardo fisso sui volti dei miei amici: se Shepley era lì, Travis non doveva essere molto lontano.

Partì un'altra canzone e America si alzò. «'Fanculo. Non ho intenzione di star seduta per il resto della serata.»

«Brava!» esclamò sorridendo Finch e la seguì in pista.

Mi unii anch'io guardandomi attorno in cerca di Shepley, ma era scomparso. Mi rilassai e tentai di scuotermi di dosso la sensazione che Travis sarebbe comparso in pista con Megan. Un ragazzo che avevo visto al campus ballava alle spalle di America e lei sorrise, grata della distrazione. Sospettavo che fingesse di divertirsi nella speranza che Shepley la notasse. Distolsi per un attimo lo sguardo ma, quando tornai a osservarla, del suo compagno di ballo non c'era traccia. Mare tuttavia scrollò le spalle e continuò a dimenare i fianchi a ritmo di musica.

Iniziò la canzone seguente e fu raggiunta da un altro ragazzo, mentre un suo amico si mise a ballare al mio fianco. Dopo qualche istante si portò dietro di me e mi prese per i fianchi, cosa che mi lasciò un po' perplessa. Quasi mi avesse letto nel pensiero, mi mollò. Mi voltai e non c'era più. Guardai America: anche il ragazzo che le stava alle spalle era scomparso.

Finch sembrava un po' teso ma, quando lei lo fissò sollevando un sopracciglio, scosse la testa e continuò a ballare.

Alla terza canzone ero stanca e sudata. Tornai al tavolo, appoggiai la testa su una mano e risi vedendo un altro ragazzo chiedere speranzoso ad America di ballare. Lei mi fece l'occhiolino ma un istante dopo mi irrigidii: era stato trascinato via in mezzo alla folla.

Mi alzai e girai attorno alla pista tenendo d'occhio il punto in cui era scomparso. Quando individuai Shepley che lo teneva per il colletto, l'adrenalina annullò l'effetto dell'alcol che avevo in corpo. Al suo fianco c'era Travis: stava ridendo come un matto, ma non appena mi notò smise all'istante. Toccò il braccio del cugino, che guardò nella mia direzione e ributtò la vittima in pista.

Non impiegai molto a capire che cosa stesse accadendo: agguantavano i ragazzi con cui ballavamo e intimavano loro di starci lontano.

Socchiusi gli occhi infastidita e cercai di raggiungere America. La folla era compatta e dovetti farmi strada a gomitate. Shepley tuttavia mi afferrò prima che arrivassi alla pista.

«Non glielo dire!» disse cercando di trattenere un sorriso.

«Cosa diavolo credi di fare, Shep?»

Lui alzò le spalle, fiero di sé. «Io la amo. Non posso permettere che altri ballino con lei.»

«E che scusa hai per aver trascinato via il ragazzo che ballava con me?» replicai incrociando le braccia.

«Non sono stato io», rispose lanciando una rapida occhiata a Travis. «Mi dispiace, Abby. Ci stavamo solo divertendo.»

«Non è divertente.»

«Che cosa non è divertente?» chiese America guardandolo in cagnesco.

Lui mi rivolse uno sguardo implorante. Gli dovevo un favore, perciò tenni la bocca chiusa.

Quando si rese conto che non avrei fatto la spia, sospirò di sollievo e guardò America con occhi dolci, adoranti. «Vuoi ballare?»

«No, non voglio ballare», rispose lei tornando al tavolo. Shepley la seguì lasciandomi sola con Travis, che nel frattempo ci aveva raggiunti.

Lui alzò le spalle. «Vuoi ballare?»

«Perché? Megan non c'è?»

Lui scosse la testa. «Un tempo eri simpatica, da ubriaca.»

«Lieta di deluderti», replicai girandomi verso il bar.

Mi seguì e allontanò a forza due ragazzi dai loro posti. Lo guardai furiosa ma lui mi ignorò, si sedette e mi fissò in attesa.

«Hai intenzione di sederti? Ti offro una birra.»

«Pensavo non offrissi da bere alle ragazze al bar.»

Lui piegò la testa nella mia direzione con un'aria corrucciata e impaziente. «Tu sei diversa.»

«Sì, non fai che ripeterlo.»

«Dai, Pidge. Dov'è finita la nostra amicizia?»

«Non possiamo essere amici, Travis. Mi sembra ovvio.»

«Perché no?»

«Perché io non voglio vederti andare con una ragazza diversa ogni sera e perché tu non permetti a nessuno di ballare con me.»

Sorrise. «Io ti amo. Non posso permettere ad altri di ballare con te.»

«Ah, sì? Quanto mi amavi quando hai comprato quella scatola di preservativi?»

Travis sussultò e io feci per andarmene. Shepley e America erano avvinghiati l'uno all'altra, e non passavano inosservati mentre si baciavano appassionatamente.

«Credo che alla fine andremo a quella festa alla Sig Tau», annunciò cupo Finch.

«Merda», sospirai.

18.
HELLERTON

America non tornava alla Morgan da quando si era rimessa con Shepley. A pranzo non la vedevo più e mi telefonava di rado. Non ero offesa, anzi: stavano recuperando il tempo perduto, ed ero contenta che fosse troppo occupata per chiamarmi. Inoltre, quando mi telefonava da casa di Shep, era strano sentire Travis in sottofondo, e a dire la verità ero un po' invidiosa che, a differenza di me, potesse trascorrere del tempo con lui.

Io e Finch ci frequentavamo sempre più e mi faceva egoisticamente piacere che fosse solo come me. Andavamo a lezione, mangiavamo, studiavamo insieme; persino Kara si abituò ad averlo attorno.

Mentre fumava davanti alla Morgan, sentii le mie dita intorpidirsi per il gelo.

«Per darti sostegno morale finirò congelata... Non pensi mai di smettere? Fallo per me!» domandai.

Finch scoppiò a ridere. «Ti voglio bene, Abby, davvero. Ma no, non smetterò.»

«Abby?»

Mi girai verso il marciapiede e vidi Parker avvicinarsi con le mani in tasca, le labbra secche e il naso rosso. Sorrisi quando fece finta di portarsi una sigaretta alle labbra ed espirò uno sbuffo di condensa.

«In questo modo risparmieresti un sacco di soldi, Finch», osservò sorridendo.

«Perché oggi ce l'hanno tutti con me per il fumo?» replicò seccato.

«Che c'è Parker?» domandai.

Lui pescò due biglietti dalla tasca. «È uscito quel nuovo film sul Vietnam. L'altro giorno hai detto che volevi vederlo e ho pensato di prendere due biglietti per stasera.»

«Niente pressioni», commentò Finch.

«Posso andarci con Brad, se sei occupata», ribatté con un'alzata di spalle.

«Quindi non è un appuntamento?» indagai.

«No, solo un gesto d'amicizia.»

«Abbiamo visto com'è andata l'ultima volta», lo schernì Finch.

«Sta' zitto!» risposi ridacchiando. «È una bella idea, Parker, grazie.»

Lui s'illuminò. «Prima ti va di mangiare una pizza o qualcos'altro? Non mi piace quello che vendono al cinema.»

«La pizza va benissimo», risposi con un cenno.

«Il film è alle nove, quindi passo a prenderti verso le sei e mezzo?»

Annuii e Parker se ne andò salutandomi.

«Oddio», esclamò Finch. «Sei una masochista, Abby. Sai che Travis non sarà contento quando lo verrà a sapere.»

«Lo hai sentito: non è un appuntamento. E non posso vivere in base all'umore di Travis. Lui non mi ha interpellata prima di portarsi a casa Megan.»

«Te la sei proprio legata al dito, eh?»

«Già.»

Ci sedemmo a un tavolo d'angolo e mi sfregai le mani guantate per scaldarmi. Non potei fare a meno di notare che era lo stesso a cui ci eravamo seduti io e Travis la prima sera in cui eravamo usciti. Sorrisi a quel pensiero.

«Che c'è di divertente?» sondò Parker.

«Niente, è solo che mi piace questo posto. Mi ricorda bei momenti.»

«Porti il braccialetto», osservò.

Guardai i diamanti luccicare sul polso. «Ti ho detto che mi piaceva.»

La cameriera ci porse i menu e prese l'ordine delle bevande. Parker mi aggiornò sui suoi progressi per il test di ammissione a medicina. Quando la cameriera portò le birre, non aveva quasi ripreso fiato. Sembrava nervoso e mi chiesi se, al di là di quanto aveva detto, non lo considerasse un vero appuntamento.

Alla fine si schiarì la voce. «Scusami. Ho monopolizzato la conversazione.» Sollevò leggermente la bottiglia e scosse la testa. «Non parlavo con te da tantissimo, e avevo parecchio da raccontarti.»

«Non c'è problema. È passato molto tempo.»

In quell'istante vidi entrare Travis e Shepley nel ristorante. Impiegò meno di un secondo a incrociare il mio sguardo, ma non parve sorpreso.

«Oh, no», bisbigliai sottovoce.

«Che c'è?» domandò Parker. Si girò e li vide accomodarsi a un tavolo dall'altra parte della sala.

«C'è un posto che fa hamburger qui vicino, possiamo andare lì», disse in tono sommesso. Se prima era nervoso, adesso lo era il doppio.

«Penso che andarsene sarebbe peggio», bofonchiai.

Lui fece il broncio. «Probabilmente hai ragione», ammise abbattuto.

Cercammo di continuare il discorso, ma era decisamente forzato e imbarazzante. La cameriera si fermò più del solito al tavolo di Travis, passandosi le mani tra i capelli e spostando il peso da un piede all'altro. Alla fine, quando lui rispose al cellulare, si ricordò di noi.

«Prendo i tortellini», disse Parker guardandomi.

«E io...» M'interruppi, distratta da Travis e Shepley che si erano alzati.

Travis seguì il cugino, ma sulla porta esitò e si girò. Notò che lo stavo guardando e attraversò la sala. La cameriera sorrise speranzosa, immaginando che tornasse a salutarla, ma restò delusa quando lui mi si avvicinò senza degnarla di uno sguardo.

«Ho un incontro tra quarantacinque minuti, Pidge. Ti voglio lì.»

«Trav...»

Aveva un'aria stoica, ma sapevo che era teso. Forse voleva mandare solo all'aria la mia cena con Parker, ma presi una decisione all'istante.

«Ho bisogno che tu ci sia. È la rivincita con Brady Hoffman, quello dello State. C'è molta gente, un sacco di soldi in ballo... e Adam dice che Brady si è allenato.»

«Hai già combattuto con lui, Travis, puoi vincere.»

«Abby», intervenne calmo Parker.

«Ho bisogno che tu ci sia», insistette.

Guardai Parker con un sorriso contrito. «Mi dispiace.»

«Dici davvero?» esclamò perplesso. «Te ne vai a metà cena?»

«Puoi sempre chiamare Brad, giusto?» replicai alzandomi.

Travis sorrise impercettibilmente mentre lanciava venti dollari sul tavolo. «Questi dovrebbero bastare.»

«Non m'importa dei soldi... Abby...»

Scrollai le spalle. «È il mio migliore amico, Parker. Se ha bisogno di me, devo andare.»

Sentii la sua mano chiudersi intorno alla mia mentre uscivamo. Parker restò a guardarci stupefatto. A bordo della Charger, Shepley era già al telefono e stava spargendo la voce. Travis si sedette dietro con me tenendomi sempre per mano.

«Ho appena parlato con Adam, Trav. Ha detto che quelli dello State sono arrivati ubriachi fradici e pieni di soldi. Sono già su di giri, perciò dovresti tenere lontano Abby.»

Travis annuì. «La terrai d'occhio tu.»

«Dov'è America?» chiesi.

«Sta studiando per l'esame di fisica.»

«È un bel laboratorio, quello di fisica», commentò Travis.

Scoppiai a ridere e lo guardai. Sul volto gli era comparso un ghigno.

«Quando hai visto il laboratorio? Non hai dato fisica», obiettò Shepley.

Lui ridacchiò e gli diedi una gomitata. Quando si fu calmato, mi fece l'occhiolino e mi prese di nuovo la mano. Intrecciò le dita alle mie e udii un sospiro sfuggirgli dalle labbra. Sapevo che cosa stava pensando, perché provavo la stessa sensazione. In quel momento era come se non fosse cambiato niente.

Ci fermammo in una zona buia del parcheggio e Travis non mi lasciò la mano finché non ci infilammo nella finestra del seminterrato dell'Hellerton, l'edificio di scienze. Era stato costruito solo un anno prima, perciò non trovammo aria stagnante né polvere come negli altri scantinati in cui ci eravamo intrufolati.

Appena mettemmo piede in corridoio, ci giunse alle orecchie il boato della folla. Feci capolino e vidi una marea di facce, perlopiù sconosciute. Avevano tutti una bottiglia di birra in mano, ma gli studenti dello State College erano facilmente riconoscibili nella calca: erano quelli che barcollavano con gli occhi semichiusi.

«Resta vicina a Shepley, Pigeon. L'atmosfera qui si farà rovente», mi disse da dietro. Scrutò il pubblico, sconcertato dal numero dei presenti.

Il seminterrato dell'Hellerton era il più spazioso del campus, e Adam preferiva organizzare gli incontri lì quando si aspettava molta gente. Ma nonostante il maggior spazio, gli spettatori erano pigiati contro le pareti e si spintonavano per conquistarsi una migliore visuale.

In quel momento entrò Adam. Quando mi notò, non fece nulla per nascondere la sua irritazione. «Ti ho detto che non puoi portare la tua ragazza agli incontri, Travis. »

Lui scrollò le spalle. «Non è più la mia ragazza.»

Rimasi impassibile, ma l'indifferenza con cui aveva pronunciato quelle parole mi provocò una fitta al petto.

Adam guardò le nostre dita intrecciate e poi Travis. «Non vi capirò mai.» Scosse la testa e osservò la folla. Nonostante lo scantinato fosse già gremito, continuava ad arrivare gente. «C'è in ballo una valanga di soldi, Travis, perciò niente cazzate, okay?»

«Farò in modo sia divertente, Adam.»

«Non è di questo che mi preoccupo. Brady si è allenato.»

«Anch'io.»

«Balle», replicò con una risata Shepley.

Travis fece spallucce. «La scorsa settimana ho fatto a pugni con Trent. Lo stronzetto è svelto.»

Ridacchiai e Adam mi guardò infuriato. «Sarà meglio che

tu prenda la cosa sul serio, Travis», disse guardandolo negli occhi. «Girano un bel po' di soldi stasera.»

«Cosa credi che stia facendo?» replicò lui irritato dalla paternale.

Adam si girò, salì su una sedia per sovrastare la folla ubriaca e avvicinò il megafono alle labbra. Travis mi attirò a sé mentre l'amico salutava i presenti e ripeteva le regole.

«Buona fortuna», dissi toccandogli il petto. Non ero mai stata nervosa ai suoi incontri, tranne quando aveva affrontato Brock McMann a Las Vegas, eppure non riuscivo a scrollarmi di dosso la brutta sensazione che mi aveva assalito entrando all'Hellerton. Qualcosa non andava e anche Travis lo sentiva.

Mi afferrò per le spalle e mi stampò un bacio sulle labbra. Si scostò in fretta e mi fece un cenno. «È tutta la fortuna di cui ho bisogno.»

Ero ancora stordita dal calore della sua bocca quando Shepley mi trascinò verso il muro, accanto a Adam. Presi spintoni e gomitate, e la mia mente tornò alla prima sera che lo avevo visto combattere. Il pubblico però era meno attento e alcuni studenti dello State stavano diventando ostili. Quando Travis entrò nel Cerchio, i ragazzi della Eastern esultarono e fischiarono per incitarlo, mentre gli altri lo schernivano e acclamavano Brady.

Nella posizione in cui ero vedevo perfettamente Brady incombere su Travis e fremere impaziente in attesa del segnale. Come sempre, Travis aveva un lieve ghigno sulla faccia, indifferente alla baraonda che lo circondava.

Adam diede inizio all'incontro e lui si lasciò colpire. Restai sorpresa dal modo repentino in cui la sua testa si piegò di lato: Brady si era davvero allenato.

Travis sorrise con i denti di un rosso vivo, dopodiché si concentrò per rispondere a ogni pugno dell'avversario.

«Perché si lascia colpire così tanto?» domandai a Shepley.

«Non credo che glielo permetterà ancora», rispose. «Non ti preoccupare, Abby. Si prepara ad alzare un po' il livello.»

Dopo dieci minuti Brady era sfinito, ma assestava ancora poderosi pugni ai fianchi e alla mascella di Travis. Questi gli bloccò il piede quando cercò di dargli un calcio e gli sollevò in alto la gamba, colpendolo quindi sul naso con una forza incredibile. Gli alzò la gamba ancora di più, facendogli perdere l'equilibrio. La folla esplose in un boato non appena Brady cadde. Non restò tuttavia a terra a lungo: si rialzò, con due rivoli scuri che gli uscivano dal naso. Tirò altri due pugni in faccia a Travis, ferendolo: il sangue prese a sgorgargli dal sopracciglio e a colargli sulla guancia.

Chiusi gli occhi e mi voltai dall'altra parte, sperando che l'incontro finisse in fretta. In quel momento fui travolta dalla massa di spettatori in movimento e, prima che potessi reagire, mi ritrovai a diversi metri da Shepley. In un attimo, finii contro il muro in fondo.

L'uscita più vicina era dall'altra parte, alla stessa distanza dalla porta da cui eravamo entrati. Sbattei la schiena contro il muro di calcestruzzo e restai senza fiato.

«Shep!» urlai agitando la mano per attirare la sua attenzione. L'incontro era ormai al culmine, e nessuno mi sentì.

Un ragazzo perse l'equilibrio, si aggrappò alla mia maglietta e mi rovesciò addosso la birra. Mi inondò dal collo alla vita, impregnandomi di un odore acre. Continuò a tenersi mentre faticava a rialzarsi e io gli staccai un dito dopo l'altro finché mi mollò. Non mi guardò nemmeno in faccia e proseguì, facendosi strada a forza nella folla.

«Ehi! Io ti conosco», mi urlò nell'orecchio qualcun altro.

Mi scostai e lo riconobbi all'istante. Era Ethan, l'uomo che Travis aveva minacciato al bar, quello che aveva in qualche modo evitato l'accusa di molestie sessuali.

«Sì», dissi mentre cercavo un varco e mi sistemavo la maglietta.

«Che bel braccialetto», osservò sfiorandomi il braccio e afferrandomi il polso.

Ritrassi la mano.

«Ehi!» Lui mi toccò ancora il braccio, barcollando e sogghignando. «L'ultima volta che ho cercato di parlarti, siamo stati interrotti in malo modo.»

Mi sollevai sulle punte dei piedi e vidi Travis assestare due pugni in faccia a Brady. Tra l'uno e l'altro scrutò la calca: stava cercando me anziché concentrarsi sull'incontro. Dovevo tornare al mio posto prima che si distraesse troppo. Non avevo fatto nemmeno un passo quando Ethan mi infilò le dita nella cintura dei jeans e mi sbatté di nuovo contro il muro.

«Non ho ancora finito di parlarti», disse con gli occhi incollati alla mia maglietta bagnata.

Gli piantai le unghie sulla mano, ma fece resistenza. «Lasciami!»

Scoppiò a ridere e mi attirò a sé. «Non voglio lasciarti.»

Tentai di liberarmi, ma le sue braccia erano pesanti e la sua presa forte. Mi guardai intorno, in cerca di un volto familiare ma, in preda al panico, non riuscivo a distinguere gli studenti dello State da quelli della Eastern. Nessuno sembrò notare la mia zuffa con Ethan e c'era tanto chiasso che era impossibile sentire le mie grida. Ethan si chinò e allungò la mano sul mio fondoschiena.

«Ho sempre pensato che avessi un bel culo», disse investendomi con l'alito che sapeva di birra stantia.

«Vattene!» urlai, tentando di allontanarlo da me.

Cercai con lo sguardo Shepley e vidi che Travis mi aveva infine individuata. Prese subito a spintonare gli spettatori che lo circondavano.

«Travis!» urlai ma la mia voce fu attutita dalle grida di esultanza. Spinsi Ethan con una mano e protesi l'altra verso Travis, che riuscì ad avanzare solo di qualche passo prima di essere di nuovo sospinto nel Cerchio. Brady approfittò della distrazione e gli diede una gomitata nella tempia.

Il pubblico si quietò un po' solo quando Travis sferrò un pugno a uno spettatore per tentare ancora di raggiungermi.

«Toglile di dosso quelle mani del cazzo», gridò.

Seguendo il suo sguardo, diverse persone si girarono nella mia direzione. Ethan non si era accorto di nulla: era troppo impegnato a tenermi ferma per darmi un bacio. Mi sfiorò la guancia con il naso e scese lungo il collo.

«Hai davvero un buon profumo», biascicò.

Gli scostai la faccia, ma lui mi strinse il polso.

Spaventata guardai Travis, che gesticolò disperatamente verso Shepley. «Prendila! Shep! Prendi Abby!» urlò provando ancora a fendere la calca. Brady tuttavia lo trascinò nel Cerchio e lo colpì.

«Sei maledettamente sexy, lo sai?» fece Ethan.

Sentii la sua bocca sul collo e chiusi gli occhi. La rabbia mi montò nel petto e lo spintonai. «Ti ho detto di smetterla!» gridai dandogli una ginocchiata nell'inguine.

Lui si piegò in due e si portò una mano in grembo, ma con l'altra mi afferrò per la maglietta.

«Troia!» urlò.

Un attimo dopo ero libera. Shepley fissò furioso Ethan e lo agguantò per la maglietta. Lo bloccò contro il muro e gli tempestò la faccia di pugni, fermandosi solo quando vide il sangue sgorgargli dal naso e dalla bocca.

Mi portò quindi alle scale, spingendo chiunque si mettesse sulla sua strada. Mi issò attraverso una finestra aperta, mi condusse fino a un'uscita di sicurezza e mi afferrò al volo quando saltai a terra.

«Stai bene, Abby? Ti ha fatto del male?» domandò.

Avevo una manica ridotta a brandelli, ma per il resto ero illesa. Scossi la testa, ancora stordita.

Mi prese delicatamente il viso tra le mani e mi guardò negli occhi. «Abby, rispondimi. Stai bene?»

Annuii. L'adrenalina svanì e i miei occhi si riempirono di lacrime. «Sto bene.»

Shep mi abbracciò e mi premette la guancia sulla fronte, ma subito dopo s'irrigidì. «Qui, Trav!»

Lui corse come un matto e rallentò solo quando mi ebbe stretta fra le braccia. Era coperto di sangue, aveva un occhio sanguinante e la bocca macchiata di rosso.

«Oddio... è ferita?» chiese.

Shepley mi teneva ancora la mano sulla schiena. «Dice di star bene.»

Travis mi scostò, mi prese per le spalle e mi guardò accigliato. «Sei ferita, Pidge?»

Mentre scuotevo la testa, vidi i primi spettatori riversarsi all'esterno dall'uscita antincendio. Travis continuò ad abbracciarmi studiando in silenzio i volti del pubblico. Un uomo basso e tarchiato saltò giù dalla scala e si bloccò quando ci vide sul marciapiede.

«Tu», ringhiò Travis.

Mi lasciò andare, attraversò di corsa il prato e si avventò su di lui.

Guardai Shepley, confusa e spaventata. «È il tizio che continuava a ributtare mio cugino nel Cerchio», mi spiegò lui.

Mentre si picchiavano, si radunò una piccola folla. Travis gli tempestò la faccia di pugni e Shepley, ancora con il respiro affannoso, mi strinse a sé. L'uomo cessò di lottare e il suo avversario lo lasciò lì, malridotto e sanguinante. I curiosi si allontanarono, stando attenti a non incrociare lo sguardo truce di Travis.

«Travis!» gridò Shepley indicando l'altro lato dell'edificio.

Ethan zoppicava, reggendosi al muro di mattoni dell'Hellerton. Sentì l'urlo di Shepley e si voltò giusto in tempo per vedere Travis partire alla carica. Attraversò il prato, gettò la birra che aveva in mano e si precipitò verso la strada alla massima velocità che le gambe gli consentivano. Travis lo acciuffò nel momento in cui raggiunse l'auto e ve lo spinse contro.

Ethan lo implorò di smettere, ma Travis lo prese per la maglia e gli sbatté la testa contro la portiera. Le suppliche cessarono quando si udì il rumore sordo del cranio che cozzava contro il parabrezza. Travis lo trascinò infine davanti al muso della macchina e spaccò il fanale usando la sua faccia. Poi lo scaraventò sul cofano e gli premette il viso sul metallo, insultandolo a gran voce.

«Cazzo», esclamò Shepley. Mi girai e vidi l'Hellerton illuminarsi di luci rosse e blu: stava arrivando la polizia. Un fiume di persone saltò dal pianerottolo e si riversò sul prato, correndo in ogni direzione.

«Travis!» gridai.

Lui lasciò cadere il corpo inerte di Ethan e corse verso di noi. Shepley mi trascinò nel parcheggio e spalancò la portiera. Balzai sul sedile posteriore, aspettando con ansia che entrassero anche loro. Avevamo diverse macchine davanti a noi, ma tutte inchiodarono quando una seconda auto della polizia bloccò la strada.

Travis e Shepley saltarono sul sedile. Shep imprecò vedendo tutti fare retromarcia, inserì la marcia e la Charger sobbalzò salendo sul marciapiede. Sbandammo sull'erba e ci infilammo tra due edifici, sobbalzando di nuovo quando imboccammo la strada dietro alla scuola.

Le gomme stridettero e il motore rombò non appena Shep diede gas. A una curva scivolai sul sedile e sbattei il gomito già dolorante contro la portiera. Dal finestrino vedevo i lampioni sfrecciare via mentre volavamo verso casa. La corsa durò pochi minuti, ma quando entrammo nel posteggio mi sembrò fosse passata un'ora.

Shepley spense il motore. Aprirono le portiere in silenzio e Travis mi prese in braccio.

«Cos'è successo? Santo cielo, Trav, cos'è successo alla tua faccia?» chiese America precipitandosi verso di noi.

«Te lo dico dentro», rispose Shepley conducendola verso la porta.

Travis mi portò su per le scale, attraversò il soggiorno e il corridoio senza dire una parola e mi fece sdraiare sul letto. Toto saltò su per leccarmi la faccia.

«Non adesso, piccolo», gli disse Travis con voce sommessa. Lo portò in corridoio e chiuse la porta.

Mi si inginocchiò davanti e toccò la manica sbrindellata. Attorno all'occhio rosso e gonfio iniziava a formarsi un livido. La pelle della fronte era ferita e lucida di sangue. Aveva le labbra scarlatte e sbucciature su alcune nocche. La maglietta, un tempo bianca, era macchiata di sangue, erba e terra.

Gli sfiorai l'occhio e lui trasalì. «Mi dispiace così tanto, Pigeon. Ho cercato di raggiungerti. Ho cercato...» Si schiarì la voce per controllare la rabbia e la preoccupazione. «Non sono riuscito a raggiungerti.»

«Puoi chiedere ad America di riportarmi alla Morgan?» dissi.

«Non puoi tornare là stasera, sarà piena di poliziotti. Resta qui, dormirò sul divano.»

Trattenni il fiato, sforzandomi di soffocare un'altra ondata di lacrime. Travis si sentiva già abbastanza in colpa.

«Dove vai?» chiesi quando si alzò.

«Devo farmi una doccia. Torno subito.»

America si precipitò in camera e si sedette sul letto attirandomi a sé. «Quanto mi dispiace di non essere stata lì con te!» esclamò.

«Sto bene», dissi asciugandomi le lacrime.

Shepley bussò e mi portò un bicchiere pieno per metà di whisky.

«Tieni», disse porgendomelo.

Gettai indietro la testa e lasciai che il liquido mi scorresse in gola. Feci una smorfia quando il liquore mi bruciò fin nello stomaco. «Grazie.»

«Avrei dovuto raggiungerti prima. Non mi ero nemmeno reso conto che non fossi più al mio fianco. Mi dispiace, Abby, avrei dovuto...»

«Non è colpa tua, Shep. Non è colpa di nessuno.»

«È colpa di Ethan», esclamò lui fremendo di rabbia. «Il lurido pervertito stava per scoparsela contro il muro.»

«Oh, Abby!» esclamò sgomenta America e mi abbracciò.

«Ho bisogno di un altro drink», dissi avvicinando il bicchiere vuoto a Shepley.

«Anch'io», rispose lui e tornò in cucina.

Travis entrò con un asciugamano attorno alla vita e una lattina di birra fredda sull'occhio. America uscì senza dire una parola mentre lui s'infilava un paio di boxer e prendeva il suo cuscino. Stavolta Shepley portò quattro bicchieri. Buttammo giù il whisky senza esitare.

«Ci vediamo domani mattina», esclamò America baciandomi sulla guancia.

Travis posò il mio bicchiere sul comodino. Mi guardò per un istante, aprì l'armadio, tolse una maglietta dall'appendiabiti e la gettò sul letto.

«Mi dispiace, sono uno stronzo», disse tenendosi la birra sull'occhio.

«Hai un aspetto orribile. Domani mattina starai da cani.»

Lui scosse indignato la testa. «Abby, stasera sei stata aggredita. Non ti preoccupare per me.»

«Hai l'occhio talmente gonfio da non riuscirlo ad aprire.

Come faccio a non preoccuparmi?» replicai mettendomi la maglietta sul ventre.

Travis contrasse la mascella. «Non sarebbe successo se ti avessi lasciata con Parker. Ma sapevo che se te lo avessi chiesto saresti venuta. Volevo dimostrargli che eri ancora mia. È colpa mia se ti hanno fatto del male.»

Quelle parole mi colsero alla sprovvista, e per un attimo credetti di non aver sentito bene. «Per questo mi hai chiesto di venire stasera? Per dimostrare qualcosa a Parker?»

«Anche», ammise vergognandosi.

Sbiancai in volto. Per la prima volta da quando ci conoscevamo, Travis mi aveva ingannata. Ero andata all'Hellerton pensando che avesse bisogno di me, che malgrado tutto le cose tra noi si fossero sistemate. Invece avevo avuto la stessa funzione di un albero per un cane: voleva marcare il suo territorio, e io gli avevo permesso di farlo.

I miei occhi si riempirono di lacrime. «Esci.»

«Pigeon», disse facendo un passo verso di me.

«Esci!» strillai. Afferrai il bicchiere e glielo scagliai contro, ma lui si scansò e il bicchiere si fracassò in mille pezzi contro la parete. «Ti odio!»

Travis sospirò come se si fosse svuotato d'ogni energia, poi mi lasciò con un'espressione affranta.

Mi strappai di dosso i vestiti e infilai la maglietta. Il gemito che uscì dalle mie labbra mi lasciò senza parole. Era da tanto che non scoppiavo in un pianto irrefrenabile. Un istante dopo, America accorse al mio fianco.

Si stese sul letto e mi abbracciò. Non fece domande e non cercò di consolarmi. Mi tenne solo stretta a sé mentre inzuppavo la federa di lacrime.

19.
L'ULTIMO BALLO

Poco prima che il sole spuntasse all'orizzonte, io e America lasciammo in silenzio l'appartamento. Con mio grande sollievo, durante il tragitto verso la Morgan non aprimmo bocca. Non avevo voglia di parlare né di pensare. Volevo solo cancellare le ultime dodici ore. Mi sentivo pesta e pesante, come se avessi avuto un incidente d'auto. Quando entrammo nella mia stanza, vidi che il letto di Kara era vuoto.

«Posso fermarmi un po'? Mi servirebbe il ferro da stiro», disse America.

«Mare, sto bene. Va' a lezione.»

«Non stai bene. Non voglio lasciarti sola in questo momento.»

«È l'unica cosa che desidero.»

Fece per ribattere ma sospirò. Non sarebbe riuscita a farmi cambiare idea. «Torno a vedere come stai dopo lezione. Riposa un po'.»

Annuii e chiusi la porta a chiave. Il letto cigolò quando mi ci buttai sopra sbuffando. Avevo creduto di essere importante per Travis, che lui avesse bisogno di me, ma in quel momento mi sentivo come il giocattolo tutto nuovo e luccicante di cui aveva parlato Parker. Voleva dimostrargli che ero ancora sua. Sua.

«Io non sono di nessuno», dissi alla stanza vuota.

Mentre assimilavo l'idea, fui sopraffatta dal dolore che mi attanagliava dalla sera prima. Io non appartenevo a nessuno.

Non mi ero mai sentita tanto sola in vita mia.

Finch mi posò davanti una bottiglia marrone. Nessuno dei due aveva voglia di festeggiare, ma almeno avevo la magra consolazione che, a detta di America, Travis avrebbe evitato a tutti i costi la festa. Le lattine di birra vuote appese al soffitto erano avvolte da una carta rossa o rosa, e tutti sfoggiavano abiti rossi di ogni tipo. I tavoli erano tappezzati di minuscoli cuori di stagnola e Finch gemette di fronte a quelle ridicole decorazioni.

«Il giorno di San Valentino nella sede di una confraternita. Che romantico», commentò osservando le coppie.

Shepley e America ballavano di sotto da quando eravamo arrivati, mentre io e Finch manifestavamo il nostro dissenso standocene imbronciati in cucina. Finii in fretta la bottiglia, decisa a cancellare il ricordo dell'ultima festa a cui ero stata.

Finch ne stappò una seconda e me la porse. «Vado a prenderne altre», disse tornando al frigorifero.

«Le bottiglie sono per la Sig Tau, per gli ospiti c'è la birra alla spina», osservò beffarda una ragazza al mio fianco.

Abbassai lo sguardo sul bicchiere rosso che teneva in mano. «O forse il tuo ragazzo ti ha detto così solo perché pensava fossi una facile conquista.»

Mi guardò indispettita e si allontanò.

«Chi era?» domandò Finch posando altre quattro bottiglie sul tavolo.

«Una stronza qualsiasi della confraternita», risposi mentre la guardavo uscire.

Quando Shepley e America ci raggiunsero, davanti a noi c'erano sei bottiglie vuote. Avevo i denti intorpiditi e sorridere mi sembrava un po' più facile. Mi sentivo a mio agio appoggiata lì al banco, al mio posto. Travis, come previsto, non si era fatto vedere: sarei sopravvissuta senza problemi al resto della festa.

«Voi due volete ballare o no?» chiese America.

Guardai Finch. «Vuoi ballare con me?»

«Non sei troppo ubriaca?» replicò perplesso.

«C'è solo un modo per scoprirlo», risposi trascinandolo di sotto.

Saltellammo e ci dimenammo finché una sottile patina di

sudore mi avvolse il corpo sotto il vestito. Proprio quando pensai che i miei polmoni fossero sul punto di scoppiare, partì un lento. Finch scrutò a disagio la sala mentre si formavano le coppie.

«Mi farai ballare così, vero?» chiese.

«È San Valentino, Finch. Fingi che sia un ragazzo.»

Scoppiò a ridere e mi prese tra le braccia. «Sarà difficile, visto il tuo vestitino rosa.»

«Sì, come se tu non avessi mai visto un ragazzo vestito da donna.»

Lui scrollò le spalle. «Mi arrendo.»

Ridacchiai e gli posai la testa sulla spalla. L'alcol mi rendeva pesante e pigra mentre mi muovevo a quel ritmo lento.

«Ti spiace Finch?»

Accanto a noi c'era Travis, in parte divertito, in parte attento alla mia reazione. Sentii subito le guance avvamparmi.

Finch guardò prima me, poi lui. «Certo.»

«Finch!» sibilai mentre si allontanava. Travis mi attirò a sé, ma io cercai di mantenere il più possibile le distanze. «Pensavo non saresti venuto.»

«Non ne avevo l'intenzione, ma ho saputo che c'eri tu. Non avevo scelta.»

Mi guardai attorno evitando il suo sguardo. Ero perfettamente consapevole di ogni suo movimento: le dita che premevano sui punti in cui era solito toccarmi, i piedi che si muovevano vicino ai miei, le braccia che si spostavano e mi sfioravano il vestito. Mi sembrava assurdo fingere di non notarlo. L'occhio stava guarendo, il livido era quasi scomparso e le chiazze rosse sul volto sparite, quasi come se me le fossi immaginate. Tutte le prove di quella terribile notte erano scomparse, lasciando una scia di ricordi amari.

Travis non mi staccava gli occhi di dosso e, poco prima che la canzone terminasse, sospirò. «Sei splendida Pidge.»

«Non farlo.»

«Non fare cosa? Non dirti che sei splendida?»

«Solo... non farlo.»

«Non lo penso.»

Sbuffai frustrata. «Grazie.»

«No... tu sei splendida. Questo lo penso davvero. Mi riferivo a quello che ho detto in camera. Non ho intenzione di mentire, sono stato contento di rovinarti l'appuntamento con Parker...»

«Non era un appuntamento, Travis, stavamo solo mangiando. Adesso grazie a te non mi parla.»

«Ho sentito. Mi dispiace.»

«No, non è vero.»

«Hai... hai ragione», rispose balbettando quando vide la mia aria impaziente. «Ma... quella non è stata l'unica ragione per cui ti ho portata all'incontro. Ti volevo là con me, Pidge. Tu sei il mio portafortuna.»

«Io non sono un bel niente», ribattei guardandolo male.

Travis inarcò le sopracciglia e smise di ballare. «Tu sei tutto per me.»

Cercai di controllare la rabbia, ma mi era impossibile infuriarmi quando mi guardava in quel modo.

«Non mi odi sul serio... no?» domandò.

Mi girai dall'altra parte, aumentando ancora la distanza tra noi. «A volte vorrei. Renderebbe tutto più semplice.»

Le sue labbra si tesero, illuminate da un pallido sorriso. «Allora, che cosa ti fa incazzare di più? Quello che ho fatto per farmi odiare, o il fatto che non riesci a odiarmi?»

A quelle parole, la rabbia tornò. Lo superai con uno spintone e corsi su per le scale fino in cucina. Sentivo gli occhi lucidi ma mi rifiutai di scoppiare in lacrime a una festa per coppie. Finch era accanto al tavolo e sospirai di sollievo quando mi porse l'ennesima birra.

Durante l'ora seguente vidi Travis parare gli assalti delle ragazze e buttar giù un bicchierino di whisky dopo l'altro in soggiorno. Ogni volta che incrociava il mio sguardo, io lo distoglievo, decisa ad arrivare a fine serata senza scenate.

«Avete tutti e due un'aria sconsolata», osservò Shepley.

«Non potrebbero sembrare più annoiati neanche se lo facessero apposta», brontolò America.

«Be', noi non volevamo venire», ricordò loro Finch.

America inarcò un sopracciglio. «Potresti fingere, Abby. Per me.»

Proprio mentre stavo per ribattere, Finch mi toccò il braccio. «Penso che abbiamo fatto il nostro dovere. Andiamo?»

Buttai giù il resto della birra con una rapida sorsata e lo presi per mano. Per quanto ansiosa fossi di andarmene, restai paralizzata quando la stessa canzone che io e Travis avevamo ballato al mio compleanno si diffuse su per le scale. Afferrai la bottiglia di Finch e bevvi un altro sorso cercando di cancellare i ricordi evocati dalla musica.

Brad si appoggiò sul banco accanto a me. «Vuoi ballare?»

Sorrisi scuotendo la testa. Fece per aggiungere qualcos'altro ma fu interrotto. «Balla con me.» Travis era a pochi passi e mi tendeva la mano.

America, Shepley e Finch mi fissarono in attesa della mia risposta, ansiosi quanto lui.

«Lasciami in pace, Travis», risposi incrociando le braccia.

«È la nostra canzone, Pidge.»

«Noi non abbiamo una canzone.»

«Pigeon...»

«No.»

Guardai Brad e mi sforzai di sorridere. «Ci ho ripensato, Brad.»

Le lentiggini si tesero sulle sue guance mentre sfoderava un gran sorriso e mi indicava di precederlo verso le scale.

Travis indietreggiò barcollando, con uno sguardo palesemente ferito. «Un brindisi!» gridò.

Trasalii e mi voltai appena in tempo per vederlo salire su una sedia e sottrarre una birra a un compagno allibito della Sig Tau. Guardai America, che a sua volta guardò afflitta Travis.

«Ai coglioni!» esclamò indicando Brad. «E alle ragazze che ti spezzano il cuore.» Fece un cenno nella mia direzione e il suo sguardo si fece assente. «E all'orrore indescrivibile che provi quando perdi la tua migliore amica perché sei stato tanto stupido da innamorarti di lei.»

Inclinò la bottiglia, la vuotò con un sorso e la gettò per terra. Nella stanza calò il silenzio, si sentiva solo la musica che arrivava dal piano inferiore. Tutti fissavano Travis, confusi.

Afferrai mortificata la mano di Brad e lo condussi di sotto sulla pista da ballo. Un paio di coppie ci seguirono, studiandomi attentamente per vedere se piangessi dopo quell'invettiva. Cercai di assumere un'espressione calma, rifiutandomi di dar loro quella soddisfazione.

Accennammo qualche goffo passo di danza e Brad sospirò. «È stato un po'... strano.»

«Benvenuto nella mia vita.»

Travis avanzò tra le coppie in pista, si fermò al mio fianco e impiegò un istante a ritrovare l'equilibrio. «Ora tocca a me.»

«No, non tocca a te!» risposi evitando di guardarlo.

Dopo qualche istante di tensione alzai gli occhi e notai che Travis stava trafiggendo Brad con lo sguardo. «Se non ti allontani dalla mia ragazza, ti taglio la gola. Proprio qui in pista.»

Brad sembrò indeciso e fissò nervoso prima me, poi Travis. «Mi dispiace, Abby», disse infine togliendo lentamente le braccia dai miei fianchi. Batté in ritirata verso le scale lasciandomi sola e umiliata.

«Quello che adesso provo per te, Travis... ricorda moltissimo l'odio.»

«Balla con me», supplicò barcollando.

La canzone terminò e sospirai di sollievo. «Va' a bere un'altra bottiglia di whisky, Trav.» Mi girai per ballare con l'unico ragazzo solo in pista.

Il ritmo era più veloce. Sorrisi al mio nuovo e stupito compagno, cercando di ignorare Travis, a pochi metri di distanza da me. Un altro studente della Sig Tau ballava alle mie spalle e mi afferrò per i fianchi. Lo attirai a me, ricordando i gesti di Travis e Megan al Red, decisa a ricreare la scena che tanto avevo voluto dimenticare. Due paia di mani mi toccavano dappertutto e, vista la quantità d'alcol che avevo in corpo, mi scordai facilmente della mia consueta riservatezza.

All'improvviso mi sentii sollevare. Travis mi prese in spalla e spinse uno dei due ragazzi, scagliandolo a terra.

«Mettimi giù!» gridai tempestandogli la schiena di pugni.

«Non lascerò che ti cacci in situazioni imbarazzanti a causa mia», grugnì facendo le scale a due a due.

Tutti mi videro scalciare e urlare.

«E questo non è imbarazzante? Travis!»

«Shepley! Donnie è fuori?» chiese schivando i miei colpi.
«Uh... sì?» rispose.
«Mettila giù!» intimò America avanzando verso di noi.
«America», esclamai contorcendomi, «non startene lì! Aiutami!»
Lei scoppiò a ridere. «Siete ridicoli.»
Mi rabbuiai all'istante, sconvolta e arrabbiata all'idea che lo trovasse divertente.
Travis si diresse alla porta e io la guardai furiosa. «Grazie mille, amica!»
Sentii l'aria gelida sulla pelle e protestai con più vigore. «Mettimi giù, maledizione!»
Lui aprì la portiera di un'auto, mi gettò sul sedile posteriore e si infilò accanto a me. «Donnie, sei tu quello che non beve stasera?»
«Sì», rispose lui, gettandomi occhiate nervose mentre mi divincolavo.
«Ho bisogno che ci porti a casa mia.»
«Travis... non credo...»
Travis parlò con voce controllata ma minacciosa. «Fallo, Donnie, o ti riempio di pugni, lo giuro su Dio.»
Donnie mise in moto e io mi avventai sulla maniglia della portiera. «Non vengo a casa tua!»
Travis mi afferrò prima per un polso, poi per l'altro e io mi chinai per mordergli il braccio. Lui chiuse gli occhi e si lasciò sfuggire un basso grugnito quando i miei denti gli affondarono nella carne.
«Fai pure, Pidge. Sono stanco delle tue stronzate.»
Smisi di mordere e agitai le braccia per liberarmi. «Le mie stronzate? Fammi scendere da questa cazzo di macchina!»
Lui avvicinò le mie mani al viso. «Io ti amo, maledizione! Non andrai da nessuna parte finché non ti sarà passata la sbronza e non avremo chiarito le cose!»
«Tu sei l'unico che non ha chiarito le cose, Travis!» Mi lasciò andare e incrociai le braccia sul petto, tenendo il broncio per il resto della strada.
Quando l'auto si fermò, mi protesi in avanti. «Puoi portarmi a casa, Donnie?»

Travis mi trascinò fuori per un braccio, mi caricò di nuovo in spalla e mi portò su per le scale. «Notte, Donnie.»

«Chiamo tuo papà!» urlai.

Lui scoppiò in una sonora risata. «Probabilmente mi darebbe una pacca sulla spalla e mi direbbe che era ora, accidenti!»

Faticò ad aprire la porta mentre scalciavo e mi agitavo. «Dacci un taglio, Pidge, altrimenti cadremo giù per le scale!» Alla fine ci riuscì e si avviò a grandi passi verso la stanza di Shepley.

«Mettimi giù!» gridai.

«Bene», rispose gettandomi sul letto di Shepley. «Dormici sopra. Parleremo domani mattina.»

La stanza era buia, a parte per il fascio di luce che filtrava dal corridoio. Cercai di mettere a fuoco nonostante l'oscurità, la birra e la rabbia. In quel momento Travis accese la luce, e vidi il sorriso compiaciuto che sfoggiava sul volto.

Presi a pugni il materasso. «Non puoi dirmi cosa devo fare, Travis! Io non ti appartengo!»

Nell'istante che impiegò a girarsi, la sua faccia si contorse per la rabbia. Si avvicinò, piantò le mani sul letto e accostò il viso al mio.

«Be', io sì!» Quando urlò, le vene del collo si tesero. Incrociai il suo sguardo, decisa a non battere ciglio. Fissò ansimando le mie labbra. «Io ti appartengo», sussurrò mentre la rabbia svaniva e si accorgeva di quanto fossimo vicini.

Prima che mi venisse in mente una ragione per non farlo, gli afferrai il viso e gli stampai un bacio sulle labbra. Lui mi prese senza indugio tra le braccia, mi portò in camera sua e ci buttammo sul letto.

Gli sfilai la maglietta e armeggiai al buio con la fibbia della cintura. Travis la aprì con uno strattone e se la tolse gettandola per terra. Con una mano mi sollevò e con l'altra mi aprì la cerniera del vestito. Me lo sfilai e lo lanciai da qualche parte nell'oscurità, poi Travis mi baciò gemendo a contatto con le mie labbra.

Con pochi, rapidi movimenti si liberò dei boxer. Si sdraiò

sopra di me e io lo afferrai per le natiche, ma si irrigidì quando lo invitai a entrare dentro di me.

«Siamo ubriachi», disse con il respiro affannoso.

«Ti prego.» Gli strinsi i fianchi con le gambe, smaniosa di placare il fuoco tra le mie cosce. Travis era deciso a tornare con me e non avevo intenzione di oppormi all'inevitabile, perciò ero più che disposta a passare la notte aggrovigliata nelle sue lenzuola.

«Non va bene», dichiarò.

Era sopra di me, con la fronte premuta contro la mia. Sperai fosse un'obiezione poco convinta, di poterlo convincere che si stava sbagliando. Il fatto che non riuscissimo a stare lontani l'uno dall'altra era inspiegabile, ma a me non servivano più spiegazioni. E nemmeno scuse. In quel momento avevo solo bisogno di lui.

«Ti voglio.»

«Devo sentirtelo dire», affermò.

Lo desideravo disperatamente, non potevo aspettare un secondo di più. «Dirò qualsiasi cosa tu voglia.»

«Allora di' che mi appartieni. Di' che mi rivuoi. Non lo faccio se non stiamo insieme.»

«Non siamo mai stati separati, no?» ammisi sperando che potesse bastare.

Travis scosse la testa, sfiorandomi le labbra con le sue. «Devo sentirtelo dire. Sapere che sei mia.»

«Sono tua dall'istante in cui ci siamo conosciuti.»

Assunsi un tono implorante. In qualsiasi altra occasione mi sarei sentita imbarazzata, ma ormai avevo superato qualsiasi rammarico. Avevo combattuto i miei sentimenti, li avevo tenuti a freno e soffocati. Alla Eastern avevo trascorso i momenti più belli della mia vita, tutti con Travis. Discutere, ridere, amare, piangere: se era con lui, andava bene.

Incurvai un angolo della bocca mentre mi accarezzava il volto, poi mi sfiorò le labbra con un tenero bacio. Lo attirai a me e non fece resistenza. I suoi muscoli si contrassero e trattenni il fiato quando mi penetrò.

«Dillo ancora.»

«Sono tua», sussurrai. Ogni fibra del mio corpo lo desiderava ancor di più. «Non voglio più stare lontano da te.»

«Promettimelo», disse gemendo.

«Ti amo. Ti amerò per sempre.» Quelle parole furono perlopiù un sospiro, ma quando le dissi incrociai il suo sguardo. L'incertezza nei suoi occhi svanì e, persino nella luce fioca, vidi il suo viso illuminarsi.

Finalmente soddisfatto, premette la bocca sulla mia.

Travis mi svegliò coprendomi di baci. Mi sentivo la testa annebbiata e pesante per tutto quello che avevo bevuto, ma ricordavo ogni dettaglio dell'ora passata prima di addormentarmi. Due labbra morbide mi tempestarono di baci ogni centimetro della mano, del braccio e del collo. Quando arrivò alle labbra, sorrisi.

«Buongiorno», dissi parlando quasi a contatto con la sua bocca.

Lui non rispose, continuò a baciarmi. Mi strinse con le sue braccia forti e sprofondò il viso nel mio collo.

«Sei silenzioso, stamattina», osservai sfiorandogli la schiena nuda. Scesi sulle natiche, gli cinsi il fianco con una gamba e lo baciai sulla guancia.

Lui scosse la testa e io mi accigliai. «Cosa mi sono persa?»

«Non volevo svegliarti. Perché non torni a dormire?»

Mi appoggiai sul cuscino e gli sollevai il mento. Aveva gli occhi arrossati e la pelle tutt'intorno chiazzata di rosso.

«Che ti prende?» chiesi allarmata.

Lui mi strinse la mano e la baciò, poi premette la fronte sul mio collo. «Torna a dormire, Pigeon, ti prego.»

«È successo qualcosa? America?» All'ultima domanda mi misi a sedere. Anche quando vide la paura nei miei occhi, non cambiò espressione. Si limitò a sospirare e a mettersi a sedere vicino a me, guardando la mano che teneva tra le sue.

«No... America sta bene. Lei e Shep sono rientrati verso le quattro, sono ancora a letto. È presto, torniamo a dormire.»

Sentendo il cuore che mi martellava nel petto, sapevo che non sarebbe stato possibile. Travis mi prese il viso tra le mani e mi baciò. La sua bocca sembrava diversa, come se mi stesse baciando per l'ultima volta. Mi adagiò sul cuscino, mi baciò ancora una volta, mi appoggiò la testa sul petto e mi abbracciò.

Passai al vaglio tutte le possibili ragioni di quel comportamento. Lo strinsi a me, timorosa di far domande. «Hai dormito?»

«Non... sono riuscito. Non ho voluto...» S'interruppe.

Lo baciai sulla fronte. «Di qualsiasi cosa si tratti, la affronteremo, d'accordo? Perché non dormi un po'? Ne parleremo più tardi.»

Lui alzò di scatto la testa e mi scrutò. Nei suoi occhi vidi sospetto misto a speranza. «La affronteremo? Che vuoi dire?»

Aggrottai la fronte, perplessa. Non riuscivo a immaginare che cosa fosse successo di tanto angosciante mentre dormivo. «Non so che cosa stia accadendo, ma sono qui.»

«Nel senso che resti? Con me?»

Sapevo di avere con tutta probabilità un'espressione ridicola, ma mi girava la testa un po' per l'alcol, un po' per le strane domande di Travis. «Sì. Credevo ne avessimo parlato ieri sera.»

«Sì», annuì, in tono più sicuro.

Osservai la stanza cercando di riflettere. Le pareti non erano più spoglie come quando ci eravamo conosciuti. Erano tappezzate dei ninnoli comprati nei luoghi in cui eravamo stati e l'intonaco bianco era disseminato di cornici nere contenenti foto mie, sue, di Toto e dei nostri amici. Una più grande, che ci ritraeva alla mia festa di compleanno, aveva sostituito il sombrero sopra la testiera.

Lo guardai, sospettosa. «Pensavi che mi sarei svegliata incazzata con te, vero? Che me ne sarei andata?»

Travis alzò le spalle, fingendo malamente quell'indifferenza che un tempo gli riusciva tanto spontanea. «Non sarebbe stata la prima volta.»

«Per questo sei così agitato? Sei rimasto in piedi tutta la notte temendo quello che sarebbe successo quando mi fossi svegliata?»

Lui sembrò faticare a trovare le parole. «Non volevo che

ieri sera andasse così. Ero un po' ubriaco, ti ho seguita alla festa come uno stalker del cazzo, poi ti ho trascinato qui contro la tua volontà e poi... abbiamo...» Scosse la testa, chiaramente disgustato al ricordo.

«Fatto il miglior sesso della mia vita?» sorrisi stringendogli la mano.

Scoppiò a ridere e a poco a poco la tensione sul suo viso svanì. «Quindi va tutto bene?»

Lo baciai e gli accarezzai il volto con tenerezza. «Sì, stupidone. L'ho promesso, no? Ti ho detto tutto quello che volevi sentire, stiamo di nuovo insieme e ancora non sei felice?»

Lui si sciolse in un sorriso.

«Travis, smettila. Io ti amo», dissi sfiorando le rughe di preoccupazione sulla fronte. «Questa situazione assurda sarebbe potuta finire il giorno del Ringraziamento, ma...»

«Aspetta... cosa?» esclamò scostandosi.

«Quel giorno ero pronta a cedere, ma tu hai detto che rinunciavi a cercare di rendermi felice e io sono stata troppo orgogliosa per dirti che ti volevo di nuovo con me.»

«Mi stai prendendo in giro? Volevo solo renderti le cose più facili! Sai quanto ho sofferto?»

Mi accigliai. «Sembravi sereno dopo la rottura.»

«Era per te! Pensavo che ti avrei perso, se non mi fossi finto tuo amico. Sarei potuto tornare con te quel giorno? Cazzo, Pigeon!»

«Io...» Non riuscii a ribattere. Aveva ragione. Avevo fatto soffrire entrambi e non avevo scuse. «Mi dispiace.»

«Ti spiace? Io mi sono quasi ucciso a forza di sbronze, non riuscivo ad alzarmi dal letto, ho fatto a pezzi il cellulare il giorno di Capodanno per evitare di chiamarti... e a te dispiace?»

Mi morsi il labbro e annuii, piena di vergogna. Non avevo idea di che cosa avesse passato e sentendo quelle parole provai un dolore acuto al petto. «Mi dispiace così... tanto.»

«Sei perdonata», concluse con un largo sorriso, «ma non farlo mai più.»

«Non lo farò. Te lo prometto.»

Gli comparve allora la fossetta sulla guancia. «Ti amo così tanto, cazzo», disse scuotendo la testa.

20.
FUMO

Passarono le settimane e mi stupii della velocità con cui arrivarono le vacanze di primavera. La prevedibile ondata di commenti e occhiate era ormai cessata e la vita era tornata alla normalità. Nei seminterrati della Eastern non si combatteva da settimane. Adam aveva deciso di tenere un profilo basso dopo gli arresti che avevano suscitato parecchie domande sui fatti di quella sera. Travis era irritabile, in attesa della convocazione per l'ultimo incontro dell'anno, con cui avrebbe coperto le spese dell'estate e di parte dell'autunno.

C'era ancora molta neve per terra e il venerdì prima delle vacanze si scatenò un'ultima battaglia di palle di neve sul prato luccicante. Per evitare di essere colpiti, io e Travis camminammo a zig-zag verso la mensa. Mi aggrappai al suo braccio, temendo di scivolare.

«Non ti colpiranno, Pidge. Sanno che non è il caso», disse lui, con il naso rosso e freddo a contatto con la mia guancia.

«Sì, hanno paura del tuo caratteraccio, ma questo non aiuterà la loro mira, Trav.»

Mi tenne stretta al suo fianco sfregandomi il braccio e guidandomi in mezzo alla baraonda. Ci fermammo di colpo quando un gruppetto di ragazze ci tagliò la strada strillando, bersagliate spietatamente dalla squadra di baseball. Non appena furono passate, Travis mi accompagnò alla porta.

«Vedi? Te l'avevo detto che ce l'avremmo fatta», esclamò sorridendo.

Ogni gioia gli svanì tuttavia dal volto quando una palla di neve compatta si schiantò contro la porta, appena sopra le nostre teste. Scrutò irritato il prato, ma la sua sete di vendetta si placò alla vista della miriade di studenti che correvano in ogni direzione.

Aprì la porta osservando la neve scivolare sul metallo dipinto fino a terra. «Entriamo.»

«Buona idea», risposi con un cenno. Mi condusse per mano al buffet, ammucchiando vari piatti fumanti su un solo vassoio. Ormai abituata al nostro modo di fare, la cassiera aveva smesso da settimane di guardarci perplessa.

«Abby.» Brazil mi salutò con un cenno e ammiccò a Travis. «Avete programmi per la prossima settimana?»

«Restiamo qui. Vengono i miei fratelli», rispose lui distratto mentre organizzava il pranzo disponendo i piatti di plastica sul tavolo.

«Voglio la testa di David Lapinski!» esclamò America scuotendosi la neve dai capelli.

«Ha proprio fatto centro!» rispose ridendo Shepley. Lei gli lanciò un'occhiata di avvertimento e lui si agitò. «Voglio dire, è... è un coglione.»

Scoppiammo a ridere quando Mare si mise in fila e lui si affrettò a seguirla, corrucciato.

«Lo rimprovera in continuazione», commentò indignato Brazil.

«America è un po' tesa», spiegò Travis. «Questa settimana conoscerà i genitori di Shepley.»

Brazil annuì. «Quindi loro...» commentò inarcando le sopracciglia.

«Sì», confermai. «Fanno sul serio.»

«Uau», esclamò spilluzzicando il cibo con un'aria turbata, perplessa. Eravamo tutti giovani e non riusciva a capacitarsi del fatto che Shepley volesse impegnarsi.

«Quando capiterà anche a te, Brazil... capirai», affermò Travis sorridendomi.

Si respirava una grande eccitazione, dovuta alla battaglia che infuriava all'esterno e alle vacanze che si stavano avvicinando. Man mano che la sala si riempiva, il flusso costante delle chiacchiere creò una forte eco e il volume aumentò mentre tutti cercavano di sovrastare il baccano.

Quando Shepley e America tornarono con i vassoi, avevano fatto pace. Lei si sedette felice accanto a me e prese a parlare dell'incontro con i genitori di lui. Sarebbero partiti quella sera stessa, il che avrebbe fornito la scusa perfetta per uno dei suoi famigerati crolli emotivi.

La guardai mangiucchiare il pane: era agitata al pensiero di che cosa mettere in valigia e di quanta roba portare per non sembrare snob, ma nel complesso sembrava abbastanza tranquilla.

«Te l'ho detto, amore. Perderanno la testa per te, proprio come me», esclamò Shepley mettendole una ciocca di capelli dietro l'orecchio. Lei sospirò e sorrise come faceva sempre quando lui placava le sue ansie.

Il telefono di Travis vibrò e scivolò leggermente sul tavolo. Lui lo ignorò, impegnato com'era a raccontare a Brazil della nostra prima partita a poker con i suoi fratelli. Guardai il monitor, lessi il nome e gli diedi un colpetto sulla spalla.

«Trav?»

Senza scusarsi con l'amico, si girò e mi dedicò la sua attenzione. «Sì, Pigeon?»

«Forse è il caso che tu risponda.»

Lui guardò lo schermo e sospirò. «Oppure no.»

«Potrebbe essere importante.»

Increspò le labbra prima di portare il cellulare all'orecchio. «Che c'è, Adam?» Mentre ascoltava, scrutava la stanza annuendo di tanto in tanto. «È il mio ultimo incontro. Non ne sono ancora sicuro. Senza di lei non verrò e Shepley è fuori città. Lo so... ti ho sentito. Mmm... a dire il vero non è una cattiva idea.»

Mi accigliai vedendo il suo sguardo illuminarsi alla proposta di Adam. Quando terminò lo fissai, in attesa. «Basterà a pagare l'affitto dei prossimi otto mesi. Adam si è aggiudicato John Savage. È uno che sta cercando di diventare professionista.»

«Non lo hai visto combattere, vero?» chiese Shepley protendendosi verso di lui.

Lui annuì. «Solo una volta a Springfield. È in gamba.»

«Non abbastanza», dissi. Lui mi baciò sulla fronte in segno di riconoscenza. «Posso restare a casa, Trav.»

«No», rispose scuotendo la testa.
«Non voglio che tu le prenda come l'altra volta perché sei preoccupato per me.»
«No, Pidge.»
«Ti aspetterò sveglia, allora», dissi cercando di sembrare più serena di quanto non fossi.
«Chiederò a Trent di venire, è l'unico di cui mi fido. Così potrò concentrarmi sull'incontro.»
«Grazie mille, coglione», brontolò Shepley.
«Ehi, tu hai avuto la tua occasione», replicò scherzando solo in parte.
Shepley fece una smorfia, mortificato. Si sentiva ancora in colpa per la sera all'Hellerton. Si era scusato con me per settimane e alla fine era riuscito a dominare il senso di colpa. Io e America avevamo cercato di confortarlo, ma Travis lo avrebbe sempre ritenuto responsabile.
«Shepley, non è stata colpa tua. Me lo hai tolto di dosso, ricordi?» osservai allungandomi oltre America per toccargli affettuosamente il braccio. Mi voltai verso Travis. «Quand'è il prossimo incontro?»
«Un giorno della prossima settimana», rispose con una scrollata di spalle. «Ti voglio lì. Ho bisogno che tu sia lì.»
Sorrisi appoggiandogli il mento sulla spalla. «Allora ci sarò.»
Travis mi accompagnò a lezione stringendomi più saldamente ogni volta che scivolavo sul ghiaccio. «Dovresti stare più attenta», scherzò.
«Non capisci niente. Lo faccio apposta!»
«Se vuoi sentire le mie braccia attorno a te, basta chiedere», rispose attirandomi a sé.
Quando mi stampò un bacio sulle labbra, gli studenti che ci passavano accanto e le palle di neve che ci sfrecciavano sopra la testa scomparirono. Mi sollevò da terra senza smettere di baciarmi e mi trasportò agilmente attraverso il campus. Mi posò davanti alla porta dell'aula e scosse la testa.
«Nel prossimo semestre, dobbiamo fare in modo di avere più corsi in comune. Sarebbe più pratico.»
«Farò del mio meglio», risposi dandogli un ultimo bacio.

Alzai lo sguardo e lui mi rivolse un sorriso prima di raggiungere la sua classe nell'edificio accanto. Gli altri studenti si erano abituati alle nostre smancerie spudorate e la sua classe a vederlo arrivare qualche minuto in ritardo.

Mi stupiva che il tempo volasse così rapidamente. Consegnai l'ultimo test della giornata e mi diressi alla Morgan Hall. Kara rimase seduta sul letto, come sempre, mentre rovistavo nei cassetti.

«Vai fuori città?» mi chiese.

«No, mi servono solo alcune cose. Vado all'edificio di scienze a prendere Trav, poi andiamo da lui. Mi fermerò all'appartamento per tutta la settimana.»

«Lo immaginavo», commentò tenendo gli occhi fissi sulle pagine.

«Buone vacanze, Kara.»

«Mm-mmm.»

Il campus era quasi deserto, erano rimasti solo pochi studenti. Svoltai l'angolo e vidi Travis che stava finendo di fumare. Portava un berretto lavorato a maglia sulla testa rasata e teneva una mano nella tasca del logoro giubbotto di pelle marrone.

Il fumo gli usciva dalle narici mentre fissava per terra, assorto nei suoi pensieri. Solo quando fui a qualche passo da lui mi accorsi di quanto fosse assente.

«Che cosa ti preoccupa, tesoro?» domandai. Lui non alzò lo sguardo. «Travis?»

Le sue ciglia fremettero al suono della mia voce, e il turbamento lasciò il posto a un sorriso forzato. «Ehi, Pigeon.»

«Va tutto bene?»

«Adesso sì», disse attirandomi a sé.

«D'accordo. Che c'è?» chiesi con aria corrucciata.

«Ho tante cose per la testa», sospirò. Aspettai ansiosa che continuasse. «Questa settimana, l'incontro, il fatto che sarai presente...»

«Ti ho detto che sarei rimasta a casa.»

«Ho bisogno che tu ci sia, Pidge», ribadì gettando la sigaretta. La guardò scomparire in una profonda impronta nella neve, mi prese per mano e mi condusse al parcheggio.

«Hai parlato con Trent?» domandai.

Scosse la testa. «Sto aspettando che mi richiami.»

America abbassò il finestrino e si sporse dalla Charger. «Sbrigatevi! Fa un freddo cane!»

Travis sorrise e aumentò il passo, poi aprì la portiera per farmi salire. Shepley e America ripeterono gli stessi discorsi che facevano da quando lei aveva saputo che avrebbe conosciuto i suoi genitori. Io invece rimasi a osservare Travis che guardava dal finestrino. Non appena entrammo nel parcheggio di casa sua, gli squillò il cellulare.

«Trent, cazzo!» esclamò. «Ti ho chiamato quattro ore fa, non è che sei impegnato a lavorare o che. A ogni modo, ascolta. Ti devo chiedere un favore. Ho un incontro la prossima settimana, e ho bisogno che tu ci venga. Non so quando sarà ma, quando ti chiamerò, dovrai arrivare nel giro di un'ora. Puoi farlo? Puoi o no, idiota? Perché devi tenere d'occhio Pigeon. L'ultima volta uno stronzo le ha messo le mani addosso e... sì.» Abbassò la voce fino ad assumere un tono minaccioso. «Me ne sono occupato di persona. Quindi se ti chiamo...? Okay, grazie, Trent.»

Chiuse il telefono e appoggiò la testa sullo schienale.

«Sollevato?» chiese Shepley guardandolo nello specchietto.

«Sì. Non so che cosa farei se non venisse.»

«Te l'ho detto», affermai.

«No! Quante volte te lo devo ripetere?» ribatté accigliato.

Scossi la testa di fronte a quel tono impaziente. «Non capisco, prima non avevi bisogno di me.»

Mi sfiorò la guancia con le dita. «Prima non ti conoscevo. Quando non ci sei, non riesco a concentrarmi. Mi chiedo dove sei, che cosa stai facendo... se ci sei e posso vederti, mi concentro. So che sembra assurdo, ma è così.»

«Sai che ho un debole per le assurdità», risposi baciandolo sulle labbra.

«Ovviamente», bofonchiò sottovoce America.

Travis mi tenne stretta al suo fianco nell'ombra del Keaton Hall. La condensa formata dal mio fiato si mescolava alla sua nell'aria gelida della sera e sentivo le chiacchiere sommesse dei ragazzi che s'infilavano nella porta laterale pochi passi più in là, ignari della nostra presenza.

Il Keaton era l'edificio più vecchio della Eastern e, nonostante avesse già ospitato il Cerchio, lo trovavo inquietante. Adam si aspettava un pienone e il Keaton non disponeva certo del seminterrato più grande del campus. Le impalcature, uno dei tanti segni dei lavori di ristrutturazione in corso, formavano una griglia sulle vecchie pareti di mattoni.

«È una delle peggiori idee che Adam abbia mai avuto», brontolò Travis.

«Adesso è troppo tardi per cambiare posto», replicai guardando i ponteggi.

Il suo cellulare si illuminò e lui lo aprì. La luce blu dello schermo si proiettò sul suo viso e sulla fronte comparve, come prevedevo, qualche ruga di preoccupazione. Premette un paio di tasti e chiuse il telefono con un movimento secco, stringendomi con più forza.

«Mi sembri nervoso stasera», mormorai.

«Starò meglio quando quello stupido di Trent sarà qui.»

«Sono qui, frignone», rispose lui con voce sommessa. Riuscivo a malapena a distinguerne la sagoma al buio, ma il suo sorriso brillò alla luce della luna.

«Come va, sorellina?» chiese. Mi cinse con un braccio e con l'altro spintonò scherzosamente Travis.

«Sto bene, Trent.»

Travis si rilassò all'istante e mi condusse per mano sul retro dell'edificio.

«Se arriva la polizia e ci perdiamo, ci incontriamo alla Morgan Hall, okay?» disse al fratello. Ci fermammo davanti alla finestra del seminterrato; era aperta, segnale che Adam era dentro e ci stava aspettando.

«Stai scherzando», osservò Trent fissando la finestra. «Abby non riuscirà mai a saltare di qui.»

«Tu sì», lo rassicurò Travis scomparendo nel buio. Come

tante altre volte, mi piegai e mi spinsi all'indietro, sapendo che Travis mi avrebbe afferrata.

Aspettammo qualche istante. Trent grugnì quando si staccò dal davanzale e atterrò conservando a stento l'equilibrio. «Sei fortunato che adoro Abby. Non farei queste stronzate per chiunque», brontolò scrollandosi la polvere dalla maglietta.

Travis spiccò un balzo e chiuse la finestra con un rapido movimento. «Da questa parte», disse avviandosi nel buio.

Avanzai corridoio dopo corridoio tenendomi stretta a Travis, mentre Trent era aggrappato alla mia maglia. Strisciavo i piedi sul pavimento e sentivo i sassolini grattare sul calcestruzzo. Gli occhi cercavano di adattarsi al buio, ma eravamo immersi nell'oscurità più totale. Alla terza svolta Trent sospirò. «Non troveremo mai l'uscita.»

«Basterà che mi seguiate. Andrà tutto bene», rispose Travis, irritato dalle sue lamentele.

Quando il corridoio si fece più chiaro, capii che eravamo vicini. E quando il brusio della folla divenne un intenso baccano all'annuncio di nomi e numeri, capii che eravamo arrivati. Di solito, il locale dove Travis aspettava di essere chiamato aveva solo una lanterna e una sedia, ma ora, visti i lavori di ristrutturazione, ci trovavamo in una stanza ingombra di tavoli, sedie e attrezzature varie coperti da teli bianchi.

Mentre Travis e Trent discutevano la strategia dell'incontro, io sbirciai il luogo dove si sarebbe tenuto: era gremito e caotico come l'ultima volta, ma più piccolo. Per fare spazio agli spettatori, i mobili coperti dai teli impolverati erano stati addossati contro il muro.

Era anche più buio del solito: dal soffitto pendevano alcune lanterne che gettavano una squallida luce sui soldi delle scommesse. Immaginai che Adam volesse evitare di attirare l'attenzione.

«Mi hai sentito, Pigeon?» disse Travis toccandomi il braccio.

«Cosa?» risposi battendo le palpebre.

«Voglio che resti vicino a questa porta, d'accordo? Tieniti sempre stretta a Trent.»

«Non mi muoverò. Te lo prometto.»

Sorrise e sulla guancia gli comparve quella graziosa fossetta. «Adesso sei tu quella nervosa.»

Guardai la porta e poi lui. «Ho una brutta sensazione, Trav. Non per quanto riguarda l'incontro, ma... c'è qualcosa. Questo posto mi dà i brividi.»

«Non resteremo molto», mi rassicurò. Si udì la voce di Adam attraverso il megafono, poi due mani calde e familiari mi presero il viso. «Ti amo», disse Travis. Mi abbracciò, mi sollevò da terra e mi baciò. Non appena mi posò sul pavimento, allacciò il mio braccio a quello di Trent. «Non toglierle mai gli occhi di dosso», ordinò al fratello. «Neanche per un secondo. Questo posto diventerà un manicomio quando inizierà l'incontro.»

«...Accogliamo lo sfidante di stasera... John Savage!»

«La difenderò a costo della mia vita, fratellino», rispose lui tirandomi per il braccio. «Suonale per bene a quel tizio e andiamocene in fretta di qui.»

«...Travis "Mad Dog" Maddox!» urlò ancora Adam al megafono.

Travis avanzò tra la folla e il chiasso divenne assordante. Guardai Trent: il suo sorriso era quasi impercettibile. Nessun altro lo avrebbe notato, ma nel suo sguardo scorsi una punta di orgoglio.

Travis raggiunse il centro del Cerchio e io restai senza fiato. John era diverso da tutti gli avversari con cui Travis aveva combattuto, compreso quello di Las Vegas, e non per via della stazza. Non cercò di intimorirlo con un'aria truce, ma lo studiò preparandosi mentalmente all'incontro. Il suo sguardo era tanto analitico quanto folle. Prima ancora che l'incontro iniziasse, capii che Travis non aveva di fronte un semplice sfidante, ma un demone.

Anche lui sembrò notare la differenza. Il suo solito sorrisetto furbo era svanito, sostituito da uno sguardo intenso. Al segnale, John attaccò.

«Oddio.» Trent si muoveva insieme al fratello, come se fossero una cosa sola. Aggrappata al suo braccio, mi contraevo a ogni colpo sferrato, sforzandomi di non chiudere gli occhi. John non faceva movimenti inutili, era astuto e preciso.

Al confronto, tutti gli altri incontri di Travis sembrarono una passeggiata. La forza bruta dei pugni metteva quasi in soggezione, come se l'intero evento fosse stato coreografato e provato fino a raggiungere un livello di perfezione.

L'aria nella stanza era greve, stagnante, e la polvere mi finiva in gola a ogni respiro. Più l'incontro andava avanti, più intenso si faceva il mio presentimento. Non riuscivo a scrollarmelo di dosso, ma mi costrinsi a rimanere: Travis aveva bisogno di me per concentrarsi.

Ero ipnotizzata dalla scena che si stava svolgendo al centro del seminterrato. Mi spintonarono da dietro: sentii la testa scattare all'indietro per il contraccolpo, ma mi sforzai di rimanere dov'ero. Trent si girò, afferrò due uomini per la maglia e li gettò a terra come fantocci.

«Spostatevi o vi ammazzo!» urlò ai ragazzi che stavano osservando i due a terra. Mi strinsi con più forza al suo braccio e lui mi diede un colpetto affettuoso sulla mano. «Ti tengo io, Abby. Tu pensa solo a guardare l'incontro.»

Travis se la stava cavando bene e sospirai quando l'avversario cominciò a sanguinare. La folla si fece più rumorosa, ma l'avvertimento di Trent tenne a debita distanza il pubblico intorno a noi. Travis assestò un pugno poderoso e mi guardò per un istante, riportando subito l'attenzione su John. Era agile, e si muoveva come se riuscisse a prevedere gli attacchi.

John lo cinse con le braccia e lo fece cadere. Gli spettatori si strinsero attorno al ring, protendendosi verso l'azione, che ora si era spostata a terra.

«Non lo vedo, Trent!» esclamai saltellando sulle punte dei piedi.

Lui si guardò attorno e trovò la sedia di Adam. Con una mossa quasi da ballerino, mi fece scivolare da un braccio all'altro e mi aiutò a salirvi sopra. «Lo vedi?»

«Sì!» risposi tenendomi al suo braccio per mantenere l'equilibrio. «È sopra ma ha le gambe di John attorno al collo!»

Trent portò l'altra mano alla bocca. «Fagli il culo, Travis!»

Guardai rapidamente Trent, poi mi protesi per seguire meglio la lotta. Travis balzò in piedi, ma John lo teneva saldamente per il collo con le gambe. Si buttò allora in ginocchio, facendogli sbattere la schiena e la testa sul calcestruzzo. L'impatto fu devastante: le gambe di John si fecero molli all'istante e lasciarono la presa. A quel punto Travis sollevò il gomito e lo tempestò di pugni finché Adam non lo scostò, gettando il tessuto rosso sul corpo inerte dell'avversario.

La stanza esplose in un boato mentre Adam sollevava la mano di Travis. Trent mi abbracciò esultante. Travis allora mi guardò con un sorriso rosso di sangue. L'occhio destro iniziava già a gonfiarsi.

Mentre i soldi passavano di mano in mano e la folla cominciava a disperdersi, il mio sguardo cadde su una lanterna che ondeggiava in un angolo, alle spalle di Travis. Dalla base colava un liquido che stava impregnando il telo sottostante. Sentii lo stomaco contrarsi.

«Trent!»

Attirai la sua attenzione e indicai l'angolo. In quell'istante la lanterna cadde dal gancio fracassandosi sul telo, che prese subito fuoco.

«Merda!» esclamò Trent afferrandomi per le gambe.

Alcuni ragazzi vicino al fuoco fecero un balzo indietro e guardarono intimoriti le fiamme strisciare verso un altro telo. Dall'angolo si levarono sbuffi di fumo nero e tutti scapparono in preda al panico, spingendosi per raggiungere le uscite.

Incrociai lo sguardo di Travis. Il suo volto era una maschera di terrore. Gridando il mio nome, prese a spintonare le persone che ci separavano.

«Vieni!» urlò Trent facendomi scendere dalla sedia.

La stanza si fece più scura, e dalla parte opposta si udì un forte scoppio. Le altre lanterne stavano prendendo fuoco e diffondevano le fiamme con tante piccole esplosioni. Trent mi afferrò per un braccio e mi trascinò via, cercando di fendere la calca.

«Non possiamo uscire da quella parte! Dobbiamo tornare da dove siamo venuti!» gridai opponendo resistenza.

Lui si guardò attorno e studiò un piano di fuga in mezzo alla baraonda. Guardai di nuovo Travis, che tentava di farsi strada nella stanza mentre la folla lo ricacciava indietro. Le grida d'esultanza si erano ormai trasformate in urla di paura e di disperazione mentre tutti cercavano di guadagnare l'uscita.

Trent mi condusse sulla soglia e io mi voltai a guardare. «Travis!» gridai allungandomi nella sua direzione.

Lui stava tossendo, mentre agitava un braccio per allontanare il fumo.

«Da questa parte, Trav!» gli urlò Trent.

«Esci di qui, Trent! Porta fuori Pigeon!» rispose tossendo.

Trent mi guardò, combattuto. Vedevo la paura nei suoi occhi. «Non so dove sia l'uscita.»

Guardai ancora Travis. Il suo volto tremolava dietro le fiamme che ci dividevano. «Travis!»

«Andate! Ci vediamo fuori!» La sua voce fu coperta dal baccano e mi aggrappai alla manica di Trent.

«Da questa parte», dissi, sentendo gli occhi bruciare per le lacrime e il fumo. A dividere Travis e la sua unica via di fuga c'erano decine di persone terrorizzate.

Tirai la mano di Trent, spintonando chiunque mi si parasse davanti. Raggiungemmo la porta e a quel punto guardai davanti e dietro di me. Due corridoi erano debolmente illuminati dal fuoco alle nostre spalle.

«Da questa parte!» esclamai tirandolo di nuovo.

«Ne sei sicura?» chiese, spaventato e titubante.

«Forza!» strillai.

Più avanzavamo, più i locali diventavano bui. Dopo qualche istante risultò più facile respirare perché ci eravamo lasciati alle spalle il fumo, ma le grida non cessarono. Erano più forti e frenetiche di prima e aumentarono la mia determinazione, rendendo i miei passi rapidi e decisi. Dopo la seconda svolta, stavamo camminando alla cieca nell'oscurità. Tenni la mano davanti a me tastando la parete mentre con l'altra stringevo quella di Trent.

«Pensi sia riuscito a scappare?» domandò lui.

Quella domanda minò la mia concentrazione e cercai di non rispondere. «Continua a camminare», dissi con voce strozzata.

Trent fece resistenza per un attimo e, quando lo trascinai

di nuovo, vidi baluginare una luce. Sollevò un accendino socchiudendo gli occhi in quel piccolo spazio, in cerca di una via d'uscita. Seguii la luce e ansimai scorgendo una porta.

«Da questa parte!» gridai per l'ennesima volta.

Mentre mi precipitavo nel locale seguente, fui investita da una valanga di persone e scagliata a terra. Tre ragazze e due ragazzi, con le facce sporche e gli occhi sgranati, mi fissarono.

Uno si chinò per aiutarmi. «Laggiù ci sono delle finestre. Possiamo uscire da lì!»

«Siamo appena arrivati da quella parte, là non c'è niente», dissi scuotendo la testa.

«Ti saranno sfuggite, so che sono da quella parte!»

Trent mi strattonò. «Vieni, Abby, loro sanno come uscire.»

Insistetti. «Siamo arrivati da questa parte con Travis, lo so.»

Lui strinse la presa. «Gli ho detto che non ti avrei persa di vista. Andiamo con loro.»

«Trent, siamo venuti di lì... non ci sono finestre!»

«Dai, Jason!» lo esortò una ragazza.

«Noi andiamo», fece Jason guardando Trent.

Lui mi tirò ancora la mano e io mi liberai. «Trent, ti prego! È da questa parte, te l'assicuro!»

«Io vado con loro», disse. «Per favore, vieni con me.»

Scossi la testa mentre le lacrime mi rigavano le guance. «Sono già stata qui. L'uscita non è da quella parte!»

«Vieni con me!» urlò tirandomi per un braccio.

«Trent, fermati! Stiamo andando dalla parte sbagliata», strillai. Sentii i piedi scivolare sul calcestruzzo mentre mi trascinava con sé e, quando l'odore di fumo divenne più forte, mi divincolai, scappando nella direzione opposta.

«Abby! Abby!» urlò lui.

Continuai a correre tenendo le mani davanti a me, aspettandomi di sbattere contro un muro.

«Vieni! Se la segui, ci lasci la pelle», urlò una ragazza.

Urtai la spalla contro un angolo e caddi. Strisciai allora sul pavimento tendendo una mano tremante davanti a me. Quando toccai il cartongesso, lo seguii e mi rialzai. Una porta si materializzò allora sotto la mia mano e la varcai, passando nell'altro locale.

Il buio sembrava infinito, ma con uno sforzo di volontà controllai il panico. Cercai di camminare in linea retta, con le mani tese per individuare altri muri. Passarono diversi minuti e sentii la paura montarmi nel petto mentre le urla lontane mi risuonavano nelle orecchie.

«Ti prego», sussurrai nel buio. «Fa' che sia questa.»

M'imbattei in un'altra porta e quando la superai un fascio argenteo brillò davanti a me. La luce filtrava dal vetro della finestra e mi sfuggì un singhiozzo.

«T-Trent! È qui!» gridai dietro di me. «Trent!»

Socchiusi gli occhi scorgendo a malapena un movimento in lontananza.

«Trent?» urlai, con il cuore che mi batteva ancora all'impazzata. Vidi delle ombre ondeggiare sui muri e sgranai gli occhi in preda all'orrore quando mi accorsi che quelle che credevo persone erano in realtà i tremolii delle fiamme in avvicinamento.

«Oddio», dissi osservando la finestra. Travis l'aveva chiusa e per me era troppo alta.

Mi guardai attorno in cerca di qualcosa su cui salire. La stanza era tappezzata di mobili di legno coperti da teli bianchi, gli stessi che avrebbero alimentato il fuoco fino a trasformare l'ambiente in un inferno.

Afferrai un pezzo di stoffa bianca, lo strappai da un tavolo e, sommersa da una nube di polvere, lo gettai a terra. Trascinai quindi il massiccio mobile sotto la finestra, lo spinsi contro il muro e vi salii sopra tossendo per il fumo che si stava infiltrando nel locale. La finestra era ancora a quasi un metro da me.

Grugnii mentre tentavo di aprirla, spingendo goffamente la maniglia da una parte e dall'altra. Non si muoveva di un millimetro.

«Dai, maledizione!» gridai allungandomi al massimo.

Mi inclinai all'indietro, sfruttando il peso del corpo per cercare di forzarla. Non funzionò; infilai allora le unghie sotto i bordi e tirai finché pensai di essermele staccate. Con la coda dell'occhio scorsi una luce e urlai quando vidi il fuoco diffondersi sui teli bianchi nel corridoio che poco prima avevo percorso.

Guardai la finestra, ficcando di nuovo le unghie sotto i bordi. I serramenti di metallo mi ferirono la pelle. L'istinto ebbe la meglio sul dolore: chiusi le mani a pugno e cominciai a pestare sul vetro. Sul pannello si formò una lieve crepa, sporca del mio sangue che schizzava a ogni colpo.

Pestai ancor una volta, poi mi tolsi una scarpa e lo colpii con tutte le forze che avevo. Alcune sirene gemettero in lontananza e presi a singhiozzare, picchiando i palmi sulla finestra. Il resto della mia vita era dall'altra parte del vetro. Artigliai ancora una volta i bordi, quindi ricominciai a battere sul vetro con tutte e due le mani.

«Aiuto!» urlai vedendo le fiamme avvicinarsi. «Qualcuno mi aiuti!»

Sentii allora un colpo di tosse alle mie spalle. «Pigeon?»

Mi girai udendo quella voce familiare. Travis comparve dietro di me, con la faccia e gli abiti coperti di fuliggine.

«Travis!» strillai. Saltai giù dal tavolo e corsi da lui, esausta e sporca.

Gli sbattei contro e lui mi cinse con le braccia. Tossendo e ansimando, mi prese il viso tra le mani.

«Dov'è Trent?» chiese con voce rauca.

«Li ha seguiti!» gridai mentre le lacrime mi scorrevano sul volto. «Gli ho detto di venire con me, ma non mi ha ascoltato!»

Lui guardò preoccupato il fuoco che avanzava. Feci un brusco respiro e tossii quando il fumo mi riempì i polmoni.

Travis mi guardò con gli occhi lucidi. «Usciremo di qui, Pidge.» Mi baciò rapido e deciso, poi salì sulla mia scala improvvisata.

Spinse la finestra e girò la maniglia. I muscoli delle braccia tremarono mentre usava tutta la sua forza per aprirla.

«Sta' indietro, Abby, ora spacco il vetro!»

Avevo paura di allontanarmi e arretrai solo di un passo. Travis spostò indietro il braccio e urlò tirando un pugno contro il vetro. Mi girai dall'altra parte e mi coprii la faccia con le mani insanguinate mentre la finestra andava in frantumi.

«Vieni!» gridò tendendomi la mano. Il calore del fuoco invase la stanza e mi sembrò di volare quando mi sollevò da terra e mi spinse fuori. Attesi in ginocchio mentre usciva e lo aiutai a rimettersi in piedi. Le sirene ululavano dall'altra parte dell'edificio. Le luci rosse e blu delle autopompe e delle macchine della polizia lampeggiavano sui muri di mattoni degli edifici adiacenti.

Corremmo verso la folla radunata davanti al palazzo, scrutando i volti sporchi in cerca di Trent. Travis gridò il nome del fratello e ogni volta la sua voce si fece più disperata. Controllò il telefono, ma lo richiuse subito, coprendosi la bocca con la mano nera.

«Trent!» urlò allungando il collo.

I sopravvissuti si abbracciavano e piangevano dietro ai mezzi d'emergenza, guardando inorriditi mentre l'autopompa gettava acqua nelle finestre e i vigili del fuoco si precipitavano all'interno con le manichette.

Travis si passò la mano sulla testa. «Non ce l'ha fatta», mormorò. «Non ce l'ha fatta, Pidge.»

Rimasi senza fiato vedendo la fuliggine sulle sue guance rigarsi di lacrime. Cadde in ginocchio e io con lui.

«Trent è in gamba, Trav. Deve aver trovato un'altra uscita», dissi cercando di convincere anche me stessa.

Lui mi si accasciò in grembo e si aggrappò alla mia maglietta con entrambe le mani. Lo tenni stretto, non sapendo che altro fare.

Passò un'ora. Le grida e i gemiti dei sopravvissuti e dei curiosi avevano lasciato il posto a un inquietante silenzio. Guardammo sempre meno speranzosi i vigili del fuoco portare due persone all'esterno e quindi uscire più volte a mani vuote. Aspettammo mentre i paramedici assistevano i feriti e le ambulanze volavano nella notte con gli ustionati a bordo. Mezz'ora più tardi, recuperarono dei corpi per i quali non c'era più speranza. Sul terreno erano allineate molte vittime, ben più numerose dei sopravvissuti. Travis non staccò gli occhi dalla porta, in attesa che dalle ceneri dell'incendio portassero fuori il fratello.

«Travis?»

Ci voltammo e vedemmo Adam in piedi dietro di noi. Travis si alzò tirandomi su.

«Sono contento di sapere che ce l'avete fatta», disse con un'aria stordita e sconcertata. «Dov'è Trent?»

Travis non rispose.

Tornammo a rivolgere lo sguardo ai resti bruciati di Keaton Hall mentre il fumo nero e denso usciva ancora a ondate dalle finestre. Appoggiai il viso contro il petto di Travis e chiusi gli occhi, sperando che fosse solo un brutto sogno.

«Devo... devo chiamare mio padre», disse lui aggrottando la fronte mentre prendeva il cellulare.

Feci un respiro e mi augurai che la mia voce sembrasse più tranquilla di quanto in realtà non fossi. «Forse dovresti aspettare, Travis. Non sappiamo ancora niente.»

Lui non distolse lo sguardo dalla tastiera. «Non è giusto, cazzo. Non sarebbe mai dovuto venire qui», esclamò con il labbro che gli tremava.

«È stato un incidente, Travis. Non potevi sapere che sarebbe successa una cosa del genere», osservai toccandogli la guancia.

Lui contrasse il viso e chiuse con forza gli occhi. Fece un profondo respiro e compose il numero.

21.
L'AEREO

I numeri sullo schermo furono sostituiti da un nome e il telefono prese a squillare. Travis sgranò gli occhi.

«Trent?» Dalle labbra gli sfuggì una risata sorpresa e sul volto gli comparve un sorriso. «È Trent!» esclamò guardandomi. Restai senza fiato e gli strinsi il braccio. «Dove sei? Alla Morgan? Arrivo tra un secondo, non ti muovere, maledizione!»

Mi sentii trascinare via e faticai a tenere il passo mentre attraversava di corsa il campus. Quando raggiungemmo lo studentato, sembrava che i polmoni fossero sul punto di scoppiarmi. Trent si precipitò giù per le scale e ci si lanciò addosso. «Gesù, fratello! Ho pensato che fossi andato!» disse stringendoci con tanta forza da togliermi il respiro.

«Che coglione!» gridò Travis allontanandolo con una spinta. «Ti credevo morto! Io mi aspettavo che i pompieri ti portassero fuori carbonizzato!»

Lo guardò corrucciato per un attimo e lo abbracciò. Allungò un braccio e annaspò finché non trovò la mia maglietta, trascinando anche me nell'abbraccio. Dopo vari istanti lasciò andare suo fratello ma continuò a tenere me ben stretta.

Trent mi osservò dispiaciuto. «Scusami, Abby. Mi sono lasciato prendere dal panico.»

Scossi la testa. «Sono solo contenta che tu stia bene.»

«Avrei preferito morire che presentarmi da Travis senza di te. Quando sei scappata ti ho cercato, ma mi sono perso e ho dovuto trovare un'altra uscita. Ho girato attorno all'edificio in cerca di quella finestra, ma dei poliziotti mi hanno costretto a tornare indietro. Mi sembrava di impazzire!» ammise passandosi la mano tra i capelli corti.

Travis mi pulì le guance con i pollici, poi si tolse la fuliggine dalla faccia con l'orlo della maglietta. «Andiamocene. Tra poco questo posto sarà pieno di poliziotti.»

Dopo aver abbracciato ancora una volta il fratello, ci dirigemmo alla Honda di America.

Travis mi osservò allacciare la cintura e si incupì sentendomi tossire. «Forse dovrei portarti in ospedale, per farti visitare.»

«Sto bene», dichiarai intrecciando le dita alle sue. Abbassai lo sguardo e vidi un taglio profondo sulle sue nocche. «È per l'incontro o la finestra?»

«Per la finestra», rispose guardando preoccupato le mie unghie insanguinate.

«Mi hai salvato la vita, sai.»

Lui aggrottò la fronte. «Non me ne sarei mai andato senza di te.»

«Sapevo che saresti venuto», dissi stringendogli le dita.

A casa, sotto la doccia, non sapevo di chi fosse il sangue che stavo lavando via. Mi buttai sul letto sentendo ancora il puzzo di fumo e di pelle bruciata.

«Tieni», disse Travis porgendomi un bicchiere pieno di un liquido ambrato. «Ti aiuterà a rilassarti.»

«Non sono stanca.»

Avvicinò ancora il bicchiere. Aveva uno sguardo sfinito, gli occhi arrossati. «Cerca di riposare un po', Pidge.»

«Ho quasi paura di chiudere gli occhi», ammisi buttando giù il whisky. Lui prese il bicchiere e lo posò sul comodino sedendosi accanto a me. Restammo in silenzio, cercando di digerire l'accaduto. Chiusi gli occhi al ricordo delle grida terrorizzate delle persone in trappola. Non sapevo quanto tempo avrei impiegato a dimenticare, né se mai sarei riuscita a farlo.

La mano calda di Travis sul ginocchio mi strappò a quell'incubo. «Sono morte tante persone stasera.»

«Lo so.»

«Fino a domani non sapremo quante.»

«Io e Trent abbiamo superato un gruppo di ragazzi mentre uscivamo. Mi chiedo se ce l'abbiano fatta. Avevano un'aria così spaventata...»

Sentii le lacrime riempirmi gli occhi ma, prima che mi

scendessero sulle guance, le forti braccia di Travis mi strinsero. Mi sentii subito protetta, tutt'uno con la sua pelle. Un tempo la sensazione di stare bene tra le sue braccia mi terrorizzava, ma in quel momento fui grata di essere al sicuro dopo un'esperienza così orribile. C'era solo una ragione che potesse spiegarlo.

Gli appartenevo.

Allora capii. Senza dubbi nel profondo dell'animo, senza timore di quello che avrebbero pensato gli altri, senza paura degli errori e delle conseguenze, sorrisi alle parole che stavo per dire.

«Travis?»

«Che c'è, tesoro?» rispose bisbigliandomi tra i capelli.

In quell'istante i nostri telefoni presero a squillare. Gli porsi il suo mentre rispondevo. «Pronto?»

«Abby?» strillò America.

«Sto bene, Mare. Stiamo tutti bene.»

«Abbiamo appena saputo! Ne parlano tutti i telegiornali!»

Sentii Travis spiegare a Shepley e feci del mio meglio per rassicurare America: risposi alla raffica di domande sforzandomi di mantenere un tono tranquillo mentre raccontavo i momenti più spaventosi della mia vita, ma mi rilassai solo quando Travis posò la mano sulla mia.

Mi sembrava di raccontare la storia di qualcun altro, seduta comoda nell'appartamento di Travis, ad anni luce dall'incubo che avrebbe potuto ucciderci. Non appena terminai, America scoppiò in lacrime, consapevole di quanto fossimo stati vicini alla morte.

«Faccio le valigie. Torniamo domani mattina presto», disse tirando su col naso.

«Mare, non ti preoccupare. Stiamo bene.»

«Devo vederti. Devo abbracciarti e sapere che state bene», gridò.

«Stiamo bene. Potrai abbracciarmi venerdì.»

Tirò di nuovo su col naso. «Ti voglio bene.»

«Anch'io ti voglio bene. Divertitevi.»

Travis mi guardò e si premette il telefono all'orecchio.

«Sarà meglio che abbracci la tua ragazza, Shep. Mi sembra sconvolta. Lo so, amico... anch'io. Ci vediamo presto.»

Chiusi la telefonata pochi secondi dopo di lui e restammo seduti in silenzio per un attimo. Dopo un po' si appoggiò sul cuscino e mi attirò a sé.

«America sta bene?» chiese fissando il soffitto.

«È sconvolta, ma si riprenderà.»

«Sono contento che non fossero qui.»

Strinsi i denti. Non avevo neanche pensato a ciò che sarebbe potuto accadere se non fossero andati dai genitori di Shepley. Mi tornarono d'un tratto in mente le espressioni terrorizzate delle ragazze nel seminterrato mentre discutevano per trovare l'uscita. Lo sguardo atterrito di America sostituì quello delle ragazze senza nome. Mi venne la nausea all'idea dei suoi splendidi capelli sporchi e bruciacchiati in mezzo ai corpi allineati sul prato.

«Anch'io», dissi rabbrividendo.

«Scusami, non volevo infierire. Hai dovuto sopportare molto stasera.»

«Anche tu eri là, Trav.»

Rimase in silenzio per un po' e, proprio mentre stavo per continuare, fece un profondo respiro.

«Non mi spavento molto spesso», affermò infine. «Mi sono spaventato la mattina in cui mi sono svegliato e tu non c'eri. Quando mi hai lasciato dopo Las Vegas. Quando ho pensato che avrei dovuto dire a mio papà che Trent era morto in quell'edificio. Ma quando ti ho visto attraverso le fiamme nel seminterrato, ero... ero terrorizzato. Ero arrivato alla porta e mi mancavano pochi passi per uscire, ma non me ne sarei mai potuto andare.»

«Cosa? Sei impazzito?» dissi alzando di scatto la testa per guardarlo negli occhi.

«Non sono mai stato così lucido in vita mia. Mi sono girato e sono venuto da te. Quando ti ho visto, niente aveva importanza. Non sapevo nemmeno se ce la saremmo cavata, volevo solo essere con te, qualsiasi sacrificio comportasse. L'unica cosa di cui ho paura è una vita senza di te, Pigeon.»

Lo baciai teneramente e, quando ci scostammo, sorrisi. «Allora non hai niente da temere. Siamo uniti per sempre.»

Lui sospirò. «Lo rifarei daccapo, sai. Non ci penserei un secondo, se significasse essere qui con te ora.»

Sentivo le palpebre pesanti e feci un profondo respiro. I miei polmoni protestarono, ancora irritati dal fumo. Tossii leggermente ma sentendo le labbra calde di Travis sulla fronte mi rilassai. Mi accarezzò i capelli umidi e udii il cuore battergli nel petto.

«Ecco», disse con un sospiro.

«Cosa?»

«Quel momento. Quando ti guardo dormire... la pace sul tuo volto. Eccola. Non l'ho più sentita dalla morte della mamma, ma adesso è tornata.» Fece un altro profondo respiro e mi attirò di più a sé. «Nell'istante stesso in cui ti ho conosciuto, ho sentito che in te c'era qualcosa di cui avevo bisogno. Ma non era qualcosa. Eri tu.»

Sorrisi e sprofondai la faccia nel suo petto. «Siamo noi due, Trav. Niente ha senso se non siamo insieme. Lo sai?»

«Ma se te lo sto dicendo da un anno!» mi prese in giro. «È ufficiale: ragazze stupide, incontri, separazioni, Parker, Las Vegas... incendi persino... la nostra relazione può sopravvivere a tutto.»

Alzai di nuovo la testa e notai l'appagamento nel suo sguardo mentre mi osservava. Mi ricordò la serenità che gli avevo visto sul volto quando avevo perso la scommessa, quando gli avevo detto per la prima volta che lo amavo e il mattino seguente alla festa di San Valentino. Simile, ma diversa: ora era assoluta, permanente. Ogni cauta speranza era scomparsa, lasciando il posto a una fiducia incondizionata.

Lo capii perché quello sguardo rispecchiava i miei sentimenti.

«Las Vegas?» feci.

Travis s'incupì, senza capire dove volessi arrivare. «Sì?»

«Hai mai pensato di tornarci?»

Lui sollevò le sopracciglia. «Non penso sia una buona idea per me.»

«E se ci andassimo solo per una notte?»

Travis si guardò attorno nella stanza buia, perplesso. «Una notte?»

«Sposami», dissi senza esitare. Restai stupita dalla velocità e dalla facilità con cui mi uscirono di bocca quelle parole.

Fece un largo sorriso. «Quando?»

Scrollai le spalle.«Possiamo prenotare un volo domani. Ci sono le vacanze di primavera, io non ho programmi, e tu?»

«Ti prendo in parola», rispose afferrando il telefono. «American Airlines», disse studiando attentamente la mia reazione mentre parlava. «Vorrei due biglietti per Las Vegas, per favore. Domani. Mmm...» Mi guardò, pensando che cambiassi idea. «Due giorni, andata e ritorno. Qualsiasi cosa abbiate.»

Gli appoggiai il mento sul petto in attesa che comprasse i biglietti. Più lo lasciavo parlare al telefono, più largo si faceva il suo sorriso.

«Sì... uhm, aspetti un attimo», affermò indicando il portafoglio. «Puoi prendere la mia carta, Pidge?» Di nuovo, attese la mia reazione. Mi protesi felice, presi la carta di credito e gliela porsi.

Travis lesse i numeri, guardandomi. Vedendo che non obiettavo strinse le labbra. «Ehm, sì, signora. Li ritiriamo al banco. Grazie.»

Mi passò il telefono e lo posai sul comodino.

«Mi hai appena chiesto di sposarti», dichiarò, aspettando che dicessi che era tutto uno scherzo.

«Lo so.»

«Era tutto vero, sai. Ho appena preso due biglietti per Las Vegas per domani a mezzogiorno. Il che significa che domani sera ci sposiamo.»

«Grazie.»

Lui socchiuse gli occhi. «Quando tornerai a lezione, lunedì, sarai la signora Maddox.»

«Oh», esclamai guardandomi attorno.

«Ripensamenti?» fece inarcando un sopracciglio.

«La prossima settimana avrò un bel po' di documenti da sbrigare.»

Lui annuì. «Domani mi sposerai?» chiese con voce prudente e speranzosa insieme.

Sorrisi. «Uh-uh.»

«Parli sul serio?»

«Sì.»

«Ti amo così tanto!» Mi prese il viso tra le mani e mi stampò un bacio sulle labbra. «Ti amo così tanto, Pigeon», ripeté coprendomi di baci.

«Ricordatelo tra cinquant'anni, quando ti straccerò ancora a poker», risposi ridacchiando.

Lui sorrise trionfante. «Se significa sessanta o settant'anni con te, piccola... ti autorizzo a fare del tuo peggio.»

Gli rivolsi uno sguardo di sfida. «Te ne pentirai.»

«Scommetto di no.»

Sorrisi con tutta la malizia di cui ero capace. «Sei tanto sicuro da scommettere quella bella moto che hai là fuori?»

Travis scosse la testa e il sorriso scherzoso di pochi secondi prima lasciò il posto a un'espressione seria. «Scommetterei tutto quello che ho. Non rimpiango un solo secondo trascorso con te, Pidge, né mai lo farò.»

Allungai la mano e lui la strinse. Poi la portò alle labbra e la baciò con dolcezza. La stanza era silenziosa, e sentivo distintamente il rumore delle sue labbra sulla mia pelle e il suo respiro.

«Abby Maddox...» esclamò raggiante alla luce della luna.

Gli premetti la guancia sul petto. «Travis e Abby Maddox. Suona bene.»

«E l'anello?» chiese turbato.

«Ci penseremo dopo. In fondo, è stata una sorpresa.»

«Uhm...»

«Che c'è?» domandai innervosendomi.

«Non spaventarti», disse agitato. Mi strinse con più forza. «Ma mi sono già... occupato di questo aspetto.»

«Quale aspetto?» chiesi guardandolo in faccia.

Lui fissò il soffitto e sospirò. «Ti spaventerai.»

«Travis...»

Mi incupii vedendolo infilare la mano nel cassetto del comodino e tastare per un istante.

Mi scostai alcune ciocche umide dagli occhi con un soffio. «Cosa? Hai comprato i preservativi?» chiesi.

Lui scoppiò a ridere. «No, Pidge.» Aggrottò la fronte frugando sul fondo. Trovò ciò che cercava e a quel punto si concentrò su di me, studiandomi mentre estraeva una scatolina.

Abbassai lo sguardo quando si mise quel rettangolino di velluto sul petto e posò la testa sul braccio.

«Cos'è?» chiesi.

«Che cosa ti sembra?»

«D'accordo. Lascia che riformuli la domanda: quando lo hai preso?»

Travis inspirò e la scatolina si sollevò, per riabbassarsi subito dopo, non appena espirò. «Un po' di tempo fa.»

«Trav...»

«L'ho visto un giorno per caso e ho capito che era destinato a un posto solo... al tuo meraviglioso dito.»

«Un giorno quando?»

«Ha importanza?» ribatté. Non potei fare a meno di ridere.

«Posso vederlo?» Sorrisi, sentendomi d'un tratto un po' stordita.

Anche lui sorrise e guardò la scatola. «Aprila.»

Sentii il morbidissimo velluto sotto il polpastrello. Afferrai la chiusura dorata con entrambe le mani e aprii lentamente il coperchio. Un brillio attirò la mia attenzione e la richiusi di scatto.

«Travis!» gemetti.

«Sapevo che ti saresti spaventata!» disse mettendosi a sedere e posando le mani sulle mie.

Sentivo il peso della scatola contro il palmo, mi sembrava una bomba pronta a esplodere. Chiusi gli occhi e scossi la testa. «Tu sei pazzo.»

«Lo so. So cosa stai pensando ma dovevo farlo. Era quello giusto. E avevo ragione! Non ne ho più visti di tanto perfetti!»

Aprii gli occhi e, al posto dello sguardo ansioso che mi aspettavo, vidi che Travis era raggiante d'orgoglio. Mi staccò con delicatezza le mani dalla scatola, la aprì ed estrasse l'anello dalla minuscola scanalatura. Il grande diamante rotondo luccicò persino nella penombra, riflettendo la luce della luna su ogni sfaccettatura.

«È... mio Dio... stupendo», mormorai mentre mi prendeva la mano sinistra fra le sue.

«Posso mettertelo?» chiese sbirciandomi. Quando annuii, mi infilò l'anello e mi strinse per un attimo l'anulare. «Adesso sì che è stupendo.»

Fissammo la mia mano, turbati dal contrasto tra il grosso diamante e il dito sottile. L'anello si biforcava prima della montatura e una fila di diamanti più piccoli ornava i segmenti d'oro bianco.

«Avresti potuto dare un anticipo per un'auto, con quei soldi», dissi piano con un filo di voce.

Seguii con lo sguardo la mano mentre Travis la avvicinava alle labbra. «Ho immaginato un'infinità di volte come ti sarebbe stato al dito. E adesso che è lì...»

«Che c'è?» Sorrisi vedendolo fissare la mia mano con un sorriso commovente.

Mi guardò negli occhi. «Credevo che avrei dovuto faticare almeno cinque anni prima di sentirmi così.»

«Lo desideravo quanto te. È solo che, da brava giocatrice di poker, non l'ho mai dato a vedere!» risposi baciandolo.

EPILOGO

Travis mi strinse la mano quando trattenni il fiato. Cercai di restare calma ma, non appena sussultai, me la strinse di più. Sul soffitto bianco c'era qualche macchia di umidità, ma per il resto la stanza era perfetta. Niente disordine, nessun aggeggio gettato alla rinfusa. Tutto era al suo posto, il che mi faceva sentire abbastanza a mio agio, vista la situazione. Avevo preso la mia decisione e sarei andata fino in fondo.

«Tesoro...» disse Travis accigliandosi.

«Ce la posso fare», risposi fissando le macchie sul soffitto. Trasalii non appena le dita toccarono la mia pelle, ma cercai di rilassarmi. Gli lessi la preoccupazione negli occhi quando iniziò il ronzio.

«Pigeon...» insistette, ma io scossi la testa.

«Va bene. Sono pronta.» Allontanai il telefono dall'orecchio e sobbalzai sia per il dolore sia per l'inevitabile predica.

«Ti uccido, Abby Abernathy!» strillò America. «Ti uccido!»

«Tecnicamente ora sono Abby Maddox», precisai sorridendo al mio novello sposo.

«Non è giusto!» gemette lei mentre la rabbia le svaniva dalla voce. «Dovevo essere la tua damigella d'onore. Accompagnarti a fare spese, organizzare l'addio al nubilato, tenere il bouquet!»

«Lo so», risposi. Trasalii di nuovo, e il sorriso scomparve dal volto di Travis.

«Non c'è bisogno che tu lo faccia, sai», dichiarò lui aggrottando la fronte.

Gli strinsi le dita. «Lo so.»

«Lo hai già detto!» ribatté secca America.

«Non stavo parlando con te.»

«Oh, sì, che stai parlando con me», sbottò. «Altroché, se stai parlando con me. Non ti perdonerò mai!»

«Sì che lo farai.»

«Tu! Sei una... sei... crudele, Abby! La migliore amica peggiore del mondo!»

Scoppiai a ridere e l'uomo seduto al mio fianco si mosse di scatto. «Stia ferma, signora Maddox.»

«Mi scusi.»

«Chi era?» chiese brusca America.

«Griffin.»

«Chi diavolo è Griffin? Fammi indovinare: hai invitato un emerito sconosciuto al tuo matrimonio e non la tua migliore amica?» A ogni domanda la sua voce si faceva più acuta.

«No. Non è venuto al matrimonio», dissi trattenendo il fiato.

Travis sospirò e si agitò nervosamente sulla sedia, stringendomi la mano. «Dovrei essere io quella nervosa, ricordi?» feci sorridendo malgrado il dolore.

«Scusami. Non penso di farcela», ammise angosciato. Allentò la stretta e guardò Griffin.

«Fa' in fretta, d'accordo?»

Griffin scosse la testa. «Sei coperto di tatuaggi e non riesci a guardare mentre la tua ragazza si fa una semplice scritta. Dammi un minuto, amico.»

Lui si corrucciò ancora di più. «Moglie. Lei è mia moglie.»

A quelle parole, sentii America sussultare. «Ti stai facendo un tatuaggio? Che ti sta succedendo, Abby? Hai respirato fumi tossici in quell'incendio?»

Abbassai lo sguardo sulla chiazza nera sul fianco e sorrisi. «Trav ha il mio nome sul polso.» Trattenni di nuovo il fiato quando il ronzio riprese. Griffin pulì l'inchiostro dalla pelle e ricominciò. Parlai a denti stretti. «Siamo sposati. Anch'io volevo qualcosa.»

Travis scosse la testa. «Non era necessario.»

Socchiusi gli occhi. «Non cominciare. Ne abbiamo già parlato.»

America scoppiò a ridere. «Ti ha dato di volta il cervello.

Quando tornerai a casa, ti farò ricoverare in manicomio.» Aveva ancora un tono pungente, esasperato.

«Non è così assurdo. Ci amiamo. Viviamo insieme da un anno, anche se con qualche pausa. Perché no?»

«Perché hai diciannove anni, idiota! Perché sei scappata e non lo hai detto a nessuno e perché io non sono lì!» urlò.

«Mi dispiace, Mare. Devo andare. A domani, va bene?»

«Non so se vorrò vederti, domani! Non penso di voler mai più vedere Travis!» esclamò in tono beffardo.

«A domani, Mare. So che sei curiosa di vedere l'anello.»

«E il tatuaggio», disse con tono malizioso.

Chiusi il telefono e lo porsi a Travis. Il ronzio riprese e mi concentrai di nuovo sul bruciore, seguito però da un istante di sollievo quando Griffin ripuliva l'inchiostro in eccesso. Travis mise il cellulare in tasca e mi afferrò la mano, toccandomi la fronte con la sua.

«Eri così spaventato, quando ti sei fatto tatuare?» chiesi sorridendo di fronte alla sua espressione preoccupata.

Lui si agitò sulla sedia. Sembrava percepire il mio dolore amplificato. «Uhm... no. È diverso. Questo è molto, molto peggio.»

«Fatto!» annunciò Griffin, sollevato quanto lui.

Lasciai cadere la testa sulla poltrona. «Grazie a Dio!»

«Grazie a Dio!» mi fece eco Travis sospirando e dandomi dei colpetti affettuosi sulla mano.

Guardai quelle splendide linee nere sulla pelle rossa e irritata:

SIGNORA MADDOX

«Uau», esclamai sollevandomi sui gomiti per vedere meglio.

Il cipiglio di Travis cedette subito il posto a un sorriso trionfante. «È magnifico.»

Griffin scosse la testa. «Se chiedessi un dollaro per ogni uomo tatuato che porta qui la moglie e sta peggio di lei... be', non dovrei più tatuare nessuno in vita mia.»

«Dimmi solo quanto ti devo, idiota», bofonchiò Travis.

«Ti faccio il conto alla cassa», rispose lui, divertito dalla replica.

Mi guardai attorno studiando le cromature lucide e i poster di tatuaggi alle pareti, poi tornai a fissarmi il ventre. Il mio nuovo cognome riluceva in grandi caratteri neri ed eleganti. Travis mi lanciò un'occhiata orgogliosa, poi abbassò lo sguardo sulla sua fede in titanio.

«Lo abbiamo fatto, tesoro», affermò con voce sommessa. «Non riesco ancora a credere che tu sia mia moglie.»

«Credici, invece», risposi con un sorriso.

Mi aiutò ad alzarmi dalla poltrona; mi mossi con cautela, per evitare che i jeans sfregassero sulla pelle infiammata. Travis estrasse il portafoglio, firmò in fretta la ricevuta e mi condusse per mano al taxi che ci aspettava fuori. Squillò di nuovo il cellulare: vidi che era America e lo lasciai suonare.

«Vuole farti proprio sentire in colpa, eh?» disse accigliato.

«Terrà il broncio per ventiquattr'ore dopo aver visto le fotografie, poi non ci penserà più.»

Travis mi rivolse un sorriso malizioso. «Ne sei sicura, signora Maddox?»

«Smetterai mai di chiamarmi così? Lo avrai detto un centinaio di volte da quando siamo usciti dalla cappella.»

Lui scosse la testa aprendomi la portiera del taxi. «Smetterò di chiamarti così quando mi sarò convinto che è vero.»

«Oh, è sicuramente vero», dissi spostandomi sul sedile per fargli spazio. «I ricordi della notte di nozze lo dimostrano.»

Travis si chinò e mi sfiorò la pelle sensibile del collo con il naso, fino a raggiungere l'orecchio. «Ahia!» esclamai quando mi schiacciò la garza.

«Scusami, Pidge.»

«Perdonato», risposi con un sorriso.

Ci tenemmo per mano lungo tutto il tragitto per l'aeroporto. Ridacchiai vedendo come si rimirava la fede. Negli occhi aveva quello sguardo sereno a cui mi stavo abituando.

«Penso che ci crederò quando saremo a casa, e smetterò di comportarmi da idiota.»

«Me lo prometti?»

Travis mi baciò la mano e me la tenne tra le sue, sulle ginocchia. «No.»

Scoppiai a ridere e appoggiai la testa sulla sua spalla finché il taxi non si fermò. Il cellulare suonò di nuovo: sul monitor comparve ancora il nome di America.

«Non molla, eh? Lascia che le parli io», disse Travis prendendo il telefono.

«Pronto?» Si aspettava che dall'altro capo provenissero degli strilli isterici, ma invece sorrise. «Perché sono suo marito. Adesso posso rispondere al suo cellulare.» Mi guardò e spalancò la portiera porgendomi la mano. «Siamo in aeroporto, America. Perché tu e Shep non venite a prenderci, così potrai urlarci dietro fino a casa? Sì, per tutto il tragitto. Dovremmo arrivare per le tre. D'accordo, Mare, ci vediamo.» Trasalì alle parole pungenti che lei gli rivolse e mi porse il cellulare. «Non stavi scherzando. È proprio incazzata.»

Diede la mancia al tassista, si gettò la borsa sulla spalla e impugnò la maniglia del mio trolley. Il suo braccio tatuato si contrasse mentre lo trascinava. Un attimo dopo allungò l'altra mano per afferrare la mia.

«Non posso credere che tu le abbia dato il permesso di farci la predica per un'ora», osservai seguendolo al di là della porta girevole.

«Non penserai davvero che le permetterò di urlare contro mia moglie, no?»

«Ti vuoi proprio abituare, eh?»

«Be', direi che è ora di ammetterlo. Sapevo che saresti diventata mia moglie nel momento in cui ti ho conosciuta. Sarò sincero: morivo dalla voglia di poterti chiamare così, quindi... credo proprio che ne abuserò. Dovrai farci l'abitudine.» Lo disse con distacco, come se recitasse un discorso collaudato.

Scoppiai a ridere e gli strinsi la mano.«Non c'è problema.»

Mi scrutò con la coda dell'occhio. «No?» Scossi la testa e lui mi attirò a sé baciandomi sulla guancia. «Bene. Nei prossimi mesi ti verrà a nausea, ma cerca di avere pazienza.»

Lo seguii nell'atrio e su per le scale mobili, fino ai controlli di sicurezza. Quando passò sotto il metal detector, suonò l'allarme. L'agente gli chiese di togliersi l'anello e Travis si incupì. «Lo terrò io, signore», disse l'uomo. «Sarà solo per un istante.»

«Le ho promesso che non lo avrei mai tolto», replicò a denti stretti.

L'agente tese la mano con uno sguardo comprensivo e divertito.

Travis si sfilò a malincuore l'anello, glielo sbatté sul palmo e sospirò passando sotto il detector. Io passai senza problemi dopo aver consegnato il mio. Travis sembrava ancora teso, ma non appena ci lasciarono andare si rilassò.

«È tutto a posto, tesoro. È tornato al tuo dito», osservai ridacchiando per quella reazione esagerata. Lui mi baciò sulla fronte e mi abbracciò incamminandosi verso il terminal. Incrociando gli sguardi dei passanti, mi chiesi se capissero che ci eravamo appena sposati o se notassero solo il sorriso ridicolo sulla faccia di Travis, un netto contrasto con la testa rasata, le braccia tatuate e i muscoli in rilievo.

L'aeroporto brulicava di turisti eccitati che vagavano in ogni direzione e l'aria era pervasa dai suoni elettronici delle slot machine. Sorrisi a una giovane coppia che si teneva per mano: avevano la stessa aria entusiasta e nervosa che avevamo noi all'arrivo. Ero certa che, al momento della partenza, avrebbero provato sollievo e sconcerto, proprio come noi.

Nel terminal mi misi a sfogliare una rivista. A un certo punto toccai la gamba di Travis, che dondolava senza sosta. La bloccò di colpo e io sorrisi tenendo lo sguardo fisso sulle fotografie delle celebrità. Qualcosa lo innervosiva, ma sapevo che stava riflettendo, e aspettai che me ne parlasse. Dopo qualche minuto la gamba riprese a dondolare, ma un attimo dopo si bloccò e Travis si accasciò sulla sedia.

«Pigeon?»

«Sì?»

Passò qualche altro istante e sospirò. «Niente.»

Il tempo trascorse fin troppo rapidamente e, quando annunciarono il nostro volo, mi sembrò di essermi appena seduta. Ci mettemmo subito in coda, in attesa di mostrare i biglietti e percorrere il corridoio fino all'aereo che ci avrebbe riportati a casa.

Travis esitò. «Non riesco a scrollarmi di dosso questa sensazione», disse sottovoce.

«Che intendi? È una brutta sensazione?» chiesi, d'un tratto nervosa.

Lui si girò con uno sguardo preoccupato. «Ho l'assurda sensazione che, quando saremo tornati a casa, mi sveglierò. Come se tutto questo fosse stato un sogno.»

Gli cinsi la vita con le braccia e gli accarezzai i muscoli sodi della schiena. «È per questo che sei preoccupato?»

Travis si guardò il polso e la spessa fede argentea al dito. «Non riesco a scrollarmi di dosso la sensazione che la bolla scoppierà e che mi ritroverò solo a letto a desiderare che tu sia là con me.»

«Non so cosa fare con te, Trav! Ho scaricato un ragazzo due volte per te, ho fatto i bagagli e sono venuta a Las Vegas due volte per te, ho letteralmente attraversato un inferno, ti ho sposato e mi sono marchiata il tuo nome sul corpo. Non so più come dimostrarti che sono tua.»

Un vago sorriso gli illuminò il volto. «Mi piace quando lo dici.»

«Che sono tua?» Mi sollevai sulle punte dei piedi e gli diedi un bacio sulle labbra. «Io-sono-tua. La signora Maddox. Per sempre.»

Il sorriso svanì quando guardò il cancello d'imbarco e poi me. «Combinerò qualche casino, Pigeon. Ti stancherai delle mie stronzate.»

Scoppiai a ridere. «Sono già stanca delle tue stronzate, eppure ti ho sposato.»

«Pensavo che, una volta sposati, mi sarei sentito più sicuro. Invece ho la sensazione che se salirò su quell'aereo e...»

«Travis? Io ti amo. Andiamo a casa.»

Lui inarcò le sopracciglia. «Non mi lascerai, vero? Anche se sarò un rompiscatole?»

«Ho giurato davanti a Dio – e a Elvis – che non ti avrei lasciato, giusto?»

Lui si rasserenò un poco. «È per sempre, vero?»

Piegai la bocca in un sorriso. «Ti sentiresti meglio se facessimo una scommessa?»

Gli altri passeggeri iniziarono pian piano a superarci, osservandoci e ascoltando i nostri assurdi discorsi. Come in passato, ero perfettamente consapevole degli sguardi inquisitori, ma stavolta era diverso. L'unica cosa che mi interessava era che gli tornasse quella serenità nello sguardo.

«Che razza di marito sarei, a scommettere contro il mio matrimonio?»

Sorrisi. «Un marito stupido. Non hai ascoltato tuo papà quando ti ha detto di non scommettere contro di me?»

Aggrottò la fronte. «Quindi sei così sicura, eh? Tanto da scommettere?»

Gli gettai le braccia al collo e gli sfiorai le labbra con le mie. «Scommetto il nostro primo figlio. Ecco quanto sono sicura. Sono così sicura.»

A quelle parole, la serenità illuminò il suo sguardo. «Non puoi esserne tanto sicura», replicò con voce tranquilla.

Aggrottai la fronte e accennai un sorriso. «Vuoi scommettere?»

RINGRAZIAMENTI

Sono incredibilmente grata a mia sorella Beth, la mia migliore amica. Senza il suo incoraggiamento non avrei mai affrontato questo viaggio. È grazie al suo entusiasmo che ho realizzato il mio sogno. Non potrò mai ringraziarla abbastanza. Grazie ai miei figli per la loro infinita pazienza, per gli abbracci e la comprensione.

A mia madre Brenda, per avermi aiutato in ogni modo possibile, ogni volta che gliel'ho chiesto. Molte grazie alle colleghe scrittrici, e care amiche, Jessica Park, Tammara Webber, Tina Reber, Stephanie Campbell, Abbi Glines, Liz Reinhardt, Elizabeth Reyes, Nichole Chase, Laura Bradley Rede, Elizabeth Hunter, Killian McRae, Colleen Hoover, Eyvonna Rains, Lani Wendt Young, Karly Blakemore-Mowle, Michele Scott, Tracey Garvis-Graves, Angie Stanton e EL James per il loro eccezionale sostegno, per l'affetto e i consigli. Siete la cosa più bella che ho trovato nella carriera di scrittrice. Davvero.

Grazie alla mia agente Rebecca Watson, che è tanto intelligente quanto simpatica, e ai miei agenti della Intercontinental Literary Agency, per la loro diligenza e abnegazione.

Ho un enorme debito di gratitudine con Judith Curr di Atria Books per il suo sostegno incondizionato, e con la mia editor Amy Tannenbaum che si è appassionata a questo progetto fin dall'inizio. Grazie per avere creduto nella mia storia. E grazie a tutto il personale di Atria che ha saputo far accadere questo così in fretta: Peter Borland, Chris Lloreda, Kimberly Goldstein, Samantha Cohen, Paul Olsewski, Isolde Sauer, Dana Sloan, Jessica Chin, Benjamin Holmes, Michael Kwan, James Pervin, Susan Rella e James Walsh.

Grazie al dottor Ross Vanhooser per i suoi impareggiabili consigli e per aver creduto nel mio talento prima che io sapessi di averlo.

Mille grazie a Maryse e Lyly di Maryse.net e alla lettrice Nikki Estep, per aver amato la storia di Travis e Abby a tal punto da impegnarsi nella missione di farla conoscere!

Come ultima cosa, ma non meno importante, amore e stima infiniti al mio adorato marito, che mi ama anche quando lo ignoro per dedicarmi a persone inventate. Lui è tutto per me, e non mi verrebbe mai in mente di fare nulla di tutto questo senza di lui… non ne avrei voglia. È grazie a lui che so descrivere l'intensità dell'amore. Jeff, grazie dal profondo del cuore per essere tutto ciò che sei.

Jamie McGuire

IL MIO DISASTRO SEI TU

Travis conosce le donne e sa che in molte sarebbero disposte a tutto per un suo bacio. Eppure nessuna ha mai conquistato il suo cuore.
Provare dei sentimenti significa diventare vulnerabili.
E Travis ha scelto di essere un guerriero.
Abby è diversa da tutte le ragazze con cui è sempre uscito. Cardigan abbottonato, occhi bassi, taciturna.
E soprattutto, in apparenza per niente interessata a lui.
Ma Travis riesce a vedere dietro il suo sorriso e la sua aria innocente quello che nessuno sembra notare.
Un'ombra, un segreto che Abby non riesce a rivelare a nessuno, ma che pesa come un macigno.
Solo lui può aiutarla a liberarsene, solo lui possiede le armi per proteggerla. L'ultima battaglia di Travis Maddox sta per cominciare e la posta in palio è troppo importante per potervi rinunciare.
Solo combattendo insieme Abby e Travis potranno dare una casa al loro cuore sempre in fuga…
Il mio disastro sei tu è la storia di un ragazzo che non si innamora facilmente, ma quando lo fa è per sempre.
Perché ogni racconto ha due facce.
E ora è arrivato il momento di Travis Maddox.

Jamie McGuire

UN DISASTRO È PER SEMPRE

Preparatevi, Abby e Travis vi invitano al loro matrimonio.

«Vuoi sposarmi?» Abby non ha dubbi: è Travis l'uomo che vuole accanto a sé per tutta la vita. Lui è l'unico in grado di leggerle dentro, l'unico a conoscere cosa si nasconde nella sua anima. «Sì.» La risposta di Travis arriva direttamente dal suo cuore. Quel cuore che ha cercato di proteggere dall'amore per tanto tempo costruendo intorno delle barriere. Fino all'arrivo di Abby a cui è bastato uno sguardo per sciogliere quella corazza. Quando il fatidico momento si avvicina, Abby e Travis inaspettatamente sono nervosi. I dubbi si risvegliano all'improvviso: hanno diciannove anni e si conoscono da pochi mesi. E soprattutto, lui è il ragazzo sbagliato per eccellenza e lei una ragazza in fuga da sé stessa e da un segreto difficile da confessare. Eppure davanti all'altare, mano nella mano, occhi negli occhi, non c'è più nulla da temere. Ci sono solamente loro e tutto quello che li ha portati fin lì: quella scommessa da cui ogni cosa è cominciata, i tentativi di stare lontani l'uno dall'altro, il primo infinito bacio, le promesse disattese, la scoperta di essere perdutamente innamorati. Finalmente sono marito e moglie, per sempre. E quando il passato tormentato di Travis arriva a chiedere il conto, insieme sanno come affrontarlo.

Jamie McGuire
UNO SPLENDIDO SBAGLIO

Agli occhi di tutti Cami è forte e indipendente. Al secondo anno di università, vive sola e si paga gli studi facendo la barista al Red Door. È dovuta crescere in fretta, circondata dai suoi possessivi fratelli e da un padre che disapprova le sue scelte.
Trent Maddox fa il tatuatore e sa come mettersi nei guai. Se nasce una rissa è stato lui a cominciarla e se c'è un cuore spezzato è quasi sempre colpa sua.
Cami sta attenta a mantenersi sempre a distanza di sicurezza. Ma una sera si incontrano per caso e Trent le offre da bere. Senza un secondo fine. Cami non crede che si possa essere solo amiche di un ragazzo come Trent. Eppure standogli accanto scopre la dolcezza di quegli occhi che sembrano aver scoperto le sue fragilità e vogliono solo proteggerla. Ma Cami non può permettere che questo accada. Sarebbe un grosso, imperdonabile sbaglio. Perché c'è una verità che Trent non conosce, e lei deve fare di tutto perché non la conosca mai.
La storia d'amore di Abby e Travis ha fatto sognare migliaia di persone. Ora è la volta di un altro fratello Maddox, di un nuovo idillio amoroso pieno di ostacoli. Cami e Trent vi conquisteranno tanto che non vorrete abbandonarli mai più.

Jamie McGuire

UNA MERAVIGLIOSA BUGIA

Erin è all'ultimo anno di liceo e da sempre si sente diversa. Perché al contrario dei suoi compagni non ha una bella macchina, non veste alla moda, non va alle feste. Perché Erin è cresciuta da sola, con una madre che non riesce a prendersi cura di lei. Il suo unico desiderio è quello di fuggire da quella città, da quella scuola, dagli altri ragazzi che non fanno altro che criticarla.
Fuggire e ricominciare da zero.
Ma un giorno nella gelateria dove lavora entrano due occhi verdi che Erin conosce bene.
Appartengono a Weston, il ragazzo più popolare del liceo. Weston che non ha paura di nessuno e ottiene sempre quello che vuole. Nessuna riesce a resistergli e ora all'improvviso sembra accorgersi proprio di lei Soprattutto ora che una notizia inaspettata ha cambiato ogni cosa. Perché la vita può essere tutta una bugia. Per Erin permettere a qualcuno di avvicinarsi tanto da non avere più segreti è un'impresa ardua. Quasi impossibile...
Una nuova trilogia, una nuova appassionante storia firmata Jamie McGuire: la regina delle classifiche italiane torna con due personaggi indimenticabili, Erin e Weston. Preparatevi a incontrare i nuovi Abby e Travis. La stessa unicità e lo stesso tormento caratterizzano il loro amore. Perché nessun ostacolo è insormontabile quando il cuore ha fatto la sua scelta.

Jamie McGuire

UN MAGNIFICO EQUIVOCO

La vita di Erin è cambiata all'improvviso. Tutto quello in cui ha sempre creduto si è rivelato una bugia. E ora, in una nuova casa e in una nuova famiglia, non sa più quale sia il suo posto. Si sente smarrita e sola. A scuola nessuno riesce a capirla, nessuno riesce a starle vicino. Nessuno tranne Weston. Far finta di resistere ai suoi occhi verdi e profondi è stato inutile. Con lui accanto ogni cosa ha un sapore diverso, una luce speciale. Ma anche i problemi sono sempre dietro l'angolo. Perché Weston è una calamita per situazioni complicate. E ci sono verità che non possono restare nascoste per sempre. D'un tratto il loro amore inesauribile e unico sembra andare in pezzi. Erin non crede più a nulla. Perdersi in quello sguardo che le dava sicurezza e felicità è diventato difficile. Adesso Erin deve trovare dentro di sé la forza di combattere contro tutto e tutti. Contro un passato che ha ancora molto da raccontare e contro la paura di ammettere che quello che la lega a Weston è pura magia. Perché anche per sognare ci vuole coraggio.

Jamie McGuire

UN'INCREDIBILE FOLLIA

Prima che tutto cambiasse, Erin non vedeva l'ora che il liceo finisse. Per poter finalmente andare lontano e dimenticare il passato. Eppure adesso è diverso. Perché partire per il college vuol dire allontanarsi dai suoi genitori con cui sta costruendo un rapporto. E soprattutto vuol dire separarsi da Weston. Mese dopo mese, lui le ha dimostrato sempre di più che dietro l'apparenza di ragazzo sicuro e tormentato si nasconde una grande dolcezza. Le ha fatto scoprire che non bisogna essere perfetti per amare in modo perfetto. Che a volte basta un pizzico di follia. E proprio nel momento in cui Erin è pronta ad abbattere le sue barriere e a lasciarsi andare a questo sentimento che toglie il fiato, il destino fa di tutto per dividerli. In cerca di un futuro, stanno per frapporre chilometri tra di loro. Per inseguire i loro sogni stanno per rinunciare alla possibilità di vedersi ogni giorno e condividere ogni cosa. In Erin cresce la paura che la distanza sia un ostacolo troppo alto, una prova troppo difficile. E Weston è il solo che può far capire a Erin che scegliere non vuol dire sempre perdere qualcosa. Perché le cose davvero importanti sopravvivono a tutte le tempeste e il destino non può separare quello che il cuore ha unito.

La cosa più importante per Thomas Maddox è proteggere i suoi fratelli. Travis, con le sue bravate e la sua aria da duro, è quello che gli dà più filo da torcere. Anche ora che nella sua vita è arrivata Abby, l'unica che riesce a tenergli testa e a far breccia nel suo cuore di guerriero. Il cuore di Thomas, invece, non dà più spazio ai sentimenti. Ma ora che Travis si trova in una situazione più grande di lui, Thomas per toglierlo dai guai è pronto a fare di tutto. E c'è una sola persona che può aiutarlo: Liis. Liis che vorrebbe avere tutto sotto controllo, ma in amore questo è impossibile. Perché non ci sono regole. L'imprevisto è la vera magia. Dal loro primo incontro la ragazza ha capito che non si può sfuggire a quegli occhi, anche se vuole provare a farlo. Eppure, costretta a lavorare al fianco di Thomas ogni giorno per salvare Travis e permettergli di vivere la sua splendida storia con Abby, Liis è messa a dura prova. L'istinto di lottare per i fratelli anche a scapito della sua stessa felicità le mostra un lato di lui che non credeva esistesse. Un lato di lui che sembra conoscerla meglio di quanto Liis conosca sé stessa. Liis sente che tutte le teorie sul chiudersi all'amore sembrano vacillare. Ma il prezzo da pagare forse è troppo alto e la possibilità di soffrire ancora molto, molto vicina. Jamie McGuire ha fatto delle storie impossibili la sua carta vincente con cui ha conquistato i lettori italiani e di tutto il mondo. Ora torna a parlare dei fratelli Maddox: dell'amore di Abby e Travis di cui ci svela retroscena inaspettati, e soprattutto di Thomas, del suo cuore tormentato e della ragazza che riesce a infrangere la sua corazza. Perché chi ama davvero non si ferma al primo ostacolo. Non si arrende mai.

Finito di stampare nel mese di febbraio 2016
presso il nuovo Istituto Italiano d'Arti Grafiche Bergamo